Wildernis

Van dezelfde auteur

De droogte

Jane Harper

Wildernis

A.W. Bruna Uitgevers

Oorspronkelijke titel
Force of Nature
© 2017 by Jane Harper
Vertaling
Catalien en Willem van Paassen
Omslagbeeld
© Shutterstock
Omslagontwerp
Adam Laszczuk
Bewerking Nederlands omslag
Studio Jan de Boer
© 2018 A.W. Bruna Uitgevers, Amsterdam

ISBN 978 94 005 0974 0
NUR 305

Voor Pete en Charlotte, met liefde

Proloog

Later waren de vier overgebleven vrouwen het over slechts twee dingen volledig eens. Eén: niemand had Alice Russell opgeslokt zien worden door de wildernis. En twee: Alice had een gemene kant, zo scherp dat je moest uitkijken dat je je niet sneed.

De vrouwen waren te laat op de afgesproken plek.

De mannen – die een respectabele vijfendertig minuten voor de eindtijd van twaalf uur 's middags inklokten bij het baken – sloegen elkaar op de schouders toen ze uit het bos kwamen. Goed gedaan. De organisator stond het vijftal op te wachten. Hij zag er warm en hartelijk uit in zijn officiële rode fleecetrui. De mannen gooiden hun slaapzakken achter in de minibus en klommen met een zucht van verlichting naar binnen. In de bus lagen zakjes studentenhaver en thermosflessen met koffie, maar de mannen reikten over het eten heen naar de tas met hun mobiele telefoons, die ze hadden moeten afgeven. Herenigd.

Het was koud buiten. Nog steeds. De bleke winterzon had zich de afgelopen vier dagen maar één keer goed laten zien. In de bus zaten ze in elk geval droog. De mannen leunden achterover. Een van hen maakte een grap over vrouwen en kaartlezen en ze moesten allemaal lachen. Ze dronken koffie en wachtten op hun collega's. Ze hadden hen al drie dagen niet meer gezien, dus die paar minuten konden er ook nog wel bij.

Na een uur maakte hun zelfvoldaanheid plaats voor ergernis. Een voor een hesen de vijf mannen zich uit de zachte stoelen en ze sjokten heen en weer over de zandweg. Ze staken hun mobiele telefoon omhoog alsof die extra armlengte het ongrijpbare signaal zou kunnen opvangen. Ongeduldig tikten ze sms-berichtjes, die niet verzonden zouden worden naar hun wederhelft in de stad. *Wordt later. Er is oponthoud.* Het waren een paar lange dagen geweest en er wachtten hun een warme douche en een koud biertje. En werk, morgen.

De organisator tuurde naar de bomen. Ten slotte pakte hij zijn radio.

Er kwam een handvol versterking. Luchtige stemmen van de parkboswachters terwijl ze veiligheidsvesten aantrokken. *We plukken ze daar in een mum van tijd vandaan.* Ze wisten waar mensen verdwaalden en het was nog uren licht. Een paar uur in elk geval. Voldoende. Het zou niet lang duren. Met professionele tred doken ze de wildernis in. De mannen kropen snel weer in het busje.

De studentenhaver was op en de restjes koffie waren koud en bitter tegen de tijd dat het zoekteam terugkeerde. Het silhouet van de gombomen stak af tegen de donker wordende lucht. De gezichten stonden strak. Het gescherts was verdwenen met het licht.

In het busje zwegen de mannen. Bij een crisis in de directiekamer wisten ze wel wat ze moesten doen. Een plotselinge val van de dollar, een ongewenste clausule in een contract, helemaal geen probleem. Maar hier buiten leek de wildernis alle oplossingen in een waas te hullen. Op hun schoot hielden ze hun levenloze telefoon als een kapot speeltje in hun handen.

Er werd nog meer in radio's gemompeld. Koplampen van auto's boorden zich door de dichte muur van bomen en adem vormde wolkjes in de koude avondlucht. Het zoekteam werd teruggeroepen voor een briefing. De mannen in het busje konden niet precies horen wat er werd gezegd, maar dat was ook niet nodig. De toon zei alles. Er was een grens aan wat ze in het donker konden doen.

Eindelijk ging het zoekteam weer uiteen. Een veiligheidsvest klom achter het stuur van de bus. Hij zou de mannen naar de lodge brengen. Daar zouden ze moeten overnachten, niemand had nu tijd om de drie uur durende rit naar Melbourne te maken. De woorden waren nog niet helemaal tot de mannen doorgedrongen toen ze de eerste schreeuw hoorden.

Het was een ongewoon geluid in de avond, hoog, als van een vogel, en alle hoofden draaiden om toen vier figuren boven aan de heuvel verschenen. Twee ervan leken een derde te ondersteunen, terwijl een vierde wankelend naast hen liep. Het bloed op haar voorhoofd zag er vanaf een afstand zwart uit.

Help ons! Een van hen schreeuwde. Meer dan een. *We zijn hier. We hebben hulp nodig, ze heeft een dokter nodig. Help alsjeblieft. Goddank, goddank hebben we jullie gevonden.*

De reddingswerkers renden weg; de mannen, hun telefoons achtergelaten op de stoelen in de bus, liepen hijgend een paar passen achter hen aan.

We waren de weg kwijt, zei iemand. Iemand anders: *We waren haar kwijt.*

Wat ze precies zeiden, was moeilijk te verstaan. De vrouwen riepen, schreeuwden, hun stemmen buitelden over elkaar heen.

Is Alice hier? Heeft ze het gehaald? Is ze in veiligheid?

In de chaos, in het donker, was het onmogelijk te zeggen wie van de vier naar Alice had gevraagd.

Later, toen alles nog erger werd, zou ieder van hen volhouden dat zíj het was geweest.

1

'Geen paniek.'

Federaal agent Aaron Falk sloot het boek waarin hij had liggen lezen. Hij bracht zijn mobiele telefoon naar zijn goede hand en ging rechterop in bed zitten.

'Oké.'

'Alice Russell wordt vermist.' De vrouw aan de andere kant van de lijn sprak de naam zacht uit. 'Kennelijk.'

'Hoezo vermist?' Falk legde zijn boek weg.

'Officieel. Negeert niet gewoon onze telefoontjes in dit geval.'

Falk hoorde zijn partner in de telefoon zuchten. Carmen Cooper klonk meer gestrest dan hij haar in de drie maanden dat ze nu samenwerkten had gehoord, en dat wilde heel wat zeggen.

'Ze is ergens in het Giralanggebergte verdwaald,' ging Carmen verder.

'Giralang?'

'Ja, in het oosten.'

'Ik weet waar het ligt,' zei hij. 'Ik dacht meer aan de reputatie van het gebied.'

'Die geschiedenis met Martin Kovac? Om zoiets lijkt het niet te gaan, goddank.'

'Je mag hopen van niet. Dat moet nu iets van twintig jaar geleden zijn, toch?'

'Eerder vijfentwintig, denk ik.'

Sommige dingen zouden echter altijd blijven hangen. Falk

was amper een tiener geweest toen het Giralanggebergte voor het eerst het avondjournaal had beheerst. En in de twee jaren erna nog eens drie keer. Telkens waren beelden van zoekteams die met speurhonden door een dichtbegroeide wildernis trokken overal in de staat de huiskamers in geprojecteerd. De meeste lichamen waren gevonden, uiteindelijk.

'Wat deed ze daarginds eigenlijk?' vroeg hij.

'Bedrijfsuitje.'

'Dat meen je niet.'

'Helaas wel,' zei Carmen. 'Zet de tv maar aan, het is op het nieuws. Ze hebben een zoekteam ingeschakeld.'

'Momentje.' Falk stapte uit bed en trok een T-shirt boven zijn boxershort aan. Het was een kille nacht. Hij liep naar zijn woonkamer en zette de tv op een nieuwszender. De nieuwslezer vertelde wat er die dag in het parlement was besproken.

'Er is niks. Gewoon werk. Ga maar weer slapen,' hoorde Falk Carmen in zijn oor murmelen, en hij besefte dat ze tegen iemand aan de andere kant van de lijn sprak. Hij had zich haar automatisch in hun gezamenlijke kantoor voorgesteld, ingeklemd achter het bureau dat twaalf weken geleden naast het zijne was gepropt. Sindsdien hadden ze nauw samengewerkt, letterlijk. Als Carmen zich uitstrekte, raakten haar voeten zijn stoelpoten. Falk keek op de klok. Het was zondagavond na tienen; natuurlijk was ze thuis.

'Zie je het al?' vroeg Carmen aan hem, fluisterend nu om degene die bij haar was niet te storen. Haar verloofde, veronderstelde Falk.

'Nog niet.' Falk hoefde niet zachter te praten. 'Wacht...' De tickertape rolde over het scherm. 'Daar is het.'

ZOEKTOCHT IN GIRALANGGEBERGTE NAAR VERMISTE DEELNEEMSTER SURVIVALTOCHT ALICE RUSSELL (45) UIT MELBOURNE WORDT BIJ ZONSOPKOMST HERVAT.

'Survivaltocht?' zei Falk.

'Tja.'

'Sinds wanneer doet Alice...' Hij zweeg. Hij zag in gedachten Alice' schoenen voor zich. Hoge hakken. Puntig.

'Ik weet het. Bij het nieuws zeiden ze dat het om teambuilding ging. Ze maakte deel uit van een groep die een paar dagen door...'

'Een paar dagen? Hoe lang wordt ze eigenlijk al vermist?'

'Ik weet het niet zeker. Ik denk sinds gisteravond.'

'Ze heeft me gebeld,' zei Falk.

Even bleef het stil aan de andere kant van de lijn. Toen: 'Wie heeft je gebeld? Alice?'

'Ja.'

'Wanneer?'

'Afgelopen nacht.' Hij haalde zijn telefoon van zijn oor en scrolde door de gemiste oproepen. Hij drukte hem weer tegen zijn oor. 'Ben je er nog? Eigenlijk vanochtend vroeg, rond halfvijf. Ik had hem niet gehoord. Zag de voicemail pas toen ik wakker werd.'

Weer een stilte. 'Wat zei ze?'

'Niets.'

'Helemaal niets?'

'Er was niemand aan de lijn. Ik dacht dat het een broekzaktelefoontje was.'

Op de tv verscheen een recente foto van Alice Russell. Hij leek op een feestje te zijn genomen. Haar blonde haren waren op een ingewikkelde manier opgestoken en ze droeg een zilverkleurige jurk waarin de vele uren die ze in de sportschool doorbracht, goed tot hun recht kwamen. Ze zag er minstens vijf jaar jonger uit dan ze in werkelijkheid was. En ze glimlachte naar de camera zoals ze nooit naar Falk en Carmen had geglimlacht.

'Ik heb geprobeerd haar terug te bellen toen ik wakker werd, waarschijnlijk rond halfzeven,' zei Falk, nog altijd naar het scherm kijkend. 'Er werd niet opgenomen.'

Het beeld op tv sprong over naar luchtopnamen van het

Giralanggebergte. Heuvels en dalen rolden naar de horizon, een golvende groene oceaan onder het zwakke winterlicht.

ZOEKTOCHT WORDT BIJ ZONSOPKOMST HERVAT...

Carmen zei niets. Falk hoorde haar ademhaling. Op het tv-scherm zag het gebergte er groot uit. Enorm zelfs. Vanaf het standpunt van de camera leek het dikke tapijt van boomtoppen volkomen ondoordringbaar.

'Ik ga het bericht nog een keer beluisteren,' zei hij. 'Ik bel je terug.'

'Oké.' De verbinding werd verbroken.

Falk ging in het halfduister op de bank zitten, het blauwe licht van de tv flikkerde. Hij had de gordijnen niet dichtgetrokken, en achter het kleine balkon zag hij de gloed van de skyline van Melbourne. Het waarschuwingslicht op de Eurekatoren flitste regelmatig en rood.

ZOEKTOCHT IN GIRALANG WORDT BIJ ZONSOPKOMST HERVAT...

Hij zette het geluid van de tv uit en belde zijn voicemail. Om 4.26 uur een bericht ontvangen van de mobiel van Alice Russell.

Falk hoorde eerst niets en drukte de telefoon steviger tegen zijn oor. Zachte ruis. Vijf seconden, tien seconden. Hij bleef luisteren, helemaal tot het eind deze keer. De witte ruis kwam in golven, zoals wanneer je onder water bent. Hij hoorde een gedempte brom, mogelijk iemand die praatte. Toen klonk er uit het niets een stem. Met een ruk haalde Falk de telefoon van zijn oor af en staarde ernaar. De stem was zo zwak geweest dat hij zich afvroeg of hij hem zich misschien had ingebeeld.

Langzaam tikte hij op het scherm. In zijn stille flat sloot hij zijn ogen en speelde het bericht nog een keer af. Niets, niets, en toen, in het duister, sprak een verre stem vier woorden in zijn oor.

'... haar kwaad kan doen...'

2

Het was nog donker toen Carmen voor Falks flat stopte. Hij stond al op de stoep te wachten, zijn rugzak op de grond. Zijn wandelschoenen voelden stug aan doordat hij ze lang niet had gedragen.

'Laat het bericht eens horen,' zei ze toen hij in de auto stapte. Ze had de chauffeursstoel naar achteren geschoven. Carmen was een van de weinige vrouwen die Falk was tegengekomen die lang genoeg waren om hem recht aan te kunnen kijken als ze voor hem stonden.

Falk zette zijn telefoon op de luidspreker en drukte op een knopje. Ruis vulde de auto. Vijf, tien seconden niets, toen klonken de vier woorden, blikachtig en zwak. Nog een paar seconden stilte, en einde bericht.

Carmen fronste haar wenkbrauwen. 'Nog eens.'

Ze sloot haar ogen en Falk keek naar haar gezicht terwijl ze luisterde. Met haar achtendertig jaar was ze slechts een halfjaar ouder en had ze ook slechts een halfjaar langer ervaring dan hij, maar het was de eerste keer dat hun paden elkaar hadden gekruist binnen de federale politie. Ze was nieuw bij de financiële inlichtingendienst in Melbourne, waar ze vanuit Sydney naartoe was verhuisd. Falk kon er geen hoogte van krijgen of ze er spijt van had. Carmen opende haar ogen. Onder de oranje gloed van de straatlantaarns zagen haar huid en haren er een tint donkerder uit dan normaal.

'"Haar kwaad kan doen",' zei ze.

'Dat meende ik ook te verstaan.'

'Hoorde jij ook nog iets anders helemaal aan het eind?'

Falk zette het volume op maximaal en drukte opnieuw op afspelen. Met ingehouden adem luisterde hij aandachtig.

'Daar,' zei Carmen. 'Zegt iemand daar "Alice"?'

Ze luisterden nog eens, en deze keer hoorde Falk een zwak gesis in het gedempte geluid.

'Ik weet het niet,' zei hij. 'Het kan een ruis zijn.'

Carmen startte de motor. Hij brulde luid in de vroege ochtend. Ze reed de weg op voordat ze weer sprak.

'Hoe zeker ben je ervan dat het Alice' stem is?'

Falk probeerde zich het timbre van Alice Russells stem te herinneren. Ze had een tamelijk aparte stem. Klonk vaak staccato. Altijd gedecideerd. 'Niets duidt erop dat ze het níét is. Maar het is moeilijk te horen.'

'Heel moeilijk. Ik geloof niet eens dat ik durf te zweren dat het een vrouw was.'

'Nee.'

In de buitenspiegel werd de skyline van Melbourne kleiner. Voor hen, in het oosten, veranderde de hemel van zwart in donkerblauw.

'Ik weet dat Alice een lastpost is,' zei hij, 'maar ik hoop echt dat ze niet door ons in de problemen is gekomen.'

'Ik ook.' Carmens verlovingsring ving het licht toen ze aan het stuur draaide om de snelweg op te rijden. 'Wat had de staatsagent te zeggen? Hoe heette hij?'

'King.'

Nadat Falk de avond ervoor Alice Russells voicemail nog eens had beluisterd, had hij onmiddellijk de staatspolitie gebeld. Pas een halfuur later had de hoofdbrigadier die de zoekactie leidde, teruggebeld.

'Excuses.' Hoofdbrigadier King had vermoeid geklonken. 'Moest naar een vaste lijn toe. Door het weer is de ontvangst nog belabberder dan gewoonlijk. Vertel me over de voicemail.'

Hij had geduldig naar Falk geluisterd.

'Juist,' zei King toen Falk uitgesproken was. 'Luister, we hebben haar telefoongegevens gecontroleerd.'

'Oké.'

'Wat zei je ook alweer dat je relatie met haar was?'

'Beroepsmatig,' zei Falk. 'Vertrouwelijk. Ze hielp mij en mijn partner ergens mee.'

'Hoe heet hij?'

'Zij. Carmen Cooper.'

Falk hoorde papiergeritsel toen de man haar naam opschreef.

'Verwachtte een van jullie een telefoontje van haar?'

Falk aarzelde. 'Niet speciaal.'

'Kun je goed uit de voeten in de wildernis?'

Hij had naar zijn linkerhand gekeken. Op plekken waar de brandwonden niet goed waren genezen, zag de huid er nog roze en vreemd glad uit. 'Nee.'

'En je partner?'

'Ik geloof het niet.' Hij besefte dat hij eigenlijk geen flauw benul had.

King zweeg even. 'Volgens het telefoonbedrijf heeft Alice Russell vanochtend vroeg twee nummers proberen te bellen,' zei King. 'Het alarmnummer en jou. Heb je enig idee waarom dat zou kunnen zijn?'

Nu was het Falks beurt om even te zwijgen. Hij hoorde de brigadier in de telefoon ademen.

Haar kwaad kan doen.

'Ik denk dat we beter naar je toe kunnen komen,' zei Falk. 'Dan kunnen we elkaar persoonlijk spreken.'

'Dat lijkt me verstandig. Breng je telefoon mee.'

Dag 4: zondagochtend

De vrouw zag haar eigen angst weerspiegeld in de drie gezichten die naar haar terugkeken. Haar hart bonkte en ze kon de gejaagde ademhaling van de anderen horen. Het stukje hemel dat boven hun hoofden door de bomen werd uitgesneden, was loodgrijs. De wind rukte aan de takken en liet een plens water op het groepje beneden neerdalen. Niemand gaf een krimp. Achter hen kreunde en kraakte het rottende hout van de hut toen er nog een windvlaag doorheen joeg.

'We moeten hier weg,' zei de vrouw. 'Nu.'

De twee links van haar knikten onmiddellijk, voor één keer eensgezind door hun paniek, hun ogen donker en groot. Rechts van haar een lichte aarzeling, toen een derde knik.

'Wat doen we met...'

'Met wat?'

'... Wat doen we met Alice?'

Een akelige stilte. Het enige geluid was het ruisen en kraken van de bomen die op hun gespannen kringetje van vier neerkeken.

'Alice heeft dit over zichzelf afgeroepen.'

3

Toen Falk en Carmen na een paar uur stopten, was de hemel helemaal licht en lag de stad ver achter hen. Ze stonden langs de kant van de weg en rekten zich uit terwijl de wolken verschuivende schaduwen op de velden wierpen. Er stonden weinig huizen of andere gebouwen. Een vrachtwagen met landbouwgoederen bulderde voorbij, het eerste voertuig dat ze over een afstand van dertig kilometer hadden gezien. Een zwerm rosékaketoes vlakbij in een boom schrok van het lawaai en fladderde krijsend alle kanten op.

'Laten we doorrijden,' zei Falk. Hij nam de sleutels van Carmen over en kroop achter het stuur van haar gedeukte kastanjebruine sedan. Hij startte de motor. Het voelde meteen vertrouwd. 'Ik heb ook zo'n auto gehad.'

'Maar je was zo verstandig hem weg te doen?' Carmen installeerde zich op de passagiersstoel.

'Niet uit eigen keuze. Hij raakte eerder dit jaar beschadigd, in het stadje waar ik ben opgegroeid. Een welkom-thuisgebaar van een stel inwoners.'

Ze keek even naar hem, een flauw glimlachje. 'O ja. Daar heb ik over gehoord. "Beschadigd" is zacht uitgedrukt, volgens mij.'

Met een steek van spijt liet Falk zijn hand over het stuur glijden. Er was niets mis met zijn nieuwe auto, maar het was niet hetzelfde.

'Dit is trouwens Jamies auto,' zei Carmen terwijl hij wegreed. 'Beter voor lange afstanden dan de mijne.'

'Juist. Hoe gaat het met Jamie?'

'Goed. Zelfde als altijd.'

Falk wist eigenlijk niet wat dat betekende. Hij had Carmens verloofde slechts één keer ontmoet. Jamie, een gespierde kerel in een spijkerbroek en T-shirt, deed de marketing voor een bedrijf in sportdrankjes. Hij had Falk de hand geschud en hem een flesje met iets blauws en bruisends gegeven dat zijn prestaties zou verbeteren. Zijn glimlach had echt geleken, maar Falk had er ook nog iets anders in bespeurd toen de man zijn blik over zijn dunne gestalte, zijn bleke huid, zijn witblonde haren en zijn verbrande hand had laten gaan. Als Falk had moeten raden, zou hij gezegd hebben dat het lichte opluchting was geweest.

Falks telefoon bliepte vanuit de middenconsole. Hij verschoof zijn blik van de lege weg naar het schermpje en gaf de telefoon aan Carmen. 'Die brigadier heeft een e-mail gestuurd.'

Carmen opende het bericht. 'Oké, hij zegt dat er twee groepen waren bij de survivaltocht. Een mannengroep en een vrouwengroep, die ieder een eigen route liepen. Hij heeft de namen van de vrouwen in Alice' groep gestuurd.'

'Allebei de groepen van BaileyTennants?'

'Daar lijkt het wel op.' Carmen haalde haar eigen telefoon tevoorschijn en opende de website van BaileyTennants. Vanuit zijn ooghoek zag Falk de zwarte en zilverkleurige letters van het exclusieve accountantskantoor op het schermpje.

'Oké. Breanna McKenzie en Bethany McKenzie,' las ze hardop voor vanaf zijn telefoon. 'Breanna is toch de assistente van Alice?' Carmen tikte op haar schermpje. 'Ja, hier is ze. Mijn god, ze ziet eruit alsof ze reclame zou kunnen maken voor vitaminen.'

Ze hield haar telefoon omhoog en Falk wierp een blik op het stralende gezicht van een vrouw halverwege de twintig. Hij zag wat Carmen bedoelde. Zelfs in het onflatteuze kantoorlicht had Breanna McKenzie de gezonde gloed van iemand die elke ochtend ging joggen, vol overgave aan yoga deed en haar glanzende zwarte paardenstaart steevast elke zondag uitgebreid verzorgde.

Carmen tikte verder op haar telefoon. 'Over die ander kan ik niks vinden. Bethany. Zussen, denk je?'

'Mogelijk.' Misschien zelfs een tweeling, dacht Falk. Breanna en Bethany. Bree en Beth. Hij liet de klanken over zijn tong rollen. Ze klonken als een stel.

'We komen er nog wel achter hoe het zit met haar,' zei Carmen. 'De volgende is Lauren Shaw.'

'Haar zijn we toch al tegengekomen, of niet?' vroeg Falk. 'Iets in het middenmanagement?'

'Ja, ze is... Verdorie, je hebt gelijk, strategisch hoofd Forward planning.' Carmen hield haar telefoon weer omhoog. 'Wat dat ook mag betekenen.'

Laurens smalle gezicht gaf niets prijs. Haar leeftijd was moeilijk te schatten, maar Falk dacht zo tussen de vijfenveertig en vijftig. Haar haren waren middenbruin en haar lichtgrijze ogen staarden recht in de camera, haar uitdrukking neutraal als op een pasfoto.

Carmen keerde terug naar de lijst met namen. 'Hè?'

'Wat is er?'

'Hier staat dat Jill Bailey er ook bij was.'

'Meen je dat?' Falk hield zijn ogen op de weg, maar de knoop van bezorgdheid die hij al sinds de vorige avond in zijn borst voelde, pulseerde en groeide.

Carmen nam niet de moeite Jills foto open te klikken. Ze kenden allebei de zware gelaatstrekken van de voorzitster. Ze zou dat jaar vijftig worden, en ondanks haar dure kleding en kapsel was dat haar goed aan te zien.

'Jill Bailey,' zei Carmen terwijl ze verder scrolde door het bericht van de brigadier. Haar duim bleef in de lucht hangen. 'Shit. En haar broer zat in de mannengroep.'

'Weet je dat zeker?'

'Ja, Daniel Bailey, algemeen directeur. Het staat hier zwart-op-wit.'

'Dat staat me helemaal niet aan,' merkte hij op.

'Mij ook niet.'

Nadenkend tikte Carmen lichtjes met haar nagels op de telefoon. 'Oké. We weten niet genoeg om conclusies te trekken,' zei ze uiteindelijk. 'Die voicemail heeft totaal geen context. Het meest waarschijnlijk – realistisch en statistisch gezien – is dat Alice Russell per ongeluk van het pad af is geraakt en is verdwaald.'

'Ja, dat is het meest waarschijnlijk,' zei Falk. Geen van beiden klonk overtuigd, vond hij.

Ze reden verder. De radiozenders deden er steeds meer het zwijgen toe terwijl het landschap voorbijschoot. Carmen morrelde aan de knop tot ze een krakerige AM-zender vond. Het nieuws op het hele uur kwam en ging. De vrouw uit Melbourne was nog steeds vermist. De weg boog langzaam af naar het noorden, en plotseling zag Falk de heuvels van het Giralanggebergte aan de horizon.

'Ben je hier weleens geweest?' vroeg hij. Carmen schudde haar hoofd.

'Nee. Jij?'

'Nee.' Maar hij was wel opgegroeid op een plek als deze. Afgelegen gebied, waar dikke bomen dicht tegen elkaar aan groeiden op een terrein dat niets of niemand graag liet ontsnappen.

'Ik moet er niks van hebben, komt door wat hier gebeurd is,' vervolgde ze. 'Het is dwaas, ik weet het, maar...' Ze haalde haar schouders op.

'Wat is er uiteindelijk met Martin Kovac gebeurd?' vroeg Falk. 'Zit hij nog achter de tralies?'

'Geen idee.' Ze tikte weer op haar telefoon. 'Nee, hij is dood. Drie jaar geleden overleden, tweeënzestig jaar oud. Het begint me weer te dagen, trouwens. Hij raakte slaags met een andere gevangene, kwam met zijn hoofd op de grond terecht en werd niet meer wakker, staat hier. Ik kan er niet rouwig om zijn.'

Hetzelfde gold voor Falk. Het eerste lichaam was dat van een twintiger geweest, een aankomend lerares uit Melbourne die een weekendje van de frisse berglucht genoot. Een groep kampeerders had haar gevonden, dagen te laat. De rits van haar korte broek was kapotgetrokken en haar rugzak met spullen was verdwenen. Ze had blote voeten en haar schoenveters zaten strak om haar hals.

In de drie jaar erna werden nog twee lichamen van vrouwen gevonden en werd een vrouw als vermist opgegeven. Toen pas werd de naam Martin Kovac, een rondreizende arbeider, voor het eerst genoemd in verband met de moorden. Het kwaad was toen allang geschied. Er was een lange, blijvende schaduw over het rustige Giralanggebergte geworpen, en Falk behoorde tot een hele generatie die een rilling over de rug voelde lopen bij het horen van die naam.

'Kovac is blijkbaar gestorven zonder te hebben bekend dat hij die drie vrouwen had aangevallen,' las Carmen op van haar telefoon. 'Plus de vierde, die nooit gevonden is. Sarah Sondenberg. Dat was een triest geval. Ze was pas achttien. Herinner je je die oproepen van haar ouders op tv nog?'

Die herinnerde Falk zich nog. Twintig jaar later kon hij zich de wanhoop in hun ogen nog altijd voor de geest halen.

Carmen probeerde verder te scrollen, zuchtte toen. 'Sorry, hij hapert. Er is nauwelijks nog bereik.'

Dat verbaasde Falk niets. De bomen langs de kant van de weg wierpen schaduwen die het ochtendlicht tegenhielden. 'Ik denk dat we zo meteen helemaal geen bereik meer hebben.'

Ze zeiden niets meer tot ze de hoofdweg verlieten. Carmen pakte de kaart en wees de weg toen het pad versmalde en de heuvels voor hen opdoemden. Ze passeerden een rijtje winkels waar ze ansichtkaarten en buitensportmaterialen verkochten. Aan het eind waren een kleine supermarkt en een eenzaam pompstation.

Falk wierp een blik op de brandstofmeter en zette de richtingaanwijzer aan. Ze stapten allebei uit, geeuwend. Ze begonnen te voelen dat ze voor dag en dauw waren vertrokken. Er hing een vinnige kou in de lucht. Falk gooide de tank vol, en terwijl Carmen kreunend haar rug strekte, liep hij naar binnen om te betalen.

De man achter de toonbank droeg een wollen mutsje en een stoppelbaard van een week. Hij ging iets rechter staan toen Falk naar hem toe liep.

'Jullie gaan het park in?' Hij sprak met de haast van een man die snakte naar een gesprek.

'Klopt.'

'Op zoek naar die vermiste vrouw?'

Falk knipperde met zijn ogen. 'Ja, inderdaad.'

'Hele horden zijn hier langs geweest voor haar. Ze hebben een zoekteam ingeschakeld. Had gisteren minstens twintig mensen die kwamen tanken. De hele dag spitsuur. Vandaag idem dito.' Ongelovig schudde hij zijn hoofd.

Falk keek discreet om zich heen. Hun auto was de enige bij de pompen. In de winkel waren geen andere klanten.

'Hopelijk vinden ze haar snel,' ging de man verder. 'Slechte zaak, als er iemand vermist wordt. Ook slecht vóór de zaak. Schrikt mensen af. Wekt te veel herinneringen op, denk ik.' Hij ging er verder niet op in. Het was niet nodig om de naam Kovac te noemen, vermoedde Falk, niet in deze streek.

'Weet je toevallig het laatste nieuws?' vroeg Falk.

'Nee. Maar denk niet dat ze succes hebben gehad, want ik heb ze het park niet uit zien komen. En ik zie ze beide kanten op gaan. In en uit. Dichtstbijzijnde pomp is meer dan vijftig kilometer verderop. Nog verder als je naar het noorden gaat. Iedereen tankt hier. Voor het geval dat, snap je? Dat park heeft iets wat maakt dat iedereen die erheen gaat het zekere voor het onzekere wil nemen.' Hij haalde zijn schouders op. 'Tja, wij spinnen er goed garen bij.'

'Woon je hier al lang?'

'Lang genoeg.'

Toen Falk zijn creditcard aan de man gaf, merkte hij achter de toonbank het rode lampje van een beveiligingscamera op.

'Hangen er camera's bij de pompen?' vroeg hij, en de man volgde zijn blik naar buiten. Carmen stond tegen de auto geleund, haar ogen dicht en haar gezicht naar boven gericht.

'Ja, natuurlijk.' De ogen van de man bleven iets langer dan noodzakelijk op het tafereel buiten rusten. Toen keek hij Falk weer aan. 'Moet wel. Ik ben hier het grootste deel van de tijd in mijn eentje. Kan niet riskeren dat mensen zonder te betalen wegrijden.'

'Is de vermiste vrouw hier met haar groep langs geweest op weg naar het park?' vroeg Falk.

'Ja. Donderdag. De politie heeft al een kopie van de opnamen meegenomen.'

Falk haalde zijn ID tevoorschijn. 'Kan ik misschien ook een kopie krijgen?'

De man bekeek het pasje en haalde zijn schouders op. 'Momentje.'

Hij verdween in een privékantoor. Tijdens het wachten keek Falk door de glazen deuren van de ingang naar buiten. Achter het terrein met de pompen zag hij alleen maar een muur van groen. De heuvels maakten de hemel onzichtbaar. Plotseling voelde hij zich erg ingesloten. Hij schrok op toen de man weer verscheen met een geheugenstick in zijn hand.

'Afgelopen zeven dagen,' zei hij terwijl hij hem aan Falk gaf.

'Bedankt, kerel. Heel fijn.'

'Graag gedaan, ik hoop dat het helpt. Je wilt daar niet al te lang verdwaald zijn. Je raakt in paniek. Na een paar dagen gaat alles op elkaar lijken en vertrouw je je eigen ogen niet meer.' Hij wierp een blik naar buiten. 'Dan word je gek.'

Dag 1: donderdagmiddag

Er vielen lichte regendruppels op de voorruit toen de bus stopte. De chauffeur zette de motor af en draaide zich om in zijn stoel.

'We zijn er, jongens.'

Negen hoofden draaiden naar de raampjes.

'Ik stap alleen uit als we naar links gaan, niet als we naar rechts gaan,' riep een mannenstem vanaf de achterbank, en de anderen lachten.

Links van hen stond een knusse, warme lodge, waarvan de houten wanden de kou tartten. Uit de vensters stroomde licht en erachter lonkte een keurige rij slaapvertrekken.

Rechts lag een modderig pad, gemarkeerd door een verweerd bord. Erboven waren gombomen met elkaar vergroeid, waardoor ze een ruwe overwelfde doorgang vormden. Het pad slingerde dronken, waarna het ineens de wildernis in schoot en verdween.

'Het spijt me, kerel, vandaag gaat iedereen rechtsaf.' De chauffeur zwaaide het portier van het busje open en een ijskoude windvlaag kwam naar binnen. Een voor een kwamen de passagiers in beweging.

Bree McKenzie klikte haar gordel los en klom naar buiten, op het allerlaatste moment een grote plas ontwijkend. Ze draaide zich om om te waarschuwen, maar Alice stapte de bus al uit. Haar blonde haren waaiden in haar gezicht, waardoor ze niets meer zag, en een dure wandelschoen belandde met een plons in het water.

'Shit.' Alice veegde haar haren achter haar oren en keek naar beneden. 'Dat begint al goed.'

'Sorry,' zei Bree automatisch. 'Is hij doorweekt?'

Alice bekeek haar schoen van alle kanten. 'Nee. Volgens mij heb ik geluk.' Een seconde, toen glimlachte ze en liep weg. Bree slaakte zacht een zucht van opluchting.

Rillend trok ze de rits van haar jas tot bovenaan dicht. In de koude lucht hing de geur van vochtige eucalyptus. Ze keek om zich heen. Het parkeerterrein was praktisch leeg. Slappe tijd, vermoedde ze. Ze liep naar de achterkant van het busje, waar de rugzakken werden uitgeladen. Ze zagen er zwaarder uit dan ze zich herinnerde.

Lauren Shaw stond er al, haar lange dunne lichaam voorovergebogen om haar rugzak onder de stapel vandaan te halen.

'Heb je hulp nodig?' Bree kende Lauren niet zo goed als enkele anderen van het hogere personeel, maar ze wist hoe ze zichzelf nuttig kon maken.

'Nee, het gaat wel...'

'Ik vind het niet erg...' Bree reikte naar de rugzak, net toen Lauren hem lostrok. Er ontstond een ongemakkelijke worsteling doordat ze allebei naar een andere kant trokken.

'Volgens mij heb ik hem. Bedankt.' Laurens ogen hadden dezelfde grijze kleur als de lucht, maar ze schonk Bree een glimlachje. 'Heb jij hulp nodig?'

'Goh, nee.' Bree wuifde met haar hand. 'Het lukt wel. Dank je.' Ze keek omhoog. De wolken leken dikker te worden. 'Hopelijk blijft het weer goed.'

'Volgens de verwachtingen niet.'

'O. Nou ja, je weet maar nooit.'

'Nee.' Lauren leek het optimisme van Bree bijna amusant te vinden. 'Nee, je weet maar nooit.' Zo te zien wilde ze net nog wat zeggen, toen Alice haar naam riep. Lauren keek om en hees haar rugzak op haar schouder. 'Neem me niet kwalijk.'

Ze liep knerpend over het grind naar Alice, Bree in haar eentje bij de bagage achterlatend. Bree trok haar rugzak tussen de andere uit en probeerde hem op te tillen, een beetje wankelend onder het gewicht.

'Daar raak je wel aan gewend.'

Bree keek op. De chauffeur stond naar haar te grijnzen. Hij had zichzelf voorgesteld toen ze in Melbourne in het busje waren gestapt, maar zijn naam had ze niet onthouden. Nu bekeek ze hem eens goed. Hij was jonger dan ze eerst had gedacht, waarschijnlijk ongeveer van haar leeftijd, of een paar jaar ouder. In elk geval niet boven de dertig, met de knoestige handen en knokkels van een klimmer. Hij was dun, maar zag er sterk uit. Op de borst van zijn rode fleecetrui stond EXECUTIVE ADVENTURES geborduurd, maar een naam ontbrak. Ze wist niet of hij nou aantrekkelijk was of niet.

'Zorg dat hij goed is afgesteld. Dat scheelt een hoop.' De man pakte haar rugzak en tilde hem omhoog zodat zij haar armen door de schouderriemen kon steken.

Met zijn lange vingers verstelde hij de riemen en gespen, tot de rugzak plotseling niet echt licht, maar wel lichter leek. Bree deed net haar mond open om hem te bedanken, toen de indringende geur van sigarettenrook door de vochtige lucht sneed. Ze draaiden zich allebei om. Bree wist al wat ze zou zien.

Bethany McKenzie stond een eindje van de groep vandaan, haar schouders opgetrokken. Eén hand beschutte haar sigaret tegen de wind, de andere stak diep in haar jaszak. Op de heenweg was ze in het busje ingedommeld, met haar hoofd tegen het raam geleund, en ze was met een beschaamd gezicht wakker geworden.

De chauffeur schraapte zijn keel. 'Er mag hier niet gerookt worden.'

Beth stopte midden in een trek. 'We staan buiten.'

'We staan binnen de terreingrens van de lodge. Het is helemaal rondom een rookvrije zone.'

Even had Beth een opstandige blik in haar ogen, maar toen ze zag dat alle ogen op haar waren gericht, haalde ze haar schouders op en drukte de sigaret uit met haar schoen. Ze trok haar jas om zich heen. Het was een oud exemplaar, wist Bree, en hij paste niet goed meer.

Met een glimlach van verstandhouding richtte de chauffeur zijn aandacht weer op Bree. 'Werk je al lang met haar?'

'Een halfjaar,' zei Bree. 'Maar ik ken haar al mijn hele leven. Ze is mijn zus.'

Zijn reactie was geen verrassing voor haar. Verbaasd keek hij van Bree naar Beth en weer terug. 'Zussen?'

Bree hield haar hoofd een beetje schuin en streek met haar hand over haar donkere paardenstaart. 'Een tweeling zelfs. Eeneiig,' voegde ze eraan toe, want het leek haar wel grappig om de uitdrukking op zijn gezicht te zien. Hij stelde haar niet teleur. Hij wilde net wat zeggen, toen er in de verte een donderslag klonk. Iedereen keek omhoog.

'Sorry.' De chauffeur grijnsde. 'Ik kan maar beter opschieten, zodat jullie kunnen vertrekken. Dan hebben jullie voldoende tijd om voor het donker bij de overnachtingsplek te komen. Het enige wat erger is dan een natte kampeerplek is een halsoverkop ingerichte kampeerplek.'

Hij tilde de laatste rugzakken uit de bus en wendde zich naar Jill Bailey, die met veel moeite haar dikke arm onder de schouderriem van haar rugzak door probeerde te wurmen. Bree schoot toe om te helpen en nam het gewicht van de rugzak over terwijl Jill verder worstelde.

'Wil je al vertrekken?' vroeg de chauffeur aan Jill. 'Ik kan de damesgroep op pad laten gaan. Of wacht je liever tot iedereen er is?'

Met veel inspanning lukte het Jill eindelijk haar rugzak om te doen. Met een rood hoofd blies ze puffend uit. Ze keek de weg af. Leeg. Ze fronste haar wenkbrauwen.

'Met die auto van hem had Daniel nog voor ons hier kunnen

zijn,' zei een van de mannen, waarop beleefd gelach klonk.

Jill liet haar dunne zakelijke glimlachje zien, maar zei niets. Daniel Bailey was dan wel haar broer, maar hij was nog altijd de directeur. Hij mocht te laat komen, veronderstelde Bree.

Ze had Jill gadegeslagen toen ze tien minuten voordat het busje vanaf het hoofdkantoor van BaileyTennants in Melbourne zou vertrekken het telefoontje had gekregen. Jill was buiten gehoorsafstand gaan staan, met beide voeten op de grond en een hand op haar heup terwijl ze luisterde.

Zoals altijd had Bree geprobeerd de uitdrukking van de voorzitster te interpreteren. Irritatie? Misschien. Misschien iets anders. Ze vond Jill vaak moeilijk te doorgronden. Hoe dan ook, tegen de tijd dat het gesprek was beëindigd en Jill bij de groep was teruggekeerd, was de blik verdwenen.

Daniel had oponthoud, had Jill simpelweg gezegd. Zaken, zoals altijd. Ze zouden zonder hem vertrekken. Hij zou in zijn auto volgen.

Nu ze over de parkeerplaats rondslenterden, zag Bree de mondhoeken van de vrouw verstrakken. De wolken waren beslist dikker en Bree voelde af en toe een regendruppel op haar jas. De weg lag er nog altijd verlaten bij.

'Het heeft echt geen zin om hier met z'n allen te blijven wachten.' Jill wendde zich tot de vier mannen die met hun rugzakken bij het busje stonden. 'Daniel kan niet meer ver weg zijn.'

Ze verontschuldigde zich niet voor haar broer, en daar was Bree blij om. Dat was een van de dingen die ze het meest bewonderde aan Jill. Ze deed niet aan excuses.

De mannen haalden glimlachend hun schouders op. Het was prima. Natuurlijk was het prima, dacht Bree. Daniel Bailey was de baas. Wat konden ze anders zeggen?

'Oké.' De chauffeur klapte in zijn handen. 'Dan help ik jullie op weg, dames. Deze kant op.'

De vijf vrouwen keken elkaar even aan en volgden hem toen

de parkeerplaats over. Zijn rode fleecetrui stak fel af tegen het gedempte groen en bruin van de wildernis. Het grind knerpte onder hun schoenen, tot het overging in modderig gras. Bij het begin van het pad bleef de chauffeur staan, leunend op het oude houten bord. Onder een uitgesneden pijl stonden twee woorden: MIRROR FALLS.

'Hebben jullie alles?' vroeg hij.

Bree voelde dat de groep naar haar keek en ze controleerde de zak van haar jas. De kaart was keurig strak opgevouwen en ze voelde de plastic rand van het kompas. Ze hadden haar een halve dag op cursus gestuurd om te leren kaartlezen. Ineens leek dat erg kort.

'Maak je geen zorgen,' zei de chauffeur. 'Die heb je op dit stuk nauwelijks nodig. Volg je neus en je komt vanzelf bij de eerste kampeerplaats. Die kun je niet missen. Daarna slingert het pad nog wat verder, maar als je goed uitkijkt, komt het helemaal in orde. Ik zie jullie zondag aan de andere kant. Heeft iemand een horloge om? Mooi. De eindtijd is twaalf uur 's middags. Strafpunten voor elk kwartier dat jullie te laat zijn.'

'Wat als we vroeger bij het eindpunt zijn? Kunnen we dan eerder terugrijden naar Melbourne?'

De chauffeur keek Alice aan.

'Goed om te horen dat je vol vertrouwen bent.'

Ze haalde haar schouders op. 'Ik moet terug zijn voor iets op zondagavond.'

'Juist. Nou ja. Ik denk het wel. Als beide teams eerder bij het eindpunt zijn...' Hij keek schuin naar de mannen die verderop tegen het busje geleund stonden te kletsen, met nog altijd één ontbrekend teamlid. 'Maar luister, haal geen gekke toeren uit. Het verkeer is op zondag nooit druk. Als jullie om twaalf uur finishen, zorg ik dat jullie aan het eind van de middag terug in de stad zijn.'

Alice ging niet met hem in discussie, maar perste haar lippen op elkaar. Bree herkende die uitdrukking. Meestal probeerde ze te voorkomen dat Alice dat gezicht opzette.

'Nog vragen?' De chauffeur keek de vijf vrouwen een voor een aan. 'Goed. Laten we nog even snel een groepsfoto maken voor jullie nieuwsbrief.'

Bree zag Jill aarzelen. De bedrijfsnieuwsbrief had een twijfelachtige reputatie, zowel wat de regelmaat van verschijnen betrof als de nieuwswaarde. Jill klopte halfhartig op haar jaszak.

'Ik heb mijn...' Ze wierp een blik op het busje, waar hun mobiele telefoons in een dichtgeritste tas naast de chauffeursstoel lagen.

'Maakt niet uit, ik neem hem wel,' zei de chauffeur terwijl hij zijn eigen telefoon uit de zak van zijn fleecejack haalde. 'Ga maar bij elkaar staan. Iets dichterbij. Zo is het goed. Sla de armen om elkaar heen, dames. Doe net of je elkaar leuk vindt.'

Bree voelde dat Jill haar arm om haar middel liet glijden en ze glimlachte.

'Geweldig. Ik heb hem.' De chauffeur keek op het schermpje. 'Nou, dat was alles. Lopen maar. Succes. En probeer te genieten, oké?'

Met een wuivend gebaar beende hij weg, en de vijf vrouwen waren alleen. Ze bleven als bevroren in hun poseerhouding staan, totdat Jill in beweging kwam en iedereen elkaar losliet.

Bree keek naar Jill. De vrouw keek haar strak aan.

'Hoe ver is de eerste kampeerplaats?'

'O, even kijken...' Bree vouwde de kaart open, wat een hele toer was met de wind die eronder blies. Hun startpunt was omcirkeld en de route was in rood aangegeven. Ze hoorde geschuif met rugzakken terwijl ze met haar vinger de lijn volgde die naar de eerste kampeerplaats moest leiden. Waar was hij? Regendruppels vloeiden uit in het papier en een hoek klapte om door de wind, waardoor een kreukel ontstond. Ze streek hem zo goed mogelijk glad en ademde stilletjes uit toen ze de plek naast haar duimnagel zag liggen.

'Oké, het is niet ver,' zei ze terwijl ze in de legenda de schaal probeerde te ontcijferen. 'Valt best mee.'

'Ik vrees dat jij onder "valt best mee" iets anders verstaat dan ik,' merkte Jill op.

'Zo'n tien kilometer?' Bree liet het per ongeluk klinken als een vraag. 'Niet meer dan tien.'

'Goed.' Jill hees haar rugzak iets hoger op haar schouders. Ze leek zich nu al ongemakkelijk te voelen. 'Ga jij maar voorop.'

Bree begon te lopen. Na een paar stappen werd het pad donkerder door de takken die erboven groeiden en de hemel aan het zicht onttrokken. Ze hoorde water van de bladeren druppelen en de roep van een klokvogel, die ergens goed verscholen zat. Ze keek om naar de vier gezichten achter zich, beschaduwd door de capuchons van hun jassen. Alice liep het dichtstbij, plukjes blond haar wapperend in de wind.

'Goed zo,' vormde ze met haar lippen. Bree besloot dat ze het waarschijnlijk meende, en ze glimlachte.

Daarachter liep Lauren, haar ogen op de ongelijke grond gericht, terwijl Jills ronde wangen al een beetje roze kleurden. Haar zus sloot de rij. Beth bleef iets achter in haar geleende wandelschoenen en te strakke jas. De ogen van de zussen ontmoetten elkaar. Bree vertraagde haar tempo niet.

Het pad werd smaller en maakte een bocht. Het licht van de lodge knipperde nog een laatste keer en verdween toen de bomen zich achter hen sloten.

4

De parkeerplaats bij de lodge stond barstensvol. Pick-ups van vrijwilligers die mee kwamen zoeken, stonden ingeklemd tussen nieuwsbusjes en politiewagens.

Falk parkeerde dubbel voor de ingang van de lodge en liet Carmen met de sleutels achter in de auto. Hij stampte met zijn schoenen op de veranda en toen hij de deur opende, sloeg hem een golf warme lucht tegemoet. In de hoek van een gelambriseerde receptie zat een groep reddingswerkers over een kaart gebogen. Aan de ene kant was een deur naar de gemeenschappelijke keuken, aan de andere kant zag Falk een zithoek met versleten banken en een plank vol haveloze boeken en bordspellen. Verscholen in een hoek stond een oude computer, met erboven een bordje waarop in handgeschreven letters stond: ALLEEN TE GEBRUIKEN DOOR GASTEN. Falk wist niet goed of het een aanbod of een dreigement was.

De boswachter achter de balie keek nauwelijks op toen Falk naderde.

'Het spijt me, we zitten helemaal vol,' mompelde hij. 'Je komt op een ongelukkig moment.'

'Is brigadier King hier ergens?' vroeg Falk. 'Hij verwacht ons.'

Nu keek de boswachter hem aan. 'O, sorry. Ik zag je stoppen en dacht: daar heb je...' Hij maakte de zin niet af. *Nog zo'n eikel uit de stad.* 'Hij is in het crisiscentrum. Van daaruit wordt de zoekactie georganiseerd. Weet je waar dat is?'

'Nee.'

De boswachter spreidde een kaart van het park over de balie uit. Het papier was één uitgestrekte groene wildernis, met hier en daar kronkelige lijnen die wandelroutes of wegen voorstelden. Hij pakte een pen en legde uit wat hij markeerde. Ze moesten een zandweg volgen die de dichte massa in westelijke richting doorsneed tot aan een kruispunt, waar hij ineens een bocht naar het noorden maakte. De boswachter eindigde zijn instructies met het omcirkelen van het eindpunt. Het leek in een godvergeten uithoek te liggen.

'Van hieruit is het ongeveer twintig minuten rijden. Maak je geen zorgen.' De man gaf de kaart aan Falk. 'Je ziet het vanzelf als je er bent, echt.'

'Bedankt.'

Toen hij naar buiten stapte, voelde de kou als een klap in zijn gezicht. Hij deed het portier van de auto open en ging handenwrijvend achter het stuur zitten. Carmen zat naar voren geleund door de voorruit te turen. Hij begon te praten, maar een sst-geluid makend wees ze met haar vinger. Falk volgde haar blik. Aan de andere kant van de parkeerplaats boog een man van tegen de vijftig in een spijkerbroek en skijack zich over de kofferbak van een zwarte BMW.

'Kijk. Daniel Bailey,' zei Carmen. 'Dat is hem toch?'

Falks eerste gedachte was dat de directeur van BaileyTennants er anders uitzag zonder pak. Hij had Bailey nog nooit in levenden lijve gezien; de man bewoog zich op een atletische manier, wat op foto's niet te vangen was. Hij was iets kleiner dan Falk had verwacht, maar breed in de schouders en rug. Zijn dikke haar was donkerbruin, zonder een spatje grijs. Als het niet zijn natuurlijke kleur was, was het dure en overtuigende nep. Bailey kende hen niet – als het goed was, tenminste – maar toch liet Falk zich een beetje onderuitzakken in zijn stoel.

'Ik vraag me af of hij meehelpt met zoeken,' zei Carmen.

'Waar hij ook mee bezig is, hij heeft niet stilgezeten.' Baileys wandelschoenen zaten onder de verse modder.

Ze keken toe terwijl de man in de kofferbak van zijn BMW rommelde. De auto stond als een gestroomlijnd exotisch dier tussen de versleten pick-ups en busjes. Eindelijk ging Bailey rechtop staan, terwijl hij iets donkers in zijn jaszak liet glijden.

'Wat was dat?' vroeg Carmen.

'Een paar handschoenen, leek het wel.'

Bailey gaf een tikje tegen de achterklep en de kofferbak sloot zich in een luxueuze stilte. Hij bleef nog even staan, tuurde naar de wildernis en liep toen naar het overnachtingsgebouw, zijn hoofd gebogen tegen de wind.

'Dat zowel hij als Jill hier rondloopt, zou het allemaal best lastig kunnen maken,' merkte Carmen op terwijl ze naar de weglopende gestalte keken.

'Ja.' Dat was een understatement, en dat wisten ze allebei. Falk startte de motor en gaf de kaart aan Carmen. 'Nou ja. Dat is nu in elk geval onze bestemming.'

Ze keek naar het cirkeltje op de bijna geheel groene kaart.

'Wat is daar?'

'De plek waar ze de andere vier hebben gevonden.'

De vering van de auto had het zwaar. Ze hobbelden over de zandweg en voelden elk schokje. Aan weerskanten hielden eucalyptusbomen met afbladderende schors de wacht. Boven het geronk van de motor uit hoorde Falk een zacht maar scherp gefluit.

'Jezus, is dat de wind?' Carmen tuurde door de voorruit.

'Volgens mij wel.' Falk hield zijn ogen op de weg toen de wildernis om hen heen dichter werd. Zijn verbrande hand omklemde het stuur. Hij begon pijn te doen.

De boswachter had in elk geval gelijk gehad. Ze hadden het niet kunnen missen. Falk reed een bocht om en de eenzame weg voor hen veranderde ineens in een bijenkorf van activiteit. Langs de kant stonden auto's bumper aan bumper geparkeerd en een verslaggever sprak ernstig in een camera, gebarend naar de zoekteams achter haar. Iemand had van schragen en een plank een tafel gemaakt, waarop kannen koffie en flessen water stonden. Bladeren dwarrelden uit de bomen naar beneden toen een politiehelikopter boven de plek bleef zweven.

Falk parkeerde helemaal aan het eind van de rij auto's. Het was bijna middag, maar de zon was slechts een zwakke gloed tegen de hemel. Carmen vroeg een passerende boswachter naar hoofdbrigadier King en hij wees naar een lange man van in de vijftig. Hij was mager en zijn alerte blik schoot heen en weer tussen zijn kaart en de wildernis. Toen Falk en Carmen naar hem toe liepen, keek hij belangstellend op.

'Bedankt voor jullie komst.' Hij gaf hun een hand terwijl ze zich voorstelden en keek over zijn schouder naar de tv-camera. 'Laten we weggaan van deze chaos.'

Ze liepen een eindje de weg op en doken weg achter een grote pick-uptruck die een beetje beschutting tegen de wind bood.

'Nog niets gevonden, dus?' vroeg Falk.

'Nee.'

'Hoeveel van dit soort zoektochten heb je meegemaakt?'

'Veel. Ik ben hier nu bijna twintig jaar. Mensen dwalen voortdurend van het pad af.'

'En hoe snel vind je ze meestal?'

'Dat hangt er helemaal van af. Daar valt niets over te zeggen. Soms hebben we meteen geluk, maar vaak duurt het wat langer.' King blies zijn dunne wangen leeg. 'Ze is nu al meer dan dertig uur alleen, dus we willen haar het liefst vandaag nog vinden. Het lijkt erop dat ze zo slim waren om regenwater op te vangen, en dat is al iets, maar ze heeft waarschijnlijk geen eten. Dan is er ook nog het risico van onderkoeling. Die kan vrij snel optreden als je nat bent. Maar heel veel hangt af van hoe ze ermee omgaat. Misschien heeft ze geluk; blijkbaar heeft ze als kind dikwijls gekampeerd. Vaak komen ze er op eigen kracht weer uit.' Hij zweeg even. 'Soms niet.'

'Maar je slaagt er altijd in ze te vinden?' vroeg Carmen. 'Uiteindelijk, bedoel ik.'

'Bijna altijd. Zelfs in de tijd van Kovac werden ze gevonden, weet je, uiteindelijk. Behalve dat ene meisje. Daarna kan ik er maar een of twee bedenken die nooit zijn opgedoken. Vijftien jaar geleden hadden we een oude kerel. Hij was niet gezond, zwak hart. Had eigenlijk niet in zijn eentje op pad moeten gaan. Was waarschijnlijk op een rustige plek gaan zitten om uit te rusten en kreeg een hartinfarct. En zo'n tien jaar geleden was er een stel uit Nieuw-Zeeland. Dat was een beetje een vreemde zaak. Begin dertig, goede conditie, behoorlijk ervaren. Heel wat later werd bekend dat ze in eigen land zware schulden hadden.'

'Dus je denkt dat ze opzettelijk waren verdwenen?' vroeg Falk.

'Het is niet aan mij om dat te zeggen, makker. Maar van de radar verdwijnen zou voor hen geen ramp zijn geweest.'

Falk en Carmen wisselden een blik.

'Wat is er nu eigenlijk gebeurd?' vroeg Carmen.

'Alice Russell maakte deel uit van een groep van vijf vrouwen die donderdagmiddag werden afgezet aan het begin van het pad naar de Mirror Falls – iemand kan je de plek later laten zien als je wilt – voorzien van een basisuitrusting. Een kaart, tenten, kompas, eten. Het was de bedoeling dat ze richting het westen liepen, een paar van die verdomde teambuildingopdrachten uitvoerden en drie nachten kampeerden.'

'Is de tocht door het park opgezet?' vroeg Carmen.

'Nee. Hij wordt georganiseerd door een privébedrijf, maar dat is al een paar jaar hier actief. Executive Adventures? Ze zijn best goed, weten doorgaans wat ze doen. Een groep van vijf mannen van BaileyTennants liep de tocht ook. Andere route, maar beide groepen werden hier gisteren om twaalf uur 's middags bij het eindpunt verwacht.'

'Maar de vrouwen kwamen niet.'

'Nee. Nou ja, uiteindelijk doken er vier op. Maar zes uur te laat en aan het eind van hun Latijn. Ze hadden wat verwondingen. Ze hadden allemaal wel een paar schrammen of blauwe plekken. Een klap tegen het hoofd. Eentje had een slangenbeet.'

'Jezus, wie?' vroeg Falk. 'Is ze in orde?'

'Ja. Het gaat. Breanna McKenzie. Volgens mij is ze eigenlijk een veredelde assistente, voor zover ik kan nagaan. Al die functies hebben zo'n verdraaid ingewikkelde naam. Maar goed, het was waarschijnlijk gewoon een ruitpython, al wisten ze dat toen natuurlijk niet. Deden het in hun broek van angst. Dachten dat het een tijgerslang was en dat ze elk moment dood kon neervallen. Maar het was er geen, en hij was beslist niet giftig, maar de beet is geïnfecteerd, dus moet ze een paar dagen in het medisch centrum blijven.'

'In Melbourne?' vroeg Carmen, en King schudde zijn hoofd.

'Gemeentelijk ziekenhuis hier in de stad,' zei hij. 'Beste plek voor haar. Als je in een kraakpand ergens in een stad een overdosis meth hebt genomen, kun je het beste geholpen worden door de artsen daar in het ziekenhuis. Als je door een slang wordt gebeten, ben je het beste af met artsen die alles weten over dieren in het wild, geloof me. Haar zus is bij haar in het ziekenhuis.' Hij haalde een notitieboekje uit zijn zak en keek erin. 'Bethany McKenzie. Ze deed ook mee aan de tocht, bracht het er betrekkelijk heelhuids van af.'

King keek over zijn schouder naar de reddingswerkers. Een groep bereidde zich voor om de wildernis in te trekken. Hun oranje overalls staken fel af tegen de dichte bossen. Tussen de bomen zag Falk een opening waar een pad begon. Het was gemarkeerd met een eenzaam houten baken.

'We weten dat ze ergens op de tweede dag het pad verlaten

moeten hebben, omdat ze die avond de kampeerplaats niet bereikten,' vervolgde King. 'Vanaf de hoofdroute loopt een vrij breed kangoeroespoor. We denken dat ze daar verkeerd zijn gelopen. Dat beseften ze al na een paar uur, maar dat is lang genoeg om in de problemen te komen.'

Hij keek weer in zijn notitieboekje en sloeg een bladzijde om.

'Vanaf daar wordt het allemaal wat vager. Mijn agenten hebben gisteravond en vanochtend zo veel mogelijk informatie uit hen proberen te krijgen. Er zijn echter nog wat gaten die opgevuld moeten worden. Toen ze beseften dat ze verkeerd waren gelopen, hebben ze schijnbaar rondgeploeterd in een poging de weg terug te vinden. Op die manier maak je het algauw erger. Bij de tweede kampeerplaats lag een nieuwe voorraad eten en drinken voor hen klaar, dus toen ze die niet haalden op die dag, sloeg de paniek toe.'

Falk moest denken aan wat de man bij het tankstation had gezegd. *Je raakt in paniek. Je vertrouwt je eigen ogen niet meer.*

'Ze hadden allemaal hun telefoon moeten achterlaten, maar Alice had die van haar meegenomen, zoals je weet.' King knikte naar Falk. 'Maar het bereik is daar hopeloos. Soms heb je geluk, maar meestal niet. Hoe dan ook, ze zwierven rond tot zaterdag, toen ze op een hut stuitten.'

Hij zweeg even. Hij leek nog iets te willen zeggen, maar veranderde van gedachten.

'We weten op dit moment niet de exacte locatie van die hut. Maar ze hebben daar overnacht. Toen ze gisterochtend wakker werden, was de vermiste vrouw verdwenen. Dat zeggen de andere vier in elk geval.'

Falk fronste. 'Wat dachten ze dat er met haar was gebeurd?'

'Dat ze kwaad was geworden. Er in haar eentje vandoor was gegaan. Ze hadden wat onenigheid gehad over wat ze het beste konden doen. Die Alice had blijkbaar te kennen gegeven dat ze dwars door de wildernis naar het noorden wilde lopen, net zolang tot ze bij een weg kwamen. De anderen zagen dat niet zitten en dat vond ze niet leuk.'

'En wat denk jij?'

'Dat zou weleens kunnen kloppen. Haar rugzak en telefoon waren ook verdwenen. Ze had de enige werkende zaklamp van de groep meegenomen.' Kings mond vormde een dunne streep. 'En tussen jou en mij, te oordelen naar de verwondingen en de hoeveelheid stress die ze hebben meegemaakt, lijkt het alsof er op een gegeven moment ruzie is ontstaan.'

'Denk je dat ze gevochten hebben?' vroeg Carmen. 'Waarom?'

'Zoals ik zei, er zijn nog veel onduidelijkheden. We doen wat we kunnen, onder de omstandigheden. Elke minuut telt in de wildernis. De zoektocht is onze prioriteit.'

Falk knikte. 'Hoe hebben de andere vier de weg teruggevonden?'

'Ze zijn in noordelijke richting gaan lopen tot ze bij een weg kwamen, en die hebben ze gevolgd. Het is een beetje een gok, deze tactiek werkt niet altijd, maar ze hadden waarschijnlijk weinig keus. Met die slangenbeet en zo. Het heeft hun uren gekost, maar uiteindelijk hebben ze zo wel het eindpunt gevonden.' Hij zuchtte. 'We zijn nu in de eerste plaats op zoek naar de hut. In het beste geval heeft ze de weg teruggevonden en houdt ze zich daar schuil.'

Falk vroeg niet wat er in het ergste geval met haar gebeurd kon zijn. In haar eentje en verdwaald in de wildernis, met alle gevaren van dien... het was niet moeilijk om een hele rits mogelijkheden te bedenken.

'Dit is dus de stand van zaken,' zei King. 'Jouw beurt.'

Falk haalde zijn telefoon tevoorschijn. Hij had de voicemail van Alice Russell opgeslagen en was nu blij dat hij dat had gedaan. Op zijn schermpje zag hij dat hij helemaal geen bereik had. Hij gaf de telefoon aan King, die hem stevig tegen zijn oor drukte.

'Die verdomde wind.' King bedekte zijn andere oor met zijn hand en sloot zijn ogen, terwijl hij ingespannen luisterde. Hij speelde de voicemail nog twee keer af voordat hij de telefoon teruggaf. Zijn gezicht stond strak.

'Kun je me vertellen waarover je contact had met haar?' vroeg hij.

De helikopter vloog weer laag over, waardoor de takken van de bomen plotseling alle kanten op zwiepten. Falk keek Carmen aan, die een kort knikje gaf.

'We zagen Daniel Bailey op de parkeerplaats bij de lodge,' zei Falk. 'De directeur van het bedrijf waar ze allemaal werken. Zijn naam stond op de deelnemerslijst die je ons hebt gestuurd.'

'De baas? Ja, ik weet wie hij is. Hij zat in de mannengroep.'

'Hadden de mannen onderweg contact met de vrouwen?'

'Officieel niet. Onofficieel?' zei King. 'Ja, ik heb gehoord dat dat er was. Waarom?'

'Over hem hadden we het dus met Alice Russell,' zei Falk. 'Daniel Bailey.'

Dag 1: donderdagmiddag

Bij elke stap zag Jill Bailey de afstand tussen haar en het achterhoofd van Alice groter worden.

Ze liepen pas twintig minuten, maar bij haar hiel voelde ze haar schoen al onheilspellend schuren, ondanks het driecijferige bedrag dat ze had neergeteld voor iets wat werd omschreven als 'geavanceerde absorptietechnologie voor nog meer comfort'. Het was koud, maar haar T-shirt plakte onder haar armen en een zweetdruppel liep naar beneden, haar beha in. Haar voorhoofd voelde klam. Snel veegde ze er met haar mouw langs.

De enige die het misschien nog zwaarder had dan zij was Beth. Jill hoorde het raspende geluid van rokerslongen achter zich. Ze wist dat ze zich eigenlijk moest omdraaien en haar bemoedigend moest toespreken, maar op dat moment kon ze niets bedenken om te zeggen. Niets overtuigends in elk geval.

In plaats daarvan concentreerde ze zich op haar eigen ritme, zonder te laten merken dat het niet lekker ging. Het zachte gedruppel van water van de takken deed haar denken aan de meditatiemuziek die ze in wellnesscentra draaiden. Dat was meer haar idee van een gezellig weekendje weg; outdooractiviteiten waren altijd meer iets voor Daniel geweest. Verdomde Daniel. Ze vroeg zich af of hij al bij de lodge was aangekomen.

Ze werd zich bewust van een verandering in de bewegingen voor zich en toen ze opkeek, zag ze dat de anderen vertraagden. Het pad was breder en het bos rondom dunner geworden, en nu besefte ze dat het geluid dat ze hoorde niet de wind was, zoals ze had gedacht, maar het stromen van water.

Bij de bosrand ging ze naast de anderen staan, knipperend met haar ogen. De wildernis week plotseling uiteen en ze zag een muur van naar beneden stortend wit.

'O mijn god, ongelooflijk,' fluisterde Jill. 'We hebben zo te zien de waterval gevonden.'

'Adembenemend' was het woord dat zich opdrong. Een levendige rivier raasde langs de bomen, kolkte borrelend en schuimend onder een houten brug door en maakte daarna een vrije val over een rotsrand. Als een zwaar gordijn stortte hij met een oorverdovend wit gebulder in de donkere diepte eronder.

De vijf vrouwen liepen de brug op en keken leunend over de reling naar het woeste, kolkende water in de afgrond. De lucht was zo tintelend fris dat Jill het gevoel had dat ze hem bijna kon aanraken. De waternevel verkoelde haar wangen. Het was een hypnotiserend gezicht, en terwijl ze alles in zich opnam, leek het wel of haar rugzak iets minder op haar schouders drukte. Ze zou daar eeuwig kunnen blijven staan.

'We moeten verder.'

De stem kwam van de andere kant van de brug. Met moeite rukte Jill haar blik los. Alice stond het pad verderop al af te turen. 'Het wordt hier waarschijnlijk vroeg donker,' zei ze. 'We moeten doorlopen.'

Meteen vlamde de opkomende blaar op Jills hiel op en haar shirt schuurde tegen haar huid. Ze wierp een blik naar de zware lucht en keek nog een keer om naar de waterval. Ze zuchtte.

'Oké. Laten we gaan.'

Ze duwde zichzelf weg van de reling en zag toen Bree peinzend naar de kaart staren.

'Alles goed?' vroeg ze, en Bree glimlachte plots haar rechte, witte tanden bloot.

'Ja. We moeten deze kant op.' Ze vouwde de kaart dicht, zwiepte haar donkere paardenstaart over haar schouder en wees naar het enige pad voor hen. Jill knikte zwijgend. Eén pad, één optie. Ze hoopte dat Bree zich net zo zelfverzekerd voelde wanneer er een beslissing genomen moest worden.

Het pad was modderig en Jill was bij elke stap bang dat ze zou uitglijden. Een pijnlijk gevoel kroop langs haar ruggengraat omhoog. Ze wist niet of het door het gewicht van de rugzak kwam of doordat ze constant met haar hoofd voorover liep om te kijken waar ze haar voeten moest zetten.

Ze hadden nog niet zo ver gelopen toen het gezoem en de trillers van de wildernis doorbroken werden door een kreet. Bree was gestopt en wees naar iets een stukje van het pad vandaan.

'Kijk. Daar is de eerste vlag. Of niet?'

Tegen de achtergrond van de vezelige bast van de gombomen wapperde een vierkante witte lap. Bree liet haar rugzak vallen en stampte door het lage struikgewas om hem van dichterbij te kunnen bekijken.

'Ja, het is hem. Het logo van Executive Adventures staat erop.'

Jill tuurde door haar wimpers. Van die afstand kon ze het niet goed zien. Bree strekte zich en reikte zo ver mogelijk met haar hand. Ze sprong omhoog, maar kon er niet bij.

'Ik heb iets nodig om op te staan.' Bree keek om zich heen. Haar haren wapperden in haar gezicht.

'Ach, laat toch hangen.' Alice keek naar de lucht. 'Het is niet de moeite waard om daar je nek voor te breken. Wat krijgen we als we ze alle zes vinden? Honderd dollar of zo?'

'Tweehonderdveertig per vlag.'

Bij het horen van Beths stem draaide Jill zich om. Sinds hun vertrek was het de eerste keer dat ze haar mond had opengedaan.

Beth zette haar rugzak neer. 'Ik zal je een zetje geven.'

Jill zag het enthousiasme van Bree's gezicht verdwijnen.

'Nee, het is al goed. Laat maar zitten.'

Maar het was al te laat, haar zus kwam al naar haar toe. 'Tweehonderdveertig dollar, Bree. Ik pak hem zelf wel als jij het niet doet.'

Jill stond naast Alice en Lauren, die hun armen voor hun borst gevouwen hadden tegen de kou, en keek toe. Beth knielde voor haar zus neer, strengelde haar vingers ineen om een provisorisch opstapje te maken en wachtte tot Bree aarzelend een modderige schoen in haar handpalmen zette.

'Dit is tijdverspilling,' zei Alice, waarna ze een schuine blik op Jill wierp. 'Sorry. Niet de tocht. Alleen dit.'

'Ach, laat ze toch een poging doen.' Lauren keek toe terwijl de tweeling tegen de boomstam wankelde. 'Ze doen geen kwaad. Een paar honderd dollar is veel geld voor een twintiger.'

Jill keek naar Alice. 'Waarom heb je trouwens zo'n haast?'

'Omdat we met dit tempo de tenten niet alleen in het donker maar ook in de regen zullen moeten opzetten.'

Waarschijnlijk had Alice gelijk, dacht Jill. De lucht was donkerder geworden en ze hoorde ook geen vogels meer fluiten. 'We gaan zo weer verder. Ik bedoelde eigenlijk waarom je zondag vroeg terug wilt zijn in Melbourne. Zei je niet dat je ergens naartoe moest?'

'O.' Er viel een ongemakkelijke stilte, toen wuifde Alice met haar hand. 'Het is niets.'

'Die avond is de prijsuitreiking op Endeavour Ladies' College,' zei Lauren, en Alice wierp haar een blik toe die Jill niet helemaal begreep.

'O ja? Nou, we zullen zorgen dat je op tijd terug bent,' zei Jill. 'Welke prijs krijgt Margot?'

Na elke ontmoeting met Alice' dochter bekroop Jill het eigenaardige gevoel dat ze op een of andere manier beoordeeld was. Niet dat de mening van een zestienjarige ook maar enige waarde had in Jills wereld – de behoefte aan dat soort goedkeuring lag vijfendertig jaar achter haar – maar de kille, starende blik van Margot Russell had op een vreemde manier iets verontrustends.

'Ze krijgt de dansprijs,' antwoordde Alice.

'Dat is leuk.'

'Hmm,' gromde Alice, van wie Jill wist dat ze een master

had in bedrijfskunde en handelswetenschappen.

Jill keek schuin naar Lauren. Haar dochter had ze nooit ontmoet, maar ze wist dat ze ook op Endeavour zat. Ze had Lauren meer dan eens horen klagen over het schoolgeld. Jill groef diep in haar geheugen, maar kon de naam van het meisje niet naar boven halen.

'Moet jij ook eerder terug zijn?' vroeg ze uiteindelijk.

Even bleef het stil. 'Nee. Dit jaar niet.'

Op dat moment klonk er een juichkreet, en met een vleugje opluchting keek Jill om. De zussen stonden met de vlag te zwaaien.

'Goed gedaan, dames,' zei Jill, en Bree straalde. Zelfs Beth glimlachte. Dat veranderde haar hele gezicht, dacht Jill. Ze zou het meer moeten doen.

'Eindelijk,' verzuchtte Alice, net niet zacht genoeg. Ze hees haar rugzak op haar schouders. 'Sorry, maar als we nu niet verdergaan, halen we het echt niet meer voor het donker.'

'Ja, dank je, Alice. Dat heb je al gezegd.' Jill wendde zich naar de zussen. 'Goed teamwork, meiden.'

Terwijl Alice wegliep, bleef Bree breeduit glimlachen. Dat ene trekje bij haar mondhoek was zo miniem dat als Jill niet beter had geweten, ze misschien had gedacht dat ze het zich had verbeeld.

Alice had gelijk gehad. Het was pikdonker tegen de tijd dat ze bij de kampeerplaats aankwamen. De laatste kilometer hadden ze met een slakkengang afgelegd, hun weg zoekend met een zaklamp, en elke honderd meter waren ze gestopt om op de kaart te kijken.

Jill had gedacht dat ze opgelucht zou zijn bij het bereiken van de open plek, maar ze voelde alleen maar uitputting. Haar benen deden zeer en haar ogen waren moe van het ingespannen getuur in het duister. Het was moeilijk te zeggen in het donker, maar de plek leek groter dan ze had verwacht. Hij was omringd door wiegende gombomen, hun takken zwarte vingers tegen de nachthemel. Ze zag geen sterren.

Ze zette haar rugzak op de grond, blij van het gewicht verlost te zijn. Toen ze naar achteren stapte, stootte ze met haar hiel ergens tegenaan en viel, waarbij ze met een schreeuw hard op haar stuitje terechtkwam.

'Wat was dat?' Een verblindend licht scheen in Jills ogen. Er klonk een kort lachje van verbazing, abrupt weer ingeslikt. Alice. 'God, Jill. Je liet me schrikken. Is alles goed?'

Jill voelde dat iemand haar bij de arm pakte.

'Volgens mij heb je de stookplek gevonden.' Bree. Natuurlijk. 'Kom, ik zal je helpen.'

Jill voelde Bree een beetje wankelen onder haar gewicht terwijl ze overeind krabbelde.

'Het lukt wel. Bedankt.' Haar handpalm was geschaafd en voelde ruw. Misschien bloedde hij wel. Ze wilde haar zaklamp pakken, maar haar jaszak was leeg.

'Verdomme.'

'Heb je je bezeerd?' Bree hing nog altijd om haar heen.

'Ik denk dat ik mijn zaklamp ben verloren.' Jill keek rond waar ze was gevallen, maar het was te donker om iets te zien.

'Ik haal de mijne wel.' En weg was Bree. Jill hoorde iemand in een rugzak rommelen.

'Hier.' De stem kwam uit het niets, vlak bij haar oor, en ze schrok op. 'Neem deze maar.'

Jill voelde dat er iets in haar handen werd gedrukt. Het was een degelijke metalen werkmanszaklamp, lang en zwaar.

'Dank je.' Jill morrelde tot ze de schakelaar had gevonden. Een krachtige lichtstraal sneed door de nacht en scheen recht in het gezicht van Alice. De vrouw kromp ineen en hief haar hand om haar ogen af te schermen, haar gelaatstrekken hard en kwetsbaar.

'Jezus, dat is een beetje fel.'

Jill liet de lichtbundel een halve tel langer dan nodig op

Alice' gezicht rusten voordat ze hem liet zakken. 'Zo te zien doet hij wat hij moet doen. Misschien zijn we er later blij mee.'

'Misschien.' Alice stond met haar voeten gevangen in de cirkel van licht, deed toen een stap opzij en verdween.

Jill liet de straal langzaam over het terrein glijden. Het witte licht deed de meeste kleuren verbleken en bedekte alles met monochrome tinten. Het pad waarover ze hadden gelopen, zag er smal en ongelijk uit, en de stookplek aan haar voeten was zwart in het midden. Ze waren omringd door een stille cirkel van bomen, hun stammen helder in de lichtbundel. De wildernis erachter was zwart. Toen Jill de straal verder liet glijden, zag ze ineens een schaduw, en ze stopte. Ze draaide terug, langzamer deze keer.

Een tengere figuur stond bewegingloos aan de rand van de open plek. Jill kreeg een schok, waardoor ze bijna weer struikelde en het licht woest rondstuiterde. Ze herstelde zich en hield haar hand stil. Het licht bibberde zacht terwijl ze de straal probeerde te focussen.

Jill liet haar adem ontsnappen. Het was Lauren maar. Haar lange, dunne gestalte ging bijna geheel op in de verticale lijnen van de bomen en de donkere ruimte ertussen.

'Jezus, Lauren, ik schrok me rot,' riep Jill. Haar hart bonkte nog steeds een beetje. 'Wat doe je daar?'

Lauren stond als bevroren, met haar rug naar de groep, in het donker te staren.

'Lau...'

Ze hief haar hand op. 'Sst.'

Ze hoorden het allemaal tegelijk. Gekraak. Jill hield haar adem in, haar oren tuitten in het vacuüm. Niets. Toen opnieuw gekraak. Deze keer klonk onmiskenbaar het gebroken ritme van takjes die vertrapt worden.

Jill deed snel een stap naar achteren. Lauren draaide zich om, haar gezicht grauw in het felle licht.

'Daar is iemand.'

5

'Daniel Bailey?' zei King, van Falk naar Carmen kijkend. 'Waarom houden jullie hem in de gaten?'

De wind blies wolken van stof en bladeren de lucht in en aan de andere kant van de weg zag Falk het zoekteam in de wildernis verdwijnen. Melbourne voelde heel ver weg.

'Dit is strikt vertrouwelijk,' antwoordde Falk, en hij wachtte tot King knikte.

'Natuurlijk.'

'Het gaat om witwasserij. Naar verluidt.'

'Bij BaileyTennants?'

'Dat denken we, ja.' Het exclusieve accountantskantoor was een van de bedrijven waarnaar de Australische federale politie tegelijkertijd onderzoek deed.

'Dat zou toch een fatsoenlijk bedrijf moeten zijn? Al generaties in het bezit van dezelfde familie en zo.'

'Tja. We denken dat de vader van Daniel en Jill Bailey er voor hen al bij betrokken was.'

'Echt?' King trok zijn wenkbrauwen op. 'De appels vallen dus niet ver van de boom, zou je kunnen zeggen.'

'Zoiets.'

'En waar hebben we het dan over?' vroeg King. 'Een beetje met de boeken rommelen of...'

'De aantijgingen zijn ernstig,' zei Carmen. 'Georganiseerd. Op hoog niveau. En het gaat maar door.'

In werkelijkheid wisten Falk en Carmen niet zeker hoever het complete onderzoek zich had uitgespreid. Ze hadden opdracht gekregen om specifiek BaileyTennants te onderzoeken en hadden alleen de informatie gekregen die direct relevant was. Het bedrijf was een radertje in een groter netwerk, dat wisten ze wel. Hoever dat netwerk reikte en hoe diep het ging, was hun niet verteld. Ze dachten nationaal, mogelijk internationaal.

King fronste zijn wenkbrauwen. 'Dus Alice kwam naar jullie toe om haar baas erbij te lappen?'

'Wij benaderden haar,' zei Falk. Mogelijk was ze niet de juiste keuze geweest, dat kon hij nu wel toegeven. Maar op papier had ze aan alle eisen voldaan. Hoog genoeg op de ladder om toegang te hebben tot wat ze nodig hadden, diep genoeg in de stront om genoeg druk op haar te kunnen uitoefenen. En ze was geen Bailey.

'Jullie zitten dus achter zowel Daniel als Jill Bailey aan.'

'Ja,' zei Carmen. 'En Leo. Hun vader.'

'Die is toch allang met pensioen?'

'Hij is nog altijd actief. Naar verluidt.'

King knikte, maar er verscheen een bepaalde blik in zijn ogen. Een blik die Falk maar al te goed kende. Hij was zich ervan bewust dat, in het grote wereldplan, de meeste mensen witwasserij beschouwden als iets wat tussen winkeldiefstal en zwartrijden in zat. Het was verkeerd, natuurlijk, maar een handjevol rijkelui dat het vertikte netjes belasting te betalen was het nauwelijks waard om extra politiemiddelen voor in te zetten.

Het ging om meer dan dat, probeerde Falk soms uit te leggen. Als het moment daar was en de blik in de ogen van de ander niet te star was. Als er grote sommen geld verborgen gehouden werden, was dat niet voor niets. Die smetteloos witte boorden werden hoe langer hoe groezeliger, tot ze uiteindelijk ronduit smerig waren. Falk walgde ervan. Hij walgde van alles wat ermee te maken had. Hij walgde van de manier waarop mannen in pluchen kantoren hun handen in onschuld konden wassen en zichzelf konden wijsmaken dat het simpelweg een beetje creatief boekhouden was. De manier waarop ze hun bonussen konden uitgeven en hun riante woningen en glimmende auto's konden kopen, terwijl ze al die tijd net deden of ze geen idee hadden wat voor verderfelijks er aan het andere uiteinde gebeurde. Drugs. Illegale wapens. Uitbuiting van kinderen. Waar ze zich mee bezighielden, varieerde, maar alles werd betaald met dezelfde munt: menselijk leed.

'Weten de Baileys dat er onderzoek naar ze wordt gedaan?' vroeg King, en Falk keek even naar Carmen. Die vraag hadden ze zichzelf ook gesteld.

'We hebben geen enkele reden om dat te denken,' antwoordde hij uiteindelijk.

'Behalve dat jullie contactpersoon je opbelde in de nacht dat ze verdween.'

'Inderdaad.'

King wreef over zijn kin en staarde naar de wildernis.

'Wat betekent dit allemaal voor hen?' vroeg hij na een tijdje. 'Alice Russell geeft jullie wat jullie nodig hebben, en wat dan? Raken de Baileys hun bedrijf kwijt?'

'Nee, in het ideale geval draaien de Baileys de gevangenis in,' zei Falk. 'Het bedrijf gaat wel dicht.'

'Dus alle werknemers raken hun baan kwijt?'

'Ja.'

'Inclusief de andere vrouwen die aan de tocht deelnamen?'

'Ja.'

King leek niet onder de indruk. 'Wat vond Alice Russell daarvan?'

'Eerlijk gezegd had ze niet veel keus,' zei Carmen. 'Als ze ons niet hielp, liep ze het risico samen met de Baileys gepakt te worden.'

'Juist.' King dacht even na. 'En dit is al een tijdje gaande, toch?'

'We werken nu drie maanden regelmatig rechtstreeks met haar,' antwoordde Falk.

'Waarom zou ze je gisteren hebben moeten bellen?' vroeg King. 'Vanwaar die urgentie?'

Carmen zuchtte. 'De informatie die Alice ons tot dusver heeft gegeven, zouden we binnenkort doorgeven aan het brede onderzoeksteam,' zei ze. 'Vandaag.'

'Vandaag?'

'Ja. Er ontbreken nog wat belangrijke documenten, maar wat we hadden, was klaar om ingeleverd te worden voor onderzoek.'

'En hebben jullie dat gedaan? Alles ingeleverd?'

'Nee,' zei Carmen. 'Zodra we dat doen, is het uit onze handen. En die van Alice. We wilden eerst een idee krijgen van de situatie hier.'

'Probeerde ze zich terug te trekken, denk je?' vroeg King.

'Dat weten we niet. Misschien. Maar het is het uur U, en om dan zo'n stunt uit te halen... Als het zo is, krijgt ze een proces aan haar broek. Ze zou een verdomd goede reden moeten hebben.' Carmen aarzelde. 'Of geen keus, veronderstel ik.'

Alle drie keken ze naar het donkere landschap, dat nog altijd weigerde Alice Russell vrij te laten.

'Wat moeten jullie nog krijgen van haar?' vroeg King.

'Een aantal handelsdocumenten,' zei Falk. 'Historische documenten.' De officiële namen waren BT-51X tot BT-54X, maar hij en Carmen noemden ze meestal 'de contracten'. 'We hebben ze nodig om de vader van Daniel en Jill te kunnen pakken.'

Wat in het verleden ontplooid was, was van cruciaal belang, zo hadden Falk en Carmen te horen gekregen. Leo Bailey was degene die het bedrijf in zijn huidige vorm had opgezet, en hij was degene die de connecties had opgebouwd met een aantal hoofdrolspelers naar wie nu onderzoek werd gedaan. Het mocht dan lang geleden zijn, maar de verbindingsstreng met het heden pulseerde en was springlevend.

King zei niets. In de verte hoorden ze het gedreun van de helikopter. Hij leek van hen vandaan te vliegen.

'Oké,' zei hij uiteindelijk. 'Luister, mijn eerste en enige prioriteit is op dit moment Alice Russell. Haar vinden en haar daar levend vandaan halen. Het meest waarschijnlijke scenario wanneer iemand daarginds verdwijnt, is dat die van het pad af is gegaan en is verdwaald, dus daar ga ik voorlopig van uit. Maar als de kans bestaat dat er problemen met die groep zijn ontstaan doordat ze met jullie praatte, is dat goed om te weten. Dus bedankt voor jullie openheid.'

De brigadier was onrustig, had haast om terug te gaan. Er lag een vreemde uitdrukking op zijn gezicht. Bijna iets van opluchting. Falk keek hem een paar seconden aan.

'Wat nog meer?' vroeg hij toen.

'Hoezo "wat nog meer"?'

'Wat hoop je nog meer dat er niet gebeurd is? Geen van beide scenario's klinkt goed, volgens mij.'

'Nee.' King vermeed zijn blik.

'Wat is er nog erger dan een van die twee?'

De brigadier werd weer kalm en keek toen de weg af. Het zoekteam was opgeslokt door de bomen, hun oranje pakken niet langer zichtbaar. De media hingen op veilige afstand rond. Niettemin boog hij een beetje naar hen toe. Hij zuchtte.

'Kovac. Kovac is erger.'

'Kovac is dood,' zei Carmen.

'Martin Kovac is dood.' King streek met zijn tong langs zijn tanden. 'Maar hoe het met zijn zoon zit, weten we niet zeker.'

Dag 1: donderdagavond

Lauren had zin om te schreeuwen.

Het waren de mannen maar. Met bonkend hart en een bittere smaak in haar mond had ze de groep van vijf mannen tussen de bomen uit tevoorschijn zien komen. Hun witte grijnzen glommen toen ze met flessen wijn zwaaiden. Voorop liep Daniel Bailey.

'Je hebt het dus toch nog gehaald?' zei Lauren schamper, stoutmoedig geworden door de adrenaline. Daniel vertraagde zijn pas.

'Ja...'

Hij kneep zijn ogen tot spleetjes, en eerst dacht Lauren dat hij kwaad was, maar toen besefte ze dat hij simpelweg probeerde zich haar naam te herinneren. Hij werd gered door zijn zus, die door het duister kwam aanlopen.

'Daniel. Wat doen jullie hier?' Als Jill verrast was, of zich ergerde, liet ze dat niet merken. Maar eigenlijk gaf ze zelden veel prijs, wist Lauren uit ervaring.

'We dachten, laten we even gedag gaan zeggen. Kijken of het allemaal lukt bij jullie.' Hij keek naar het gezicht van zijn zus. 'Sorry, hebben we jullie laten schrikken?'

Misschien kon Daniel zijn zus beter doorgronden dan de meeste anderen, dacht Lauren. Jill zei niets, wachtte simpelweg.

'Gaat hier alles goed?' ging Daniel verder. 'Ons kamp is maar een kilometer verderop. We hebben wat te drinken meegebracht.' Hij keek naar de vier andere mannen, die gehoorzaam hun flessen omhooghielden. 'Een van jullie helpt de meiden een vuurtje te stoken.'

'Dat kunnen we zelf,' zei Lauren, maar Daniel wuifde met zijn hand.

'Het is goed zo. Ze vinden het niet erg.'

Hij wendde zich naar zijn zus en samen liepen ze weg. Lauren keek ze na. Toen ging ze naar de stookplek, waar een magere man van de afdeling Marketing wat aanmaakmateriaal op een hoopje vochtige bladeren probeerde aan te steken.

'Niet zo.' Lauren pakte de lucifers uit zijn hand. Hij keek toe terwijl ze rond een omgevallen boom aan de rand van de open plek twijgjes opraapte die beschut hadden gelegen tegen de regen. Lauren hoorde Alice aan de andere kant van de kampeerplaats de tweeling uitleggen hoe ze de tenten moesten opzetten. De zussen deden zo te horen het meeste werk.

Ze hurkte neer bij de stookplek en probeerde zich te herinneren hoe het ook alweer moest. Ze rangschikte de twijgjes in de vorm van een wigwam boven wat aanmaakmateriaal en bekeek het resultaat. Dat zag er goed uit. Ze stak een lucifer aan en hield haar adem in toen de vlam ontstak en groter werd. Algauw baadde de omgeving in een oranje gloed.

'Waar heb je dat geleerd?' De marketingman staarde haar aan.

'Schoolkamp.'

Er klonk geritsel in het donker en Alice stapte in de gloed. 'Hoi. De tenten staan. Bree en Beth nemen er een, dus jij en ik delen de andere. Jill heeft de eenpersoons voor zich alleen.' Ze knikte naar het vuur, haar gelaatstrekken verwrongen door het licht van de vlammen. 'Mooi. Laten we het eten klaarmaken.'

'Moeten we dat niet even aan Jill vragen?' De open plek was groot en het duurde even voordat Lauren de vrouw vond. Ze stond met haar broer aan de rand, diep in gesprek verwikkeld. Jill zei iets en Daniel schudde zijn hoofd.

'Ze zijn druk bezig,' zei Alice. 'Laten we maar beginnen. Jij en ik zullen het sowieso moeten doen, zij weet toch niet hoe je boven een vuurtje moet koken.'

Dat was waarschijnlijk waar, dacht Lauren, terwijl Alice pannen en zakjes met rijst en runderstoofpot tevoorschijn haalde.

'Ik weet nog dat ik mezelf op kamp heb beloofd dat ik dit nooit meer zou doen, maar het is net zoiets als fietsen, hè?' zei Alice een paar minuten later toen het water begon te borrelen. 'Eigenlijk zouden we weer een schooluniform aan moeten hebben, zo voelt het tenminste.'

Met de geur van eucalyptus en een houtvuurtje in haar neus en met Alice naast zich kroop bij Lauren een dertig jaar oude herinnering onder het stof vandaan. Het McAllaster-kamp.

In de glanzende brochure van Endeavour Ladies' College nam de wilderniscampus nog altijd een belangrijke plaats in. De kans – een verplichte kans – voor meisjes uit de bovenbouw om een heel schooljaar in die afgelegen omgeving door te brengen. Het programma was gericht op de ontwikkeling van het karakter, de veerkracht en een gezond respect voor de natuur van Australië. En, subtiel uitgelegd tussen de voorzichtig geschreven regels door, gericht op het weghouden van tienermeisjes van alles waar tienermeisjes zich op die leeftijd toe aangetrokken voelen.

De toen vijftienjarige Lauren had vanaf dag één heimwee gehad en vanaf dag twee onder de blaren en muggenbeten gezeten. Ze was mollig en de leeftijd waarop het nog babyvet genoemd kon worden allang voorbij. Na amper één lange week werd ze ook nog eens geblinddoekt. Wat was het nut van een vertrouwensspel als ze niemand van haar klasgenoten vertrouwde?

Ze wist dat ze haar van het hoofdkamp hadden meegevoerd naar de wildernis, dat kon ze horen aan het geknisper van bladeren onder haar voeten, maar verder had ze geen flauw idee gehad. Ze had op de rand van een steile rots kunnen staan of klaargezet kunnen zijn om in een rivier te worden geduwd. Ze hoorde hen rondom bewegen. Voetstappen. Gegiechel. Ze had een hand uitgestoken en in het donker voor zich gegrepen. Haar vingers omsloten louter ijle lucht. Een wankele stap naar voren deed haar bijna struikelen door de ongelijke grond. Plotseling had een hand haar arm gegrepen, stevig en stabiel. Ze had een warme adem tegen haar wang gevoeld en een stem in haar oor gehoord.

'Ik heb je vast. Deze kant op.' Alice Russell.

Voor zover Lauren het zich kon herinneren, was het de eerste keer dat Alice tegen haar gesproken had, maar ze had haar stem onmiddellijk herkend. Lauren, toen dik en zonder vriendinnen, herinnerde zich nog altijd de mengeling van verwarring en opluchting die ze had gevoeld toen Alice haar arm pakte. Nu, bijna dertig jaar later, keek ze over het kampvuur heen naar de andere vrouw en vroeg zich af of zij ook aan die dag terugdacht.

Lauren wilde net iets gaan zeggen, maar slikte haar woorden in toen ze iemand achter zich hoorde. Daniel verscheen bij haar schouder, zijn gezicht badend in een oranje gloed.

'Ze hebben het vuur dus aangekregen? Mooi.' Zijn pupillen leken zwart in het zwakke licht van de vlammen en hij duwde een fles rode wijn in Laurens hand. 'Hier, neem lekker een slokje. Alice, ik moet je even spreken.'

'Nu?' Alice verroerde zich niet.

'Ja. Alsjeblieft.' Daniel legde zijn hand heel lichtjes tegen haar bovenrug. Na een nauwelijks merkbare aarzeling liet Alice zich wegleiden van de groep. Lauren keek toe terwijl ze naar de rand van de open plek verdwenen en werden opgeslokt door de schaduwen. Ze hoorde de lage, onverstaanbare brom van Daniels stem, tot hij werd overstemd door het geklets om haar heen.

Lauren draaide zich weer naar het vuur en prikte in de

maaltijdzakjes. Ze waren klaar. Ze maakte ze open. Voegde aan elk precies evenveel rijst toe.

'Het eten is klaar,' zei ze tegen niemand in het bijzonder.

Bree kwam aanlopen met in haar hand de vlag die ze eerder had gevonden en met twee mannen in haar kielzog.

'Ik zag hem ineens hangen in de boom naast het pad,' zei ze tegen hen. 'Misschien hebben jullie die van jullie gemist.'

Op haar wangen lag een blosje en ze nipte van een plastic beker in haar hand. Ze pakte een maaltijdzakje.

'Dank je. Lekker.' Ze prikte met haar vork in het eten en haar gezicht betrok een beetje.

'Hou je niet van rundvlees?' vroeg Lauren.

'Jawel. Heerlijk. Dat is het niet, ik eet alleen...' Bree zweeg. 'Het ziet er lekker uit, dank je.'

Lauren keek toe terwijl Bree een klein hapje nam. Alleen vlees, geen rijst. Herkenbaar. Bree at 's avonds geen koolhydraten, wist ze meteen. Ze voelde de neiging iets te zeggen, maar hield haar mond. Het ging haar absoluut niet aan.

'Als jullie avondeten net zo smaakt als dat van ons, zul je iets nodig hebben om het mee weg te spoelen,' merkte een van de mannen op terwijl hij zich naar Bree boog. Hij had haar beker al bijgevuld voor ze iets kon zeggen.

Lauren hield hen met één oog in de gaten terwijl ze haar eigen maaltijd pakte en op een boomstam bij het vuur ging zitten om te eten. Ze deed het zakje open. Het rundvlees en de rijst staarden haar aan. Ze moest eten, dacht ze, en keek toen rond. Niemand keek. Niemand hier maakte het wat uit of ze wel of niet at. Ze legde haar vork neer.

Een schaduw viel over haar schoot en ze keek op.

'Kan ik er daar een van pakken?' Beth wees naar het eten.

'Natuurlijk.'

'Bedankt. Ik rammel.' Beth knikte naar de boomstam. 'Mag ik erbij komen zitten?'

Lauren schoof op en voelde de boomstam kraken en een

beetje zakken onder Beths gewicht. Beth at snel, ondertussen haar zus gadeslaand, die werd omringd door de mannen. Bree's lange witte hals werd zichtbaar toen ze een slokje uit haar beker nam. Hij werd meteen weer bijgevuld.

'Meestal vindt ze het niet fijn om veel te drinken,' zei Beth met halfvolle mond. 'Het stijgt haar naar het hoofd als ze dat doet.'

Lauren herinnerde zich de fles rode wijn die Daniel haar in de hand had geduwd en hield hem omhoog, maar Beth schudde haar hoofd.

'Nee, dank je, ik hoef niet.'

'Vind jij het ook niet lekker?'

'Ik vind het te lekker.'

'O.' Lauren kon niet zien of Beth een grapje maakte of niet. De vrouw glimlachte niet.

'Heb je er bezwaar tegen als ik rook?' Beth verfrommelde haar lege maaltijdzakje en haalde een pakje sigaretten tevoorschijn.

Lauren had wel een beetje bezwaar, maar schudde het hoofd. Ze waren buiten, laat die vrouw er een opsteken als ze wil. Ze keken naar de vlammen. Het gelach en geklets klonk luider naarmate er meer flessen leeg raakten. Een van de mannen maakte zich los uit het groepje rond Bree en slenterde naar hen toe.

'Mag ik een sigaret bietsen?' Grijnzend keek hij op hen neer. Beth aarzelde, hield toen haar pakje omhoog.

'Bedankt.' Hij nam er twee. Een stak hij in zijn mond en de andere in zijn zak. Voor hij zijn eerste trekje nam, had hij haar de rug alweer toegekeerd. Lauren zag dat Beth hem met haar ogen volgde terwijl hij terugwandelde naar haar zus.

'Hoe bevalt het bij BaileyTennants?'

Beth haalde haar schouders op. 'Gaat wel. Goed.'

Ze probeerde enthousiast te klinken, maar slaagde daar niet echt in. Lauren kon het haar niet kwalijk nemen. Data-archivering betaalde bar slecht, zelfs voor starters, en het team was gehuisvest in het souterrain. Altijd als ze daar beneden was geweest, snakte Lauren ernaar weer daglicht te zien.

'Vind je het fijn om met je zus te werken?'

'Ja, absoluut.' Het enthousiasme klonk nu wel echt. 'Dankzij haar heb ik deze baan. Ze heeft een goed woordje voor me gedaan.'

'Waar werkte je hiervoor?'

Beth keek haar vluchtig aan en Lauren vroeg zich af of ze haar misschien tegen het zere been had geschopt.

'Ik zat tussen twee banen in.'

'O.'

Beth nam een trekje en zuchtte een wolk van rook uit. 'Sorry. Ik ben dankbaar voor deze baan. Het is gewoon dit gedoe allemaal.' Ze gebaarde met haar arm naar de open plek. 'Het is niet echt mijn ding.'

'Volgens mij is het helemaal niemand zijn ding. Daniel is misschien de enige uitzondering.'

Ineens moest Lauren weer aan Alice denken, en ze keek op. De hoek waar ze met Daniel had gestaan was leeg, en Lauren zag hem nu aan de andere kant van de open plek. Hij en zijn zus stonden een eindje van de groep vandaan alles gade te slaan. Alice was nergens te bespeuren.

In de verte klonk een donderslag en het gesprek verstomde terwijl iedereen naar de lucht keek. Lauren voelde een druppel op haar voorhoofd.

'Ik ga kijken of mijn rugzak in mijn tent ligt,' zei ze, en Beth knikte.

Ze liep naar de andere kant van de open plek en stapte behoedzaam over de strakgespannen scheerlijnen. De zussen hadden de tenten prima opgezet, dacht ze terwijl ze neerknielde en de ingang openritste.

'Alice!'

Alice schrok op. Ze zat in kleermakerszit midden in de tent, haar hoofd gebogen, een spookachtig blauw schijnsel op haar gezicht. Op schoot hield ze een telefoon vast.

'Shit.' Alice klemde de telefoon tegen haar borst. 'Ik schrok me rot.'

'Sorry. Is alles goed met je? Het eten is klaar, als je wilt.'

'Het gaat prima.'

'Weet je het zeker? Wat ben je aan het doen?'

'Niets. Echt, niks aan de hand. Bedankt.' Alice hield een knop ingedrukt en het schermpje van de telefoon werd donker, haar gelaatstrekken verdwenen met het licht. Haar stem klonk vreemd. Even vroeg Lauren zich af of ze misschien had zitten huilen.

'Wat wilde Daniel?' vroeg Lauren.

'Niets. Iets over de agenda voor de algemene jaarvergadering.'

'Kon dat niet wachten?'

'Tuurlijk kon dat. Je kent Daniel.'

'O.' Laurens knieën deden zeer van het knielen bij de ingang. Ze hoorde de regen op het tentdoek bij haar hoofd tikken.

'Is dat je mobiel? Ik dacht dat je die had ingeleverd.'

'Dat was mijn werktelefoon. Hé, heb je de jouwe?'

'Nee, we mochten ze toch niet meenemen.'

Een kort, hard lachje. 'Dus heb je dat natuurlijk niet gedaan. Maakt niet uit. Ik heb hier toch geen bereik.'

'Wie probeer je te bellen?'

'Niemand.' Een korte stilte. 'Margot.'

'Is alles in orde?'

'Ja.' Alice schraapte haar keel. 'Ja, het gaat allemaal goed. Het gaat goed met haar.'

Ze drukte op een knopje en het scherm lichtte weer op. Haar ogen zagen er beslist een beetje vochtig uit.

'Nog steeds geen bereik?'

Geen antwoord.

‘Weet je zeker dat alles in orde is?’

‘Ja. Ik moet alleen...’ Er klonk het doffe geluid van een telefoon die op een slaapzak werd gegooid. ‘Ik moet verbinding krijgen.’

‘Margot is zestien, Alice. Die paar dagen redt ze het wel in haar eentje. Je ziet haar trouwens zondag weer. Bij de prijsuitreiking.’ Lauren hoorde een bittere bijklank in haar stem. Alice leek het niet te merken.

‘Ik wil gewoon even weten of alles goed is met haar.’

‘Natuurlijk is alles goed met Margot. Het is altijd goed met Margot.’ Lauren dwong zichzelf diep adem te halen. Alice was duidelijk van streek. ‘Luister, ik weet hoe het is. Ik maak me ook zorgen over Rebecca.’ Dat was een understatement. Soms had Lauren het gevoel dat ze in de zestien jaar sinds de geboorte van haar dochter niet één nacht doorgeslapen had.

Geen reactie. Het geluid van gerommel, toen verscheen het blauwe licht van het schermpje weer.

‘Alice?’

‘Ik hoorde je wel.’ Ze klonk afgeleid. Haar gezicht stond hard terwijl ze naar haar schoot staarde.

‘Margot lijkt het tenminste prima te doen. Met de dansprijs en alles.’ De bitterheid was terug.

‘Misschien. Alleen...’ Lauren hoorde Alice zuchten. ‘Alleen had ik meer voor haar gehoopt.’

‘Oké. Nou ja. Ik weet hoe je je voelt.’ Lauren dacht aan haar eigen dochter thuis. Het was etenstijd. Ze probeerde zich voor te stellen wat ze op dat moment misschien aan het doen was, en het vertrouwde weeë gevoel welde op in haar maag.

Alice wreef met de muis van haar hand over haar ogen. Plotseling hief ze haar hoofd op. ‘Waarom is het zo stil buiten?’

‘Het regent. Het feestje is voorbij.’

‘Gaat Daniel weg?’

‘Ze gaan allemaal weg, denk ik.’

Alice drong langs haar heen en kroop de tent uit, waarbij de hak van haar schoen Laurens vinger raakte. Over haar hand wrijvend ging Lauren achter haar aan. De kampeerplaats was bijna verlaten. De tweeling was nergens te zien, maar door het doek van hun tent scheen een zaklamp. Jill stond alleen in de cirkel, haar jas stevig dichtgeritst en de capuchon omhoog. Ze prikte met haar vork in haar eten, starend in het dovende vuur, dat regendruppels deed knetteren en sissen. Toen ze hen hoorde, keek ze op.

'Daar ben je.' Jills blik schoot over hen heen. 'Zeg me alsjeblieft dat je de regels niet overtreedt, Alice.'

Stilte. 'Pardon?'

Jill knikte naar haar hand. 'Telefoons zijn niet toegestaan.'

Lauren hoorde Alice uitademen. 'Dat weet ik. Het spijt me. Ik was me er niet van bewust dat hij in mijn rugzak zat.'

'Zorg dat Bree en Beth hem niet zien. De regels zijn voor iedereen hetzelfde.'

'Dat weet ik. Ik zal ervoor zorgen.'

'Heb je hier bereik?'

'Nee.'

'O, nou ja.' Het laatste restje vuur sputterde en doofde. 'Dan heb je er toch niks aan.'

6

Falk en Carmen staarden King aan. De helikopter vloog over hen heen, het geklapper van de rotoren sloeg naar beneden.

'Ik wist niet dat Kovac een zoon had,' zei Falk ten slotte.

'Nee, nou ja, het was niet bepaald een modelgezin. De jongen zal nu midden twintig zijn, het resultaat van een knipperlichtrelatie die Kovac had met een meisje dat in zijn stamkroeg achter de bar stond. Ze kregen deze jongen, Samuel – Sam – en het schijnt dat Kovac iedereen verraste door het vaderschap serieuzer te nemen dan je zou verwachten van zo'n gek.' King zuchtte. 'Maar hij zat al achter de tralies tegen de tijd dat het kind vier of vijf was. De moeder had een alcoholprobleem, dus Sam was een vaste klant van de pleegzorg. Toen hij tegen de twintig was, dook hij weer op, en vanaf dat moment bezocht hij zijn vader in de gevangenis – hij schijnt zo'n beetje de enige te zijn geweest die dat deed – tot hij een jaar of vijf geleden weer van de radar verdween. Vermist, vermoedelijk dood.'

'Vermoedelijk, maar nooit bevestigd?' vroeg Carmen.

'Nee.' King keek opzij toen een groep reddingswerkers over het pad het bos uit kwam lopen. Aan hun gezichten te zien had hun zoektocht niets opgeleverd. 'Maar hij was een kleine oplichter die het te hoog in zijn bol had. Handelde wat in drugs, hing een beetje rond bij motorbendes. Het was een kwestie van tijd voordat hij zijn vader achternaging en de bak in draaide voor het een of ander, of de verkeerde tegen zich in het harnas joeg en daarvoor moest boeten. We hebben in

Melbourne een paar mensen die hem proberen op te sporen.' Hij glimlachte wrang. 'Zou beter zijn geweest als dat destijds was gedaan. Maar niemand is er rouwig om als een vent als Sam Kovac verdwijnt. De enige die het wat kon schelen, was zijn pa.'

'Waarom denk je dat hij iets te maken heeft met Alice Russell?' vroeg Falk.

'Luister, dat denk ik niet. Niet echt. Maar we hebben altijd het vermoeden gehad dat Martin Kovac ergens in de wildernis een schuilplaats had. Een plek waar hij zich verborgen kon houden. Destijds dachten ze dat die waarschijnlijk in de buurt was van de plaats waar de slachtoffers gepakt werden, maar als hij al bestond, werd hij nooit gevonden.' Hij keek peinzend. 'Op basis van de beschrijvingen die de vrouwen hebben gegeven, is er een kleine kans dat de hut die ze gevonden hebben, met hem in verband kan worden gebracht.'

Falk en Carmen keken elkaar aan.

'Hoe reageerden de vrouwen daarop?' vroeg Carmen.

'We hebben de vrouwen niet over Sam Kovac verteld. We besloten dat het geen zin had ze ongerust te maken voordat we zeker wisten dat er iets was om zich ongerust over te maken.'

'En je hebt geen idee waar die hut staat?'

'De vrouwen denken dat ze ergens in het noorden waren, maar "het noorden" is hier een verdomd groot gebied. Honderden hectaren daar zijn tamelijk onbekend terrein.'

'Kun je het zoekgebied niet verkleinen op basis van Alice' telefoonsignaal?' vroeg Falk, maar King schudde zijn hoofd.

'Als ze op een heuvel of zo waren geweest misschien wel. Maar dat lijkt niet het geval te zijn. Er zijn plekken waar je soms geluk hebt, maar dan heb je er nog niet veel aan. Soms zijn ze maar een paar vierkante meter groot, of het signaal valt telkens weg.'

Vanaf het pad riep een reddingswerker Kings naam, en de brigadier gebaarde ten teken dat hij het gehoord had.

'Sorry, ik moet verder. We spreken elkaar nog.'

'Is de rest van de BaileyTennants-groep nog hier? Het kan zijn dat we ze nog even moeten spreken,' zei Carmen terwijl ze achter hem aan over de weg terugliepen.

'Ik heb de vrouwen gevraagd nog even hier te blijven. Alle mannen zijn vertrokken, behalve Daniel Bailey. Je kunt tegen hen zeggen dat je mij assisteert, als dat helpt. Zolang jullie alle informatie met mij delen, natuurlijk.'

'Ja. Begrepen.'

'Kom, ik stel jullie voor aan Ian Chase.' King stak zijn hand op en een jonge man in een rode fleecetrui maakte zich los uit een groep reddingswerkers en kwam naar hen toe. 'Hij regelt hier de activiteiten van Executive Adventures.' Hij glimlachte bijna. 'Laat hem jullie persoonlijk vertellen hoe volkomen veilig het hier zogenaamd allemaal is.'

'Het is echt gemakkelijk als je de routes goed volgt,' vertelde Ian Chase. Het was een pezige kerel met donkere haren en ogen die voortdurend naar de wildernis schoten, alsof hij verwachtte dat Alice Russell elk moment tevoorschijn kon komen.

Ze waren weer terug bij de lodge. Falk en Carmen waren achter het busje van Chase aan gereden over de verlaten zandweg. Nu leunde Chase met één hand op een houten bord bij het begin van een pad. MIRROR FALLS stond er in verweerde uitgesneden letters op. Vandaar slingerde een pad de wildernis in tot het uit het zicht verdween.

'Hier is de vrouwengroep gestart,' zei Chase. 'Het pad naar de Mirror Falls is niet eens onze moeilijkste route. We hebben misschien wel vijftien groepen per jaar die dit pad volgen en we hebben helemaal geen problemen gehad.'

'Nog nooit?' vroeg Falk, en Chase verplaatste zijn gewicht van de ene naar de andere voet.

'Heel af en toe, misschien. Er zijn soms groepen die te laat binnenkomen. Maar meestal is dat omdat ze langzaam zijn, niet omdat ze de weg kwijt waren. Als je de route vanaf de andere kant volgt, kom je ze strompelend vlak bij de laatste kampeerplaats tegen. Hebben ze genoeg van het zeulen met een rugzak.'

'Maar deze keer niet,' merkte Carmen op.

'Nee.' Chase schudde zijn hoofd. 'Deze keer niet. Bij de kampeerplaatsen voor de tweede en derde nacht laten we eten en water achter in een afgesloten kist, zodat de deelnemers niet alles de hele weg hoeven te dragen. Toen de vrouwen aan het eind niet kwamen opdagen, zijn een paar boswachters de wildernis in gegaan. Ze kennen de kortere routes, snap je? Controleerden de afgesloten kist bij de derde kampeerplaats. Niets duidde erop dat ze daar geweest waren. Hetzelfde bij de tweede. Toen hebben we de staatspolitie ingeschakeld.'

Hij haalde een kaart uit zijn zak en wees een dikke rode lijn aan die langzaam naar het noorden boog en eindigde in het westen.

'Dit is de route die ze volgden. Waarschijnlijk zijn ze hier ergens verkeerd gelopen.' Hij prikte met zijn vinger op het papier tussen twee kruisen die de eerste en tweede kampeerplaats aangaven. 'We weten bijna wel zeker dat ze het kangoeroepad hebben genomen. De vraag is waar ze daarna zijn beland, toen ze dezelfde route terug probeerden te volgen.'

Falk bekeek de route aandachtig. Op papier zag die er vrij gemakkelijk uit, maar hij wist hoe de wildernis alles kon vervormen.

'Hoe liep de mannengroep?'

'Zij startten vanaf een punt op ongeveer tien minuten rijden hiervandaan.' Chase wees een andere lijn aan, een zwarte deze keer. De eerste dag liep hij bijna helemaal evenwijdig aan het pad van de vrouwen, daarna boog hij af naar het zuiden, waarna hij bij hetzelfde punt in het westen uitkwam. 'De mannen vertrokken een uur te laat, maar hadden nog ruim de tijd om bij de eerste kampeerplaats te komen. Genoeg tijd om naar het kamp van de vrouwen te gaan om samen wat te drinken, kennelijk.'

Carmen trok haar wenkbrauwen op. 'Is dat gebruikelijk?'

'We moedigen het niet aan, maar het gebeurt. Het is geen moeilijk stuk tussen de twee kampen, maar je loopt altijd het risico dat je van het pad af raakt. Als het misgaat, kan het ook écht misgaan.'

'Waarom vertrokken de mannen te laat?' vroeg Falk. 'Ik dacht dat ze allemaal samen hierheen waren gereden?'

'Behalve Daniel Bailey,' zei Chase. 'Hij had het busje gemist.'

'O ja? Zei hij hoe dat kwam?'

Chase schudde zijn hoofd. 'Niet tegen mij. Hij verontschuldigde zich tegenover de andere mannen. Zei dat hij door zaken was opgehouden.'

'Juist.' Falk keek weer op de kaart. 'Krijgen ze deze allemaal op de dag zelf, of...'

Opnieuw schudde Chase zijn hoofd. 'We sturen ze een paar weken van tevoren op. Maar ze krijgen er slechts één per team en ze mogen hem niet kopiëren. Dat kunnen we natuurlijk niet tegenhouden, maar het hoort bij het proces. Het zorgt ervoor dat ze de schaarste hier waarderen, dat dingen niet altijd vervangen kunnen worden. Hetzelfde geldt voor het achterlaten van de telefoons. We willen graag dat ze op zichzelf vertrouwen in plaats van op de technologie. Bovendien werken de telefoons toch niet goed.'

'En hoe kwam de groep over toen ze vertrokken? Volgens jou?' vroeg Falk.

'Prima,' antwoordde Chase meteen. 'Een beetje nerveus misschien, maar niets ongewoons. Ik had ze niet laten gaan als ik twijfels had gehad. Maar ze hadden er best lol in. Hier, je kunt het zelf zien.'

Hij viste zijn telefoon uit zijn zak en tikte op het schermpje, waarna hij hem aan Falk gaf. Het was een foto.

'Deze heb ik genomen voordat ze vertrokken.'

De vijf vrouwen glimlachten, hun armen om elkaar heen geslagen. Jill Bailey stond in het midden. Haar rechterarm lag om het middel van Alice, die op haar beurt haar arm om een vrouw geslagen hield die Falk herkende als Lauren Shaw. Aan de andere kant van Jill stonden twee jongere vrouwen, die een beetje, maar beslist niet heel erg op elkaar leken.

Falk staarde naar Alice, die haar blonde hoofd een beetje schuin hield. Ze droeg een rode jas en een zwarte broek, en haar arm rustte lichtjes op Jills schouder. Ian Chase had gelijk. Op dat ene moment waarop de foto werd genomen, zagen ze er allemaal best vrolijk uit.

Falk gaf de telefoon aan hem terug.

'We laten de foto afdrukken voor de reddingswerkers,' zei Chase. 'Kom, dan laat ik jullie het begin van de route zien.' Hij nam Falk en Carmen van top tot teen op en zag hun weinig gebruikte wandelschoenen. Zijn blik bleef even op Falks verbrande hand rusten. 'Het is een eindje lopen naar de waterval, maar het zal wel lukken.'

Ze doken het bos in, en bijna onmiddellijk begon Falks hand hevig te prikken. Hij negeerde het en concentreerde zich op de omgeving. Het was een duidelijk pad en hij zag kuiltjes en uitgesleten plekken, mogelijk oude voetafdrukken die door de regen vaag waren geworden. Boven hen zwaaiden hoge eucalyptusbomen. Ze liepen voortdurend in de schaduw en Falk zag Carmen rillen in haar jas. Hij dacht aan Alice Russell. Hij vroeg zich af wat er door haar hoofd had gespeeld toen ze de wildernis in was gelopen, op weg naar iets wat haar zou verhinderen het gebied weer te verlaten.

'Hoe werkt het programma van Executive Adventures?' Falks stem klonk onnatuurlijk luid tegen de achtergrond van het geritsel van de wildernis.

'We organiseren teambuildingactiviteiten op maat voor bedrijven,' antwoordde Chase. 'De meeste klanten komen uit Melbourne, maar we bieden activiteiten in de hele staat. Touwbanen, dagtochten, noem maar op.'

'Dus je leidt het programma hier in je eentje?'

'Meestal wel, ja. Er is nog een man die een paar uur verderop een survivalcursus geeft. We vervangen elkaar wanneer de ander vakantie heeft, maar meestal ben ik hier in mijn eentje.'

'En woon je hier?' vroeg Falk. 'Heb je een kamer in het park?'

'Nee. Ik heb een huisje in de stad. Vlak bij het tankstation.'

Zelfs Falk, die was opgegroeid in een godvergeten gat, meende dat je het handjevol winkels dat ze waren gepasseerd toch nauwelijks een stad kon noemen.

'Dat klinkt nogal eenzaam,' zei hij, en Chase haalde zijn schouders op.

'Het valt wel mee.' Hij liep over het ongelijke pad met het gemak van iemand die het kende als zijn broekzak. 'Ik ben graag buiten en de boswachters zijn geschikte kerels. Vroeger kwam ik hier altijd kamperen, dus ik ken het gebied. Ik heb nooit op een kantoor willen werken. Ik heb drie jaar geleden getekend bij Executive Adventures en zit nu twee jaar hier. Maar het is de eerste keer dat er onder mijn leiding zoiets als dit gebeurt.'

In de verte hoorde Falk duidelijk het geluid van ruisend water. Ze hadden al die tijd langzaam maar beslist bergopwaarts gelopen.

'Hoe lang hebben ze volgens jou om Alice te vinden?' vroeg Falk. 'In het gunstigste geval.'

Chase' mondhoeken gingen naar beneden. 'Moeilijk te zeggen. Ik bedoel, we hebben dan misschien niet te maken met winterse omstandigheden zoals in Alaska, maar het wordt hier verdomde koud. Vooral 's nachts en vooral als je nergens kunt schuilen. Buiten, met een beetje regen, kan het snel gedaan zijn.' Hij zuchtte. 'Maar weet je, als ze slim is, zorgt ze dat ze zo warm en droog mogelijk blijft en voldoende vocht binnenkrijgt, dan weet je het nooit. Mensen kunnen taaier zijn dan je denkt.'

Chase moest harder praten toen ze een bocht omgingen en ineens vlak voor een gordijn van wit water stonden. Een rivier tuimelde over een rotsrand in een poel ver onder hen. De waterval bulderde toen ze de brug op liepen.

'De Mirror Falls,' zei Chase.

'Ongelooflijk.' Carmen leunde tegen de reling, haar haren wapperden in haar gezicht. De fijne nevel leek bijna stil te hangen in de frisse lucht. 'Hoe hoog is hij?'

'Dit is maar een kleintje, zo'n vijftien meter hoog,' vertelde Chase. 'Maar de poel daar beneden is minstens zo diep en de waterdruk is gigantisch, dus je wilt hier niet overheen kukelen. De val zelf valt wel mee, het zijn eerder de schok en de kou die je de das omdoen. Maar jullie hebben geluk, in deze tijd van het jaar is hij op zijn mooist. In de zomer is hij niet zo indrukwekkend. Dit jaar was er nog maar een zielig stroompje over. We hadden de droogte, weet je nog?'

In zijn jaszak balde Falk zijn vuist met de gladde nieuwe huid. Ja. Dat wist hij nog.

'Maar sinds het weer is omgeslagen, is hij weer mooi,' vervolgde Chase. 'Veel regen van de winter, dus je ziet waar hij zijn naam aan te danken heeft.'

Aan de voet van de waterval werd het grootste deel van het kolkende water meegevoerd door de rivier. Maar door een speling in het landschap was aan de zijkant een natuurlijke kom ontstaan, een overloop in een grote poel, die er kalm bij lag. Het water kabbelde lichtjes en het oppervlak weerspiegelde de schitterende omgeving. Een identiek beeld, een paar tinten donkerder. In vervoering staarde Falk naar het razende lawaai onder hen. De betovering werd verbroken toen Chase' radio aan zijn riem begon te bliepen.

'Ik moet eigenlijk terug,' zei hij. 'Als jullie zover zijn.'

'Prima.'

Terwijl Falk zich omdraaide om Chase te volgen, viel zijn oog op een gekleurde vlek in de verte. Helemaal aan de andere kant van de waterval, waar het pad in de dichte wildernis verdween, staarde een piepkleine, eenzame gestalte over het water. Een vrouw, dacht Falk. Haar paarse muts stak scherp af tegen de groene en bruine tinten van de omgeving.

'Daar staat iemand,' zei Falk tegen Carmen.

'O ja.' Ze volgde zijn wijzende vinger. 'Herken je haar?'

'Niet van deze afstand.'

'Ik ook niet. Maar Alice is het niet.'

'Nee.' Ze was te tenger gebouwd, de haren die onder de muts uitstaken waren te donker. 'Helaas.'

De vrouw had hen onmogelijk kunnen horen over die afstand en met het gebulder van de waterval, maar ze draaide haar hoofd abrupt in hun richting. Falk stak zijn hand op, maar de kleine figuur verroerde zich niet. Terwijl ze Chase naar het pad volgden, keek hij nog een of twee keer om. De vrouw bleef kijken tot de bomen zich achter hen sloten en Falk haar niet meer kon zien.

Dag 2: vrijdagochtend

Beth ritste de tent van binnenuit open en kromp ineen toen het geluid door het hele doek vibreerde. Ze keek over haar schouder. Haar zus sliep nog als een roos, opgekruld op haar zij, haar wimpers zagen er lang uit tegen haar wangen en haar haren vormden een donkere krans om haar hoofd.

Als kind had ze altijd zo geslapen. Zij allebei, trouwens, bijna neus tegen neus, hun haren met elkaar vervlochten op het kussen, hun adem één. Elke ochtend, zodra Beth haar ogen had geopend, had ze haar evenbeeld naar zichzelf terug zien kijken. Dat was al lang niet meer gebeurd. En Beth sliep niet langer opgekruld. Ze sliep tegenwoordig onrustig en werd vaak wakker.

Ze kroop de kou in en ritste de tent weer dicht. Er trok een rilling door haar heen toen ze haar schoenen aantrok. Ze waren de vorige dag vochtig geworden en voelden nog altijd klam. De lucht zag er nog even grauw en dicht uit als de dag ervoor. In de andere tenten was geen enkele beweging. Ze was alleen.

Ze zou het liefst haar zus wakker maken, zodat ze weer even alleen zouden zijn, voor het eerst sinds... Ze wist eigenlijk niet hoe lang dat al geleden was. Maar ze deed het niet. Ze had de teleurstelling op Bree's gezicht gezien toen Alice hun rugzakken voor dezelfde tent had gezet. Bree had liever een tent gedeeld met haar baas dan met haar eigen zus.

Beth stak een sigaret op, nam genietend het eerste trekje en strekte haar pijnlijke spieren. Ze slenterde naar de stookplek.

De sintels van de vorige avond waren zwart en koud. Onder een steen lagen gebruikte maaltijdzakjes, de inhoud was naar buiten gesijpeld. Stoofvlees lag uitgesmeerd aan de grond gekoekt – een dier moest het 's nachts gevonden hebben – maar er was nog veel over. Wat een verspilling, dacht Beth terwijl haar maag rammelde. Het had haar best goed gesmaakt.

Vlakbij zat een kookaburra haar gade te staan met zijn zwarte oogjes. Ze pakte een reepje vlees uit een van de weggegooide zakjes en wierp het naar de vogel, die het met de punt van zijn snavel oppakte. Beth stond te roken, terwijl de vogel rukjes gaf met zijn kop, waardoor het vlees heen en weer zwiepte. Toen de kookaburra er eindelijk van overtuigd was dat het dood was, slikte hij het in één keer door en vloog weg. Beth was weer alleen. Ze bukte zich om haar sigaret uit te drukken en raakte daarbij met haar schoen een halflege wijnfles. Hij viel om en de inhoud verspreidde zich als een bloedvlek over de grond.

'Shit.'

Ergernis prikte heet in haar huid. Alice was een brutaal kreng. Beth had haar mond gehouden toen Alice hen commandeerde bij het opzetten van de tenten, maar toen ze haar had opgedragen de drank te gaan halen, had Beth haar nietbegrijpend aangekeken. Geamuseerd had Alice Beths rugzak zelf opengemaakt en er na enig gerommel drie flessen wijn uit getrokken. Beth had ze niet eerder gezien.

'Die zijn niet van mij.'

Alice had gelachen. 'Dat weet ik. Ze zijn voor iedereen.'

'Waarom zaten ze dan in mijn rugzak?'

'Omdat ze voor iedereen zijn.' Ze sprak langzaam, alsof ze het tegen een klein kind had. 'We moeten allemaal meehelpen met het dragen van het eten en drinken.'

'Ik draag mijn deel al. Dat weegt wel een ton. En...' Ze zweeg.

'En wat?'

'Ik mag niet...'

‘Mag niet wat? Helpen?’

‘Nee.’ Beth had een blik op haar zus geworpen, maar Bree keek woest terug, haar wangen rood van schaamte. *Doe toch niet zo verdomde moeilijk*. Beth zuchtte. ‘Ik mag niet in het bezit zijn van alcohol.’

‘Nou.’ Alice tikte tegen de flessen. ‘Dat ben je niet meer. Probleem opgelost.’

‘Weet Jill het?’

Daarop was Alice verstijfd. De glimlach prijkte nog op haar gezicht, maar lol had ze niet meer.

‘Wat?’

‘Weet Jill dat je die in mijn rugzak had gestopt?’

‘Het zijn maar een paar flessen, Beth. Dien maar een klacht in als je vindt dat je onrecht is aangedaan.’ Alice had gewacht en de stilte had zich uitgestrekt tot Beth haar hoofd had geschud. Met haar ogen rollend had Alice zich omgedraaid.

Later, toen Lauren bij het kampvuur een fles omhoog had gehouden, was Beth meer in de verleiding gekomen dan ze in lange tijd was geweest. De wildernis leek het soort plek te zijn waar geheimen veilig waren. En Bree leek te zeer afgeleid te zijn om politieagentje over haar te spelen. De geur van de wijn was warm en vertrouwd geweest als een omhelzing, en Beth had zichzelf gedwongen nee te zeggen voordat ze per ongeluk ja zei.

Ze wilde dat Daniel Bailey en de mannen niet naar hun kamp waren gekomen. Dat ze niet de extra drank hadden meegenomen. In een groep vond ze het moeilijker om weerstand te bieden. Het voelde te veel als een feestje, hoe waardeloos het ook was.

Het was de eerste keer dat Beth de directeur in het echt had gezien. Hij had niets te zoeken in de krochten van het data-archief en zij was al helemaal nooit op de twaalfde verdieping uitgenodigd. Maar afgaand op de manier waarop mensen over hem spraken, had ze eigenlijk meer verwacht. Zo rond het kampvuur was hij gewoon de zoveelste kerel geweest met een duur kapsel en een glimlach waarvan iemand blijkbaar had gezegd dat hij innemend was. Misschien was hij op kantoor anders.

Beth had Daniel gadegeslagen en dit soort dingen zitten overpeinzen toen hij Alice terzijde had genomen en met haar in het duister was verdwenen. Was er iets tussen hen, vroeg Beth zich af. Iets aan zijn manier van doen zei haar van niet, maar wist zij veel? Het was al jaren geleden dat iemand met haar in het donker had willen verdwijnen.

Ze had een flard van hun gesprek opgevangen terwijl ze over de open plek had gelopen, op zoek naar iemand om mee te praten. Nee. Ze had het goed gezien. Beslist geen opwarmertje voor een ontmoeting tussen de lakens.

'De baas is nogal vol van zichzelf, vind je niet?' had Beth later tegen haar zus gefluisterd toen ze in hun slaapzakken lagen.

'Hij betaalt je salaris, Beth. Hij heeft er alle recht toe.'

Daarop had Bree zich omgedraaid, en Beth had naar het tentdoek liggen staren, verlangend naar een sigaret of, liever nog, iets sterkers.

Nu rekte ze zich uit, terwijl de lucht lichter werd en ze de druk op haar blaas niet meer kon negeren. Met haar ogen zocht ze naar de boom die ze in het donker hadden aangewezen als tijdelijk toilet. Daar was hij. Een eindje van de open plek vandaan, achter de tenten. De boom met de gebroken tak.

Beth stapte erheen, goed uitkijkend waar ze haar voeten neerzette. Ze wist niet wat hier allemaal in het wild voorkwam, alleen dat er waarschijnlijk een heleboel diertjes rondkropen waar ze liever niet op stapte. Achter zich hoorde ze wat bewegen in het kamp. Het geruis van een tentrits, gevolgd door zachte stemmen. Er was nog iemand op.

Bij de boom bleef ze staan. Was het deze? Bij daglicht zag hij er anders uit, maar ze dacht dat dit hem was. Daar hing de gebroken tak, op ooghoogte. En als ze zich inspande, meende ze een zweempje urine te ruiken.

Terwijl ze daar stond, kwamen stemmen vanaf de kampeerplaats haar kant op. Ze spraken zacht, maar ze herkende ze toch. Jill en Alice.

'Je hebt gisteravond wel gedronken. Niet alleen jij, wij allemaal...'

'Nee, Jill, het is de drank niet. Ik voel me gewoon niet goed. Ik moet teruggaan.'

'Dan zouden we allemaal met je mee moeten gaan.'

'Ik vind de weg heus wel in mijn eentje...'

'Ik kan je niet alleen laten teruglopen. Nee, luister naar me: om te beginnen is er de plicht om voor elkaar te zorgen. We zouden allemaal moeten teruggaan.'

Alice antwoordde niet.

'En het bedrijf zal toch moeten betalen, dus zijn we het geld voor deze tocht voor ons alle vijf kwijt. Wat er natuurlijk niet toe doet als je niet lekker bent.' Jill liet die laatste zin in de lucht hangen. 'Maar dan hebben we een doktersverklaring nodig voor de verzekering, dus als het komt door een wijntje te veel...'

'Jill...'

'Of een beroerde eerste nacht in de tent. Geloof me, ik weet dat dit voor geen van ons een lolletje...'

'Het ligt niet...'

'En we kunnen sowieso pas zondag worden teruggebracht naar Melbourne, dus als senior teamlid zou het veel beter zijn...'

'Oké.' Een zucht. 'Goed.'

'Je voelt je goed genoeg om verder te gaan?'

Even bleef het stil. 'Ik denk het wel.'

'Mooi.'

De wind ruiste door de takken boven Beths hoofd, waardoor een douche van druppels van de bladeren naar beneden viel. Een ijskoude druppel liep langs haar nek omlaag. Meteen trok ze gedecideerd haar spijkerbroek naar beneden en hurkte neer achter de boom. Haar knieën begonnen direct pijn te doen en ze voelde de kou aan haar dijen. Ze verschoof net haar schoen om het stroompje over de grond te ontwijken, toen ze snelle voetstappen achter zich hoorde. Verschrikt draaide ze zich om, waardoor ze achteroverviel. Ze kwam met haar blote billen op de grond terecht, koud en warm en nat tegelijk.

'Sodeju. Dit meen je niet! Vlak bij de tenten?'

Knipperend tegen de schelle grijze lucht keek Beth omhoog, met haar spijkerbroek rond haar knieën, haar palm in iets warms. Alice staarde op haar neer. Haar gezicht was bleek en stond strak. Misschien was ze echt ziek, dacht Beth vaagjes.

'Als je verdomme te lui bent om naar de plek te lopen die we hadden afgesproken, heb dan tenminste het fatsoen om het bij je eigen tent te doen en niet bij de mijne.'

'Ik dacht...' Beth stond moeizaam op en hees haar spijkerbroek omhoog. De strakke broek zat gedraaid, dus moest ze flink rukken. 'Sorry, ik dacht...' Ze stond nu, goddank. Een warm straaltje voelde vochtig tegen de binnenkant van haar dij. 'Ik dacht dat het deze boom was.'

'Deze? Deze staat maar een paar meter van de tenten vandaan.'

Beth waagde een blik naar het kamp. Het was meer dan een paar meter, toch? In het donker had het verder geleken, maar het was toch minstens vijf meter.

'En het terrein loopt hier ook niet af.'

'Oké. Ik zeg toch dat het me spijt.'

Beth wilde net zeggen dat Alice wat zachter moest praten, maar het was al te laat. Geruis van tentdoek en drie hoofden verschenen boven de tenten uit. Beth zag de ogen van haar zus hard worden. Bree hoefde niet te zien wat er precies aan de hand was. Ze wist zo al genoeg. *Beth is weer bezig.*

‘Problemen?’ riep Jill.

‘Nee. Alles onder controle.’ Alice rechtte haar rug. ‘Dat is de juiste boom.’ Ze wees naar een plek een eind verderop. Geen gebroken tak te zien.

Beth draaide zich naar de drie gezichten bij de tenten. ‘Het spijt me. Ik dacht... Het spijt me.’

‘Zie je welke ik bedoel?’ vroeg Alice, nog altijd wijzend.

‘Ja, ik zie hem. Luister, het spijt...’

‘Het is al goed, Beth,’ riep Jill. ‘En dank je, Alice. Ik denk dat we nu allemaal wel weten welke boom het is.’

Met haar ogen nog altijd op Beth gevestigd liet Alice haar arm zakken. Beth keek geen van de anderen aan terwijl ze met een rood gezicht terugsjokte naar de open plek. Haar zus stond bij de ingang van hun tent, zwijgend, haar ogen rood doorlopen. Breanna had een kater, zag Beth, en dan kon je maar beter uit haar buurt blijven.

Beth dook naar binnen en ritste de tent dicht. Ze rook de urine op haar spijkerbroek en voelde een strakke bal achter haar ogen branden. Ze kneep ze dicht en dwong zichzelf volkomen stil te blijven zitten, zoals ze haar in het afkickcentrum hadden geleerd. Diep ademhalen en positieve gedachten oproepen tot de impuls voorbij was. *In en uit.*

Terwijl ze haar ademhaling telde en haar gedachten focuste, stelde ze zich voor dat ze de andere vrouwen uitnodigde om met haar in een cirkel te gaan staan. Het beeld was helder en Beth zag zichzelf een hand naar Alice uitsteken. *In en uit.* Beth stelde zich voor dat ze omhoogreikte, haar vingers strekte en ze door Alice’ coupe soleil vlocht. *In en uit.* Dat ze haar greep verstevigde en het dure gezicht van de vrouw naar de grond trok. Het door de modder wreef tot ze gillend om zich heen sloeg. *In en uit.* Toen ze bij de honderd was, ademde Beth een laatste keer uit en glimlachte. Haar therapeut had gelijk gehad. Ze voelde zich echt stukken beter wanneer ze visualiseerde wat ze het liefst wilde doen.

7

Falk was opgelucht toen ze het pad naar de Mirror Falls konden verlaten. Hij haalde diep adem toen de bomen weken en de hemel zichtbaar werd. Verderop scheen licht door de vensters van de lodge, de gloed raakte net niet het donkere kreupelhout langs het pad. Hij en Carmen volgden Chase over de parkeerplaats; ze voelden het grind knarsen onder hun schoenen. Toen ze bijna bij de lodge waren, tikte Carmen Falk op de arm.

'Twee vliegen in één klap daarginds,' fluisterde ze.

Daniel Bailey stond naast zijn zwarte BMW met een vrouw die Falk onmiddellijk herkende. Zijn zus Jill. Zelfs van die afstand was te zien dat haar kaak blauw was, en hij herinnerde zich wat brigadier King had gezegd. *Enkele verwondingen.* Op de groepsfoto van de eerste dag had Jill die blauwe kaak niet gehad, dat wist hij zeker.

Nu stond ze oog in oog met haar broer, en ze ruzieden, verstard en met opeengeklemde kaken. De manier van ruziën van mensen die geconditioneerd zijn om geen scène te schoppen in het openbaar.

Jill boog naar hem toe terwijl ze sprak. Ze gebaarde fel naar de wildernis, trok toen meteen haar hand weer terug. Als reactie schudde hij één keer zijn hoofd. Jill probeerde het nog een keer, boog verder naar hem toe. Daniel Bailey keek langs haar heen, over haar schouder. Vermeed haar blik. Schudde nog een keer zijn hoofd. *Nee zei ik.*

Jill staarde hem aan, haar gezicht uitdrukkingsloos. Daarna

draaide ze zich zonder een woord te zeggen om, liep de traptreden op en ging de lodge in. Bailey leunde tegen zijn auto en keek haar na tot ze verdwenen was. Hij schudde zijn hoofd en zijn blik viel op Ian Chase in zijn rode fleecetrui van Executive Adventures. Even leek hij zich ongemakkelijk te voelen omdat hij was betrapt op ruziemaken, maar hij herstelde zich snel.

'Hé!' Bailey stak een arm op. Zijn stem galmde over de parkeerplaats. 'Nog nieuws?'

Ze liepen naar hem toe. Het was de eerste keer dat Falk de kans kreeg Daniel Bailey van dichtbij te zien. Zijn mond stond strak en uit zijn ogen sprak overduidelijk spanning, maar hij speelde het nog altijd klaar er jonger uit te zien dan zijn zevenenveertig jaar. Hij leek ook erg op de foto's die Falk had gezien van zijn vader, die nog steeds in het bestuur zat en een prominente plaats innam in de bedrijfsbrochure. Daniel was minder gebogen en had minder rimpels dan Leo Bailey, maar de gelijkenis was overduidelijk.

Bailey keek met beleefde belangstelling naar Falk en Carmen. Falk wachtte, maar bespeurde geen blijk van herkenning in zijn ogen. Hij voelde een lichte opluchting. Dat was tenminste iets.

'Niets nieuws te melden, helaas,' zei Chase. 'Nog niet, in elk geval.'

Bailey schudde zijn hoofd. 'Ze zeiden verdomme dat ze haar vandaag zouden vinden.'

'Dat hóópten ze.'

'Zou meer financiële ondersteuning helpen? Ik heb gezegd dat we dan betalen. Dat weten ze, hè?'

'Het gaat niet om geld. Het gaat om al het andere.' Chase wierp een blik op de wildernis. 'Je weet hoe het daar is.'

Voordat ze bij het crisiscentrum waren vertrokken, had brigadier King een rasterkaart opengevouwen en aan Falk en Carmen laten zien welke gebieden uitgekamd moesten worden. Het kostte ongeveer vier uur om een vierkante kilometer grondig te doorzoeken. En dat was in het deel van de wildernis waar je nog redelijk goed uit de voeten kon. Het duurde langer als het terrein dichtbegroeid of steil was of als er water overgestoken moest worden. Falk was begonnen het aantal vierkantjes te tellen. Bij twintig was hij gestopt.

'Hebben ze al op de noordwestkam gezocht?' vroeg Bailey.

'Die is ontoegankelijk dit jaar. En te gevaarlijk met dit weer.'

'Des te meer reden om daar te zoeken, niet? Je raakt daar gemakkelijk van het pad af.'

De manier waarop Bailey antwoorden eiste, had iets onoprechts.

Falk schraapte zijn keel. 'Dit moet erg moeilijk zijn voor jou en je personeel. Ken je de vermiste vrouw goed?'

Bailey keek hem voor het eerst echt aan, fronsend en met een vragende blik in zijn ogen. 'Zijn jullie...'

'Ze zijn van de politie,' zei Chase. 'Ze helpen met zoeken.'

'O, juist. Goed. Dank je.' Bailey stak zijn hand uit en stelde zichzelf voor. Zijn handpalm was koud en zijn vingertoppen waren eeltig. Niet de hand van een man die hele dagen achter een bureau zat. Bailey trok er blijkbaar op een of andere manier op uit.

'Dus je kent haar goed?' herhaalde Falk toen ze elkaar de hand schudden.

'Alice?' Baileys frons werd dieper. 'Ja. Tamelijk goed. Ze werkt al vier jaar bij ons...'

Vijf zelfs, dacht Falk.

'... dus ze is een gewaardeerd teamlid. Ik bedoel, dat zijn ze natuurlijk allemaal. Maar dat ze nu zomaar van de radar verdwenen is...' Bailey schudde zijn hoofd. 'Dat is erg zorgelijk.' Het klonk alsof hij het meende.

'Je hebt Alice Russell niet gezien voordat ze donderdag met haar groep vertrok, klopt dat?' vroeg Carmen.

'Nee, dat klopt. Ik kwam te laat aan. Ik was opgehouden. Ik had het busje gemist.'

'Mag ik vragen hoe dat kwam?'

Bailey keek haar aan. 'Het was een familiekwestie, privé.'

'Ik vermoed dat je als hoofd van een familiebedrijf nooit echt vrij bent.' Carmens stem klonk luchtig.

'Nee, dat is waar.' Bailey wist een strak glimlachje te produceren. 'Ik probeer het wel een beetje gescheiden te houden, waar mogelijk. Anders word je gek. Dit was helaas onvermijdelijk. Ik heb me verontschuldigd tegenover de andere teamleden. Het kwam natuurlijk vervelend uit, maar we liepen slechts een uur achter. Op het eind maakte het niet echt uit.'

'Jouw team had er geen moeite mee om op tijd bij het eindpunt aan te komen?' vroeg Falk.

'Nee. Het terrein is lastig, maar de routes zelf zijn niet overdreven moeilijk. Of dat horen ze in elk geval niet te zijn.' Bailey keek schuin naar Chase, die zijn ogen neersloeg.

'Je kent het gebied, zo te horen,' merkte Falk op.

'Een beetje. Ik heb hier een paar weekenden gewandeld. En de afgelopen drie winters hebben we hier met het bedrijf survivaltochten gemaakt met Executive Adventures,' zei Bailey. 'Het is een geweldig gebied. Meestal. Maar niet een plek waar je lang de weg kwijt wilt zijn.'

'En je bent altijd mee geweest op die survivaltochten?'

'Het is het beste excuus dat ik heb om weg te blijven van kantoor.' Bailey begon aan een automatische glimlach, maar betrapte zichzelf halverwege, waardoor zijn gezicht vastliep in een ongelukkige grimas. 'We hebben de tochten altijd prima gevonden en over het algemeen goed georganiseerd. We zijn altijd tevreden geweest, tot...' Hij zweeg even. 'Nou ja, tot nu.'

Chase bleef naar de grond staren.

'Maar tijdens de tocht heb je Alice Russell wel gezien,' zei Falk.

Bailey knipperde met zijn ogen. 'Op de eerste avond, bedoel je?'

'Heb je haar vaker gezien dan?'

'Nee.' Zijn antwoord kwam bijna te snel. 'Alleen die eerste avond. Het was een sociale ontmoeting tussen de kampen.'

'Van wie kwam dat idee?'

'Van mij. Het is goed voor ons om contact te hebben op een andere plek dan kantoor. We zijn samen één bedrijf. Allemaal in hetzelfde schuitje.'

'En toen heb je met Alice Russell gesproken?' Falk keek Bailey nauwlettend aan.

'Kort, aan het begin, maar we waren er niet lang. We gingen weer weg toen het begon te regenen.'

'Waar hadden jullie het over?'

Bailey trok zijn wenkbrauwen op. 'Over niets, eigenlijk. Gewone kantoorpraat.'

'Zelfs bij een sociaal bezoekje?' vroeg Carmen.

Een klein glimlachje. 'Zoals je zei, ik ben nooit echt vrij.'

'En hoe kwam ze die avond op je over?'

Een tel. 'Het ging zo te zien goed met haar. Maar we hebben elkaar niet lang gesproken.'

'Je maakte je geen zorgen om haar?' vroeg Falk.

'Zorgen om wat?'

'Van alles. Haar gezondheid, haar geestelijke toestand? Of ze wel in staat was de tocht uit te lopen?'

'Als ik twijfels had gehad over Alice, of over wie dan ook van het personeel, dan had ik daar iets aan gedaan,' zei Bailey.

Ergens, diep in de wildernis, riep een vogel, scherp en doordringend. Fronsend keek Bailey op zijn horloge.

'Neem me niet kwalijk. Luister, bedankt voor jullie hulp bij het zoeken, maar ik zal in actie moeten gaan komen. Ik wil nu naar het crisiscentrum rijden om op tijd bij de avondbriefing te zijn.'

Chase verplaatste zijn gewicht van de ene op de andere voet. 'Ik ga daar ook heen. Wil je een lift?'

Bailey klopte op het dak van zijn BMW. 'Ik red me wel, bedankt.'

Hij viste zijn sleutels uit zijn zak, en na nog een rondje handen schudden en kort wuiven was hij verdwenen, onzichtbaar achter het getinte glas van de wegrijdende auto.

Chase keek hem na en staarde vervolgens een beetje verloren naar het busje van Executive Adventures, dat log in een hoek van de parkeerplaats stond.

'Ik kan er beter zelf ook maar naartoe gaan. Ik laat het jullie weten als er nieuws is,' zei hij, en hij sjokte weg, sleutels in de hand. Falk en Carmen waren weer alleen.

'Ik zou dolgraag weten waarom Bailey te laat hier was,' zei Carmen. 'Geloof jij dat het een familiekwestie was?'

'Ik weet het niet,' antwoordde Falk. 'BaileyTennants is een familiebedrijf. Daar valt eigenlijk alles zo'n beetje onder.'

'Ja. Hoewel, ik moet zeggen, als ik net zo'n auto had als hij zou ik het busje ook hebben gemist.'

Ze liepen naar hun eigen sedan, die helemaal in de andere hoek geparkeerd stond. In de gleuven hadden zich zand en bladeren verzameld, die opwaaiden toen ze de kofferruimte openden. Falk trok er zijn gehavende rugzak uit en hees hem op zijn schouder.

'Ik dacht dat je zei dat wandelen geen hobby van je was,' zei Carmen.

'Dat is het ook niet.'

'Zeg dat dan maar tegen je rugzak. Die ziet er aardig uitgewandeld uit.'

'O. Ja. Die heeft flink wat kilometers gemaakt. Niet met mij, overigens.' Falk zei verder niets, maar Carmen keek hem verwachtingsvol aan. Hij zuchtte. 'Hij is van mijn vader geweest.'

'Wat leuk. Heeft hij hem aan jou gegeven?'

'Zo ongeveer. Hij is overleden. Dus heb ik hem genomen.'

'O. Shit. Het spijt me.'

'Geeft niet. Hij heeft hem niet meer nodig. Kom op.'

Voordat ze nog wat kon zeggen, draaide Falk zich om, en ze staken de parkeerplaats over naar de receptie van de lodge.

Het leek wel een oven vergeleken met buiten. Falk voelde het zweet op zijn huid prikken. Achter de balie stond nog steeds dezelfde boswachter. Hij keek op de lijst van kamers die voor de politie en reddingswerkers waren gereserveerd en gaf hun ieder een sleutel.

'Ga terug zoals je gekomen bent en volg het pad naar links om het gebouw heen,' zei hij. 'Jullie zitten aan het einde van de rij, naast elkaar.'

'Bedankt.'

Ze liepen naar buiten en langs de zijkant van de hut tot ze bij een lang houten gebouw kwamen. Het was in aparte units verdeeld, met langs de hele voorkant een veranda. Falk hoorde de regendruppels op het zinken dak boven hen tikken. Hun kamers waren helemaal aan het eind, zoals beloofd.

'Over twintig minuten weer bij elkaar komen?' vroeg Carmen, waarna ze door de deur verdween.

Falks kamer was klein maar verrassend knus. Het bed nam de meeste ruimte in beslag. In een hoek stond een kledingkast gepropt en was een deur die naar een kleine badkamer leidde. Falk schudde zijn jas uit en checkte zijn mobiel. Hier ook geen bereik.

Hij zette zijn rugzak – de rugzak van zijn vader – tegen de wand. Hij zag er aftands uit tegen het schone witte schilderwerk. Falk wist niet precies waarom hij hem meegenomen had. Hij had andere tassen die hij had kunnen gebruiken. Hij had hem helemaal achter in zijn kledingkast gevonden toen hij zijn wandelschoenen uitgroef. Hij was bijna vergeten dat hij daar lag. Bijna, maar niet helemaal. Hij had de rugzak eruit getrokken, was op de grond in zijn stille flat gaan zitten en had er lange tijd naar zitten kijken.

Hij was niet helemaal eerlijk geweest tegen Carmen. Hij had de rugzak niet meegenomen toen zijn vader zeven jaar geleden was overleden, maar had hem overhandigd gekregen door een kankerverpleegkundige in het verpleeghuis. Hij was licht geweest, maar niet leeg, want Erik Falks laatste paar bezittingen hadden erin gezeten.

Falk had er lang over gedaan om de spullen in de rugzak door te nemen en nog langer om de bezittingen van zijn vader aan een goed doel te schenken of op een andere manier weg te doen. Op het laatst waren alleen de rugzak en nog drie andere dingen overgebleven. Twee foto's en een aparte, grote versleten envelop. De envelop was gekreukt en hier en daar kapot langs de randen, en was nooit dichtgeplakt geweest.

Nu opende Falk het topvak van de rugzak en haalde de envelop eruit. Hij zag er nog gehavender uit dan hij zich herinnerde. Hij spreidde de inhoud uit op het bed. Contouren, hellingen, arceringen en symbolen lagen voor hem. Bergtoppen en dalen en wildernis en stranden. Het mooiste van de natuur, alles daar op dat papier.

Toen Falk zijn vingers over de kaarten liet glijden, werd hij bijna duizelig van het gevoel van vertrouwdheid dat in hem opwelde. Het waren er meer dan twintig. Sommige waren oud en sommige meer gebruikt dan andere, hun papier dun en goed bestudeerd. Zijn vader had ze gecorrigeerd, natuurlijk. Hij wist het het beste. Dacht dat in elk geval. Erik Falks handschrift liep in lussen en bochten over de routes van de belangrijkste wandelgebieden van de staat. Observaties die hij had gedaan telkens wanneer hij zijn wandelschoenen had vastgestrikt, zijn rugzak op zijn rug had gehesen en met een dankbare zucht de stad achter zich had gelaten.

Het was heel lang geleden dat Falk naar de kaarten had gekeken. En hij had zichzelf er nooit toe kunnen brengen ze nauwkeurig te bestuderen. Nu schoof hij de kaarten heen en weer tot hij die ene vond die hij zocht: het Giralanggebergte en omgeving. Het was een van de oudste en de hoeken waren vergeeld. De vouwen waren kwetsbaar en pluizig.

Hij trok zijn schoenen uit en ging op bed liggen. Zijn hoofd liet hij in het kussen zakken, even maar. Zijn ogen voelden zwaar. Het was binnen veel warmer dan buiten. Hij vouwde de kaart open, kneep zijn ogen half toe tegen het licht. De grijze potloodmarkeringen waren in de loop van de tijd hier en daar vervaagd en de woorden bij de randen waren onduidelijk geworden. Hij hield de kaart nog dichter bij zijn gezicht en voelde de doffe pijn van een oude irritatie. Het handschrift van zijn vader was altijd verdraaid onleesbaar geweest. Hij probeerde zich te concentreren.

Waterplek. Kampeerplaats: onofficieel. Geblokkeerd pad.

Falk knipperde met zijn ogen. Het was warm in de kamer.

Kortere route. Uitkijkpunt. Omgevallen boom.

Weer geknipper. De wind huilde buiten en drukte zich tegen het vensterglas.

Niet veilig in de winter. Wees voorzichtig.

Een echo als waarschuwing.

Loop behoedzaam. Gevaarlijk hier.

Falk sloot zijn ogen.

Dag 2: vrijdagochtend

Ze deden er langer over dan verwacht om alle kampeerspullen weer in te pakken. Het lukte maar niet om de tenten net zo klein op te vouwen als eerst, en de ritsen van de hoezen wilden uit protest niet dicht en bleven steken.

Jill wist dat haar rugzak niet zwaarder kon zijn dan de dag ervoor. Ze wist het, maar toen ze hem met een zwaai op haar schouders hees, kon ze het niet geloven. Ze lagen al achter op schema, maar ze liet de anderen dralen in het zwakke ochtendlicht, rommelend met riempjes en waterflessen. Ze verliet deze plek met tegenzin en vermoedde dat ze niet de enige was. De andere kampeerplaatsen langs de route waren kleiner en primitiever, wist ze, maar dat was niet het enige. De veiligheid van deze plek verlaten om het onbekende tegemoet te lopen gaf haar een enigszins gespannen gevoel.

Jill had met een half oog Alice in de gaten gehouden tijdens het pakken. De vrouw had nauwelijks iets gezegd en iemand had haar twee keer naar de zak voor de tentstokken moeten vragen. Maar ze was niet ziek, daar was Jill zeker van. En ze zou geen toestemming krijgen om zich terug te trekken uit deze tocht, daar was Jill ook zeker van.

Ze zag Alice de lege wijnflessen en de gezamenlijke afvalzak oppakken en meteen aan Beth overhandigen. Geen wroeging over de uitbarsting van die ochtend, kennelijk. Jill overwoog of ze iets moest zeggen, maar Beth nam het afval simpelweg aan en stopte alles zonder commentaar in haar rugzak. Jill liet het maar zo. Ze had geleerd wanneer ze zich ergens mee moest bemoeien en wanneer niet.

Toen ze geen enkel excuus meer hadden om de kampeerplaats nog niet te verlaten gingen ze eindelijk op pad, een uur te laat. Alice liep al snel voor hen uit, met Bree achter zich aan, de kaart in haar handen geklemd. Jill keek naar hun achterhoofden en verschoof haar rugzak. De riemen striemden haar schouders. De man in de winkel had tegen haar gezegd dat ze van speciaal ademend materiaal waren gemaakt voor extra comfort. Ze voelde zich behoorlijk genaaid.

Het pad liep tenminste niet omhoog, maar het ongelijke oppervlak betekende wel dat ze goed moest kijken waar ze haar voeten neerzette. Ze struikelde een keer, toen nog eens, waarbij ze bijna haar evenwicht verloor. Een stevige hand greep haar arm vast.

'Gaat het?' vroeg Lauren.

'Ja. Dank je. Ik ben niet gewend aan deze schoenen.'

'Doen ze pijn?'

'Een beetje,' gaf ze toe.

'Twee paar sokken kan helpen. Een dun paar met een dik paar eroverheen. Luister, Jill...' Lauren dempte haar stem een beetje. 'Ik wil mijn excuses aanbieden.'

'Waarvoor?' Dat wist ze wel. Of misschien ook niet. Als ze erover nadacht, waren er een paar dingen waar Lauren zich schuldig over kon voelen.

'Vorige week, bij de briefing,' zei Lauren. 'Ik bedoel, het spijt me dat ik daar niet bij was. Maar Andrew zei dat hij de presentatie alleen kon doen en...' Ze zweeg. 'Het spijt me, ik had er moeten zijn, dat weet ik. Ik sta de laatste tijd nogal onder druk thuis.'

Daarop keek Jill haar aan. Over thuis onder druk staan kon ze meepraten.

'Is het iets waarbij we je op een of andere manier kunnen helpen?'

'Nee. Helaas. Maar bedankt.' Lauren bleef recht voor zich

uit staren. Ze zag er erg mager uit, zag Jill nu. De botten in haar hals en polsen duwden tegen haar huid.

'Weet je het zeker?'

'Ja.'

'Oké. Want die briefing...'

'Het spijt me echt...'

'Dat weet ik, maar het was niet de eerste keer dat zoiets gebeurde. Ook niet de tweede keer.'

'Het zal niet meer voorkomen.'

'Weet je het zeker, Lauren? Want...'

'Ja, ik weet het zeker. Het zal beter gaan.'

Dat zal wel moeten, dacht Jill. Bij de laatste ontslagronde had Lauren hoog op de lijst gestaan. Helemaal bovenaan zelfs, totdat Alice had gepleit voor een samenvoeging van parttimefuncties om net zoveel te besparen. Jill vermoedde ook dat Alice Lauren minstens tweemaal voor een fout had behoed in de afgelopen maanden. Als ze zich bewust was van twee van dat soort gevallen, moest er bijna zeker sprake zijn van meer. Ze wist dat de twee vrouwen elkaar al heel lang kenden. Wat dat voor Lauren betekende, was een andere vraag.

Voor hen zagen ze het hoofd van Alice, blond tegen de duistere wildernis. Er schoot Jill iets te binnen.

'Dat deed je goed gisteravond, met het vuur. Ik zag het je aanmaken.'

'O, dank je. Dat heb ik op school geleerd.'

'Dan had je een goede docent.'

'Dat mag je wel hopen. Het was tijdens een speciaal jaar op de McAllaster Outdoor Campus van Endeavour Ladies' College om allerlei dingen te leren. Alice was daar ook.' Lauren keek Jill aan. 'Ik neem aan dat jij op een particuliere school hebt gezeten. Deden ze daar zoiets niet?'

'Ik heb in Zwitserland op school gezeten.'

'O, dat zal dan wel niet.'

'Goddank.' Jill keek met een klein glimlachje opzij. 'Ik weet niet of ik een heel jaar met dit soort dingen aan zou kunnen.'

Lauren glimlachte terug, maar Jill zag de niet-gestelde vraag in haar ogen. Als ze zich hier zo ongemakkelijk bij voelde, waarom had ze er dan mee ingestemd? Die vraag was Jill de afgelopen dertig jaar al op ontelbaar verschillende manieren gesteld en haar antwoord luidde altijd hetzelfde. BaileyTennants was een familiebedrijf. En Jill Bailey deed wat het beste was voor de familie.

'Hoe dan ook,' zei Lauren. 'Dat was eigenlijk wat ik wilde zeggen. Ik besef echt dat ik op het werk een beetje tekort ben geschoten.'

Een eindje voor hen waren Alice en Bree stil blijven staan, zag Jill. Ze waren bij een splitsing gekomen, een pad naar links, een smaller pad naar rechts. Bree had de kaart tevoorschijn gehaald en zat die op een stronk te bestuderen, haar neus bijna op het papier. Alice stond met haar handen op haar heupen toe te kijken. Ze keek op toen ze dichterbij kwamen, haar blauwe ogen alert en het hoofd een beetje schuin. Plotseling vroeg Jill zich af of ze hun gesprek had opgevangen. Nee. De afstand was vast te groot geweest.

'En ik ben echt dankbaar voor mijn baan en de kansen.' Lauren was zachter gaan praten. 'En voor je geduld. Ik zal het goedmaken, echt.'

Jill knikte. Verderop stond Alice nog altijd te kijken.

'Dat weet ik.'

8

Toen Falk wakker schrok, was het buiten donkerder dan hij zich herinnerde. Hij hoorde papiergekraak en tilde zijn hoofd op. De kaart van zijn vader lag nog open op zijn borst. Hij wreef met een hand over zijn ogen en keek knipperend naar de regen die tegen de vensterruit sloeg. Het duurde even voor hij besefte dat het geklop van de deur afkomstig was.

'Je hebt de tijd genomen,' merkte Carmen op toen hij opendeed. Ze nam een koude windvlaag mee naar binnen.

'Sorry. Ik was in slaap gevallen. Kom binnen.' Falk keek de kamer rond. Geen stoelen. Hij trok de afdruk in de beddensprei glad. 'Ga zitten.'

'Bedankt.' Carmen maakte een plekje vrij tussen de kaarten op het bed. 'Wat zijn dit allemaal?'

'Niets. Die zijn van mijn vader geweest.'

Carmen pakte de kaart op van het Giralanggebergte, die open boven op de stapel lag. 'Op deze staan allerlei aantekeningen.'

'Ja. Op allemaal. Het was een soort liefhebberij van hem.'

'Er staat zeker geen groot zwart kruis met de woorden "Hier is Alice" op?' vroeg Carmen. Ze bestudeerde de potloodaantekeningen. 'Mijn oma deed dat altijd in haar kookboeken, allerlei opmerkingen en verbeteringen erbij kriebelen. Ik heb ze allemaal nog. Heel leuk, net alsof ze tegen me praat. En ze had gelijk. Als je een halve theelepel citroensap bij de geraspte schil doet, krijg je de lekkerste citroencake die je ooit hebt geproefd.' Ze legde de kaart die ze in haar handen had weg en pakte een andere. 'Maakten jullie deze tochten samen?'

Falk schudde zijn hoofd. 'Nee.'

'Hè, geen enkele?'

Falk maakte langzaam een stapeltje van de kaarten. 'We zaten niet echt op één lijn.'

'Hoe kwam dat?'

'Dat is een lang verhaal.'

'Is er een korte versie?'

Falk keek naar de kaarten. 'Toen ik zestien was, verkocht mijn pa onze boerderij en verhuisden we naar Melbourne. Ik wilde dat niet, maar er waren veel problemen geweest in ons stadje. Het ging daar snel van kwaad tot erger en ik vermoed dat mijn pa meende dat het voor mij het beste was. Ik weet het niet, hij had denk ik het gevoel dat hij mij daar moest weghalen.'

Achteraf gezien, als volwassene, kon Falk dat ergens wel begrijpen. Destijds had hij zich eenvoudigweg verraden gevoeld. Het had verkeerd geleken, naar de grote stad vluchten met de geur van angst en achterdocht in hun neus.

'Het had een nieuwe start moeten zijn,' zei hij. 'Maar zo werkte het niet. Pa vond het verschrikkelijk. Ik eigenlijk ook.' Hij zweeg. En ze hadden er nooit over gepraat. Niet over hun vroegere leven, niet over hun nieuwe leven. De onuitgesproken woorden hadden als een sluier tussen hen in gehangen en het had geleken alsof er elk jaar een nieuwe laag bij kwam. Die sluier was zo dik geworden dat Falk op het laatst het gevoel had gehad dat hij de man aan de andere kant niet meer kon zien. Hij zuchtte. 'Hoe dan ook, wanneer hij maar kon, pakte mijn pa in het weekend zijn rugzak in en reed ergens naartoe om te gaan wandelen. Met zijn kaarten.'

'Je kwam nooit in de verleiding om mee te gaan?'

'Nee. Ik weet het niet. Hij vroeg het wel altijd. In het begin, tenminste. Maar ja, ik was zestien, zeventien. Boos.'

Carmen glimlachte. 'Zijn de meeste kinderen dat niet op die leeftijd?'

‘Misschien wel.’ Hij was dat echter niet altijd geweest. Falk kon zich een periode herinneren dat hij zijn vader overal als een schaduw had gevolgd. Over de omheinde weiden bij hun boerderij, waar hij met zijn hoofd niet eens boven het lage hek uit kwam als hij achter de lange, gelijkmatige passen van zijn vader aan liep. De felle zon had hun schaduwen nog langer gemaakt en hun blonde haren bijna wit doen oplichten. Falk had net als zijn vader willen zijn, herinnerde hij zich. Dat was nog iets wat hij met de koele helderheid van wijsheid achteraf besefte. Het voetstuk was te hoog geweest.

Carmen zei iets.

‘Pardon?’

‘Ik vroeg wat je moeder van dat alles vond.’

‘O. Niets. Ze stierf toen ik nog heel klein was.’

In het kraambed zelfs, maar dat detail liet Falk als het even kon achterwege. Het gaf mensen schijnbaar een heel ongemakkelijk gevoel, en sommigen – vrouwen meestal – hadden dan de neiging hem met een ietwat keurende blik aan te kijken. *Was je het wel waard?* Zelf ging hij die vraag angstvallig uit de weg, maar af en toe vroeg hij zich toch af wat de laatste gedachten van zijn moeder waren geweest. Niet louter verdrietige, hoopte hij.

‘Maar goed. Zo ben ik dus aan deze kaarten gekomen.’ Hij legde de laatste kaart op het stapeltje en schoof ze opzij. Genoeg. Carmen begreep de hint. De wind floot en ze keken allebei om toen het venster in het kozijn rammelde.

‘Dus. Geen Alice,’ zei Carmen.

‘Nog niet.’

‘En wat nu? Heeft het zin dat wij hier morgen nog blijven?’

‘Dat weet ik niet.’ Zuchtend leunde Falk achterover tegen het hoofdeinde van het bed. De zoektocht was in professionele handen. Zelfs als ze binnen een uur werd gevonden – in welke toestand dan ook, van heelhuids tot geteisterd door het weer en bebloed – zouden ze een andere manier moeten vinden om aan de contracten te komen die ze nodig hadden, besefte Falk. Alice Russell zou niet onmiddellijk weer aan het werk gaan, of misschien helemaal niet meer.

'Daniel Bailey wist niet wie we waren,' zei hij. 'En als hij dat wel wist, slaagde hij er verdomd goed in het te verbergen.'

'Mee eens.'

'Dat geeft me bijna het gevoel dat dit niets met ons te maken heeft, alleen...' Hij keek schuin naar zijn telefoon, die stil op het nachtkastje lag.

'Ik weet het.' Carmen knikte.

De opname. *Haar kwaad kan doen.*

Falk wreef over zijn ogen. 'Vergeet even wat er gezegd wordt. Waarom zou Alice me vanuit de wildernis proberen te bellen?'

'Ik weet het niet. Het klinkt alsof ze eerst het alarmnummer heeft gebeld maar geen verbinding kreeg.' Carmen dacht even na. 'En dan nog, eerlijk gezegd zou jij niet de persoon zijn die ik zou bellen als ik daar vastzat.'

'Dank je. Zelfs niet met al mijn kaarten?'

'Zelfs dan niet. Maar je begrijpt wel wat ik bedoel. Het moet wel met ons te maken hebben. Of met jou. Het enige wat ik kan bedenken, is dat ze zich wilde terugtrekken. Leek ze zich zorgen te maken de laatste keer dat je haar hebt gesproken?'

'Daar was je bij,' antwoordde Falk. 'Vorige week.'

'O, oké. Heb je daarna geen contact meer gehad?'

Het was een vluchtige ontmoeting geweest. Vijf minuten op de parkeerplaats van een grote supermarkt. *We hebben de contracten nodig*, hadden ze gezegd. *De contracten die verband houden met Leo Bailey. Geef die alsjeblieft de hoogste prioriteit.* Hun woorden hadden de vorm gehad van een verzoek. De toon had duidelijk gemaakt dat het een bevel was. Alice had gesnauwd dat ze haar best deed.

'Hebben we haar te veel onder druk gezet?' vroeg Falk.

'Waardoor ze op een of andere manier een fout heeft gemaakt?'

'We hebben haar niet meer onder druk gezet dan normaal.'

Falk betwijfelde of dat zo was. Ze hadden zelf de druk van bovenaf gevoeld en die prompt op haar overgebracht. Stront rolt naar beneden, een veelvoorkomend bedrijfsmodel dat Alice ongetwijfeld kende. *Bezorg ons de contracten van Leo Bailey.* Die boodschap van bovenaf hadden zij doorgegeven aan Alice Russell. Waarom die contracten zo belangrijk waren, was Falk en Carmen niet verteld, maar de geheimzinnigheid rond het bevel sprak boekdelen. *Bezorg ons de contracten.* Alice Russell mocht dan verdwenen zijn, de druk van bovenaf was dat niet. *Bezorg ons de contracten.* Dat was het allerbelangrijkste. Toch keek Falk weer schuin naar zijn telefoon. *Haar kwaad kan doen.*

'Als Alice een fout heeft gemaakt, moet iemand dat al hebben opgemerkt, anders was ze niet in de problemen gekomen,' zei Carmen. 'Misschien moeten we eens met Alice' assistente gaan praten. Breanna McKenzie. Als er iets loos is met de baas, is de assistente meestal de eerste die het weet.'

'Ja. De vraag is alleen of ze het ons dan zou vertellen.' Dat hing waarschijnlijk af van hoeveel stront Alice in de loop van de tijd in de richting van haar assistente had laten rollen, dacht Falk.

'Goed.' Carmen kneep haar ogen dicht, wreef met een hand over haar gezicht. 'Dat kunnen we beter aan kantoor melden. Heb jij ze nog gesproken vandaag?'

'Nee, niet sinds gisteravond.' Falk had gebeld na het telefoontje met brigadier King. Het nieuws van de verdwijning van Alice Russell was niet goed gevallen.

'Wil je dat ik de klap opvang?'

'Nee, laat maar.' Falk glimlachte. 'Ik doe het deze keer wel.'

'Bedankt.' Carmen zuchtte, leunde achterover. 'Als Alice vóór de survivaltocht al in de problemen had gezeten, had ze ons voor vertrek al gebeld. Dus wat er ook gebeurd is, het is tijdens die tocht gebeurd, ja?'

'Daar lijkt het wel op. Ian Chase zei dat ze volkomen normaal was overgekomen toen ze vertrokken. Niet dat hij nou de aangewezen persoon is om dat te beoordelen.'

Eén ding wisten ze in elk geval van Alice, en dat was dat ze goed was in het optrekken van een façade. Tenminste, Falk hoopte dat ze dat was.

'Waar zijn die camerabeelden van het tankstation?' vroeg Carmen. 'Het stukje waarop de groep op de heenweg te zien is?'

Falk haalde zijn laptop uit zijn tas. Hij pakte de memorystick die de man van het tankstation hem had gegeven en klapte het scherm open zodat Carmen het kon zien. Ze schoof iets dichterbij.

Het waren kleurenbeelden, maar op het scherm was bijna uitsluitend een grauwe massa te zien doordat de camera op het geplaveide terrein rond de pompen gericht stond. Er was geen geluid, maar het beeld was van goede kwaliteit. De opname besloeg de afgelopen zeven dagen. Auto's schoten het scherm op en af terwijl Falk doorspoelde naar donderdag. Toen de teller rond halverwege de middag stond, drukte hij op afspelen en bekeken ze een paar minuten.

'Daar.' Carmen wees toen er een busje stopte. 'Dat is het toch, of niet?'

De stabiele beelden vanaf het hoge standpunt lieten zien dat het portier aan de bestuurderskant openging. Chase stapte uit. Zijn slungelachtige figuur in de rode fleecetrui was duidelijk herkenbaar toen hij naar de pomp liep.

Op het scherm schoof het zijportier van het busje open, geluidloos over de rail rammelend. Een Aziatische man klom naar buiten, gevolgd door twee kerels met donker haar en een kalende man. De kalende man liep naar de winkel, terwijl de andere drie in een los groepje bij elkaar bleven staan, wat kletsend en zich uitrekkend. Achter hen klauterde een grote vrouw uit het busje, haar voeten kwamen zwaar op de grond neer.

'Jill,' zei Carmen, en ze zagen dat Jill Bailey haar telefoon tevoorschijn haalde. Ze tikte ertegen, hield hem tegen haar oor, haalde hem er weer vanaf en staarde naar het schermpje. Falk had geen duidelijk beeld van haar gezicht nodig om haar frustratie waar te nemen.

'Wie probeert ze te bellen?' vroeg hij. 'Daniel misschien?'

'Misschien.'

Op dat moment stapte een andere vrouw uit, haar lange paardenstaart over haar schouder zwaaiend.

'Is dat Breanna?' vroeg Carmen. 'Ze lijkt op die foto van haar.'

De donkerharige vrouw keek om zich heen en draaide zich om toen een derde vrouw uit het busje stapte.

Carmen blies haar adem uit. 'Daar is ze.'

Alice Russell stapte uit, blond en lenig, haar armen uitstrekkend als een kat. Ze zei iets tegen de donkerharige vrouw, die naast haar heen en weer drentelde. Ze haalden allebei hun telefoon tevoorschijn en hun lichaamstaal weerspiegelde die van Jill van een minuut ervoor. Luisteren, tikken, luisteren, niets. Het uit frustratie ietwat laten hangen van de schouders.

De donkerharige vrouw stopte haar telefoon weg, maar Alice hield de hare in haar hand. Ze tuurde door een van de raampjes van het busje, waar een lijvige gedaante een donkere afdruk tegen het glas vormde. Het beeld was niet duidelijk genoeg om te zien wat het precies was, maar wat Falk betrof wees alles op de ontspannen kwetsbaarheid van een slapend iemand.

Ze zagen Alice haar telefoon voor het raampje houden. Er was een flits, toen controleerde ze het schermpje en liet ze het aan de drie mannen zien die vlak bij haar stonden. Ze lachten geluidloos. Alice liet het aan de donkerharige vrouw zien, die even stilstond, toen haar mondhoeken optrok in een glimlach van pixels. In het busje bewoog de gedaante, waardoor het raampje dan weer lichter en dan weer donkerder werd. Achter het glas verscheen iets wat op een gezicht leek, de gelaatstrekken vaag, maar de lichaamstaal duidelijk. *Wat is er aan de hand?*

Alice wendde zich van het busje af, een wuiven met haar hand, meteen afwijzend. *Niets. Het is maar een grapje.*

Het gezicht bleef bij het raampje hangen totdat Chase de winkel uit kwam. De man van het tankstation was bij hem. Falk herkende zijn muts. De twee mannen stonden nog even te kletsen terwijl het team van BaileyTennants terug in het busje klom.

Alice Russell stapte als laatste in. Haar porseleinen gelaatstrekken verdwenen toen de deur achter haar dichtschoof. Chase sloeg de man van het tankstation op de schouder en liet zich op de chauffeursstoel glijden. Het busje trilde toen hij de motor startte. De wielen rolden.

De man keek het voertuig na. Hij was weer alleen.

'Eenzame baan,' zei Falk.

'Ja.'

Na een paar seconden draaide de man zich om en liep het beeld uit. Het terrein was weer een grijs verlaten vlak. Falk en Carmen bleven nog even naar de beelden kijken, maar er bewoog niets op het scherm. Ten slotte leunde Carmen achterover.

'Niets verrassends, dus. Alice is een beetje een kreng dat mensen tegen de haren in strijkt. Dat wisten we al.'

'Ze zag er tamelijk ontspannen uit,' merkte Falk op. 'Meer dan ze ooit bij ons is geweest.' Dat was ook niet echt verrassend, dacht hij.

Carmen onderdrukte een geeuw, hand voor haar mond. 'Sorry, het voor dag en dauw opstaan begint me op te breken.'

'Ik weet het.' Buiten was de hemel donkerblauw gekleurd.

Falk zag hun gezichten weerspiegeld in de ruit. ‘Laten we ermee kappen voor vandaag.’

‘Jij belt met kantoor?’ vroeg Carmen terwijl ze opstond om te vertrekken. Falk knikte. ‘En we gaan morgen naar het ziekenhuis, kijken wat Alice’ assistente te zeggen heeft. Wie weet.’ Ze glimlachte zuur. ‘Ik zou pisnijdig zijn als ik onder werktijd gebeten werd door een slang. Misschien doet ze graag haar mond open.’

Weer een koude windvlaag toen ze de deur opendeed, en weg was ze.

Falk keek naar de vaste telefoon op het nachtkastje. Hij pakte hem op, toetste uit het hoofd een nummer in en ging op bed zitten terwijl de telefoon een paar honderd kilometer verder naar het westen, in Melbourne, overging. Hij werd snel opgenomen.

Was de vrouw gevonden? Nee. Nog niet. Hadden ze de contracten? Nee. Nog niet. Wanneer zouden ze de contracten krijgen? Falk wist het niet. Een korte stilte aan de andere kant. Ze moesten de contracten te pakken zien te krijgen. Ja. Dat was noodzakelijk. Ja, dat begreep hij. De tijd drong, anderen zaten te wachten. Ja, dat wist hij. Hij begreep het.

Falk luisterde en liet de litanie over zich heen komen. Af en toe een woordje ter bevestiging. Hij begreep wat ze zeiden. Natuurlijk begreep hij het, hij had het allemaal al eerder gehoord.

Zijn blik viel op de stapel kaarten, en al luisterend trok hij er die van het Giralanggebergte tussenuit. Hij vouwde hem open. Een geordend raster was gevuld met slingerende routes die andere paden naar andere plekken lieten zien. Hij volgde de lijnen met een vinger terwijl hij naar de stem door de telefoon luisterde. Was Alice daar nu, keek ze naar diezelfde lijnen bij het licht van een zaklamp of de maan, over het landschap turend in een poging een verband te zien tussen kaart en werkelijkheid? *Of*, fluisterde een stem, *was het daar te laat voor?* Falk hoopte van niet.

Hij keek op naar het raam. Het was te licht in de kamer, het enige wat hij kon zien, was zijn eigen weerspiegeling waarin hij zijn telefoon vasthield. Hij strekte zijn arm en knipte het bedlampje uit. Duisternis. Terwijl zijn ogen zich aanpasten, werden blauwzwarte details buiten zichtbaar. Een eind in de verte kon hij het begin van het pad naar de Mirror Falls ontwaren. De bomen aan weerskanten leken te ademen en te pulseren in de wind.

Aan het begin van het pad was plotseling een lichtschijnsel. Falk leunde naar voren. Wat was dat? Er verscheen een silhouet uit het bos, hoofd naar beneden, voorovergebogen tegen de elementen, stevig tegen de wind in lopend. Rennend bijna. Bij de voeten stuiterde een smalle lichtstraal.

Het was donker en koud om buiten te wandelen. Falk stond op en drukte zijn gezicht tegen het glas, de telefoon nog steeds tegen zijn oor gedrukt. In het donker, vanaf die afstand, waren de gelaatstrekken van de figuur niet te zien. Maar hij dacht dat het een vrouw was. Iets aan de manier waarop ze bewoog. Hij zag geen reflecterende streep oplichten. Wie het ook was, het was niet iemand van het officiële zoekteam.

In Falks oor vertraagde het eenzijdige gesprek.

Bezorg ons die contracten. Ja. En gauw. Ja. Stel ons niet teleur. Nee.

Een klik, en hij was er weer van af, voorlopig. Falk bleef met de telefoon in zijn hand staan.

Buiten liep de figuur naast het pad om het licht dat vanuit de lodge op de parkeerplaats scheen, te ontwijken. Ze – hij? – liep om het gebouw heen en verdween uit het zicht.

Falk legde de telefoon weg en keek naar zijn mobiel, die stil naast de vaste telefoon lag. *Haar kwaad kan doen*. Hij weifelde even, graaide toen naar zijn sleutel en trok de deur open. Vloekend omdat ze hem nou net de achterste kamer hadden gegeven, liep hij op een sukkeldrafje over de veranda. De koude lucht sloeg onder zijn kleding en tegen zijn huid.

Had hij nou zijn jas maar aangetrokken. Hij sloeg de hoek van de lodge om en tuurde over de lege parkeerplaats zonder te weten wat hij hoopte te vinden.

De parkeerplaats was verlaten. Hij bleef staan en luisterde. Als er al voetstappen klonken, werden die overstemd door de wind. Falk sjokte de traptreden van de lodge op en ging naar binnen. Uit de keuken klonken gekletter van bestek en zacht geroezemoes. Achter de balie zat een andere boswachter.

'Is hier iemand naar binnen gekomen?'

'Behalve jij?'

Falk trok een gezicht naar haar en de boswachter schudde haar hoofd.

'Je hebt geen vrouw gezien buiten?' vroeg hij.

'Niemand in de afgelopen tien minuten.'

'Bedankt.' Hij ging weer naar buiten. Het was alsof hij een zwembad in dook en hij vouwde zijn armen voor zijn borst. Hij staarde naar de wildernis en liep toen knarsend over het grind naar het begin van het pad.

Voor hem was alles donker, de lichten van de lodge fel achter hem. Over zijn schouder, een eindje verderop, meende hij zijn kamer te zien, het venster een zwart vierkant. Onder zijn schoenen was het pad een wirwar van voetafdrukken. Er klonk geruis toen een vleermuis over hem heen schoot, een gekartelde vorm tegen de nachthemel. Verder was het pad verlaten.

Langzaam draaide Falk zich om, de wind bijtend in zijn gezicht. Hij was alleen. Wie hier ook was geweest, was verdwenen.

Dag 2: vrijdagochtend

Bree liep te zweten. Ondanks de kou was haar huid vochtig en ze rook de alcohol die uit haar poriën kwam. Ze voelde zich smerig.

Ze was met hoofdpijn wakker geworden. Bij het opbreken van het kamp was het alleen maar erger geworden en het inpakken had eeuwen geduurd, veel langer dan nodig was. Alice was de enige geweest die haast had om te vertrekken. Bree had haar met zoveel geweld een tent in een zak zien stouwen dat ze bang was dat hij zou scheuren. Bree had niet aangeboden te helpen. Ze had haar handen al vol aan haar eigen tent.

Toen ze de rits van haar rugzak eindelijk dicht had, was ze een eindje verderop achter een boom weggedoken en had ze overgegeven, stil en verhit. Hoeveel had ze de vorige avond gedronken? Ze kon zich niet herinneren dat ze haar glas had bijgevuld, maar ze kon zich ook niet herinneren dat het leeg was geweest. Het was de schuld van die verdomde mannen, dacht ze, en ze voelde een steek van woede. Niet tegen hen gericht, eerder tegen zichzelf. Meestal had ze dat soort dingen beter in de gaten.

Nu veegde Bree een druppel zweet bij haar oog weg terwijl ze naar Alice' rug staarde. Alice had kort na de start al een voorsprong genomen en Bree had deze keer moeite om haar bij te houden. Had Alice haar de vorige avond te veel zien drinken? Ze hoopte van niet. Het grootste deel van de tijd had Alice veilig uit het zicht met Daniel staan praten. Daarna had Bree haar alleen nog naar de tenten zien lopen. Toen had ze zich al een beetje licht gevoeld in het hoofd. Bree was er de vorige avond dan misschien mee weggekomen, ze wist dat ze er nu voor moest boeten.

Tweemaal waren ze die ochtend bij een splitsing gekomen, en tweemaal was Alice blijven staan en had ze haar aangekeken. Bree had de kaart geraadpleegd, de knallende hoofdpijn negerend, en de richting aangewezen. Met een knikje en zonder een woord te zeggen was Alice doorgelopen.

Bree hoorde een zachte kreun achter zich. Die kon van ieder van de anderen afkomstig zijn. Vermoedelijk begonnen bij iedereen de schouders, hielen en zenuwen op te spelen. Het pad was smal geworden en een paar kilometer terug waren ze in ganzenmars gaan lopen. Het pad steeg voldoende om praten te ontmoedigen. Voor hen bleef Alice opnieuw staan. Het pad maakte een flauwe bocht, waarna het breder werd en zich splitste. Bree hoorde nog een kreun achter zich. Deze keer was het Jill, geen twijfel mogelijk.

'Wacht even, daarginds,' riep Jill. 'Laten we hier even lunchen.'

Bree zuchtte opgelucht, maar Alice keek op haar horloge. 'Het is nog heel vroeg,' riep ze terug.

'Zo vroeg nou ook weer niet. Dit is een goede plek om te stoppen.'

Dat was het niet echt, dacht Bree terwijl ze haar rugzak neerzette. De grond was modderig en het enige uitzicht dat ze hadden, waren de bomen die boven hen uittorenden. Ze rilde en ging op haar rugzak zitten, haar benen een beetje wiebelig. Het was kouder nu ze niet meer in beweging waren. Stiller ook, zonder het geluid van hun voetstappen. Het getjirp en gekrijs van onzichtbare vogels viel haar nu op. Ineens hoorde ze geritsel in het struikgewas achter zich en met een ruk draaide ze zich om. Haar gedachten doken een zwart gat in en landden met een plof voor de schim van Martin Kovac.

Er was natuurlijk niets. Bree ging weer recht zitten. Ze voelde zich een dwaas. Het wás ook dwaas. Ze was te jong om zich de verhalen uit die tijd te herinneren, maar ze was ze ongelukkig genoeg op internet tegengekomen toen ze op zoek was naar informatie over het Giralanggebergte. Achter haar bureau op kantoor was ze verzonken geweest in het lot van het laatste vermeende slachtoffer – Sarah Sondenberg, achttien en nooit gevonden – toen de junior accountmanager achter haar was komen staan en haar had laten schrikken.

'Pas maar op daar in Giralang,' had hij met een grijns en een knikje naar het scherm gezegd. 'Ze lijkt een beetje op jou.'

'Pas maar op dat ik dat soort opmerkingen niet aan Personeelszaken meld.' Hun lichte geflirt was een paar maanden geleden begonnen. Bree dacht dat ze waarschijnlijk ja zou zeggen wanneer hij haar eindelijk mee uit zou vragen.

Zodra hij weg was, had ze weer naar het scherm gekeken. Leek Sarah Sondenberg echt op haar? De neus en de mond misschien een beetje. Het meisje was mooi, dat leed geen twijfel. Maar op haar eigen manier. Bovendien was Sarah Sondenberg blond, met blauwe ogen. Bree had de website afgesloten en er niet meer aan gedacht, tot nu.

Ze keek nog een keer over haar schouder. Niets. Toch was het misschien beter als dit maar een korte pauze was. In een poging van haar hoofdpijn af te komen nam ze een slok water uit haar fles en sloot haar ogen.

'Zou je alsjeblieft ergens anders willen gaan staan als je dat gaat doen?'

Bree kromp ineen bij het horen van Alice' stem en opende haar ogen weer. Alice sprak natuurlijk niet tegen haar. Niet op die manier. Ze keek naar Beth, die tegen een boom geleund stond, brandende sigaret in haar hand.

Jezus, al deze frisse lucht en haar zus kon het weer niet laten hem te vervuilen. Onmiddellijk hoorde ze hun moeders stem in haar oor. *Laat haar met rust, ze kan beter verslaafd zijn aan saffies dan...* Haar moeder maakte de zin nooit verder af. Ze kon het niet opbrengen het woord te noemen.

Beth haalde haar schouders op en sjokte weg. De rook van de sigaret vermengde zich met de geur van eucalyptus in de lucht. Alice wapperde met haar hand.

'Lunch,' zei een stem.

Bree keek op. Naast haar stond Lauren met in haar uitgestoken hand een broodje kaas in cellofaan en een appel.

'O, bedankt.' Ze probeerde te glimlachen, maar haar maag draaide zich om bij de gedachte alleen al.

'Je moet wat eten.' Lauren bleef naast haar staan. 'Dat helpt.'

De vrouw was niet van plan van haar zijde te wijken voordat Bree het cellofaan had opengemaakt en een hap van het broodje had genomen. Pas toen ze Bree haar hap had zien doorslikken, ging ze weg.

Alice keek naar Bree alsof ze haar die dag pas voor het eerst echt zag. 'Te veel gedronken gisteravond?'

'Gewoon moe,' zei Bree. 'Ik heb niet goed geslapen.'

'Je bent niet de enige.'

Alice zag er inderdaad bleek uit, zag Bree nu, verbaasd dat haar dat niet eerder was opgevallen.

'Lukt het kaartlezen wel?' vroeg Alice.

'Ja. Geen enkel probleem.'

'Weet je het zeker? Er gaat veel tijd verloren als we verkeerd lopen.'

'Dat weet ik. We lopen niet verkeerd.'

De woorden kwamen iets harder uit haar mond dan bedoeld en Jill keek op. Ze zat op een grote kei iets verderop langs het pad met een schoen uit en frunnikend aan haar sok.

'Alles in orde?'

'Ja, dank je,' antwoordde Bree op hetzelfde moment dat Alice zei: 'Bree is moe van gisteravond.'

Jill keek van de een naar de ander. 'Juist.'

'Dat is niet waar. Ik voel me goed.'

Een minuut lang zei Jill niets, maar iets in haar gezicht deed Bree vermoeden dat ze de vorige avond misschien meer had gezien dan Alice. Ze voelde dat haar wangen begonnen te gloeien.

'Wil je dat iemand het kaartlezen een tijdje overneemt?' Jills stem klonk luchtig.

'Nee, dat wil ik niet. Dank je. Het lukt wel.'

'Goed.' Jill richtte haar aandacht weer op haar sok. 'Maar zeg het alsjeblieft als je het wel wilt.'

'Ik wil het niet. Dank je.'

Geïrriteerd beet Bree op het puntje van haar tong. Ze voelde dat Alice nog naar haar stond te kijken en probeerde zich op het broodje op haar schoot te concentreren. Ze nam een hapje om zichzelf de mond te snoeren, maar kreeg het bijna niet doorgeslikt. Even later pakte ze het broodje weer in en stopte het in haar rugzak.

'Ik wilde niet vervelend doen,' zei Alice. 'Maar we moeten zondag op tijd terug zijn.'

Iets in haar stem deed Bree opkijken. Snel groef ze in haar geheugen. Wat voor plannen had Alice? Zondag. Prijsuitreiking op de school van Margot Russell. In plaats van met haar ogen te rollen sloot Bree ze.

Ze had Margot slechts één keer gezien, twee maanden geleden. Alice had haar gevraagd de baljurk van haar dochter bij de stomerij op te halen en bij haar thuis af te geven. Dat behoorde duidelijk niet tot Bree's taken, maar misschien als persoonlijke gunst? Natuurlijk, geen probleem. De jurk was prachtig. Bree had ook zoiets gedragen naar haar schoolbal, zij het minder coutureachtig. Ook zonder de foto's in Alice' kantoor zou ze Margot hebben herkend zodra ze de deur opendeed. Een jongere versie van haar moeder. Er was een vriendin bij haar en ze nipten allebei van een boerenkool-smoothie uit een van Bree's favoriete gezondheidswinkels.

'Hoi, die zijn lekker, hè?' zei Bree. Ze kende dat soort drankjes en ze kende dat soort meisjes, met hun glanzende haren en gladde huid en aantrekkelijke figuurtje en geamuseerde blik. Ze was zelf zo'n meisje geweest op school. Ze was nog steeds zo'n meisje.

Margot had even niets gezegd, wees toen met haar rietje naar de tas van de stomerij die Bree in haar hand had.

'Is dat mijn jurk?'

'O. Ja. Hier. Ik heet Bree, trouwens.'

'Dat weet ik. Bedankt.' Geritsel van plastic en de deur werd dichtgedaan. Daar stond Bree in haar eentje, te staren naar de glanzende deur.

'Wie was die griet?' klonk een zachte stem door een open raam.

'Een van de slaafjes van mijn moeder.'

'Ze ziet er een beetje armoedig uit.'

'Dat zegt mijn moeder ook.'

Bree had een stap naar achteren gezet. Nu keek ze naar Alice. Dertig jaar ouder dan haar dochter, maar met dezelfde uitdrukking in haar ogen.

Bree dwong zichzelf te glimlachen. 'Maak je geen zorgen. We zijn niet te laat terug.'

'Goed.'

Bree stond op en onder het mom van even de spieren opwarmen wandelde ze over het pad naar een boomstronk. Verderop stond haar zus naar de wildernis te staren, nog altijd rokend. Bree legde een been op de stronk en boog voorover. Haar hamstrings spanden zich en haar hoofd tolde. Haar maag draaide zich om en ze slikte een hete golf braaksel weg.

Ze vouwde de kaart open en legde hem zo neer dat ze er tijdens het strekken naar kon kijken. De paden bewogen een beetje op het papier.

'Gaat het?'

Bree keek op. Haar zus stond naast haar en bood haar een fles water aan.

'Ja, het gaat goed.' Ze nam de fles niet aan.
'Weet je welke kant we op moeten?'
'Ja. Jezus, waarom vraagt iedereen dat de hele tijd aan mij?'
'Misschien omdat het lijkt alsof je het niet weet.'
'Hou toch je mond, Beth.'
Haar tweelingzus haalde haar schouders op en ging op de stronk zitten. Hij kraakte onder haar grote lijf. Bree vroeg zich af hoeveel ze nu woog. Als tieners hadden ze altijd elkaars kleren kunnen dragen. Nu niet meer, dat was wel duidelijk.
Toen Beth een halfjaar geleden belde, had Bree de telefoon laten overgaan op de voicemail, zoals altijd. In het bericht vroeg Beth of ze Bree als referentie mocht opgeven bij een sollicitatie, en Bree had niets gedaan. Een week later vernam ze via een tweede bericht dat Beth een startersfunctie op de afdeling Data-archivering bij BaileyTennants had weten te bemachtigen. Bree had verondersteld dat het een grap was. Dat moest wel. Zelf had ze te veel moeite moeten doen om haar baan te krijgen, en dan bedoelde ze niet alleen haar graad in handelswetenschappen en twee onbetaalde stages. Nu moest ze bij hetzelfde bedrijf werken als haar zus, met haar goedkope kapsel en kleding in maat large en haar fóút die ze toch wettelijk verplicht was te melden bij een sollicitatie?
Hun moeder had bevestigd dat het inderdaad zo was.
'Jij hebt haar geïnspireerd. Ik heb het je toch gezegd.'
Bree dacht dat haar zus eerder was geïnspireerd door de angst dat haar uitkering stopgezet zou worden. Ze had subtiel geïnformeerd bij Personeelszaken. Blijkbaar had Jill Bailey in eigen persoon de ongebruikelijke benoeming goedgekeurd. Onofficieel, zo werd Bree verteld, hadden haar eigen uitmuntende verdiensten voor het bedrijf de balans in het voordeel van haar zus doen doorslaan. Bree had zichzelf tien minuten in een toilethokje opgesloten en tranen van woede weggeslikt terwijl ze die informatie verwerkte.
Ze had haar zus in de anderhalf jaar daarvoor slechts één

keer gezien. Het was tegen kerst geweest toen hun moeder haar had gebeld en haar had gevraagd, gesméékt, haar zus te vergeven. Vijftig minuten lang had ze haar huilende moeder aangehoord voordat ze zwichtte. Het was tenslotte Kerstmis. Ze was dus teruggekeerd naar het huis van haar jeugd, gewapend met cadeautjes voor ieder lid van de familie, behalve één.

Beth, werkloos en blut uiteraard, had verrassend helder uit haar ogen gekeken na haar periode van afwezigheid. Ze had Bree een foto van hen tweeën als kind gegeven, in een goedkoop lijstje dat in Bree's flat als een vlag op een modderschuit zou staan. Op de bijbehorende kerstkaart stond simpelweg: *Het spijt me*. Omdat hun moeder toekeek, had Bree zich niet teruggetrokken toen haar tweelingzus haar wilde omhelzen.

Terug in haar eigen flat, na de feestdagen, had Bree de foto uit het lijstje gehaald en dat gedropt bij een kringloopwinkel. Een uur later was ze teruggegaan en had ze het teruggekocht. De foto ging terug in het lijstje en het cadeautje belandde ergens in een hoge kast, ver weggestopt achter de kerstversieringen.

Op Beths eerste dag bij BaileyTennants had hun moeder Bree opgebeld met het verzoek al het mogelijke te doen om te zorgen dat haar zus deze baan kon houden. Nu ze haar zus op die stronk zag zitten roken, wilde ze dat ze het niet had beloofd.

'Zijn jullie klaar daar, meiden?'

Een stem kwam het pad op en Bree keerde zich om. Jill, Alice en Lauren waren al opgestaan. Ze keken met tegenzin naar hun rugzakken.

'Ja. We komen.' Bree pakte de kaart en liep op een sukkeldrafje terug. Te snel. Ze voelde zich een beetje duizelig worden.

'Moeten we hier links- of rechtsaf?' Jill hees haar rugzak op haar schouders. Beide routes voorbij de splitsing waren smal, met aan weerskanten laag struikgewas dat over het pad kroop. Bij het linkerpad zag de aarde er vaster uit, maar Bree wist dat ze het eerste deel van de dag bij elke splitsing rechts moesten aanhouden. Ze keek nog een keer op de kaart en voelde vier paar ogen op zich rusten. Ze hadden haast om te vertrekken nu ze het gewicht weer op hun rug droegen. Met een vinger volgde ze de route, haar hand trilde een beetje en haar lege maag draaide. Ja, ze hadden vandaag twee splitsingen gehad, dit was de derde.

'Als je hulp nodig hebt, Bree...' Alice schoof met haar voeten.

'Nee, niet nodig.'

'Oké. Dus welke kant...'

'Rechtsaf.'

'Weet je het zeker? Het ziet er een beetje overwoekerd uit.'

Bree hield de kaart omhoog. Wees de splitsing aan. De rode lijn. 'Hier. Rechterpad.'

'Zijn we daar al?' Alice klonk verbaasd. 'Nou, oké dan.'

Bree vouwde de kaart weer dicht.

'Zie je, we schieten lekker op. Niets om je zorgen over te maken.' Of over te mekkeren. Bree haalde diep adem en plakte een glimlach op haar gezicht. 'Volg mij.'

9

Het was net of ze een spiegeldoolhof binnenstapten. Twee gezichten, elk een vervormde weerspiegeling van het andere, keken tegelijk op bij de klop op de deur van de ziekenhuiszaal.

'Breanna McKenzie?' vroeg Falk.

De vrouw in het bed had niet langer de gezonde blos die ze op haar bedrijfsfoto had gehad. Onder haar ogen lagen donkere wallen en haar lippen waren bleek en gebarsten. Haar rechterarm zat dik in het verband.

'We zijn van de politie. Heeft de verpleegkundige verteld dat we hebben gewacht om je te kunnen spreken?'

'Ja.'

Falk had zich tot Breanna gericht, maar het was de vrouw die op een plastic stoel naast het bed zat die antwoordde. 'Ze zei dat jullie nog een paar vragen over Alice hadden.'

'Dat klopt. Jij heet Bethany, toch?'

'Zeg maar Beth.'

Het was de eerste keer dat Falk Beth McKenzie in levenden lijve zag en hij keek haar belangstellend aan. Hun gelijkenis was vreemd, bijna alsof Breanna's fijne gelaatstrekken waren gesmolten in de zon, waardoor ze slapper en vleziger waren geworden. Beths huid was rood, met gebarsten adertjes rond haar neus en kaaklijn. Haar haren zagen er vies mat uit, als na een mislukte kleurbehandeling, en waren lang noch kort te noemen. Ze leek tien jaar ouder dan haar zus van in de twintig, maar toen ze hem aankeek, was haar blik resoluut.

Een dienblad met de restanten van een lunch stond naast het bed klaar om te worden meegenomen. Er leek niet veel van te zijn gegeten. Het gemeentelijk ziekenhuis lag twee straten achter het pompstation. Het was misschien net iets meer dan een huisartsenkliniek, bedoeld om zo breed mogelijk hulp te bieden, of dat nou aan een zieke lokale inwoner was of aan een gewonde toerist. De verpleegkundige achter de balie had hun gedecideerd de deur gewezen en gezegd dat ze over negentig minuten konden terugkomen, wanneer Breanna's slaappillen uitgewerkt waren. Ze hadden drie keer heen en weer gelopen langs de rij winkels die het stadje rijk was en daarna achtenzeventig minuten in hun auto gezeten. Toen ze het ziekenhuis weer waren binnengegaan, hadden ze te horen gekregen dat de lunch net was geserveerd.

'Geen bezoek tijdens de maaltijd. Geen uitzonderingen.'

Na een tijdje had de verpleegkundige hen met haar vinger naar de balie gewenkt. Ze mochten naar binnen. Breanna McKenzie lag op de afdeling Kort verblijf, maar ze was de enige patiënt. Winterseizoen.

Toen ze eindelijk in de zaal waren, trokken ze een paar stoelen naast het bed.

'Hebben ze Alice al gevonden?' Beth keek Falk en Carmen doordringend aan. 'Zijn jullie daarom hier?'

'Nog niet,' zei Falk. 'Het spijt me.'

'O. Wat komen jullie dan vragen?'

'Eigenlijk wilden we met je zus praten,' zei Carmen. 'Alleen, het liefst.'

'Ik denk dat ik beter kan blijven.'

Bree verschoof tegen haar kussen. 'In hemelsnaam, Beth. Het is goed. Ga weg en laat ze hun werk doen.' Ze kromp ineen. 'Liggen er nog pijnstillers?'

'Het is nog geen tijd.' Beth keek zo te zien niet op de klok.

'Vraag het de verpleegkundige.'

'Het is te vroeg. Ze geven je vanavond pas weer wat.'

'Jezus. Ga het eens vragen. Alsjeblieft.'

Beth hees zichzelf van haar stoel. 'Oké. Ik ga buiten even een sigaret roken. En ja...' zei ze toen haar zus haar mond opendeed. 'Ik zal het aan de verpleegkundige vragen. Maar het is te vroeg, zeg ik je.'

Ze keken haar na terwijl ze de zaal uit liep.

'Sorry. Ze is van streek omdat ze haar hier niet vertrouwen met de pillen,' zei Bree toen de deur met een zwaai dichtging.

'Waarom niet?' vroeg Carmen.

'Eigenlijk is het een beetje overdreven. Ze heeft in het verleden een drugsprobleem gehad, maar het gaat nu al meer dan een jaar goed met haar. Ik denk dat de verpleegkundigen het idee hebben dat ze niet voorzichtig genoeg kunnen zijn. Het zou waarschijnlijk gemakkelijker zijn als ze niet hier was, maar ze...' Bree sloeg haar ogen neer. '... wil blijven, denk ik.'

'Komt er nog iemand anders bij je langs?' vroeg Falk. 'Een vriend? Je ouders?'

'Nee.' Bree begon aan haar verband te pulken. Haar nagels waren knalroze gelakt. Een paar waren er nu gescheurd of afgebroken. 'Mam heeft MS.'

'Het spijt me.'

'Het is al goed. Nou ja, dat is het niet, maar het is zoals het is. Ze kan de reis niet aan. Papa kan haar tegenwoordig bijna niet meer alleen laten. Maar ja...' Ze probeerde te glimlachen. 'Ik heb Beth.'

Er viel een drukkende stilte.

'We wilden je een paar vragen stellen over Alice Russell, als je het niet erg vindt,' zei Falk. 'Hoe lang werk je al voor haar?'

'Anderhalf jaar.'

'Als haar assistente?'

'Administratief coördinator.'

Falk meende te zien dat Carmen een glimlach moest onderdrukken. Ze herstelde zich snel. 'Wat houdt dat in?'

'Eerst waren het vooral administratieve taken, maar later werd Alice meer een mentor voor me. Ik volgde haar en leerde vaardigheden die me moeten helpen intern hogerop te komen.'

'Goede baas?'

Een fractie van een tel. 'Ja. Beslist.'

Ze wachtten, maar Bree zei niets meer.

'Dus je hebt het gevoel dat je haar goed kent?' vroeg Falk.

'Ja. Heel goed.' Bree's stem had een vreemde bijklank. Falk keek haar aan, maar zag geen blijk van herkenning toen ze terugkeek. Als Bree al wist wie ze waren, liet ze net als Daniel Bailey niets merken.

'Hoe kwam Alice op je over tijdens de tocht?' vroeg Carmen.

Bree pulkte aan het verband. Aan de randen begon het al te rafelen. 'Voor we verdwaalden, deed ze eigenlijk heel normaal. Ze kan soms snauwerig zijn, maar we lieten ons geen van allen van onze beste kant zien daarginds. Na het verdwalen?' Bree schudde haar hoofd. 'Iedereen was bang.'

'Noemde ze iets waar ze zich zorgen over maakte?' vroeg Carmen. 'Behalve dan dat jullie de weg kwijt waren, natuurlijk?'

'Zoals?'

'Van alles. Werk, thuis, problemen met collega's?'

'Nee, niet tegen mij.'

'Maar als iemand die haar goed kende, had je het gevoel dat er iets aan de hand was?' vroeg Carmen.

'Nee.'

'En op kantoor? Vóór de tocht. Vreemde verzoeken of afspraken die je opvielen?'

'Wat heeft dat allemaal te maken met wat daarginds gebeurd is?'

'Niets, misschien,' zei Falk. 'We proberen een idee te krijgen van wat er mis is gegaan.'

'Ik kan je precies vertellen wat er mis is gegaan.' Er golfde iets over Bree's gezicht. 'En het was niet alleen mijn schuld.'

'Wat niet?'

'Dat we verdwaalden. Het was dat stomme kangoeroepad op de tweede dag. Dat zeiden de andere agenten. Ze zeiden dat het heel gemakkelijk is om die fout te maken.' Bree zweeg, en het enige geluid was het zachte bliepen van de ziekenhuisapparatuur. Ze haalde diep adem. 'De anderen hadden me niet moeten laten kaartlezen. Ik wist niet waar ik mee bezig was. Ze hadden me naar een cursus van een halve dag gestuurd met om de twintig minuten een koffiepauze en dan verwachten ze dat ik meteen een expert ben?'

Ze bewoog haar gewonde arm en haar gezicht vertrok van de pijn. Het zweet brak uit op haar voorhoofd.

'Wat gebeurde er toen jullie beseften dat jullie van het pad af waren?' vroeg Falk.

'Alles ging fout daarna. We konden de tweede kampeerplaats niet vinden, dus liepen we ook de nieuwe voorraad eten en drinken mis. We hadden bijna geen eten meer. We waren stom en de tenten raakten beschadigd.' Een kort lachje. 'Het is bijna grappig hoe snel alles in het honderd liep. Maar we konden niet helder nadenken en we namen verkeerde besluiten. Het is lastig uit te leggen hoe het daar is. Je hebt het gevoel dat er verder niemand meer is op de hele wereld.'

'Hoe reageerde Alice op het feit dat jullie verdwaald waren?' vroeg Falk.

'Ze was nogal drammerig over wat we moesten doen. Als ze gestrest is, kan ze agressief overkomen. Ze heeft vaak gekampeerd en wandeltochten gemaakt toen ze op school zat – zo'n speciaal jaar op een outdoorcampus. Ik denk dat ze daarom dacht dat ze meer te zeggen had dan de rest van ons. Ik weet het niet.' Bree zuchtte. 'Misschien was dat ook zo. Maar Lauren – Lauren Shaw? Ze zat ook in onze groep – zij had ook zo'n cursus op school gevolgd en zij vond ook dat Alice niet altijd gelijk had. Zoals toen we op de derde dag die hut vonden.

Ik bedoel, het was vreselijk. Ik vond het daar niks, maar we hadden weinig te kiezen. Het weer werd almaar slechter en we hadden een schuilplaats nodig. Dus bleven we daar.' Bree zweeg even. 'Alice was de enige die dat niet wilde.'

'Ze kon jullie niet overhalen daar weg te gaan?' vroeg Falk.

'Nee. En daar was ze niet blij mee. Ze zei dat ze wist hoe we eruit moesten komen, wilde dat we bleven lopen. Maar daar voelden we niets voor. Daar waren we juist door in de problemen gekomen. Door roekeloos verder te lopen. Er werd wat geruzied. Alice zei dat ze alleen zou gaan, maar dat mocht ze niet van Jill. 's Morgens toen we wakker werden, was Alice verdwenen, met telefoon.'

'Zei Jill Bailey waarom ze Alice niet wilde laten gaan?' vroeg Carmen.

'Omdat het gevaarlijk was, natuurlijk. En het blijkt wel dat ze gelijk had.'

Bree keek van de een naar de ander, hen uitdagend haar tegen te spreken.

'Wat deden jullie toen jullie beseften dat ze er niet meer was?' vroeg Falk ten slotte.

Bree schudde haar hoofd. 'Ik ben niet de juiste persoon om dat aan te vragen. Ik dacht dat ik als eerste wakker was geworden, dus ging ik naar buiten naar de wc tussen de bosjes. Ik was op de terugweg toen ik struikelde. Ik wist eerst niet wat er gebeurd was, ik dacht dat ik op iets scherps gevallen was. Kapot glas, misschien. Toen zag ik de slang wegglippen en wist ik het.'

Bree beet zo hard op haar onderlip dat hij wit werd. Haar blik ging dwars door hen heen.

'Ik dacht dat ik daar ter plekke zou doodgaan. Dat dacht ik echt. Ze hadden ons verteld dat er tijgerslangen zaten. Ik had geen idee waar we waren. Ik dacht dat ik mijn familie nooit meer zou zien, nooit afscheid zou kunnen nemen van mijn moeder.' Ze haalde beverig adem. 'Ik herinner me dat ik duizelig was en dacht dat ik geen adem meer kreeg. De dokter hier heeft gezegd dat ik waarschijnlijk een paniekaanval had, maar op dat moment dacht ik dat het het gif was. Ik wist bij de hut te komen, maar de rest kan ik me niet goed herinneren. Ze bonden iets straks om mijn arm. Ik had pijn. Ik weet niet precies wanneer het tot me doordrong dat Alice niet meer bij ons was.'

Bree pulkte aan haar verband.

'Toen de anderen zeiden dat we moesten vertrekken – zonder haar – ging ik er niet tegenin. Ik liep zoals ze zeiden dat ik moest lopen. Het lukte Lauren ons naar het noorden te loodsen tot we bij een weg kwamen. Ik kan me er eigenlijk weinig van herinneren. De dokter zegt dat ik toen waarschijnlijk in shock was. Ik dacht gewoon dat Alice vooruit was gelopen om hulp te halen en bij het eindpunt op ons zou staan te wachten.' Bree keek naar beneden. 'Ik geloof dat ik zelfs naar haar gevraagd heb, maar ik was echt heel erg in de war. Ik wist niet wat ik deed.'

Eindelijk liet ze haar tranen lopen, en Falk gaf haar een tissue. Ze wachtten, luisterden naar het gezoem van de apparatuur terwijl zij haar ogen droogde.

'Alice had haar telefoon meegenomen,' zei Carmen. 'Pleegde ze in jouw bijzijn telefoontjes?'

'Nee.' Het antwoord kwam snel. 'Ik bedoel, ze probeerde het blijkbaar wel. Ze belde heel vaak het alarmnummer, maar had nergens bereik. Ze had helemaal niks aan die telefoon.'

'Maar toch nam ze hem mee toen ze wegging?'

Een kort schouderophalen. 'Omdat hij van haar was, vermoed ik.'

Ze zag er kwetsbaar uit tegen het kussen, met haar lange haren los en haar arm in het verband. Haar gebroken nagels, haar verhaal.

'Je zegt dat je Alice goed kent,' zei Falk. 'Was je verbaasd dat ze jullie achtergelaten had?'

'Onder normale omstandigheden zou ik dat wel geweest zijn.' Met grote ogen keek ze Falk aan. *Ze weet hoe ze tegen mannen moet liegen.* Die gedachte kwam uit het niets.

'Maar zoals ik zei, het is anders daarginds. Nu zou ik willen dat we naar haar geluisterd hadden. Dan was dit allemaal misschien niet gebeurd.'

'Maar dan waren jullie mogelijk allemaal verdwaald.'

'Misschien. Maar misschien was elke andere afloop beter geweest dan hoe het nu is gegaan.'

Ze verschoof haar verbonden arm en een pijnscheut trok over haar gezicht. Falk en Carmen wisselden een blik.

'Dit was het voorlopig. Dan kun je weer wat rusten,' zei Carmen terwijl ze opstonden. 'Bedankt, Breanna.'

Ze knikte. De schaduwen onder haar ogen leken donkerder dan toen ze gekomen waren.

'Als jullie mijn zus daar buiten zien, zeg haar dan dat ze een verpleegkundige stuurt met de pijnstillers of anders verdomme ophoepelt zodat ze me aan een infuus kunnen leggen. Alsjeblieft.'

Het was koel in de kamer, maar toen Falk de deur dichttrok, zag hij opnieuw zweetdruppeltjes op Bree's voorhoofd.

Dag 2: vrijdagmiddag

De bleke zon was door de smalle strook hemel getrokken en het gras kwam tot aan hun enkels toen iemand het eindelijk vroeg.

'Lopen we eigenlijk wel goed?'

Beth slaakte een zucht van verlichting na Jills woorden. Al twintig minuten had ze hetzelfde willen vragen, maar ze had het niet gekund. Bree zou haar hebben vermoord.

Haar zus bleef staan en keek om.

'Het zou goed moeten zijn.'

'Zou moeten? Of ís het goed?'

'Het is goed.' Bree klonk onzeker. Ze keek op de kaart. 'Het moet wel. We zijn nergens afgeslagen.'

'Dat weet ik. Maar...' Jill gebaarde naar de omgeving. Het overgroeide pad, de bomen die na elke tien stappen dichter bij elkaar stonden. Weg met die kaart, het vóélde gewoon niet goed.

Rondom hen riepen verborgen vogels over en weer in vraag en antwoord. Beth kon het gevoel dat de wildernis over hen praatte niet van zich afschudden.

'We hebben de hele dag nog geen markeervlag gezien,' merkte Jill op. 'Niet sinds die ene in de boom gisteren. Er zouden er zes moeten zijn. Dan hadden we er onderhand toch weer een moeten zien? Minstens één.'

'Misschien hebben we na de lunch bij de splitsing toch het verkeerde pad genomen. Mag ik eens kijken?' Voordat Bree kon antwoorden, had Alice de kaart al uit haar vingers gerukt. Als verstijfd bleef Bree met haar uitgestoken hand staan, volkomen verdwaasd. Beth probeerde haar blik te vangen, maar dat lukte niet.

'Kijk.' Alice fronste naar het papier. 'Volgens mij wel. Ik dacht al dat we daar te snel waren.'

'Ik denk echt niet...'

'Bree.' Alice snoerde haar de mond. 'Het klopt niet.'

Even was er niets dan de vreemde stilte van de wildernis. Zelfs de vogels zwegen. Beth keek omhoog naar de gombomen. Hun bast hing in zwarte repen naar beneden, als afgestroopte huid. Ze leken heel dicht bij elkaar te staan en leken heel hoog, overal om hen heen. Opgesloten, dacht ze ineens.

'Wat nu?' Er klonk in Jills stem subtiel iets door wat Beth niet helemaal kon plaatsen. Niet echt angst, dat net niet. Bezorgdheid misschien. Intense belangstelling.

Alice hield de kaart op zodat Jill erop kon kijken.

'Als we de juiste afslag hadden genomen, waren we hier geweest.' Alice wees. 'Maar nu weet ik het niet. Waarschijnlijk zijn we meer hier ergens.' Ze maakte een kleine cirkelbeweging op het papier.

Jill boog zich voorover, nog iets verder, de rimpels rond haar ogen werden dieper.

Ze kon de kaart niet lezen, besefte Beth. De opdruk was te klein. Jill leek het papier dan wel nauwkeurig te bekijken, maar er had net zo goed niets op kunnen staan, ze had het toch niet gemerkt. Beth had haar oma hetzelfde toneelstukje zien opvoeren toen ze niet wilde toegeven dat ze aan een leesbril toe was. Terwijl Jill net deed of ze de kaart bestudeerde, wat haar redelijk goed afging, sloeg Alice haar met een belangstellend gezicht gade. Ze had het ook in de smiezen, dacht Beth.

'Hmm.' Jill produceerde een nietszeggend gehum en gaf de kaart aan Lauren. 'Wat denk jij?'

Lauren keek een beetje verrast, maar nam de kaart aan. Ze

boog haar hoofd en liet haar ogen over de kaart glijden. 'Nee, ik denk ook dat we niet goed zitten,' zei ze. 'Het spijt me, Bree.'

'Dus wat moeten we nu doen?' Jill keek haar aan.

'Ik denk dat we moeten omkeren en proberen dezelfde weg terug te lopen.'

Alice gromde. 'Jezus. Teruggaan kost veel te veel tijd. Dan lopen we hier nog uren rond.'

'Nou ja.' Lauren haalde haar schouders op. 'Ik weet eigenlijk niet welke andere keus we hebben.'

Jill draaide haar hoofd van de een naar de ander, alsof ze bij een tenniswedstrijd zat. Bree stond slechts een of twee meter van hen vandaan, maar ze had net zo goed onzichtbaar kunnen zijn.

Alice keek om naar waar ze vandaan kwamen. 'Zouden we eigenlijk wel terug kunnen gaan? Het pad is vrij onduidelijk. We zouden verkeerd kunnen lopen.'

Geschrokken besefte Beth dat Alice gelijk had. Achter hen leek het spoor dat ze hadden gevormd vloeibaar te zijn aan de randen, waardoor het naadloos opging in de achtergrond. Automatisch verdween Beths hand in haar jaszak, op zoek naar haar sigaretten. Daar zaten ze niet. Haar hartslag versnelde iets.

'Toch denk ik dat het de beste optie is,' zei Lauren. 'De veiligste, in elk geval.'

'We doen dan uren langer over de tocht.' Alice keek naar Jill. 'Dan lopen we weer in het donker voor we bij de kampeerplaats zijn, dat is wel zeker.'

Jill keek omlaag naar haar nieuwe wandelschoenen. Beth kon zien dat ze er weinig zin in had om extra kilometers te maken. Jill deed haar mond open. Deed hem weer dicht en schudde kort haar hoofd.

'Tja, ik weet het niet,' zei ze ten slotte. 'Wat is het alternatief?'

Alice bestudeerde de kaart, keek toen op, haar ogen tot spleetjes geknepen. 'Horen jullie ook een beek?'

Beth hield haar adem in. Het zwakke geruis van water werd bijna overstemd door het bloed dat in haar oren klopte. God, ze was hier totaal ongeschikt voor. De anderen knikten tenminste.

'Als we hier verkeerd gelopen zijn, moet het deze beek zijn.' Alice wees op de kaart. 'Hij klinkt dichtbij. We kunnen hem gebruiken om ons te oriënteren. Als we erachter kunnen komen waar we zijn, kunnen we proberen dwars door de wildernis te lopen en verderop bij het juiste pad uit te komen.'

Lauren had haar armen over elkaar geslagen, zag Beth. Haar lippen had ze samengeperst tot een streep.

'Denk je...' Jill schraapte haar keel. 'Heb je er vertrouwen in dat we ons van daaraf kunnen oriënteren?'

'Ja, dat zou moeten lukken.'

'Wat denk jij?' Jill wendde zich tot Lauren.

'Ik denk dat we dezelfde weg terug moeten lopen.'

'In hemelsnaam, dan lopen we nog de hele avond,' zei Alice. 'Dat weet je best.'

Lauren zei niets. Jill keek van de een naar de ander, toen weer naar haar voeten. Ze zuchtte gespannen.

'Laten we op zoek gaan naar die beek.'

Niemand nam de moeite Bree naar haar mening te vragen.

Beth volgde de anderen terwijl het geluid van water steeds verder weg klonk. Het was anders dan het gebulder van de waterval van de vorige dag, dichter en gedempter. Ze werkten zich door een dikke rij bomen heen en Beth zag ineens dat ze op een modderige richel stond.

De kleigrond brokkelde vlak bij haar voeten af en viel op een gezwollen bruine strook meer dan een meter lager. Het was duidelijk meer een rivier dan een beek, dacht ze, naar het water starend. Hij was voller geworden door de regenval en liet schuim achter bij het klotsen tegen de oever. Drijvend puin duidde op een krachtige onderstroom.

Alice tuurde op de kaart, terwijl Jill en Lauren toekeken. Bree bleef een beetje achteraf staan. Ze zag er ongelukkig uit. Beth deed haar rugzak af en stak haar arm erin, rondtastend naar haar pakje sigaretten. Ze kon het niet vinden en ondanks de kou begonnen haar handpalmen te zweten. Ze voelde nog dieper. Eindelijk sloten haar vingers zich om de vertrouwde vorm, en ze trok haar arm weer uit de rugzak, kleren en allerlei troep meenemend.

Beth zag het glimmende metalen blikje pas wegrollen toen het al te laat was. Het stuiterde net buiten het bereik van haar gestrekte vingers, maakte een koprol in de richting van de oever en viel toen over de rand.

'Shit.' Ze duwde het pakje sigaretten in haar jaszak en haastte zich erachteraan.

'Wat was dat?' Alice' ogen schoten omhoog, hard boven de kaart.

'Ik weet het niet.' Beth tuurde over de rand en zuchtte lichtjes van opluchting. Wat het ook was, het was in een wirwar van dode takken boven het water blijven hangen.

'Geweldig.' Alice keek nu ook. Ze keken allemaal. 'Dat is het gasblikje voor de brander.'

'Het... wat?' Beth zag het metaal schitteren toen de takken zwaaiden.

'Het gasblikje. Voor de brander,' herhaalde Alice. 'Dat hebben we vanavond nodig om ons eten klaar te maken. En morgen. Jezus, Beth. Hoe kon je dat nou laten vallen?'

'Ik wist niet eens dat ik het had.'

'We hebben de gemeenschappelijke spullen verdeeld, dat weet je.'

Een verdwaald stuk hout stroomde met het water mee en botste tegen de takken aan. Het blikje wiebelde, maar bleef liggen.

'Kunnen we ons zonder dat blikje redden?' vroeg Jill.

'Niet als we vanavond warm willen eten.'

Nog een sterke stroming in het water. Het blikje wiebelde opnieuw.

Beth voelde Alice' ogen op zich gericht. Ze staarde recht naar beneden naar de gezwollen rivier. Ze wist wat er ging komen. Alice kwam vlak naast haar staan en ze voelde een onzichtbare hand in haar rug porren.

'Ga het halen.'

10

Beth stond buiten tegen de muur van het ziekenhuis geleund, een hand in haar jaszak, en kneep haar ogen samen toen de rook van haar sigaret langs haar gezicht dreef. Ze ging wat rechter staan toen ze Falk en Carmen naar buiten zag komen.

'Zijn jullie klaar daarbinnen?' riep ze. 'Is alles goed met Bree?'

'Ze voelt zich niet lekker,' zei Carmen terwijl ze naar haar toe liepen. 'Ze zei nog eens dat je de verpleegkundige om pijnstillers moet vragen.'

'Dat heb ik gedaan. Het is te vroeg. Ze luistert nooit naar me.' Beth wendde haar hoofd af om rook bij hen vandaan te blazen en wapperde die weg met haar hand. 'Nog nieuws over Alice? Nog steeds geen bericht?'

'Nee, voor zover wij weten,' zei Falk.

'Shit.' Beth plukte een sliertje tabak van haar onderlip. Ze tuurde naar de bomen, die traag maar gestaag het terrein van het ziekenhuis binnendrongen.

'Ik vraag me af wat er met haar is gebeurd.'

'Wat denk je?'

Beth concentreerde zich op haar sigaret. 'Nadat ze 'm was gesmeerd? Wie zal het zeggen? Er kan daar van alles gebeuren. Dat probeerden we haar allemaal te zeggen.'

Falk keek naar haar. 'Wat doe je precies bij BaileyTennants?'

'Dataverwerking en archivering.'

'O ja? En wat houdt dat in?'

'Min of meer wat het zegt. Archivering, data invoeren, zor-

gen dat de partners bij de dossiers kunnen die ze zoeken.'
'Dus je hebt toegang tot de dossiers van het bedrijf?'
'Het vrij toegankelijke gedeelte. Er zijn ook vertrouwelijke en geheime archiefstukken, die alleen de senior partners mogen inzien.'
'Zag je Alice Russell vaak op het werk?'
'Ach, zo nu en dan.' Beth klonk er niet vrolijk bij. 'Ze kwam vaak naar het archief, om dingetjes bij elkaar te zoeken.'
Falk voelde Carmen naast zich verschuiven.
'Babbelden jullie wel samen als ze daar beneden was?' vroeg Carmen vriendelijk. 'Over wat ze zocht, bijvoorbeeld?'
Beth hield haar hoofd scheef, er gleed iets over haar gezicht. Berekenend, bijna.
'Nee, ze praatte met niemand bij Data-archivering, behalve als het echt moest. Ik snap trouwens toch geen jota van wat ze daar beneden doen. En ik krijg niet genoeg betaald om na te denken.'
'En hoe was dat tijdens de survivaltocht? Konden jullie in de wildernis beter met elkaar overweg?' vroeg Falk, waarop Beths gezicht verstrakte, haar sigaret bevroor op weg naar haar mond.
'Is dat een grap?'
'Nee.'
'In dat geval: nee. Alice Russell en ik konden niet met elkaar opschieten. Niet op het werk, en ook niet tijdens de survivaltocht.' Beth wierp een blik op de ingang van het ziekenhuis. 'Heeft mijn zus dat niet verteld?'
'Nee.'
'O.' Beth nam een laatste trekje en trapte haar peuk uit. 'Ze dacht waarschijnlijk dat jullie dat al wisten. Alice vond mij niet aardig en deed geen moeite dat te verbergen.'
'Hoe kwam dat zo?' vroeg Carmen.
'Ik weet het niet.' Beth haalde haar schouders op. Ze haalde haar pakje sigaretten tevoorschijn en bood Falk en Carmen

er een aan. Beiden schudden hun hoofd. 'Ik weet het eigenlijk wel,' zei ze terwijl ze er een in haar eigen mond stopte. 'Ze vond me niet aardig omdat dat niet hoefde. Ik had haar niets te bieden, ik was niet interessant, ik ben geen Bree.' Beth liet een hand van haar grauwe gezicht naar haar dikke dijen dwarrelen. 'Alice kon het mij gemakkelijk moeilijk maken en ze greep haar kans.'

'Zelfs met je zus in de buurt?'

Beth glimlachte wrang. 'Juist met mijn zus in de buurt. Dat maakte het volgens mij juist zo leuk.'

Ze stak haar sigaret aan achter haar gekromde hand. Haar haar woei op in de wind en ze trok haar jas strakker om zich heen.

'Dus Alice maakte jou het leven zuur,' zei Carmen. 'Kwam je voor jezelf op? Gaf je tegengas?'

Er trok een nauwelijks zichtbare rimpeling over Beths gezicht. 'Nee.'

'Helemaal niet? Dat moet heel frustrerend voor je zijn geweest.'

Ze haalde haar schouders op. 'Er is altijd wel iemand die de pik op je heeft. Het is het niet waard om me daar druk over te maken. In elk geval niet zolang ik in mijn proeftijd zit.'

'Waarvoor zit je in een proeftijd?' vroeg Falk.

'Weet je dat niet?'

'We kunnen erachter komen. Het is gemakkelijker als je het ons vertelt.'

Beths ogen schoten weer naar de ingang. Ze verplaatste haar gewicht van de ene voet naar de andere en nam een diepe hijs voor ze antwoord gaf.

'Wat voor agenten waren jullie ook alweer?'

'AFP.' Falk liet zijn insigne van de federale politie zien en Beth boog zich naar voren om het te bekijken.

'Ik heb een proeftijd...' Ze zweeg. Zuchtte. 'Vanwege dat gedoe met Bree.'

Ze wachtten. 'Je zult ons meer moeten vertellen,' zei Carmen.

'Ja, sorry. Ik praat er niet graag over. Een paar jaar geleden heb ik...' Ze leek de rest van de sigaret in één enkele hijs te inhaleren. 'Het ging niet zo goed met me. Ik brak in in Bree's appartement en stal een paar dingen van haar. Kleren, haar tv. Spullen waarvoor ze had gespaard. Wat sieraden die onze grootmoeder haar had gegeven voor ze stierf. Bree kwam thuis toen ik die dingen in de achterbak van een auto stond te laden. Toen ze me probeerde tegen te houden, gaf ik haar een klap.'

De laatste woorden rolden eruit alsof ze vies smaakten.

'Was ze gewond?' vroeg Falk.

'Fysiek nauwelijks,' zei Beth. 'Maar ze was tegen de grond gemept door haar tweelingzus die haar spullen wilde verpatsen voor drugsgeld, dus ja. Ze was diep gekwetst. Ik heb haar diep gekwetst.'

Het klonk alsof ze dat zinnetje vaak voor een therapeut had moeten herhalen. Haar sigaret was op, maar ze maakte hem niet meteen uit.

'Luister eens, eerlijk gezegd herinner ik me er niet zoveel van. Ik had een paar jaar een drugsprobleem, sinds...' Ze slikte wat ze wilde gaan zeggen in. Streek met een hand over haar arm. De beweging deed Falk aan haar zus denken, zoals die aan haar verband pulkte in het ziekenhuisbed. 'Sinds mijn laatste jaar op de universiteit. Ik was stom. Toen ik haar spullen wilde verpatsen, werd ik meteen opgepakt door de politie. Ik wist pas dat ik haar had geslagen nadat mijn advocaat me dat had verteld. Ik had toen al een strafblad, dus ging ik de bak in. Dat was niet Bree's schuld. Uiteraard niet. Maar zij was niet naar de politie gestapt, bedoel ik. Niemand had het haar kwalijk genomen als ze dat had gedaan. Een buurman zag ons vechten en die heeft het gemeld. Bree wil er nog steeds niet over praten. Ze zegt toch al niet veel tegen me. Het meeste wat ik ervan weet, heb ik uit het juridisch dossier.'

'Hoe is het jou toen verder vergaan?' vroeg Carmen.

'Een paar maanden in de gevangenis, wat niet fijn was, daarna nog wat langer in rehabilitatietherapie, wat beter was.'

'Hebben ze je kunnen helpen?'

'Ja. Ze hebben hun best gedaan, bedoel ik. En ik doe mijn best. Mijn herstel is werk in uitvoering, maar ze hebben me geleerd verantwoordelijkheid te nemen voor mijn keuzes. En voor wat ik mijn zus heb aangedaan.'

'Hoe gaat het nu tussen jullie?' vroeg Carmen.

'Goed. Ze heeft me aan deze databaan geholpen, wat geweldig was. Ik studeerde computerwetenschap en -technologie voor ik ermee kapte, dus het werk bij BaileyTennants is nogal saai, maar zie maar eens een baan te krijgen als je in een proeftijd zit, dus ik ben dankbaar.' Beths glimlach kwam nogal geforceerd over. 'Maar we waren ooit twee handen op één buik. We trokken elke dag dezelfde kleren aan tot ons veertiende, zeg maar, of zoiets belachelijks. Veel te lang. Alsof we een en dezelfde persoon waren. We dachten echt dat we elkaars gedachten konden lezen.' Ze wierp een blik op de ingang van het ziekenhuis. 'Dat kunnen we dus niet.' Ze klonk er enigszins verrast bij.

'Je moet heel bang zijn geweest toen ze werd gebeten,' zei Falk.

Beths mond verstrakte. 'Inderdaad. Ik was zo bang dat ik haar zou verliezen. Ik was vroeg opgestaan om een plas te gaan doen en was net weer ingedommeld toen Bree binnenstormde met haar hand om haar arm. We moesten met haar naar een dokter, maar die ellendige Alice was 'm gesmeerd. We renden rond als kippen zonder kop om haar te zoeken, maar ze was nergens te bekennen.' Ze streek met een afgebeten duimnagel over haar lippen. 'Het kon me eerlijk gezegd geen moer schelen. Het ging me alleen maar om Bree. Alice redde zich wel, dacht ik. We boften dat Lauren wist hoe je in een rechte lijn moest navigeren, anders liepen we daar nog steeds rond. Ze liet ons steeds noordwaarts lopen, tot we op de weg kwamen, en die bleven we volgen. Ik ben nog nooit zo blij geweest om asfalt te zien.'

'Heb je Alice zien weglopen?' vroeg Falk terwijl hij haar nauwlettend aankeek.

'Nee. Maar het verbaasde me niet. Ze had er al mee gedreigd.'

'En ze had haar telefoon meegenomen, hoorden we.'

'Inderdaad. Dat was behoorlijk egoïstisch, maar dat is typisch Alice. Maar goed, het maakte niet uit. Hij deed het toch niet.'

'Helemaal niet?'

'Nee.' Beth keek hen aan alsof ze simpel waren. 'Anders hadden we wel om hulp gevraagd.'

'Was je verbaasd dat Alice niet op het verzamelpunt was toen jullie terugkwamen?' vroeg Falk, en Beth leek over die vraag na te denken.

'Ja, een beetje wel, eigenlijk. Vooral omdat we waarschijnlijk hetzelfde pad volgden, alleen een paar uur achter haar. We hadden haar niet ingehaald en zij was niet eerder terug dan wij, dus wat was er gebeurd?'

De vraag hing in de lucht. Falk hoorde in de verte het geluid van de rondcirkelende politiehelikopter. Beth keek hen om de beurt aan.

'Hoor eens.' Ze verplaatste haar gewicht naar haar andere voet en liet haar stem een paar tonen dalen. 'Voerde Alice iets in haar schild?'

'Zoals?' vroeg Falk met een uitgestreken gezicht.

'Zeg jij het maar. Jij bent de AFP-man.'

Falk en Carmen zwegen, en ten slotte haalde Beth haar schouders op.

'Ik weet het niet. Maar ik had jullie al verteld dat ze heel veel informatie uit het archief wilde hebben. Ze begon die stukken op een gegeven moment zelf op te halen, wat nogal vreemd was. Het viel me op, omdat ze eerst altijd Bree naar beneden stuurde om ze op te halen, maar later begon ze dat zelf te doen. En ze keek vaker in de vertrouwelijke stukken. En nu ze vermist is...' Beth tuurde langs hen heen naar de bergen die hoog oprezen in de verte en haalde opnieuw haar schouders op.

'Beth,' zei Carmen. 'Hoe zeker ben je ervan dat Alice uit eigen beweging van de hut is weggelopen?'

'Dat weet ik gewoon zeker. Oké, ik heb het haar niet zien doen, maar dat is omdat ze wist dat we haar anders zouden tegenhouden. Ze wilde per se weg. Ze probeerde Jill al de eerste avond over te halen haar alleen terug te laten gaan, maar Jill weigerde. En in de hut gebeurde hetzelfde.'

'Er was dus enige spanning tussen hen?' vroeg Carmen.

'Natuurlijk.'

'Toen we Jill Bailey daarnet zagen, leek het alsof ze een blauwe plek op haar gezicht had. Over haar hele kaak.'

Er viel een lange stilte, waarin Beth haar sigaret bestudeerde. 'Ik weet niet hoe ze daaraan komt. Ik weet wel dat ze onderweg een paar keer is gestruikeld.'

Falk liet de stilte duren, maar Beth keek niet op.

'Oké,' zei hij toen. 'Dus het boterde niet tussen Jill en Alice.'

'Ja, maar dat was bepaald geen verrassing. Alice kreeg ruzie met iedereen. En ze was al boos, lang voordat Jill iets deed. Ze was chagrijnig sinds de eerste avond, toen ze haar onderonsje met Daniel Bailey had.'

Falk hoorde het aanhoudende gepiep van een alarm achter de ziekenhuisdeuren vandaan komen.

'Daniel Bailey?' vroeg hij.

'Jills broer. Hij is de directeur. De mannengroep kwam de eerste avond naar ons kamp en hij nam Alice mee voor een gesprek onder vier ogen.'

'Weet je misschien waar dat over ging?'

'Niet echt. Ik kon er weinig van verstaan. Maar Alice vroeg hoe hij ergens achter was gekomen, waarop Daniel zei dat hij het met zijn eigen ogen had gezien. Ze bleef maar vragen: "Wie weet er nog meer van?" En hij zei: "Nog niemand."' Beth keek peinzend bij de herinnering. 'Daniel zei zoiets als: "Het gaat om respect, daarom wilde ik je waarschuwen."'

'Haar waarschuwen?' vroeg Falk. 'Hoorde je hem dat echt zeggen?'

'Ja, maar ik weet niet wat hij bedoelde. Het viel me op omdat Daniel Bailey op kantoor nu niet bepaald bekendstaat om zijn respect voor vrouwen.'

'Agressief?' vroeg Carmen.

'Eerder neerbuigend, schijnt.'

'Goed,' zei Falk. 'Hoe klonk hij die avond? Kwaad?'

'Nee, hij was kalm. Maar hij was niet blij. Het klonk niet alsof hij lol had in dat gesprek.'

'En hoe klonk Alice?'

'Wil je het echt weten?' Beth dacht even na. 'Ik vond dat Alice bang klonk.'

Dag 2: vrijdagmiddag

'Ga naar beneden, Beth.' Alice wees op de gezwollen rivier. 'Snel, voor we het kwijtraken.'

Lauren keek over de oeverrand. Het kleine metalen gasblikje deinde in zijn wieg van gebroken takken terwijl het troebele water eronderdoor raasde.

Beth stond aan de rand van de oever. Ze mompelde iets.

'Wat zei je?' snauwde Alice. 'Waar wacht je op?'

'Ik zei: kunnen we vanavond niet gewoon een kampvuur maken?'

'Dat mag alleen op de eerste kampeerplaats,' zei Alice. 'We hebben het blikje nodig om te koken. Klim nou maar omlaag en pak het op.'

Beths ogen schoten heen en weer over de rivier. 'Maar hoe dan?'

Dat was een goede vraag, dacht Lauren. De oever was modderig en liep direct steil af in het water. Rond de gebroken takken had zich drijvend organisch materiaal verzameld als een vieze jas.

'Ik val erin.' Beth stond nog steeds stokstijf stil aan de rand. 'Ik kan niet zwemmen.'

Alice keek bijna geamuseerd. 'Meen je dat? Echt niet?'

'Niet goed.'

'Jezus. Dan kun je er maar beter niet in vallen.'

Een windvlaag rukte aan de takken. Het gasblikje verschoof een beetje.

'Misschien moeten we het maar laten liggen.' Jill leek eindelijk haar stem teruggevonden te hebben. Ze keek bezorgd naar de rivier. 'Ik weet niet of dit veilig is.'

'We kunnen het niet laten liggen. We hebben het nodig. We zullen hier dagen vastzitten,' zei Alice.

Jill keek naar Lauren, die knikte. Alice had gelijk. Zonder een werkende butagasbrander zou het lang duren voor het zondag was.

'Beth!' snauwde Alice. 'Ga omlaag. Anders raken we het kwijt.'

'Nee!' Er lag een blos op Beths wangen en haar ogen fonkelden. 'Luister, ik doe het niet, oké? Ik ga vast en zeker vallen.'

'Doe niet zo zielig. Zonder dat ding is er geen avondeten.'

'Dat kan me niet schelen! Gisteravond raakten jullie je eten zelfs nauwelijks aan. Ik weiger mijn nek te breken omdat jullie nu een beetje trek hebben.'

Beth stond stevig, maar Lauren zag dat haar handen trilden.

'Jij hebt het laten vallen, Beth,' zei Alice. 'Jij moet het pakken.'

'Jij hebt het zonder het te zeggen in mijn rugzak gestopt.'

'Nou en?'

'Dus moet jij het pakken.'

De twee vrouwen stonden recht tegenover elkaar. Beth stak haar handen in haar jaszakken.

'Jezus, Beth...' begon Alice.

'Ik doe het wel.' Lauren had het gezegd voor ze het goed en wel besefte. Vier paar ogen keken haar verrast aan. Ze wilde meteen dat ze niets had gezegd, maar nu was het te laat. 'Ik klim naar beneden. Maar jullie moeten me wel helpen.'

'Dank je wel.' Beths gezicht werd nog roder van opluchting.

'Weet je het zeker?' Jill schuifelde verder weg van de oever. 'Misschien moesten we het maar gewoon...'

Lauren onderbrak haar voor ze van gedachten zou veranderen. 'Nee. Ik ga het halen. We hebben het inderdaad nodig.'

Ze keek over de rand. De oever was steil, maar er staken

een paar stenen en wat onkruid uit waaraan ze houvast zou kunnen hebben. Ze haalde diep adem, niet goed wetend hoe ze het moest aanpakken. Ze ging ten slotte op de grond zitten en draaide zich half om om zichzelf over de rand te laten zakken. De grond voelde koud en gruizig aan tegen haar handen. Terwijl ze omlaagklauterde, voelde ze een stel handen haar onderarm en haar jas vasthouden en voelde ze de neuzen van haar schoenen over de modderige oeverwand glijden.

'Goed zo. We hebben je vast,' zei Alice.

Lauren keek niet omhoog. Ze hield haar blik op het gasblikje en het kolkende water eronder gericht. Ze strekte haar hand uit, maar haar vingertoppen klauwden nog in de lucht. Bijna. Een windvlaag deed de takken schudden en ze zag dat het busje losser in zijn nest kwam te liggen.

'Ik moet dichterbij komen.'

Ze reikte er nog eens naar, de zwaartekracht trotserend, haar tenen glibberend door de modder. Ze was er vlakbij. Haar vingers streken net langs het gladde metaal toen iets het begaf. Een voet slipte weg en ineens was ze gewichtloos terwijl ze door de takken heen viel. Gekraak en ze lag in het water.

Ze wist nog net een keer diep in te ademen voor de rivier zich boven haar hoofd sloot. Haar longen stokten door de kou terwijl het water lobbig en gronderig in haar mond liep. Ze probeerde te trappelen, maar haar voeten waren zwaar in haar wandelschoenen. Opeens kwam ze zomaar weer boven, happend naar lucht en verblind door het water.

'Help!' Het woord ging verloren toen ze nog een mondvol rivier doorslikte.

'Pak het! Pak het boven je!'

Lauren hoorde de gedempte kreet boven zich op het moment dat er iemand de oeverwand af kwam geglibberd. Er werd iets naar haar uitgestoken en ze greep het met beide handen beet. Ze voelde het geratel van beweging binnen canvas toen ze haar vuisten er nog strakker omheen klemde. Het was de zak met de tentstokken.

'Hou vast, we trekken je naar de kant.'

Ze wurmde haar pols door het hengsel en draaide het rond tot het strak zat. Het gasbusje schoot in een zilverachtige flits langs haar gezicht, meegevoerd door de stroom, en Lauren greep ernaar.

'Ik kan niet...'

Het stuk hout kwam uit het niets. Het plopte op in het voortrazende water, hard en slijmerig van het doorweekte blad, en ramde de zijkant van haar hoofd. Het laatste wat ze zag, was het bebloede stuk hout dat terugketste en zonder een spoor na te laten weer onder water verdween.

Lauren had het steenkoud. Ze rilde zo hevig dat haar gewrichten op de harde ondergrond bonkten. Ze opende moeizaam haar ogen. Ze lag op haar zij. Alles leek pijnlijk helder, maar het daglicht zag er anders uit dan eerst. Hoeveel tijd was er verstreken? Ze dacht dat ze iemand hoorde huilen, gevolgd door bozig gefluister. Het geluid hield op.

'Je bent wakker. Godzijdank.' De stem van Alice.

'Is alles goed met haar?' Jill.

'Ik denk van wel.'

Het is niet goed met mij, wilde Lauren zeggen, maar ze had er geen energie voor. Ze ging met moeite rechtop zitten. Haar hoofd bonsde. Ze raakte de zere plek aan. Haar vingers kwamen er bebloed vandaan. Ze was in een jas gewikkeld die niet van haar was. Daaronder waren haar kleren kletsnat.

Naast haar zat Bree met haar knieën opgetrokken tegen haar borst en een handdoek om haar schouders. Haar haar was drijfnat. Tussen hen in lag een plasje braaksel. Lauren wist niet wie van hen daar verantwoordelijk voor was. Haar eigen mond smaakte muf en vies.

Jill en Alice stonden over haar heen gebogen. Beiden hadden een wit gezicht van angst. Beth drentelde rillend achter hen heen en weer, met roodomrande ogen. Ze droeg geen jas en Lauren besefte dat zij daaronder lag. Ze vroeg zich vagelijk af of ze hem moest teruggeven, maar haar tanden klapperden te erg om te kunnen praten.

'Alles is goed,' zei Alice steeds, met een defensieve toon in haar stem.

Wat is er gebeurd, wilde Lauren vragen, maar ze kreeg de woorden niet uitgesproken. Haar gezicht moest boekdelen spreken.

'Bree heeft je eruit getrokken,' zei Jill. 'Je ademde, maar je hebt een ram tegen je hoofd gekregen.'

Het voelde erger dan een ram. Lauren voelde zich al duizelig nu ze rechtop zat.

'Hebben we tenminste het gasblikje gered?'

Hun gezichten gaven het antwoord.

'Waar is de zak met de tentstokken?'

Nog meer sombere gezichten.

'Verdwenen in de rivier,' zei Jill. 'Daar kan niemand iets aan doen,' voegde ze er snel aan toe.

Het is in elk geval niet míjn schuld, dacht Lauren prompt. 'Wat gaan we nu doen?'

Alice schraapte haar keel. 'Er moeten reservespullen op de kampeerplaats zijn.' Ze probeerde optimistisch te klinken. Het kwam vals over.

'Ik weet niet of ik die haal.'

'Je zult wel moeten,' zei Alice. Nu klonk ze milder. 'Sorry. Maar we kunnen hier niet blijven zonder de tenten. Het wordt te koud.'

'Maak dan een vuur.' Elk woord was een inspanning. Lauren zag Jill haar hoofd schudden. 'Alsjeblieft, Jill. Ik weet dat het niet mag, maar...'

'Daar ligt het niet aan. De aansteker is nat geworden.'

Lauren wilde huilen. Ze was weer misselijk en ging liggen.

Op de koude grond werd haar hoofdpijn erger. Ze voelde een druppel vloeistof over haar voorhoofd en haar slaap glijden. Ze wist niet of het rivierwater of bloed was. Ze tilde met moeite haar hoofd een klein stukje op. Alice stond nog steeds bij haar.

'Bel voor hulp,' zei Lauren.

Alice bewoog niet.

'Bel iemand, Alice. Met je mobieltje.'

Jill keek ongemakkelijk. 'Dat heeft ze al geprobeerd. We kregen geen contact.'

Lauren liet haar hoofd weer op de grond rusten.

'Wat doen we dan nu?'

Niemand zei iets. Er ritselde iets in de struiken.

'Misschien moeten we naar hogergelegen grond gaan,' zei Alice ten slotte. 'Kijken of we daar bereik hebben.'

'Zou dat iets uitmaken?' vroeg Jill.

'Hoe moet ik dat weten?'

Er viel een pijnlijke stilte.

'Sorry.' Alice vouwde de kaart open en boog zich eroverheen. Ten slotte keek ze op. 'Luister, ik weet vrijwel zeker dat dit deze rivier is, in het noorden. Hier is een lage berg met een pad, in het westen. Hij ziet er niet zo steil uit. De kampeerplaats ligt trouwens ook in die richting. We kunnen kijken of er bereik is op de top. Hoe klinkt dat?'

'Kun jij ons erheen loodsen?' vroeg Jill.

'Ja. Ik denk het wel. Het westen is die kant op. Als we eenmaal op dat pad zijn, is het duidelijk.'

'Heb je dit eerder gedaan?'

'Een paar keer.'

'Op schoolkamp? Of pasgeleden?'

'Op school. Maar ik weet nog hoe het moet. Er is sindsdien niets veranderd.'

'En ging dat destijds goed?'

Alice glimlachte wrang. 'Nou, ik ben niet dood geëindigd

in de wildernis. Maar luister, Jill, als jij een beter plan hebt...'

'Daar gaat het niet om.' Jill pakte de kaart en tuurde er met toegeknepen ogen naar. Ze gooide hem met een gefrustreerd geluid naar Lauren. 'Jij hebt dat kamp ook gedaan. Wat denk jij?'

Laurens vingers waren zo gevoelloos dat ze het papier ternauwernood kon vasthouden. Ze probeerde uit te knobbelen waar ze naar keek. Ze voelde dat Alice haar gadesloeg. Er waren een paar bergtoppen. Ze wist niet welke Alice bedoelde. De kou belette haar helder te denken.

'Ik weet het niet,' zei ze. 'Ik wil hier blijven.'

'Nou, dat kan niet.' Alice beet op haar lip. 'Hoor eens, we moeten hulp halen en op z'n minst de kampeerplaats bereiken. Kom op, Lauren. Dat snap jij ook wel.'

Laurens hoofd bonkte en ze merkte dat ze alleen maar kon knikken. 'Ja. Oké.'

'Ja? We zijn het dus eens?' Jill klonk opgelucht. 'We gaan voor het plan van Alice?'

Terwijl Lauren wankelend opstond, moest ze weer denken aan die dag op McAllaster. Ook destijds stond ze wankel op haar benen, geblinddoekt voor de vertrouwenstest. Het overweldigende gevoel van opluchting toen Alice haar bij de arm had gepakt, met een stevige, stabiele greep. 'Ik heb je vast. Deze kant op.' Lauren, gedesoriënteerd en onzeker, had Alice' warme hand op haar huid gevoeld en haar schuifelend gevolgd over het onbekende terrein.

Nu gaf ze de kaart terug aan Jill en wilde ze dat ze zich niet wéér zo blind voelde. Maar ze hadden tenminste een plan.

'We doen wat zij zegt.'

Je kon zeggen wat je wilde over Alice, maar die vrouw wist altijd precies waar ze mee bezig was.

11

‘Wat zei Daniel op die eerste avond tegen Alice waardoor ze zo bang werd?’ Carmen keek uit het autoraampje terwijl de bomen langszoefden; het ziekenhuis lag ver achter hen.

Falk antwoordde niet meteen. Hij kon een paar dingen bedenken en niet een daarvan was iets goeds.

‘Hij vond het in elk geval belangrijk genoeg om in het donker door de wildernis te ploeteren om bij haar te komen,’ zei hij ten slotte.

‘Het moet iets te maken hebben met de reden waarom hij de bus miste,’ zei Carmen. ‘Anders zou hij het haar wel eerder hebben verteld, of haar hebben gewaarschuwd.’

Falk dacht aan wat Bailey de vorige dag op de parkeerplaats had gezegd. *Een familiekwestie.*

‘Zou het iets met zijn zus te maken hebben?’ vroeg Falk. ‘Misschien was het Jill die hij dringend wilde spreken. Ik weet het niet. Misschien moeten we het hem op de man af vragen.’

‘Over zussen gesproken,’ zei Carmen. ‘Wat vind je van die tweeling? Ik weet dat Bree het betere baantje heeft, maar Beth is niet dom. Die heeft ze even goed op een rijtje.’

Daar had Falk ook over nagedacht. ‘En het zou me niets verbazen als ze de documenten die ze onder ogen krijgt beter begrijpt dan ze laat merken.’

‘Mooie boel. Dat voorspelt voor ons weinig goeds, vind je niet? Als zelfs het meisje in het archief opmerkte dat Alice zich vreemd gedroeg.’

‘Ik weet het niet,’ zei Falk. ‘Ik begrijp dat Alice Beth ernstig onderschatte. Dat deden we eigenlijk allemaal. Alice zal met haar in de buurt misschien wat minder op haar hoede zijn geweest. Wat slordiger.'

Of wanhopig, dacht hij. Hij dacht aan hun laatste gesprek met Alice. *Bezorg ons de contracten. Zorg ervoor.* Pressie van bovenaf die omlaagdrukt.

'Misschien maalde Beth er niet om, maar heeft ze het aan Bree verteld,' zei Falk. Bree leek iemand te zijn die zich er juist over op zou winden.

'Ja, dat is mogelijk,' zei Carmen. 'Maar er is een vreemde dynamiek tussen die twee.'

Falk stuurde de auto de laatste afslag naar de lodge op. 'Inderdaad. Ik zou niet weten of ze van elkaar houden of elkaar haten.'

'Vermoedelijk allebei,' zei ze. 'Jij hebt toch geen broers en zussen?'

'Nee. Jij wel?'

'Ja, een hele zwik. Die haat-liefdeverhouding is erg veranderlijk. En bij tweelingen geldt dat waarschijnlijk nog sterker.'

Falk reed de parkeerplaats op en pakte het eerste plekje dat hij zag. Er leek iets niet helemaal in orde toen hij zijn portier dichtgooide en om zich heen keek, vertwijfeld, tot hij het zag. Of beter: níét zag.

'Shit.'

'Wat?'

'Die rotauto van hem is weg.'

'Wie? Daniel?' Carmen draaide in de rondte. Geen zwarte BMW.

'Zou hij teruggaan naar Melbourne voor Alice terecht is?'

'Ik weet het niet. Misschien.' Falks gezicht betrok. 'Misschien juist als hij wist dat het wachten weleens heel lang kon gaan duren.'

Het begon weer te regenen en toen ze bij de ingang van de lodge kwamen, waren hun kleren al gevlekt door dikke druppels. Falk veegde zijn voeten voor de deur en streek met een hand over zijn vochtige haar.

'Opgelet. Kijk daar,' zei Carmen zachtjes, met een knik in de richting van de lounge.

Jill Bailey zat er in haar eentje met een mok koffie in haar hand en een wezenloze uitdrukking op haar gezicht. Haar ogen namen hen verrast en daarna met lichte ergernis op toen ze binnenkwamen en tegenover haar gingen zitten. Van dichtbij bleek de blauwe plek op haar kaak vuilgeel aan de randen geworden en Falk zag dat haar lip was gezwollen op de plaats waar hij was gespleten.

'Als het over de actie gaat, dan zul je je tot onze juristen moeten wenden,' zei ze.

'Pardon?' Falk besefte te laat dat hij de fout had begaan op een oude bank te gaan zitten die zo diep inzakte dat hij moest vechten om zijn voeten op de vloer te houden. Hij klemde zijn arm onopvallend om de leuning om te voorkomen dat hij verder zou wegzinken.

'Zijn jullie niet van Executive Adventures?' Haar woorden kwamen er een beetje vervormd uit en ze raakte met het puntje van haar tong haar dikke lip aan.

'Nee. Politie.' Falk stelde hen alleen met hun naam voor. 'We assisteren brigadier King.'

'O. sorry. Ik dacht dat ik jullie gisteren samen met Ian Chase zag en nam aan...' Ze maakte haar zin niet af.

Carmen keek haar aan. 'Ondernemen jullie juridische stappen tegen Executive Adventures?'

Jill liet de koffie in haar mok walsen. Er kwam geen damp vanaf. Het leek erop dat ze hem al een tijdje vasthield.

'Niet direct BaileyTennants. Maar de verzekeringsmaatschappij die het uitstapje dekt, heeft een intentieverklaring gestuurd. Ik kan ze geen ongelijk geven.' Ze keek van de een naar de ander. 'En dat staat natuurlijk los van stappen die Alice' familie mogelijk wil ondernemen.'

'Is Alice' familie hierheen gekomen?' vroeg Falk.

'Nee. Ze heeft een tienerdochter, die bij haar vader is. Alice en hij zijn gescheiden. We hebben ze uiteraard steun aangeboden, wat ze maar nodig hebben. Maar het is blijkbaar beter voor Margot – zo heet het meisje – om in een vertrouwde omgeving te zijn dan om hier te lopen ijsberen.' Ze keek omlaag naar haar eigen handen. De nagels van haar rechterhand waren gescheurd, merkte Falk op. Net zoals die van Bree.

'Is je broer nog hier?' vroeg Carmen. 'Zijn auto staat er niet.'

Jill nam bewust een slokje van haar koffie voor ze antwoord gaf. Beslist koud, zag Falk aan haar gezicht. 'Nee, ik vrees dat jullie hem hebben gemist.'

'Waar is hij naartoe?' vroeg Falk.

'Terug naar Melbourne.'

'Dringende zaken?'

'Het is een familiekwestie.'

'Dat moet dan wel heel dringend zijn, dat ze hem terugroepen terwijl dit hier aan de hand is. Niet ideaal.'

Voor Jill er erg in had, verstrakte haar gezicht van ergernis, en Falk vermoedde dat ze dat ook vond. 'Dat besluit viel hem zwaar.'

'Moet jij er niet ook heen?'

'Het is zijn gezin. Niet het mijne.' Jill nam nog een slokje en bedacht zich toen. 'Sorry, waar waren jullie ook alweer van?'

'AFP.'

'Ik dacht dat de staatspolitie dit behandelde? Ik heb al met ze gesproken.'

'Het is interdepartementaal,' zei Falk terwijl hij haar recht aankeek. 'We zouden graag een aantal dingen met je doornemen.'

Er viel een korte stilte. 'Natuurlijk. Ik wil alles doen om te helpen.'

Jill zette de koffiemok naast haar mobieltje op een bijzettafel. Ze keek naar het lege scherm van haar telefoon en draaide hem toen met een zucht om.

'Het is een soort verlengstuk van je hand, hè?' zei Carmen.

'Het was volgens mij nog het ergst dat we zo'n stomme telefoon bij ons hadden, maar zonder bereik,' zei Jill. 'Is dat nou niet treurig? Het zou gemakkelijker zijn geweest als we niets hadden gehad, dan was er niet zoveel aandacht aan verspild.'

'Wist je dat Alice haar mobieltje bij zich had?' vroeg Falk.

'Pas op de eerste avond. Maar daar stond ik niet echt van te kijken. Alice is wel een beetje zo.'

'Hoe?'

Jill keek hem aan. 'Als iemand die haar verboden telefoon meeneemt op een survivaltocht.'

'Oké,' zei Falk. 'En weet je wie ze probeerde te bellen?'

'Het alarmnummer, natuurlijk.'

'Niemand anders?'

Ze keek peinzend. 'Niet dat ik weet. We moesten zuinig zijn met de batterij. Niet dat dat wat uitmaakte. We kregen toch geen contact.'

'Niet één keer?' vroeg Falk.

'Nee.' Ze zuchtte. 'Man, ik was zo kwaad toen ze verdween met de telefoon. Die was onze redding, ook al hadden we er niets aan. Maar nu ik hier zit, lijkt dat belachelijk. Ik ben blij dat ze hem heeft. Hopelijk helpt het haar.'

'Blijf je hier zolang de zoektocht duurt?' vroeg Carmen. 'Of ga jij ook terug naar Melbourne?'

'Nee, ik blijf tot ze is gevonden – veilig en wel, hoop ik. Daniel zou ook zijn gebleven, maar...' Jill streek met een hand over haar gezicht en vertoonde een lichte grimas toen ze haar blauwe plek aanraakte. 'Het spijt me. Dit is allemaal nieuw voor ons. Ik werk al negenentwintig jaar bij dit bedrijf en we hebben nog nooit zoiets aan de hand gehad. Die ellendige bedrijfsuitjes ook.'

‘Meer lasten dan lusten?’ vroeg Falk, en Jill perste er een zwak glimlachje uit.

‘Zelfs wanneer alles goed gaat. Ikzelf heb liever dat mensen gewoon doorgaan met het werk waarvoor ze worden betaald, maar dat kun je tegenwoordig niet meer zeggen. Het gaat nu allemaal om een holistische managementstijl.’ Ze schudde haar hoofd. ‘Maar dit is goddomme een nachtmerrie.’

Achter haar rammelde het grote venster en ze keken allemaal op. De regen kletste tegen de ruit en vervormde het weidse uitzicht.

‘Hoe lang ken je Alice Russell?’ vroeg Falk.

‘Vijf jaar. Ik heb haar zelfs aangenomen.’

‘Is ze een goede werkneemster?’ Hij keek Jill nauwlettend aan, maar de vrouw keek terug met een neutrale uitdrukking.

‘Ja. Ze is goed. Ze werkt hard. Draagt haar steentje bij.’

‘Vond ze het leuk om op survivaltocht te gaan?’

‘Niet meer dan de anderen. Ik denk dat het niemands eerste keus was voor een leuk weekendje weg.’

‘We hoorden dat Alice na de eerste avond vroeg of ze weg mocht, maar dat jij haar van dat plan af hebt gebracht,’ zei Carmen.

‘Dat is waar, maar ik kon haar toch niet laten gaan? Dan had ik de hele groep mee terug moeten nemen en zouden er vragen zijn gesteld en extra kosten zijn gemaakt en hadden we het allemaal op een andere datum alsnog moeten doen. Achteraf gezien wil ik natuurlijk dat ik ja had gezegd. Dan zou dit ons bespaard zijn gebleven.’ Jill schudde haar hoofd. ‘Alice vertelde me dat ze zich niet goed voelde en ik geloofde haar niet. Haar dochter had een prijsuitreiking op school en ik dacht dat ze daarom terug wilde. En ze had een week eerder ook al geprobeerd onder het uitstapje uit te komen, maar ik vond toen dat ze zich er maar in moest schikken, net als de rest van ons. Niemand van ons wilde echt graag mee.’

‘Zelfs jij niet?’ vroeg Carmen.

'Vooral ik niet. Alice en Lauren hadden zoiets tenminste al eens met school gedaan. En Bree McKenzie is buitengewoon fit. Haar zus... tja, ik denk dat die er ook weinig plezier aan beleefde.'

Er klonk gestommel van laarzen in de hal en ze keken allemaal op door de open deur van de lounge. Er was een groep reddingswerkers teruggekomen. Ze liepen meteen door naar de keuken en hun vermoeide gezichten spraken boekdelen.

'Hoe waren jullie vijven geselecteerd voor de survivaltocht?'

'Het is een willekeurige mix van salarisschalen en ervaring om het teamwerk binnen het bedrijf te bevorderen.'

'En de ware reden?'

Jill glimlachte lichtjes. 'Het managementteam selecteert werknemers die volgens hen wel wat professionele of persoonlijke ontwikkeling kunnen gebruiken en baat zullen hebben bij de uitdaging.'

'Wie zitten er in het managementteam? Jijzelf? Daniel?'

'Ik niet, Daniel wel. Vooral de afdelingshoofden.'

'En wat voor soort ontwikkeling hoopten ze met deze groep te bereiken?'

'Bree McKenzie staat op de rol voor promotie, en dit hoort bij haar leerprogramma. Haar zus...' Jill zweeg. 'Hebben jullie Beth al ontmoet?'

Falk en Carmen knikten.

'In dat geval hoef ik waarschijnlijk niets meer te zeggen. Ze is niet erg... bedrijfsgericht. Iemand zal hebben gedacht dat het zou helpen om haar zus in de buurt te hebben, maar ik denk dat die de band tussen die twee heeft overschat.' Jill tuitte haar lippen. 'Lauren – dit blijft onder ons, hè? – presteert niet naar behoren. Ik begrijp dat ze problemen thuis heeft, maar het is van invloed op haar werk.'

'En Alice?'

Er viel een stilte. 'Er was een klacht tegen haar ingediend.'

'Waarvoor?'

'Is dat relevant?'

'Ik weet het niet,' zei Falk. 'Ze wordt nog steeds vermist. Dus misschien wel.'

Jill zuchtte. 'Intimidatie. In theorie. Maar misschien gaat het gewoon om een scherpe woordenwisseling. Alice kan nogal bot zijn. En dit is trouwens allemaal strikt vertrouwelijk. De andere vrouwen weten er niets van.'

'Is die klacht gegrond?' vroeg Carmen.

'Dat is moeilijk te zeggen. Het was een van de administratief medewerkers, dus het kan evengoed om een persoonlijke aanvaring gaan, maar...' Ze stopte even. 'Het was niet de eerste keer. Twee jaar geleden deed zich iets vergelijkbaars voor. Het liep met een sisser af, maar het management dacht dat Alice misschien baat zou hebben bij intensieve samenwerking. Nog een reden waarom ik haar die eerste avond niet kon laten gaan.'

Falk dacht hier even over na. 'En hoe zit het met jou?' vroeg hij. 'Waarom was jij erbij?'

'Tijdens onze laatste directievergadering spraken we af om elk jaar ergens aan mee te doen. Als je een goede reden hebt om niet te gaan, moet je de rest van het management om toestemming vragen.'

'Geldt dat ook voor je broer Daniel?'

'Geloof het of niet, Daniel vindt het zelfs leuk. Maar hij heeft gelijk. Het is belangrijk voor het bedrijf dat iedereen ziet dat hij en ik zelf meedoen.'

'Vuile handen maken,' zei Falk.

Jill vertrok geen spier. 'Zoiets.'

Er klonk een harde klap toen de loungedeur tegen de muur waaide. Ze hoorden het geluid van voetstappen en iemand die hem stevig dichtdeed.

'Werken voor een familiebedrijf moet veel verplichtingen met zich meebrengen,' zei Carmen. 'Je kunt je niet verstoppen. Je broer zei iets vergelijkbaars.'

'O ja?' zei Jill. 'Tja, dat is zeker waar. Ik heb Engels en kunstgeschiedenis gestudeerd. Ik wilde in die vakken het onderwijs in.'

'Wat gebeurde er?'

'Niets. Het is een familiebedrijf en van de familieleden wordt verwacht dat ze in het bedrijf komen werken. Wat dat betreft lijken we precies op een boerenfamilie, of een echtpaar dat hun buurtsuper aan hun kinderen doorgeeft. Je hebt mensen nodig die je kunt vertrouwen. Ik werk er, Daniel werkt er, onze vader is er nog steeds bij betrokken. Daniels zoon Joel zal er werken nadat hij is afgestudeerd.'

'En jij? Heb jij kinderen?' vroeg Falk.

'Ja. Twee. Ze zijn inmiddels volwassen.' Ze zweeg even. 'Maar zij zijn een uitzondering. Ze hadden geen interesse om in het bedrijf te gaan en van mij hoefden ze niet. Papa vond dat niet leuk, maar hij heeft de rest van ons, dus dat lijkt me een redelijke ruil.' Jills gezichtsuitdrukking werd wat zachter. 'Mijn kinderen zijn allebei leraar geworden.'

'Wat leuk,' zei Carmen. 'Je zult wel trots op ze zijn.'

'Dank je, dat ben ik inderdaad.'

Falk keek haar aan. 'Terug naar de survivaltocht: je broer en de mannengroep kwamen die eerste avond naar jullie kamp. Wist je dat ze dat van plan waren?'

'Nee.' Jill schudde haar hoofd. 'En als ik het had geweten, had ik Daniel ervan weerhouden. Het was... niet nodig. Ik wilde niet dat de andere vrouwen het gevoel kregen dat de mannen ons controleerden.'

'En je broer sprak die avond met Alice Russell.'

'We waren maar met z'n tienen. Ik denk dat de meeste mensen met elkaar hebben gepraat.'

'Hij schijnt haar apart gesproken te hebben,' zei Falk.

'Dat is niet verboden.'

'Weet je waar dat over ging?'

'Ik weet het niet zeker. Dat zul je aan hem moeten vragen.'

'Dat zouden we graag doen,' zei Carmen. 'Maar hij is vertrokken.'

Jill zei niets, maar het puntje van haar tong glipte naar buiten om de snee in haar lip aan te raken.

'Je hebt dus niet gemerkt dat Alice opvallend boos of niet op haar gemak leek na dat gesprek?' vroeg Carmen.

'Natuurlijk niet. Waarom zou ze?'

'Omdat ze jou had gevraagd of ze weg mocht,' zei Carmen. 'Twee keer, op z'n minst.'

'Tja. Nogmaals, als ik iedereen die dat wilde had laten weggaan, zou er niemand zijn overgebleven.'

'We begrijpen dat er daardoor wat spanning tussen jullie tweeën ontstond.'

'Wie heeft je dat verteld? Iedereen was daar gespannen. Het was een heel moeilijke situatie.'

Jill pakte haar koude koffie op van het tafeltje en hield de mok vast. Falk kon niet goed zien of haar handen trilden.

'Hoe kom je aan die blauwe plek op je gezicht?' vroeg Falk. 'Het ziet er niet best uit.'

'Schei toch uit.' Jill zette haar mok zo hard neer dat de inhoud over de rand klotste. 'Wat bedoel je met die vraag?'

'Niets. Het is gewoon een vraag.'

Jill keek van Falk naar Carmen en terug. Ze zuchtte. 'Het was een ongelukje. Het gebeurde op de laatste avond in de hut toen ik tussenbeide kwam bij een stomme ruzie.'

'Wat voor ruzie?' vroeg Falk.

'Een hoop gedoe over niets. Ik heb het al aan de staatspolitie verteld. We stonden stijf van frustratie en angst en lieten ons erdoor meeslepen. Het gaat hier om wat duwen en trekken aan haren, voor hooguit een paar seconden. Schoolpleindingetjes. Het was voorbij voor het goed en wel begonnen was.'

'Zo ziet het er niet uit.'

'Ik had pech. Ik stond op de verkeerde plaats en kreeg een klap. Het was niet met opzet.'

'Wie hadden er ruzie?' Falk keek haar nauwlettend aan. 'Jullie allemaal?'

'Welnee.' Jills gezwollen gezicht was een toonbeeld van verrassing. 'Het waren Alice en Beth. We waren allemaal verkleumd en hongerig en Alice dreigde op te stappen, en toen sloegen de stoppen door. Ik neem dat mezelf kwalijk, ik had het moeten zien aankomen. Die twee konden toch al nooit met elkaar opschieten.'

Dag 2: vrijdagmiddag

Jill liep te klappertanden. Ze had bij de rivier droge kleren aangetrokken – dat hadden ze allemaal gedaan, met de rug naar elkaar terwijl ze zich rillend uitkleedden – om twintig minuten later de volgende plensbui over zich heen te krijgen. Ze had graag wat sneller gelopen om warm te worden, maar ze zag dat Lauren nog steeds wankel op haar benen stond. De pleister uit de eerstehulpdoos kwam steeds los van haar voorhoofd en legde dan een bloederige jaap bloot.

Alice liep voorop met de kaart in de hand. Bree had hem op de oever zonder een woord te zeggen aan haar overgegeven. Beth liep zoals gewoonlijk achteraan.

Het was vreemd hoe vaak de wildernis overal hetzelfde begon te lijken, dacht Jill. Ze had twee keer iets gezien – één keer een stronk, de andere keer een omgevallen boom – waarvan ze zeker wist dat ze het eerder had gezien. Het was alsof ze vrijwel constant in een déjà vu liep. Ze verschoof haar rugzak op haar schouders. Hij was lichter zonder de tentstokken, maar hun afwezigheid woog zwaar op haar gemoed.

'Lopen we nog steeds goed?' vroeg Jill toen ze hun pas vertraagden om behoedzaam om een modderige kuil heen te lopen.

Alice haalde het kompas tevoorschijn en keek erop. Ze draaide zich om naar de andere kant en keek nog eens.

'Klopt het?' vroeg Jill nog eens.

'Ja, het gaat prima. Het komt doordat het pad eerder een bocht maakte. Maar dit klopt.'

'Ik dacht dat we op hogergelegen grond zouden komen.' De grond onder hun voeten was overwoekerd, maar hardnekkig vlak.

Van achteren klonk een stem. 'We moeten vaker op het kompas kijken, Alice.' Lauren hield haar hand tegen de pleister op haar voorhoofd gedrukt.

'Dat heb ik net gedaan. Je zag me het doen.'

'Maar je moet het vaak doen.'

'Dat weet ik, dank je, Lauren. Neem het gerust van me over, wanneer je maar wilt.' Alice hield het kompas in haar vlakke hand, als een aanbod. Lauren aarzelde maar schudde toen haar hoofd.

'Laten we doorlopen,' zei Alice. 'We beginnen binnenkort te klimmen.'

Ze liepen door. De grond bleef vlak. Jill stond op het punt te vragen hoe 'binnenkort' 'binnenkort' was, toen ze het veelzeggende brandende gevoel in haar dijen kreeg. Ze stegen. Geleidelijk, maar het ging beslist bergopwaarts. Ze kon wel huilen van opluchting. Godzijdank. Met een beetje geluk zou de telefoon op de top bereik hebben. Ze zouden iemand bellen. Ze zouden deze hele ellende achter zich kunnen laten.

De angst was zich bij de rivieroever gaan uitkristalliseren in een gevoel dat ze misschien maar twee of drie keer in haar leven had ervaren.

Een besef: dit is heel erg fout. Het auto-ongeluk op haar negentiende, toen ze de ogen van de andere chauffeur groot en wit zag worden terwijl hun auto's in een macabere dans naar elkaar toe slipten. Vervolgens nog eens, drie jaar later, op haar pas tweede officiële kerstfeestje. Te veel gedronken, te veel geflirt met de verkeerde man en een wandeling naar huis die bijna slecht was afgelopen.

En dan was er nog die merkwaardige dag waarop papa haar en Daniël naar zijn privékantoor liet komen – het kantoor thuis, niet op het werk – en precies uitlegde hoe het familiebedrijf BaileyTennants werkte.

Jill had nee gezegd. In de jaren daarna troostte ze zichzelf daar soms mee. Daniel had meteen ja gezegd, maar zij had bijna anderhalf jaar haar poot stijf gehouden. Ze was een lerarenopleiding gaan volgen en liet met excuses verstek gaan bij familiebijeenkomsten.

Ze geloofde een tijdje dat haar besluit was geaccepteerd. Pas later besefte ze dat ze gewoon de ruimte had gekregen om de route naar het onvermijdelijke in haar eigen tempo af te leggen. Maar er moest iets zijn gebeurd wat een versnelling vereiste – ze had er nooit naar gevraagd – want anderhalf jaar later werd ze opnieuw naar haar vaders kantoor geroepen. Alleen, deze keer. Ze moest gaan zitten, zei hij.

'Je bent nodig. Ik heb je nodig.'

'Je hebt Daniel.'

'En hij doet zijn best. Maar...' Haar vader, die ze meer liefhad en vertrouwde dan wie ook, had haar aangekeken en zachtjes zijn hoofd geschud.

'Stop er dan mee.'

'Dat kunnen wij niet.' 'Wij', had hij duidelijk gezegd, niet 'ik'.

'Dat kun je wel.'

'Jill.' Hij had haar hand gepakt. Ze had hem nog nooit zo droevig zien kijken.

'Dat kunnen wij niet.'

Ze had toen tranen achter in haar keel voelen branden. Om hem, en om een simpele gunst voor de verkeerde mensen, lang geleden, en de glibberige glijbaan die hij achter dat valluik had aangetroffen. Tientallen jaren later was hij het hebzuchtige snelle geld nog steeds aan het terugbetalen, in een veelvoud ervan. En om haarzelf, en de lerarenopleiding die ze nooit zou afmaken, en het nee dat een ja moest worden. Maar het was tenminste een tijdje een nee geweest, hield ze zichzelf in de jaren erna vaak voor.

Nu probeerde Jill zich met brandende longen en pijnlijke benen te concentreren op wat haar te doen stond. Elke stap bergopwaarts bracht haar dichter bij waar ze moesten zijn. Ze keek naar het achterhoofd van Alice, die het groepje voortstuwde.

Vijf jaar geleden was Jill hoofd Financiën en Alice een kandidaat die was doorgedrongen tot de derde ronde van het sollicitatieproces. Ze had nog slechts één mededinger, een man met vergelijkbare vaardigheden maar wellicht meer directe ervaring. Aan het eind van het gesprek had Alice de leden van het panel een voor een aangekeken en gezegd dat ze de baan wilde, maar alleen als het aangeboden startsalaris met vier procent zou worden verhoogd. Jill had stilletjes geglimlacht. Gezegd dat ze haar moesten aannemen, dat ze die vier procent maar ergens vandaan moesten halen.

Toen ze een bocht in het pad naderden, stond Alice stil en raadpleegde de kaart. Ze wachtte tot Jill bij haar was. De anderen waren wat verder achtergebleven.

'We zouden nu weldra op de top moeten zijn,' zei Alice. 'Wil je even pauzeren?'

Jill schudde haar hoofd, de herinnering aan het rondstrompelen op een donkere kampeerplaats van de vorige avond was nog vers. Het werd al later. Ze kon zich niet herinneren hoe laat de zon onderging, maar ze wist dat het vroeg was. 'Laten we blijven lopen zolang het nog licht is. Heb je op het kompas gekeken?'

Alice pakte het kompas en wierp er een blik op.

'Klopt het allemaal?'

'Ja. Ik bedoel, het pad kronkelt een beetje, dus het hangt ervan af welke kant we op staan, maar we zijn nog steeds op koers.'

'Oké. Als je het zeker weet.'

Nog een controle. 'Ja. Ik weet het zeker.'

Ze liepen verder.

Jill had geen spijt gehad van haar besluit Alice aan te nemen.

Zeker niet van die vier procent. Alice had door de jaren heen bewezen meer waard te zijn. Ze was slim, zag sneller dan de meeste anderen hoe de hazen liepen en ze begreep dingen. Dingen zoals wanneer ze haar mond open moest doen en wanneer ze moest zwijgen, en dat was belangrijk in een bedrijf dat meer op een familie leek. Toen Jills neefje – Joel van zeventien, die op die leeftijd sterk op zijn vader leek – nors de schragentafels monsterde tijdens de bedrijfspicknick van vorig jaar en verrast opkeek toen hij Alice' knappe dochter zag, hadden Jill en Alice een blik van verstandhouding gewisseld. Jill dacht soms dat Alice en zij in andere omstandigheden vriendinnen hadden kunnen zijn. Even vaak dacht ze van niet. In Alice' gezelschap was het alsof je een hond van een agressief ras had. Trouw wanneer het uitkwam, maar je moest altijd op je hoede zijn.

'Zijn we er bijna?'

Jill hoorde Laurens stem achter zich. Haar pleister was weer losgegaan en er liep een dun straaltje regen en bloed langs haar slaap en wang, dat eindigde in haar mondhoek.

'Bijna boven. Denk ik.'

'Is er nog water?'

Jill pakte haar eigen flesje en gaf het aan Lauren, die zonder stil te staan een flinke teug nam. Laurens tong schoot naar haar mondhoek en ze trok een vies gezicht toen die het bloed vond. Ze maakte een kommetje van haar hand en goot er, morsend, wat water in, en maakte haar wang schoon.

'Misschien zouden we...' begon Jill toen Lauren het proces herhaalde, maar ze beet haar woorden af.

'Misschien wat?'

'Vergeet het.' Ze had willen zeggen dat ze misschien zuinig moesten zijn met het schone water. Maar dat hoefde niet. Er waren voorraden op de kampeerplaats. En Jill wilde nog niet toegeven dat ze de nacht misschien ergens anders zouden doorbrengen.

Het pad werd gestaag steiler en Jill hoorde de ademhaling rondom haar steeds zwaarder worden. Het hellende land rechts van hen viel weg in een scherpe hoek en ging over in een heuvel en daarna een rotswand. Jill hield haar ogen strak voor zich gericht en perste er de ene stap na de andere uit. Ze wist al niet meer hoe hoog ze waren geklommen, toen het pad vrijwel onaangekondigd vlak werd.

De gombomen weken uiteen en ze kwamen oog in oog te staan met een schitterend uitzicht van deinende heuvels en valleien, dat zich onder hen tot aan de horizon uitstrekte. Schaduwen van langstrekkende wolken vormden een oceaan van groen dat ribbelde als golven. Ze hadden de top bereikt en het was adembenemend.

Jill liet haar rugzak op de grond vallen. De vijf vrouwen stonden naast elkaar, met de handen op de heupen en pijnlijke benen, op adem te komen terwijl ze het uitzicht in zich opnamen.

'Dit is waanzinnig.'

Als op een teken weken de wolken uiteen en verscheen er in de verte een laaghangende zon. Hij raakte de toppen van de hoogste bomen en zette ze in een vlammende, nevelige gloed. Jill knipperde met haar ogen toen het welkome gouden licht haar verblindde en ze dacht bijna de warmte op haar gezicht te voelen. Voor het eerst die dag had ze het gevoel dat er een last van haar afviel.

Alice had haar telefoon uit haar jaszak gepakt en keek naar het schermpje. Ze keek bedenkelijk, maar dat was niet erg, hield Jill zichzelf voor. Het zou goed komen, zelfs als ze geen bereik hadden. Ze zouden naar het tweede kamp gaan, ze zouden droog worden, ze zouden een schuilplaats maken. Ze zouden slapen en alles zou er de volgende morgen beter uitzien.

Jill hoorde achter zich een droog kuchje.

'Sorry,' zei Beth. 'Maar in welke richting lopen we ook alweer?'

‘Naar het westen.’ Jill keek haar aan.

‘Weet je het zeker?’

‘Ja, naar het kamp.’ Jill wendde zich tot Alice. ‘Dat is toch zo? We lopen toch westwaarts?’

‘Ja. Westwaarts.’

‘Dus we hebben de hele tijd naar het westen gelopen?’ zei Beth. ‘Sinds we weggingen bij de rivier?’

‘Allemachtig, ja. Dat zei ik toch.’ Alice keek niet op van haar telefoon.

‘Dan...’ Een stilte. ‘Sorry. Alleen... Als het westen deze kant op is, waarom gaat de zon dan onder in het zuiden?’

Alle gezichten draaiden zich om, net op tijd om de zon nog wat verder onder de bomen te zien zakken.

Dat was nog zoiets met Alice, dacht Jill. Soms gaf ze je het gevoel lelijk verraden te zijn.

12

Het werd al donker tegen de tijd dat Falk en Carmen Jill Bailey in de lounge achterlieten, alleen met haar gedachten. Ze liepen over het pad terug naar hun kamers, terwijl de eerste vogelzang van het avondkoor om hen heen echode.

'Het wordt hier boven zo snel donker.' Carmen keek op haar horloge, de wind pakte haar haar. 'Ik denk dat de bomen het licht blokkeren.'

Ze zagen busjes voor de lodge parkeren, waar vermoeide reddingswerkers uit stapten. Hun adem vormde wolkjes in de lucht. Nog steeds geen goed nieuws, te oordelen naar hun gezichten. In de lucht was het nu rustig; de helikopter moest zijn geland. Met het vlieden van de dag vervloog ook de hoop.

Falk en Carmen kwamen bij hun kamers aan en stonden stil.

'Ik ga douchen. Om warm te worden.' Carmen rekte zich uit en Falk hoorde haar gewrichten kraken onder de laagjes. Het waren een paar lange dagen geweest. 'Over een uur samen eten?'

Ze zwaaide en ging toen naar binnen. Falk maakte zijn eigen deur open en deed het licht aan.

Hij hoorde door de muur heen dat er een kraan werd opengezet.

Hij ging op het bed zitten en nam het gesprek met Jill Bailey nog eens door. Ze had iets waakzaams wat haar broer ontbeerde. Het gaf Falk een ongemakkelijk gevoel.

Hij grabbelde in zijn rugzak en trok een papieren map

met zijn aantekeningen over Alice Russell tevoorschijn. Hij bladerde erdoorheen, las diagonaal. Hij kende de inhoud al goed. Aanvankelijk wist hij niet goed waarnaar hij op zoek was, maar terwijl hij de pagina's omsloeg, werd het hem langzaam duidelijk. Hij zocht iets wat het schuldgevoel zou verlichten, besefte hij. Een aanwijzing die hem geruststelde dat de verdwijning van Alice Russell niets met hem te maken had. Dat Carmen en hij haar niet in een onmogelijke positie hadden gemanoeuvreerd waardoor ze wel een fout had moeten maken. Dat ze zelf geen fout hadden gemaakt. Dat ze Alice niet in gevaar hadden gebracht. *Haar kwaad hadden gedaan.*

Falk zuchtte en ging weer op het bed zitten. Toen hij Alice' dossier had doorgenomen, ging hij terug naar het begin en trok hij haar rekeningafschriften eruit. Ze had hun er vrijwillig, zij het schoorvoetend, toegang toe gegeven en hij had ze al eens doorgenomen, net als al het andere. Maar hij vond iets troostends in de keurige rijtjes getallen en data die de ene na de andere pagina vulden als de weerslag van de dagelijkse transacties die Alice Russells wereld draaiende hielden.

Falk liet zijn ogen over de getallen glijden. Het waren maandelijkse afschriften, het eerste dateerde van ongeveer een jaar geleden. Het meest recente was van donderdag, de dag waarop Alice en de anderen op survivaltocht waren gegaan. Ze had vier dollar uitgegeven in een supermarkt langs de snelweg. Dat was de laatste keer dat ze haar bankpas had gebruikt.

Hij bestudeerde de inkomsten en de uitgaven, probeerde zo zijn beeld van de vrouw verder uit te werken. Het viel hem op dat ze vier keer per jaar, met de regelmaat van een Zwitsers uurwerk, een paar duizend dollar uitgaf in het David Jones-warenhuis, twee weken voor een nieuw seizoen begon. Ze betaalde haar huishoudster een bedrag dat er verdacht veel van weg had onder het minimumloon te zijn, gezien het aantal gewerkte uren.

Falk vond het altijd interessant waar mensen waarde aan bleken te hechten. Hij floot van verrassing toen hij voor het eerst het bedrag met vijf nullen zag dat Alice moest dokken om haar dochter in haar voetsporen te laten treden op Endeavour Ladies' College. En de kosten van een topopleiding leken niet gedekt met collegegeld alleen, zag hij nu, want Alice had een halfjaar eerder een forse eenmalige donatie aan de school gedaan.

Toen de cijfers enigszins begonnen te vervagen, wreef Falk in zijn ogen en sloeg de map dicht. Hij liep naar het raam en keek naar de wildernis terwijl hij zijn beschadigde hand strekte. Het begin van het Mirror Falls-pad was nog steeds zichtbaar in de late schemer. Vanuit zijn ooghoek zag hij het stapeltje kaarten van zijn vader op het nachtkastje liggen.

Hij zocht in het stapeltje tot hij de kaart van het Giralanggebergte had gevonden en sloeg die open bij het begin van het Mirror Falls-pad. Falk was niet echt verbaasd dat de start van de route omcirkeld was – hij wist dat zijn vader in deze streek was geweest, en dit was een van de populairste paden. Maar hij voelde toch een schok bij het zien van de kaart. Wanneer had zijn vader die markering met potlood aangebracht? Thuis, aan de keukentafel? Of misschien aan het begin van het pad, tweehonderd meter en tien jaar verwijderd van de plek waar Falk nu stond?

Falk trok zonder erover na te denken zijn jack aan en stak de kaart in zijn zak. Hij weifelde even en griste toen ook zijn zaklamp mee. Door de muur heen hoorde hij nog steeds water stromen. Mooi zo. Hij wilde dit doen zonder uitleg te hoeven geven. Hij trok de deur van zijn kamer dicht en volgde het pad over de parkeerplaats naar de kop van het pad. Achter hem gloeide de lodge.

Hij stond stil bij de start van het Mirror Falls-pad en nam de omgeving in zich op. Als Erik Falk dit pad had genomen, moest hij ooit precies op deze plaats hebben gestaan. Falk probeerde zich voor te stellen wat zijn vader had gezien. De bomen om hem heen waren tientallen jaren oud. Zijn uitzicht kon heel goed vrijwel identiek aan dat van hem zijn geweest, dacht hij.

Hij betrad het pad. In het begin hoorde hij alleen zijn eigen ademhaling, maar geleidelijk aan kon hij de geluiden van de avond onderscheiden. De dikke rij bomen gaf hem het enigszins claustrofobische gevoel dat hij werd belegerd. Zijn hand deed pijn in zijn zak, maar hij schonk er geen aandacht aan. Hij wist dat het psychosomatisch was. Het had geregend, zei hij tegen zichzelf, er zou hier geen brand ontstaan. Hij bleef dat zachtjes herhalen tot hij zich beter voelde.

Falk vroeg zich af hoe vaak zijn vader over dit pad had gewandeld. Minstens een paar keer, te oordelen naar de markeringen op de kaart. Ver weg van de stad, die hij haatte. En alleen, omdat zijn zoon weigerde mee te gaan. Hoewel hij in alle eerlijkheid vermoedelijk van de eenzaamheid had genoten, dacht Falk. Dat was tenminste iets waarin ze altijd op elkaar hadden geleken.

Er was een beweging ergens diep in het struikgewas en Falk schrok, grinnikend om de kleine uitschieter in zijn hartslag. Zou zijn vader zich iets hebben aangetrokken van dat Kovac-verhaal? Je voelde je hier al snel geïsoleerd. En de schrik moest destijds veel verser in het collectieve geheugen hebben gelegen dan nu. Falk betwijfelde of Erik ervan onder de indruk was geweest. Zijn vader was altijd een nuchtere vent geweest. En hij voelde zich altijd meer op zijn gemak tussen bomen en paden en de natuur dan tussen mensen.

Falk voelde een paar spatten regen op zijn gezicht en zette zijn capuchon op. Ergens in de verte hoorde hij een dof gerommel, maar hij wist niet of het onweer of de waterval was. Hij kon beter teruggaan. Hij wist niet eens goed wat hij hier deed, alleen in het donker. Het was zijn tweede keer op dit pad, maar hij herkende niets. Het landschap leek te verschuiven en te veranderen wanneer niemand keek. Hij zou overal kunnen zijn. Hij keerde om en begon terug te lopen in de richting van de lodge.

Hij had pas twee stappen gezet toen hij abrupt stilstond. Hij luisterde ingespannen. Niets, alleen de wind en het gekrabbel van onzichtbare pootjes. Het pad was in beide richtingen leeg. Hoe ver was hij van de dichtstbijzijnde persoon? Hij wist dat hij niet ver had gelopen, maar hij had het gevoel alsof hij de enige binnen een straal van vele kilometers was. Hij stond roerloos, keek en luisterde. Toen hoorde hij het weer.

Voetstappen. De tred was licht, maar zijn nekharen gingen ervan overeind staan. Hij draaide snel in de rondte, probeerde uit te maken van welke kant het geluid kwam. Hij zag het licht tussen de bomen vlak voor het de bocht om kwam en recht in zijn ogen scheen. Hij hoorde adem stokken en het geluid van iets wat op de grond kletterde. Verblind grabbelde Falk met verkleumde vingers in zijn jaszak naar zijn zaklantaarn. Hij knipte hem aan, de lichtbundel wierp een vervormde schaduw. De wildernis hing aan beide kanten als een dik zwart gordijn en op het midden van het pad schermde een tengere figuur haar ogen af.

Falk kneep zijn ogen samen terwijl die zich aanpasten. 'Politie.' Hij liet zijn insigne zien. 'Gaat het? Ik wilde je niet aan het schrikken maken.'

De vrouw stond half van hem afgewend, maar hij herkende haar van de foto. Lauren. Ze trilde terwijl ze zich bukte om haar zaklantaarn op te rapen en toen Falk dichterbij kwam, zag hij een lelijke jaap op haar voorhoofd. Die was oppervlakkig dichtgegaan, maar het gebied eromheen was gezwollen, de opgerekte huid glom in het licht van de lantaarn.

'Ben je van de politie?' Lauren keek naar het insigne, achterdocht in haar stem.

'Ja. Ik help bij de zoektocht naar Alice Russell. Jij bent toch Lauren Shaw? Uit de groep van BaileyTennants?'

'Ja. Sorry, ik dacht...' Ze haalde diep adem. 'Heel even – ik weet dat het stom is – dacht ik toen ik iemand op het pad zag dat het misschien Alice was.'

Falk had een fractie van een seconde precies hetzelfde gedacht. 'Het spijt me dat ik je heb laten schrikken. Gaat het weer?'

'Ja...' Ze hijgde nog steeds, haar smalle schouders gingen op en neer onder haar jack. 'Ik ben me alleen suf geschrokken.'

'Wat deed je daar in het donker?' wilde Falk weten. Lauren schudde haar hoofd, al had ze hem met evenveel recht hetzelfde kunnen vragen. Ze moest al een tijd buiten zijn. Falk voelde de kou van haar kleren komen.

'Niets zinnigs. Ik ben eerder op de dag naar de waterval gegaan. Ik wilde bijtijds terugkomen, maar het wordt zo snel donker.'

Falk herinnerde zich de schimmige figuur die hij van het pad had zien komen. 'Was je daar gisteravond ook?'

Ze knikte. 'Ik weet dat het waarschijnlijk idioot is, maar ik dacht dat Alice misschien het begin van het pad zou terugvinden. We kwamen op de eerste dag langs de waterval, een duidelijk herkenningspunt in het landschap. Ik werd er gek van om in de lodge te zitten en niets te doen, dus ben ik maar daar gaan zitten.'

'Juist.' Nu pas viel Falk haar paarse muts op. 'We zagen je gistermiddag.'

'Dat kan.'

Er klonk gerommel van onweer en ze keken allebei omhoog.

'Kom mee,' zei hij. 'We zijn bijna bij de lodge. Ik loop met je terug.'

Ze liepen langzaam, hun zaklantaarns wierpen lichtkegels op de onregelmatige grond.

'Hoe lang werk je al bij BaileyTennants?' vroeg Falk.

'Bijna twee jaar. Ik ben strategisch hoofd Forward planning.'

'Wat houdt dat in?'

Een diepe zucht. 'Dat houdt in dat ik de toekomstige strategische behoeften van ons bedrijf in kaart breng en actieplannen opstel...' Ze zweeg. 'Sorry. Het lijkt allemaal zo zinloos na wat er met Alice is gebeurd.'

'Het klinkt alsof jullie allemaal een paar heel zware dagen hebben gehad.'

Lauren gaf niet meteen antwoord. 'Dat is ook zo. Het was niet één ding dat misging, het waren honderd kleine dingen. Er kwam steeds meer bij, tot het te laat was. Ik hoop alleen maar dat Alice ongedeerd is.'

'Werkten jullie veel samen?' vroeg Falk.

'Niet direct. Maar ik ken haar al jaren. We zaten samen op de middelbare school en we zijn allebei in dezelfde bedrijfstak beland, dus onze wegen kruisten elkaar zo nu en dan. En onze dochters zijn even oud. Die gaan nu allebei naar onze oude school. Toen Alice hoorde dat ik weg was bij mijn vorige baan, deed ze een goed woordje voor me bij BaileyTennants, en sindsdien werk ik daar.'

'We hoorden dat jij degene was die de groep naar een weg leidde,' zei Falk. 'Je hebt de anderen teruggebracht.'

'Dat is waarschijnlijk te veel gezegd. Ik heb op school een beetje aan kaartlezen gedaan, maar we zijn gewoon op goed geluk in een rechte lijn gaan lopen.' Ze zuchtte. 'Het was trouwens Alice' idee om dat pad te nemen. Toen we beseften dat ze weg was, dacht ik dat we maar een paar uur achter haar liepen. Ik geloofde mijn ogen niet toen ze niet aan het eind van het pad stond.'

Ze gingen een bocht om en het begin van het pad kwam in zicht. Ze waren terug. Lauren rilde en sloeg haar armen om zich heen toen ze tevoorschijn kwamen. De lucht leek zwanger van een dreigend onweer en de lodge voor hen zag er warm en uitnodigend uit.

'Zullen we naar binnen gaan?' vroeg Falk, maar Lauren aarzelde.

'Kunnen we hier blijven? Als je het niet erg vindt? Ik heb niets tegen Jill, maar vanavond is ze me even te veel.'

'Oké.' Falk voelde de kou door zijn zolen omhoogtrekken en wiebelde met zijn tenen in zijn sokken. 'Vertel eens over dat schoolkamp waar jij en Alice samen heen zijn geweest.'

'McAllaster? Dat was in een godvergeten uithoek. We behandelden onderwerpen van het curriculum, maar de nadruk lag op buitenactiviteiten. Wandelen, kamperen, samen problemen oplossen, dat soort dingen. Geen televisie, geen telefoons, het enige contact met thuis tijdens die semesters ging via handgeschreven brieven. Ze doen het nog steeds, mijn dochter is twee jaar geleden gegaan. Alice' dochter ook. Veel privéscholen organiseren zulke kampen.' Lauren was even stil. 'En het is niet gemakkelijk.'

Zelfs in Falks kinderloze wereld had hij verhalen gehoord over het gevreesde schoolkamp van een heel jaar. Verhalen door de jaren heen van collega's die gestudeerd hadden aan de meer prestigieuze instellingen. Het verhaal werd meestal verteld op de gedempte toon van iemand die een aanval van een beer overleefde of ongeschonden uit een vreselijke vliegtuigcrash kwam. Ongeloof gemengd met trots. *Ik heb het overleefd.*

'Het klinkt alsof je er toch wel baat bij hebt gehad,' zei Falk.

'Een beetje, misschien. Maar ik denk steeds dat je misschien beter geen dan roestige vaardigheden kunt hebben. Als we niet op dat kamp waren geweest, had Alice misschien nooit het stomme idee gekregen dat ze er in haar eentje vandoor kon gaan.'

'Dacht je dat ze daar niet toe in staat was?'

'Dat waren we geen van allen, volgens mij. Ik wilde blijven zitten waar we waren en op hulp wachten.' Ze zuchtte. 'Ik weet het niet. Of misschien hadden we met haar moeten meegaan om tenminste als groep bijeen te blijven. Ik wíst dat ze waarschijnlijk zou proberen ertussenuit te knijpen nadat ze was weggestemd. Ze was altijd...'

Ze zweeg. Falk wachtte.

'Alice overschatte altijd wat ze kon. Op kamp was ze vaak de groepsleider, maar ze werd niet gekozen omdat ze overal in uitblonk. Ik bedoel, ze was wel goed. Maar ze was niet zo goed als ze zelf dacht.'

'Een kwestie van populariteit?' zei Falk.

'Precies. Ze werd als teamleider gekozen omdat ze populair was. Iedereen wilde bevriend met haar zijn, in haar groep zitten. Ik snap wel dat ze zich erdoor liet meeslepen. Als iedereen om je heen constant roept hoe geweldig je bent, ga je het al snel geloven.'

Lauren wierp over haar schouder een blik op de bomen.

'Maar ik denk dat ze ons in één opzicht een grote dienst heeft bewezen. Als we in die hut op hulp waren gaan wachten, zaten we daar nu nog. Ze kunnen hem blijkbaar nog steeds niet vinden.'

'Nee. Dat is waar.'

Lauren keek hem aan.

'Maar ze doen erg hun best, heb ik de indruk,' zei ze. 'Die hut is het enige waar sommige agenten over willen praten.'

'Dat is, denk ik, omdat Alice daar voor het laatst is gezien,' zei Falk. Hij herinnerde zich wat King had gezegd. *We hebben de vrouwen niet over Sam Kovac verteld.* Falk vroeg zich of dat de beste zet was in deze omstandigheden.

'Misschien.' Lauren keek hem nog steeds nauwlettend aan. 'Maar er lijkt meer aan de hand te zijn. Die hut was al een tijdje leeg, maar niet altijd. Dat heb ik die andere agenten verteld. Iemand moest ervan weten, want er was iemand geweest.'

'Hoe weet je dat?'

'Er lag een hond begraven.'

Er viel een stilte. Dood blad dwarrelde rond hun voeten.

'Een hond.'

'Minstens een.' Lauren pulkte aan haar nagels. Ze had handen als van een vogeltje, de botten in haar polsen waren zichtbaar onder haar huid. 'De politie blijft maar vragen of we nog iemand hadden gezien toen we daar waren.'

'En was dat zo?'

'Nee. Niet na de eerste avond, toen de mannen naar ons kamp kwamen. Maar...' Laurens ogen schoten naar de wildernis en terug. 'Het was vreemd. Soms voelde het net alsof iemand naar ons keek. Dat was natuurlijk niet zo. Dat was ronduit onmogelijk. Maar je wordt daar paranoïde, je geest gaat trucjes met je uithalen.'

'En jullie hebben de mannen echt niet meer gezien?'

'Nee. Was het maar zo. Maar we waren zo ver uit koers. Ze hadden ons alleen kunnen vinden door ons te volgen.' Ze schudde even haar hoofd, verwierp het idee voor het kon postvatten. 'Ik begrijp niet wat er met Alice kan zijn gebeurd. Ik weet dat ze die noordelijke route moet hebben gevolgd. We liepen slechts een paar uur na haar over dat pad. En Alice is altijd sterk geweest. Mentaal, fysiek. Als het ons is gelukt eruit te komen, moet dat ook voor haar gelden. Maar het was alsof ze in het niets was opgelost.' Lauren knipperde met haar ogen. 'Dus nu ga ik bij de waterval zitten, in de hoop dat ze het pad op komt gestormd, woedend en met priemende vingers en dreigend met juridische stappen.'

Falk knikte naar de donkere snee op haar voorhoofd. 'Dat ziet er lelijk uit. Hoe kom je eraan?'

Laurens vingers wapperden naar de wond en ze lachte schamper. 'We slaagden erin ons gasblikje in een gezwollen rivier te laten vallen. Ik probeerde het eruit te vissen en toen werd mijn hoofd geraakt.'

'Dus niet tijdens de ruzie in de hut?' vroeg hij luchtigjes.

Lauren keek hem even aan voor ze antwoordde. 'Nee.'

'Ik vraag het alleen omdat Jill Bailey zegt dat zij zo haar blauwe plek opliep. Toen ze tussenbeide kwam bij een ruzie.'

'Is dat zo?'

Falk moest Lauren nageven dat haar gezicht niets verraadde.

'Was dat dan niet zo?' vroeg hij.

Lauren leek een afweging te maken. 'Jill kreeg haar blauwe plek tijdens een ruzie. Of ze wel of niet tussenbeide kwam, staat te bezien.'

'Dus Jill was erbij betrokken?'

'Jill begon. Toen Alice wilde vertrekken. Ze kregen ruzie over wie de telefoon mocht hebben. Het duurde niet lang, maar daar ging het om. Hoezo? Wat zei Jill?'

Falk schudde zijn hoofd. 'Het doet er niet toe. Misschien hebben we haar versie verkeerd begrepen.'

'Ze was bij die ruzie betrokken, ongeacht wat ze je heeft verteld.' Lauren sloeg haar ogen neer. 'Ik ben er niet trots op, maar dat waren we eigenlijk allemaal. Alice ook. Daarom verraste het me niet toen ze wegging.'

Boven hen knetterde een helle bliksemschicht, die de gombomen een scherp silhouet gaf. Hij werd gevolgd door een rollende donder, en ineens braken de wolken open. Ze konden niet anders dan weggaan. Ze trokken hun capuchon over hun hoofd en renden naar de lodge terwijl de regen op hun jack roffelde.

'Kom je binnen?' vroeg Falk toen ze bij de trap waren aangekomen. Hij moest schreeuwen om boven het lawaai uit te komen.

'Nee, ik trek een sprintje naar mijn kamer,' riep Lauren vanaf het pad. 'Je weet me te vinden als je meer wilt weten.'

Falk zwaaide en draafde de trap op naar de lodge, waar de regen op het dak van de veranda kletterde. Hij schrok toen er in de schaduw naast de deur een donkere figuur bewoog.

'Hallo.'

Hij herkende de stem van Beth. Ze stond te schuilen op de veranda en rookte terwijl ze naar de striemende regen stond te staren. Falk vroeg zich af of ze hem met Lauren had zien praten. Zou dat iets uitmaken, dacht hij. Ze had een sigaret in de ene hand en iets wat hij niet kon zien in de andere. En een schuldbewuste blik op haar gezicht.

'Voor je iets zegt: ik weet dat ik het niet zou moeten doen,' zei ze.

Falk veegde met een vochtige mouw zijn gezicht af. 'Wat zou je niet moeten doen?'

Beth hield schaapachtig een flesje lightbier omhoog. 'Tijdens mijn proeftijd. Maar het waren een paar loodzware dagen. Het spijt me.' Het klonk alsof ze het meende.

Falk kon de energie niet opbrengen om zich druk te maken om een flesje lightbier. In zijn jeugd werd dat nauwelijks als alcohol beschouwd.

'Zolang je maar onder de limiet voor autorijden blijft.' Dat leek een redelijk compromis, maar Beth knipperde verrast met haar ogen. Ze glimlachte.

'Ik mag hier ook niet roken,' zei ze. 'Maar we staan búíten, godallemachtig.'

'Dat is waar,' zei Falk terwijl ze naar de stortbui keken.

'Met elke regenbui wordt het moeilijker om iemand op te sporen. Dat hebben ze me tenminste verteld.' Beth nam een slokje. 'Het heeft veel geregend.'

'Dat is zo.'

Falk keek haar van opzij aan. Zelfs in het zwakke lichtschijnsel zag ze er uitgeput uit.

'Waarom heb je niets gezegd over de ruzie in de hut?'

Beth keek naar haar bierflesje. 'Om dezelfde reden als waarom ik dit niet hoor te doen. Proeftijd. En het was niet belangrijk. Iedereen was bang. We reageerden allemaal te heftig.'

'Maar je had ruzie met Alice?'

'Is dat je verteld?' Haar ogen waren moeilijk te lezen in het donker. 'We hadden allemáál ruzie met Alice. Iemand die iets anders beweert, liegt.'

Ze klonk boos, en Falk liet de woorden indalen.

'Hoe gaat het verder?' vroeg hij ten slotte.

Een zucht. 'Goed, hoor. Ze mag misschien morgen of overmorgen weg.'

Falk besefte dat Beth het over haar zus had. 'Ik bedoel jou,' zei hij. 'Gaat het wel goed met jou?'

Beth knipperde met haar ogen. 'O.' Ze leek niet goed te weten wat ze moest antwoorden. 'Ja. Ik denk het wel. Dank je.'

Door het grote raam van de lounge zag Falk Carmen opgekruld in een aftandse fauteuil zitten. Ze las iets en haar haar viel los en vochtig over haar schouders. Her en der in de zaal zaten reddingswerkers buiten dienst te praten of te kaarten, of ze zaten met gesloten ogen voor de open haard. Carmen hief haar hoofd op en knikte toen ze hem zag.

'Laat je door mij niet ophouden,' zei Beth.

Falk opende zijn mond om iets te zeggen, maar werd overstemd door een volgende donderklap. De hemel lichtte in een flits wit op, toen werd alles donker. Hij hoorde een collectief verrast geroezemoes, gevolgd door een kreun uit de lodge achter hem. De stroom was uitgevallen.

Falks ogen pasten zich knipperend aan. Door het glas zag hij gezichten in zwarte en oranje schaduwen gehuld worden in de lage gloed van de open haard. De hoeken van de ruimte waren onzichtbaar. Hij hoorde een beweging in de deuropening en Carmen trad uit de schemer naar voren. Ze had iets onder haar arm. Het zag eruit als een bovenmatig groot boek.

'Hallo.' Carmen knikte naar Beth en wendde zich toen tot Falk. Ze keek peinzend. 'Je bent nat.'

'Ik werd overvallen door de regen. Is alles in orde?'

'Jazeker.' Ze schudde nauwelijks zichtbaar haar hoofd. *Hier kunnen we niet praten.*

Beth had haar bierflesje weggemoffeld en hield haar handen keurig voor zich gevouwen.

'Het is daar aardedonker,' zei Falk. 'Wil je dat we met je meelopen naar de kamers?'

Beth schudde haar hoofd. 'Ik blijf nog even hier. Ik ben niet bang voor het donker.'

'Oké. Wees voorzichtig.'

Carmen en hij zetten hun capuchon op en verlieten de beschutting van de veranda. De regen striemde in hun gezicht. Op het terrein gloeiden laag bij de grond een paar lichtjes, van stroom voorzien door zonne-energie of een noodgenerator. Falk wist niet welke van de twee het was, maar ze konden net zien waar ze liepen.

Nog een bliksemflits tegen de hemel en de regendruppels vormden een spookachtig wit laken. Daarachter ving Falk een glimp op van iemand die over de parkeerplaats rende. Ian Chase, doorweekt in zijn rode Executive Adventures-fleecetrui. Het viel onmogelijk te zeggen waar hij vandaan kwam, maar te oordelen naar het haar dat tegen zijn schedel geplakt zat, had hij al een tijdje door de regen gelopen. De lucht werd weer donker en hij verdween uit het zicht.

Falk veegde zijn gezicht af en concentreerde zich op het pad voor hem. Het was glad door water en modder en het was een opluchting toen ze na een bocht bij de veranda van de kamers kwamen. Ze stonden stil voor Carmens kamer. Ze had het grote boek in haar jack gestopt, tegen haar borst. Nu haalde ze het tevoorschijn en gaf het aan Falk terwijl ze in haar zakken naar haar sleutel zocht. Het was een plakboek met een geplastificeerde kaft, zag hij nu. De hoeken waren een beetje vochtig en voorop zat een sticker waarop stond: *Bezit van Giralang Lodge. Verboden uit de lounge mee te nemen.* Carmen draaide zich op tijd om om hem misprijzend te zien kijken en lachte.

'Kom op, zeg. Ik heb het vijf meter verder gebracht. En ik breng het terug.' Carmen maakte haar deur open en liet hen binnen, beiden enigszins buiten adem door de kou en de regen. 'Maar er is eerst iets wat je moet zien.'

Dag 2: vrijdagnacht

Ze ruzieden over wat ze moesten doen tot het overal te laat voor was geworden.

Ten slotte liepen ze terwijl de zon in het zuiden onderging een eindje de heuvel af, op zoek naar beschutting. Toen het laatste restje daglicht wegebde, maakten ze ter plekke een kamp. Zo goed en zo kwaad als dat ging, tenminste.

Ze legden hun spullen op een stapel bij elkaar op de grond en stonden er in een vijfpuntige formatie omheen in stilte naar hun buit te kijken met hun zaklantaarns in de hand. Drie tentzeilen, intact; minder dan een liter water, ongelijk verdeeld over vijf flesjes; zes mueslirepen.

Beth keek naar het schamele stapeltje en voelde de eerste hongersteken in zich opkomen. Ze had ook dorst. Ondanks de kou en haar vochtige kleren voelde ze het zweet van de klim onder haar armen kleven. Haar waterflesje was een van de leegste. Ze slikte. Haar tong was dik in haar mond.

'We moeten proberen vannacht wat regenwater te verzamelen,' zei Lauren. Ook zij keek naar de bijna lege flesjes met een nerveuze blik in haar ogen.

'Weet je hoe dat moet?' Jills stem had een smekende toon.

'Ik kan het proberen.'

'En waar zijn de overige mueslirepen?' vroeg Jill. 'Ik dacht dat we er meer hadden.'

Beth voelde eerder haar zusters ogen haar kant op schieten dan dat ze het zag. Ze keek niet terug. *Val dood, Bree.* Beth had voor deze ene keer een zuiver geweten.

'Er zouden er minstens nog een paar moeten zijn.' Jills gezicht had in het licht van de zaklantaarns een ongezonde grijze tint gekregen en ze bleef maar met haar ogen knipperen. Beth wist niet of ze vuil in haar ogen had of dat ze gewoon niet kon geloven waar ze was.

'Als iemand ze heeft opgegeten, zeg het dan gewoon.'

Beth voelde het gewicht van hun collectieve blik. Ze sloeg haar ogen neer en staarde naar de grond.

'Goed dan.' Jill schudde haar hoofd en wendde zich tot Alice. 'Ga maar kijken of je ergens bereik hebt.'

Alice vertrok en had voor deze ene keer niets te zeggen. Ze was van geschokt naar defensief en terug gegaan, turend naar de kaart en tikkend op het kompas. Ze hadden westwaarts gelopen, ze wist het zeker. Haar tegenwerpingen waren vooral met een verbijsterd zwijgen ontvangen. Er viel weinig in te brengen tegen de zonsondergang.

De groep zag haar weglopen, met haar telefoon in haar hand geklemd. Jills mond ging open alsof ze nog iets wilde zeggen, maar ze kon niets bedenken. Ze schopte met de neus van haar schoen tegen de tentzakken. 'Kijk of jullie hier iets mee kunnen doen,' zei ze tegen Lauren, en draaide zich toen om om achter Alice aan te gaan.

Beth luisterde terwijl Lauren voorstelde om de tentzeilen aan hun scheerlijnen tussen de bomen op te hangen, om zo een provisorisch afdakje te maken. Lauren probeerde het voor te doen en trok met één hand aan de lijnen terwijl ze met de andere de loszittende pleister tegen haar voorhoofd duwde, maar moest uiteindelijk opgeven. Ze deed een stap terug, haar haarlijn een doffe, bloederige koek in het schijnsel van de lantaarn, terwijl ze Beth en Bree de ene en daarna de andere boomstam aanwees. Beths vingers werden stijf in de avondlucht. Het zou zelfs bij daglicht een lastige taak zijn en ze was blij dat ze haar zware zaklantaarn met de krachtige lichtbundel had.

Eindelijk waren ze klaar. De tentzeilen hingen tussen de bomen gespannen en zakten in het midden al een beetje door. Het regende nog niet, maar Beth meende onweer in de lucht te bespeuren. De ware proef moest nog komen.

Beth zag Alice op verschillende plekken op het donkere pad tevoorschijn komen en weer verdwijnen. Ze stond in een blauw halo van kunstlicht, liep in kringetjes en strekte haar hand naar de hemel als in een wanhopige dans.

Beth trok haar slaapzak uit haar rugzak en zuchtte bij het zien van de vochtige plek aan het voeteneind. Ze probeerde de best beschutte plek te vinden, maar dat leek zinloos. Alle opties waren belabberd. Ze spreidde de slaapzak uit onder het dichtstbijzijnde tentzeil, ging toen staan en keek hoe haar zusje in de weer was, op zoek naar een plekje voor haar eigen slaapzak. Normaal gesproken had Bree zo dicht mogelijk bij Beth willen zijn. Het was interessant hoe snel de dingen konden veranderen, dacht Beth bij zichzelf.

Lauren zat vlakbij op haar rugzak aan het kompas te frunniken.

'Is het kapot?' vroeg Beth.

Er kwam eerst geen antwoord, toen een zucht. 'Ik dacht het niet. Maar je moet het op de juiste manier gebruiken, anders werkt het niet. Iedereen raakt op een lange afstand enigszins uit koers. Ik wist dat Alice niet vaak genoeg op het kompas keek.'

Beth sloeg haar armen om zich heen, zachtjes wippend op haar voeten. Ze rilde.

'Zullen we proberen een vuurtje te stoken? Mijn aansteker is opgedroogd.'

Lauren tuurde in het duister. De nieuwe pleister op haar voorhoofd raakte nu al los. Er zat er nog maar één in de eerstehulpdoos, wist Beth.

'Dat mag hier eigenlijk niet.'

'Niemand weet het toch?'

‘Wij zouden het weten als het zich verspreidde.’

‘Met dit weer?’

Ze zag Laurens schaduw de schouders ophalen. ‘Het valt buiten mijn salarisschaal om zulke beslissingen te nemen, Beth. Vraag het aan Jill.’

Beth kon Jill net onderscheiden in de speldenprik gloed van Alice’ telefoon. Ze hadden zich op zoek naar bereik een flink stuk verwijderd. Dat voorspelde weinig goeds.

Ze stak een sigaret in haar mond en wandelde weg van de schuilplaats. Het vlammetje sprong op van de aansteker en verpestte haar nachtzicht, maar dat kon haar niet schelen. De vertrouwde smaak stroomde haar mond in en toen ze inhaleerde, had ze voor het eerst sinds uren het gevoel dat ze kon doorademen.

Beth stond daar en rookte, verwarmde haar longen, en haar ogen en oren raakten langzaam aan de nacht gewend terwijl ze de wildernis in staarde. Achter de grijze stammen van de dichtstbijzijnde gombomen was het volkomen duister. Ze kon niets zien en voelde een tinteling toen ze besefte dat dit andersom niet zo was. Op z’n minst zou de gloed van haar sigaret te zien zijn, en achter haar verlichtten zaklantaarns hun kamp. Vanuit het duister zou alles duidelijk te zien zijn. Ze schrok toen ze iets ver weg in het diepe zwart hoorde kraken. *Doe niet zo stom.* Het was een dier. Iets nachtelijks. En onschuldigs. Een opossum, waarschijnlijk.

Ze nam niettemin een laatste trekje en ging terug naar het kamp. Daar aangekomen keken drie gezichten naar haar op. Jill, Alice en Lauren. Bree zag ze nergens. Het drietal stond dicht bij elkaar en hield samen iets vast. Het was het kompas, dacht Beth nog even, maar toen ze dichterbij kwam, besefte ze dat dit niet zo was. Het was een broodje kaas, in plastic gewikkeld. Jill had een appel in haar hand.

‘Waar hebben jullie die gevonden? Zijn ze nog van de lunch?’ vroeg Beth. Haar maag rommelde hoorbaar.

'Ze lagen bij de rugzakken,' zei Jill.

'Wiens rugzak?' Beth keek naar de stapel. De rugzakken lagen rommelig door elkaar, hun inhoud uitgespuwd op de plaats waar ze hun proviand in het vallende duister hadden verzameld. Ze zag hun gezichten en het besef drong langzaam en kil door. 'Nou, niet in die van mij.'

Er kwam geen antwoord.

'Echt niet. Ik heb mijn lunch opgegeten. Dat hebben jullie zelf gezien.'

'Nee,' zei Alice. 'Je stond verderop op het pad een sigaret te roken.'

Beth keek haar in het donker strak aan. 'Je pleit jezelf echt niet vrij door mij zwart te maken.'

'Hou op, allebei,' snauwde Jill. 'Beth, als jij je lunch niet hebt opgegeten, is het technisch gezien nog steeds jouw lunch. Maar we hadden gezegd dat we al ons eten samen...'

'Ze zijn niet van mij. Praat ik soms koeterwaals?'

'Tja. Goed dan.' Het was duidelijk dat Jill haar niet geloofde.

'Ik zou het zeggen als ze wel van mij waren.' Beths ogen voelden heet en strak aan. Ze wachtte. Geen reactie. 'Ze zijn niet van mij.'

'Het eten is van mij.' Ze draaiden zich allemaal om. Bree stond achter de groep. 'Sorry. Ik was even gaan plassen. Het is van mij. Ik heb het niet opgegeten bij de lunch.'

Jill fronste haar wenkbrauwen. 'Waarom heb je dat niet gezegd toen we onze rugzakken uitpakten?'

'Vergeten. Sorry.'

Toen Beth jonger was, had ze oprecht in telepathie geloofd. Ze placht diep in Bree's ogen te kijken en zette haar vingers dan met rituele precisie op de slapen van haar tweelingzus. *Waar denk je aan?* Bree was het spelletje als eerste ontgroeid. Ze was er nooit echt goed in geweest, vandaar haar gebrek aan interesse, dacht Beth. Toen Bree haar vingers ging wegmeppen en weigerde oogcontact te houden, maakte Beth er een gewoonte van om haar te observeren, gespitst op haar stembuigingen en geringste bewegingen. Speurend naar aanwijzingen. *Waar denk je aan, Bree?* Het was niet echt telepathie, besefte Beth later, meer de gave om nuances en tics te lezen. Die onuitgesproken taal, die Beth ooit vloeiend had gesproken, fluisterde nu in haar oor. *Bree liegt.* Wat haar reden ook geweest mocht zijn om haar lunch niet te delen, vergeetachtigheid was het in elk geval niet.

'Je hoeft haar niet te dekken, Bree.' Alice klonk teleurgesteld.

'Dat doe ik niet.' Beth hoorde de trilling in haar zusjes stem.

'Niemand verwijt jou iets. Ga niet voor haar liegen.'

'Ik weet het. Dat doe ik ook niet.'

'Echt niet? Want dit is niets voor jou.'

'Ik wéét het. Het spijt me.'

Zelfs met een bekentenis kon Bree nog geen kwaad doen. Beth moest bijna lachen. Bijna, maar niet echt, want in het donker hoorde ze haar zusje tegen de tranen vechten. Ze zuchtte.

'Luister. Oké.' Beth probeerde berouwvol te klinken. 'Het eten was van mij.'

'Ik wist het.'

'Ja, Alice. Je had gelijk, knap, hoor. Sorry, Bree...'

'Het was niet...' probeerde Bree haar te onderbreken.

'Lief dat je me wilde helpen, maar het is al goed. Het spijt me, meiden.'

Het was vreemd, dacht ze. Ze kon bijna een tastbare opluchting voelen. Bree was onschuldig en Beth zat fout. De natuurlijke orde was hersteld, iedereen kon zich ontspannen. Er was hier niets meer te zien.

'Oké,' zei Jill ten slotte. 'We delen wat we hebben en daarmee is de kous af.'

'Prima.' Beth draaide zich om voor ze verstrikt kon raken in een gesprek over sancties of strafporties. 'Doe wat je wilt. Ik ga naar bed.'

Ze voelde dat ze allemaal keken toen ze haar schoenen uittrok en met al haar kleren aan in haar slaapzak stapte. Ze rolde zich op en trok de capuchon over haar hoofd. Het was in de slaapzak nauwelijks warmer dan erbuiten, en de grond stak en prikte haar door het dunne materiaal heen.

Ze sloot haar ogen en hoorde flarden van een gedempt gesprek. Ze lag niet lekker, maar door pure uitputting doezelde ze al snel weg. Ze stond op het punt in slaap te vallen, toen ze het zachte gewicht van een hand op haar slaapzak voelde.

'Dank je.' Een fluisterstem.

Beth reageerde niet en het volgende moment voelde ze het gewicht verdwijnen. Ze hield haar ogen dicht en sloot zich af voor het zwakke geluid van een ruzie, eerst over het eten, daarna over een vuur.

Toen ze haar ogen opnieuw opendeed, was dat met een schok. Ze wist niet hoe lang ze had geslapen, maar het moest op een gegeven moment hebben geregend. De grond rond haar slaapzak was doorweekt en haar armen en benen waren zwaar van de kou.

Beth lag rillend te luisteren. Had iets haar gewekt? Ze knipperde met haar ogen, maar die waren zo goed als blind in het duister. In- en uitademend hoorde ze bij haar oren niets dan het geritsel van door mensen gemaakt materiaal. Er lag iets in de hals van haar slaapzak en ze kromp ineen, en prikte er toen in met een vinger. Het was een kwart broodje kaas en een stukje appel, in vochtig plastic gewikkeld. Beth wist niet zeker of het haar eigen vijfde stukje of het kwart van haar zusje was. Ze overwoog het niet op te eten, maar haar honger overstemde haar principes. Hier golden toch al andere regels.

Beth wist niet of de anderen het hadden bespeurd, maar ze had eerder een minieme beweging in de atmosfeer gevoeld. Iets basaals en elementairs en bijna primitiefs, waar een stukje oud brood met kaas een buit werd die een gevecht waard was.

Er bewoog iets buiten haar slaapzak en Beth verstijfde. Ze wist niet wat die beweging had gemaakt, een vrouw of een wild dier. Ze lag doodstil en tegen de tijd dat het weer weg was, lagen de woorden waarnaar ze op zoek was inmiddels op het puntje van haar tong, zo werkelijk dat ze bijna hun bezinksel kon proeven. *Als van een roofdier.*

13

Het was aardedonker in Carmens kamer. Falk gaf haar zijn zaklantaarn en hoorde haar zachtjes vloeken toen ze naar het raam stommelde en de gordijnen opentrok. De noodverlichting op het terrein was net voldoende om de meubels in de kamer gestalte te geven.

'Ga zitten,' zei ze.

Er waren geen stoelen, net zoals in zijn kamer. Falk ging op de rand van het bed zitten. Carmens kamer was precies hetzelfde als de zijne, klein en spaarzaam gemeubileerd, maar de lucht rook hier net anders. Iets aangenaam lichts en subtiels wat hem in de verte aan de zomer deed denken. Hij vroeg zich af of Carmen altijd zo rook of dat hij het gewoon niet eerder had opgemerkt.

'Ik kwam Lauren tegen buiten de lodge,' zei hij.

'O ja?' Carmen reikte hem een handdoek aan en ging met haar benen onder zich gevouwen tegenover hem zitten. Ze trok haar haar over een schouder en wreef het droog terwijl Falk haar op de hoogte bracht van hun gesprek. Over de hut, over de ruzie, over Alice. Buiten sloeg de regen tegen het raam.

'Ik hoop dat Lauren Alice onderschat,' zei Carmen toen hij was uitgepraat. 'Een van de boswachters vertelde me dat zelfs hij het in dit weer moeilijk zou hebben. Ervan uitgaand dat Alice uit eigen beweging is vertrokken.'

Falk dacht weer aan de voicemail. *Haar kwaad kan doen.* 'Denk je nu aan iets anders?'

'Ik weet het niet.' Carmen trok het plakboek tussen hen in

en sloeg de bladzijden om. Ze waren gevuld met krantenknipsels, met gerimpelde randen waar de lijm was opgedroogd. 'Ik bladerde door dit boek toen ik op jou zat te wachten. Het is een geschiedenis van dit oord voor toeristen.'

Ze vond de bladzijde die ze zocht en draaide hem naar Falk toe.

'Hier. Ze hebben de Kovac-jaren verdoezeld – wat geen verrassing is – maar ze konden er toch niet helemaal omheen.'

Falk keek omlaag. Het was een krantenartikel over Martin Kovac' veroordeling. Levenslang, volgens de kop. Falk snapte wel waarom dat artikel was opgenomen in plaats van andere. Het was een vette punt. Een streep onder een duistere periode. Het was een hoofdartikel, een samenvatting van het onderzoek en het proces. Bijna onder aan de pagina glimlachten drie dode vrouwen hem toe vanaf drie foto's. Eliza. Victoria. Gail. En de vierde, Sarah Sondenberg. Lot onbekend.

Falk had eerder foto's van Kovac' slachtoffers gezien, maar niet recent en niet allemaal tegelijk, zoals hier. Hij zat tegenover Carmen in de donkere kamer en liet zijn lichtbundel over elk gezicht glijden. Blond haar, mooie gezichten, slank. Beslist knap. Hij zag ineens wat Carmen was opgevallen.

Eliza, Victoria, Gail, Sarah.

Alice?

Falk ving de blik van ieder van de dode vrouwen en schudde toen zijn hoofd. 'Ze is te oud. Deze vier waren tieners of twintigers.'

'Alice is nú te oud. Maar dat zou ze destijds niet zijn geweest. Hoe oud was ze toen dit alles speelde? Begin twintig?' Carmen hield het boek scheef om de foto's beter te kunnen bekijken, het krantenpapier spookachtig grijs in het zaklantaarnlicht. 'Als ze nog hadden geleefd, waren ze nu allemaal ongeveer even oud geweest.'

Falk zei niets. Naast de vier gezichten stond een grote foto van Martin Kovac die kort voor zijn arrestatie was genomen.

Het was een alledaags kiekje, gemaakt door een vriend of buurman. Het was door de jaren heen honderden keren gereproduceerd, in kranten en op de tv. Kovac stond naast een barbecue. Een aussie ten voeten uit in zijn mouwloze hemd, korte broek en laarzen. Het verplichte flesje bier in zijn hand en de grijns op zijn gezicht. Zijn ogen had hij samengeknepen tegen de zon en zijn krullende haar zat door de war. Hij zag er mager maar sterk uit, en de spierspanning op zijn armen was zelfs op een foto zichtbaar.

Falk kende het plaatje, maar hij zag nu voor het eerst ook iets anders. Op de achtergrond van de foto, doormidden gesneden door de rand, was de wazige achterkant van een kinderfietsje te zien. Het was niet veel. Een bloot beentje, een jongenssandaaltje op het pedaal, de rug van een gestreept T-shirt, een glimp van zwart haar. Het kind was onmogelijk te herkennen, maar Falk voelde zijn huid tintelen terwijl hij keek. Hij wendde met moeite zijn ogen af, van de jongen, van Martin Kovac, van de lang vervlogen blikken van de vier vrouwen die hem aanstaarden.

'Ik weet het niet,' zei Carmen. 'Het is een gok. Het viel me opeens op.'

'Ja, ik kan zien waarom.'

Ze keek naar de wildernis buiten. 'Wat er ook is gebeurd, we weten tenminste dat Alice daar ergens is. Het is een reusachtig groot gebied, maar het is eindig. Ze moet uiteindelijk worden gevonden.'

'Dat gebeurde niet met Sarah Sondenberg.'

'Nee. Maar Alice moet ergens zijn. Ze is niet teruggelopen naar Melbourne.'

In Falks brein begon zich iets te roeren bij de gedachte aan de stad. Door het raam kon hij net de ruimte onderscheiden waar Daniel Baileys auto tot vandaag had gestaan. Een zwarte BMW, groot. Getinte ramen. Een grote kofferbak. Er stond nu een fourwheeldrive geparkeerd.

'We zullen nog eens met Daniel Bailey moeten praten,' zei Falk. 'We moeten hem terug naar Melbourne volgen. Uitzoeken wat hij die eerste avond tegen Alice zei.'

Carmen knikte. 'Ik zal het kantoor bellen om het te vertellen.'

'Wil je dat ik...'

'Nee, het is oké. Jij hebt het de vorige keer gedaan. Ik doe het vanavond. Eens zien wat ze te zeggen hebben.'

Ze moesten daarop allebei glimlachen. Ze wisten beiden precies wat er gezegd zou gaan worden. *Bezorg ons de contracten. Het is cruciaal dat je de contracten in handen krijgt. Begrijp goed dat het noodzakelijk is dat je de contracten in handen krijgt.* De glimlach verdween van Falks gezicht. Dat begreep hij. Hij wist alleen niet hoe ze het moesten aanpakken.

Terwijl de wind buiten gierde, stelde hij zichzelf eindelijk de vraag die aan hem knaagde: als Alice nog steeds door de wildernis dwaalde vanwege hen, was het dat dan wel waard? Hij zou graag meer weten van het grotere plaatje van de operatie, maar hij wist ook dat de details eigenlijk niet belangrijk waren. Het grote plaatje liet altijd hetzelfde zien, ongeacht hoe het was geschilderd: een handjevol mensen boven in de boom die profiteren van de kwetsbaren beneden.

Hij keek naar Carmen. 'Waarom ben je bij deze afdeling gegaan?'

'De financiële recherche?' Ze glimlachte in het donker. 'Die vraag wordt me meestal op kerstfeestjes gesteld, altijd door een dronken vent met een verbaasde blik op zijn gezicht.' Ze verschoof op het bed. 'Toen ik destijds begon, werd ik uitgenodigd om bij de kinderbescherming te komen. Dat is nu een en al algoritmen en programmeren. Ik regelde een plaatsing van een kind, maar...' Haar stem klonk verstikt. 'Ik kon de frontlinie daar niet aan.'

Falk vroeg niet naar details. Hij kende een paar agenten die bij de kinderbescherming werkten. Ze spraken van tijd tot tijd allemaal met dezelfde verstikte stem.

'Ik hield het nog wel een tijdje uit, maar ging meer technisch werk doen,' vervolgde Carmen. 'Ik spoorde ze op via hun transacties. Ik was er behoorlijk goed in en kwam uiteindelijk hier terecht. Dit is beter. Bij die afdeling sliep ik op het laatst niet meer.' Ze was even stil. 'En jij?'

Falk zuchtte. 'Het was kort na het overlijden van mijn vader. Ik zat een paar jaar bij het drugsteam voor ik hier begon. Want dan ben je nog fris, snap je wel, en daar gebeuren de spannende dingen.'

'Dat hoor ik ook op die kerstfeestjes.'

'Enfin, we kregen een tip over een huis in het noorden van Melbourne dat als opslagplaats werd gebruikt.'

Falk herinnerde zich dat hij naast een gezinsbungalow parkeerde in een verwaarloosde straat. De verf bladderde van de muren en het gras voor het huis was vlekkerig geel, maar aan het eind van de oprit stond een zelfgemaakte brievenbus in de vorm van een boot. Ooit had iemand daar genoeg nestgevoel gehad om dat ding te maken, dacht hij destijds.

Een van zijn collega's had op de deur gebonsd en die opengebroken toen er geen reactie kwam. Dat kostte geen enkele moeite, het hout was met de jaren bros geworden. Falk had in een stoffige spiegel in de gang een glimp van zichzelf opgevangen, een donkere schaduw in zijn beschermende uitrusting, en heel even had hij zichzelf nauwelijks herkend. Ze waren schreeuwend en met hun wapens in de aanslag de woonkamer in gegaan, niet wetend wat ze daar zouden aantreffen.

'De eigenaar was een oude, demente man.' Falk zag hem nog steeds voor zich, nietig in zijn leunstoel, te verbaasd om bang te zijn, zijn groezelige kleren slobberend om zijn lichaam.

'Er was geen eten in huis. De stroom was afgesloten en zijn kasten werden gebruikt om drugs in te bewaren. Zijn neef, of een man van wie hij dacht dat het zijn neef was, stond aan het hoofd van een van de plaatselijke drugsbendes. Hij en zijn maten konden vrij in en uit lopen.'

Het huis stonk, het bloemetjesbehang was volgekalkt met graffiti en het vloerkleed lag bezaaid met schimmelende fastfoodverpakkingen. Falk was bij de man gaan zitten en had met hem over cricket gepraat terwijl de rest van het team het huis doorzocht. De man had gedacht dat Falk zijn kleinzoon was. Falk, die drie maanden eerder zijn vader had begraven, had dat zo gelaten.

'Het zit zo,' zei Falk. 'Ze hadden zijn lopende bankrekening en zijn spaarrekening leeggetrokken. Creditcards op zijn naam gebruikt en schulden gemaakt voor dingen die hij zelf nooit zou hebben gekocht. Hij was een zieke oude man en zij lieten hem berooid achter. Totaal berooid. En dat stond allemaal te lezen in zijn bankafschriften, wachtend tot iemand het zag. Al zijn ellende had al maanden eerder kunnen worden opgemerkt als iemand het geldprobleem had gesignaleerd.'

Falk had iets dergelijks in zijn rapport gezegd. Weken later kwam er een agent van de financiële recherche langs voor een vriendschappelijk gesprek. Een paar weken daarna was Falk op bezoek gegaan bij de oude man in zijn verzorgingstehuis. Het leek wat beter met hem te gaan, en ze praatten nog wat over cricket. Toen Falk terugkwam op kantoor, zocht hij op wat de vereisten voor een overplaatsing waren.

Zijn beslissing wekte destijds de nodige verbazing, maar hij voelde dat hij gedesillusioneerd begon te raken. De invallen voelden als een kortstondig lapmiddel. Ze blusten het ene brandje na het andere, maar het kwaad was dan al geschied. Voor de meesten van die mensen draaide de wereld echter om geld. Hak het hoofd af, en de ledematen verkommeren en sterven af.

Dat had hij tenminste altijd voor ogen gehad, telkens wanneer hij een witte boord op de korrel had die dacht dat hij door zijn universitaire titel slim genoeg was om ermee weg te komen. Zoals Daniel en Jill en Leo Bailey, van wie hij vermoedde dat ze vonden dat ze nauwelijks iets kwalijks deden.

Maar wanneer Falk naar mensen zoals zij keek, zag hij al die andere oude mannen en ploeterende vrouwen en verdrietige kinderen die bang en alleen in ongewassen kleren ver weg aan het andere eind van de lijn zaten. En hij hoopte dat hij op een of andere manier het rottingsproces een halt toe kon roepen voor het hen bereikte.

'Maak je geen zorgen,' zei Carmen. 'We verzinnen wel wat. Ik weet dat de Baileys denken dat ze na al die jaren goed zijn in dit soort dingen, maar ze zijn minder slim dan wij.'

'O ja?'

'Ja.' Ze glimlachte. Zelfs zittend was ze even lang als hij. Ze hoefde haar hoofd niet op te heffen om hem in de ogen te kunnen kijken. 'Jij en ik weten bijvoorbeeld hoe je kunt wegkomen met het witwassen van geld.'

Ook Falk moest nu glimlachen. 'Hoe zou jij dat dan doen?'

'Vastgoedbeleggingen. Eitje. En jij?'

Falk, die ooit een doorwrocht artikel over het onderwerp had geschreven, wist precies hoe hij het zou doen, met twee fatsoenlijke reserveplannen. Beleggen in vastgoed was er een van.

'Ik weet het niet. Het casino, misschien.'

'Onzin. Je zou iets geraffineerders verzinnen.'

Hij grinnikte. 'Geen grapjes met de klassiekers.'

Carmen lachte. 'Misschien ben je toch niet zo slim. Dan zou je regelmatig moeten aanschuiven aan de tafels, en iedereen die jou ooit heeft ontmoet, zou jou meteen doorhebben. Ik kan het weten. Mijn verloofde werkt daar. En die lijkt totaal niet op jou.'

Dat was in alle eerlijkheid een van de redenen waarom het casino niet eens in Falks top drie stond. Te veel veldwerk. Maar hij glimlachte alleen maar. 'Ik heb een lange adem. Achterhaal een gedragspatroon. Ik kan heel geduldig zijn.'

Carmen lachte even. 'Dat geloof ik graag.' Ze verschoof op het bed en strekte haar benen in het flauwe licht. Alles was stil toen ze elkaar aankeken.

Ergens diep in de lodge klonk gerommel en gezoem en ineens sprongen de lichten aan. Falk en Carmen knipperden met hun ogen. De vertrouwelijke sfeer vervloog met het duister. Ze bewogen tegelijk, haar been streek tegen zijn knie toen hij van het bed af ging. Hij stond. Wankelde.

'Ik kan maar beter gaan voor het licht het weer begeeft.'

Een heel korte weifeling. 'Dat lijkt me ook.'

Carmen stond op en volgde hem naar de deur. Hij opende hem en de koude lucht sloeg hem hard tegemoet. Hij voelde haar ogen op zich rusten toen hij de korte afstand naar zijn eigen deur aflegde.

Hij draaide zich om. 'Welterusten.'

Een moment van twijfel. 'Welterusten.' Toen ging hij naar binnen en was hij weg.

Terug in zijn eigen kamer deed Falk niet meteen het licht aan. Hij liep naar het raam en liet de gedachten die door zijn hoofd tolden tot rust komen en neerdalen.

De regen was eindelijk opgehouden en door de paar gaten in het wolkendek kon hij enkele sterren zien. Er was in Falks leven een tijd geweest waarin hij jarenlang niet naar de nachthemel had gekeken. De lichten in de stad waren altijd te schel. Tegenwoordig probeerde hij omhoog te kijken als hij de kans had. Hij vroeg zich af wat Alice zou zien als ze nu hetzelfde deed – áls ze al iets zag.

De maan was helder en wit en zilveren draden wolk zweefden in zijn gloed. Falk wist dat het Zuiderkruis er ergens achter verstopt moest zijn. Hij had dat vroeger als plattelandskind veel gezien. Een van zijn vroegste herinneringen was aan zijn vader die hem naar buiten droeg en naar boven wees. De hemel was bezaaid met sterren en zijn vader wees hem, zijn andere arm stevig om hem heen, ergens in de verte patronen die er altijd waren, zei hij. Falk had hem altijd geloofd, ook al kon hij ze niet altijd zien.

Dag 3: zaterdagochtend

De ijzige wind waaide vanuit het zuiden en hield aan. De vrouwen ploeterden zwijgend voort, met gebogen hoofd tegen de storm in. Ze hadden een nauw paadje gevonden, iets wat tenminste bijna een pad was, iets wat misschien door dieren werd gebruikt. Vanuit een stilzwijgende afspraak zei niemand iets wanneer het zo nu en dan onder hun voeten verdween. Ze tilden gewoon hun schoenen wat hoger door het kreupelhout en tuurden naar de grond tot er weer iets wat bijna een pad was verscheen.

Bree was uren eerder wakker geworden, kribbig en koud, niet goed wetend hoe lang ze had geslapen. Vlakbij hoorde ze Jill snurken. Die vrouw wist wat slapen was. Of misschien was ze gewoon uitgeput. Ze was niet eens wakker geworden toen hun provisorische luifel midden in de nacht was losgewaaid.

Terwijl Bree op de grond naar de bleke ochtendhemel lag te staren leek het of haar botten diep in haar lichaam pijn deden en voelde haar mond dik van de dorst. Ze zag dat de flesjes die Lauren had neergezet om regenwater op te vangen, waren omgevallen. Ze mochten al blij zijn met ieder een slok. Het eten dat Bree naast haar zusjes hoofd had gepropt, was tenminste weg. Ze voelde zich tegelijkertijd opgelucht en teleurgesteld.

Bree wist nog steeds niet goed waarom ze de anderen niet over haar bewaarde maaltje had verteld. Ze had haar mond opengedaan, maar een of ander diep begraven stukje reptielenbrein had de woorden belet naar buiten te komen. Ze schrok een beetje toen ze bedacht waarom. Overleven was iets wat ze achter haar bureau deed tot de vrijdagavonddrankjes rondgingen, grapte ze weleens. In een andere context voelde het woord vreemd en beangstigend.

Ze had die ochtend geprobeerd met haar zus te praten terwijl ze hun doorweekte slaapzakken oprolden.

'Dank je wel.'

Het was Beths beurt om haar weg te wuiven. 'Vergeet het. Maar ik snap niet waarom je zo bang voor hen bent.'

'Voor wie?'

'Voor allemaal. Alice. Jill. Daniel, niet te vergeten.'

'Ik ben niet bang. Ik trek me alleen iets aan van wat ze denken. Ze zijn mijn managers, Beth. En de jouwe trouwens ook.'

'En wat dan nog? Je bent echt niet minder dan zij.' Beth stopte met inpakken en keek haar toen aan. 'Ik zou me niet al te hard vastklampen aan Alice' rokken als ik jou was.'

'Waar heb je het over?'

'Vergeet het. Maar pas op met haar in de buurt. Je kunt beter de kont van een ander gaan likken.'

'Schei toch uit, zoiets heet je carrière serieus nemen. Probeer het ook eens, zou ik zeggen.'

'En probeer jij eens te relativeren, zou ik zeggen. Het is goddomme maar een baan.'

Bree zei niets omdat ze wist dat haar zus het nooit zou begrijpen.

Het had twintig minuten geduurd om hun provisorische kamp op te breken en nog een uur om te besluiten wat ze zouden doen. Blijven of weggaan. Blijven. Weggaan.

Alice had weg willen gaan. Vind het kamp, vind een uitweg, doe iets. Nee, had Lauren tegengeworpen, ze moesten op de hooggelegen grond blijven. Daar was het veiliger. Maar de wind was daar ook wilder en sloeg tegen hun gezichten tot die rood en branderig waren. Toen het weer begon te motregenen, hield zelfs Jill op met geduldig knikken terwijl Lauren sprak. Ze kropen bij elkaar onder een tentzeil en probeerden regenwater in een flesje op te vangen terwijl Alice zolang ze durfden met haar telefoon in de lucht zwaaide. Toen haar batterij op dertig procent kwam, gebood Jill haar hem uit te zetten.

Ze moesten blijven waar ze waren, probeerde Lauren weer, maar Alice vouwde de kaart open. Ze kropen eromheen en wezen naar papieren herkenningspunten terwijl de wind het papier weg dreigde te slaan. Een richel, een rivier, een helling. Niets kwam precies overeen. Ze konden niet uitmaken op welke bergtop ze waren.

Langs een rand van de kaart liep een autoweg in het noorden. Als ze zich door de wildernis een weg daarnaartoe baanden, konden ze die weg blijven volgen, zei Alice. Lauren moest bijna lachen. Dat was zo gevaarlijk. Dat is onderkoeling ook, antwoordde Alice terwijl ze Lauren strak aankeek tot die haar blik afwendde. Ten slotte beslechtte de kou de discussie. Jill verklaarde dat ze niet langer stil kon staan.

'Laten we de weg gaan zoeken.' Ze gaf de kaart aan Alice, aarzelde, en gaf toen het kompas aan Lauren. 'Ik weet dat je het er niet mee eens bent, maar we zitten nu eenmaal allemaal in hetzelfde schuitje.'

Ze hadden de slok regenwater die in het flesje was verzameld gedeeld; het nipje dat Bree was toebedeeld, maakte haar dorst alleen maar erger. Daarna waren ze gaan lopen, zonder acht te slaan op hun verkrampte magen en pijnlijke ledematen.

Bree hield haar ogen op de grond gericht, zette braaf de ene voet voor de andere. Ze liepen al bijna drie uur toen ze iets met een zacht plofje naast haar schoen voelde landen. Ze stond stil. Een piepklein eitje lag gebroken op de grond, de inhoud lekte eruit, helder en gelatineachtig. Bree keek omhoog. Hoog boven haar zwiepten de takken in de wind en daartussen keek een bruin vogeltje omlaag. Het hield haar kopje scheef. Bree wist niet of het begreep wat er was gebeurd. Zou de vogel haar verloren eitje missen, of was ze het al vergeten?

Bree hoorde haar zus van achteren naderen, haar rokerslongen verraadden haar.

Relativeer. Het is goddomme maar een baan.

Maar dat was het niet. Bree was eenentwintig geweest en vier dagen later zou ze cum laude afstuderen toen tot haar was doorgedrongen dat ze zwanger was. Haar vriend, met wie ze anderhalf jaar samen was en van wie ze wist dat hij stiekem op de Tiffany-website ringen bekeek, had tien minuten lang niets gezegd en door de keuken van hun studentenflat lopen ijsberen. Dat was een van de dingen die ze zich het scherpst herinnerde. Dat ze wilde dat hij ging zitten. Ten slotte had hij dat gedaan en zijn hand over de hare gelegd.

'Je hebt zo hard gewerkt,' zei hij. 'Hoe moet het dan met je stage?' Zijn eigen stage in New York zou vier weken later beginnen, gevolgd door een plaats voor een postdoctorale rechtenstudie. 'Hoeveel afgestudeerden neemt TennantsBailey ook alweer aan per jaar?'

Eén. TennantsBailey nam één afgestudeerde per jaar aan voor zijn ontwikkelingsprogramma. Dat wist hij. En dat jaar zou het Bree McKenzie zijn.

'Je vindt het zo geweldig.' Dat was waar. Ze was dolblij geweest bij het vooruitzicht. Dat was ze natuurlijk nog steeds. Hij had op dat moment zijn andere hand erbij gehaald, hield de hare tussen de zijne geklemd.

'Het is ongelooflijk. Echt waar. En ik hou zoveel van je. Alleen...' In zijn ogen las ze pure angst. 'Slecht getimed.'

Ze had ten slotte geknikt en tegen de volgende ochtend had hij haar geholpen de noodzakelijke afspraak te maken.

'Ooit zullen onze kinderen trots op ons zijn,' zei hij. Hij had beslist 'onze' gezegd. Ze herinnerde zich dat heel goed. 'Het is zo verstandig om eerst te zorgen dat je carrière gebakken zit. Je verdient het om je mogelijkheden ten volle te benutten.'

Ja, had ze zichzelf later heel vaak voorgehouden. Ze had het voor haar carrière gedaan en voor al die geweldige mogelijkheden die het leven voor haar in petto had. Ze had het beslist niet voor hem gedaan. Gelukkig maar, want nadat hij naar New York was vertrokken, had hij niets meer van zich laten horen.

Bree keek omlaag naar het kapotte eitje. Boven in de boom was de moedervogel verdwenen. Bree schopte met haar schoen wat droog blad over de kapotte schaal. Ze kon niets anders bedenken.

'Stop hier.' Jills stem zweefde naar voren. Ze liep achter aan de groep. 'Laten we even pauzeren.'

'Hier?' Alice draaide zich om en keek haar aan. De bomen stonden nog steeds dicht opeen, maar het pad was iets breder geworden en verdween niet meer onder hun voeten.

Jill deed zonder antwoord te geven haar rugzak af. Ze was rood aangelopen en haar haar stak in plukjes van haar hoofd af. Ze zocht iets in de zakken van haar jack, toen ze opeens ophield, haar blik gericht op een boomstronk naast het pad.

Ze liep er zonder een woord te zeggen op af. In de holte van de stronk had zich een plasje regenwater gevormd. Jill, die ooit in Bree's bijzijn een kruidenthee had geweigerd omdat de blaadjes te lang hadden getrokken, stak opeens haar handen in de stronk, bracht ze als een kommetje naar haar lippen en nam een grote slok. Ze wachtte even om iets zwarts uit haar mond te plukken en het van haar vinger te schudden voor ze haar handen er opnieuw in stak.

Bree slikte, haar eigen tong meteen opgezwollen en droog, en liep naar de stronk. Ze dompelde haar handen erin en de eerste schep klotste over haar knokkels toen haar arm tegen die van Jill botste.

Ze deed het opnieuw, en deze keer bracht ze haar handen

gehaaster naar haar lippen. Het water smaakte dompig en korrelig, maar ze hield niet op, stak haar handen er nog eens in, nu vechtend om ruimte met nog vier paar handen. Iemand duwde de hare opzij en Bree duwde terug en negeerde de pijn toen haar vingers naar achteren bogen. Ze stak ze er met kracht weer in, vechtend om haar portie, het geluid van grommen en slikken luid in haar oren. Ze hield haar hoofd omlaag, vastbesloten om zo veel mogelijk in haar mond te stoppen. Voor ze het goed en wel wist, was het water op en schraapten haar vingers over de mossige bodem.

Ze deed snel een stap terug. Haar mond was zanderig en ze voelde zich in de war, alsof ze een grens had overschreden waarvan ze niet wist dat die bestond. Ze wist dat ze niet de enige was; ze zag haar verbazing en schaamte weerspiegeld op de gezichten om haar heen. Het water kolkte in haar lege maag en ze moest op haar lip bijten om te voorkomen dat ze ging braken.

Ze trokken zich een voor een langzaam terug van de stronk, oogcontact vermijdend. Bree ging op haar rugzak zitten en keek hoe Jill een schoen uitdeed en haar sok uittrok. Haar hiel zag er bloederig en rauw uit. Vlak bij haar keek Lauren voor de duizendste keer op het kompas. Bree hoopte dat ze er wijzer van werd.

Er klonk de klik van een aansteker, gevolgd door een zweempje sigarettenrook.

'Dat meen je niet, moet dat nu echt?' vroeg Alice.

'Ja. Daarom noemen ze het een verslaving.' Beth keek niet op, maar Bree voelde een ongemakkelijke rimpeling door de groep gaan.

'Het is walgelijk, zo noem je dat. Maak hem uit.'

Bree kon de rook nauwelijks ruiken.

'Maak uit,' zei Alice weer.

Beth keek nu op en blies een lange rookpluim de lucht in. Daar hing hij, alsof hij hen tergde. Ineens schoot Alice' hand razendsnel uit en greep het pakje sigaretten. Ze zwaaide haar arm naar achteren en wierp het de wildernis in.

'Hé!' Beth was opgesprongen.

Alice stond ook. 'De pauze is voorbij. We gaan.'

Beth negeerde haar, draaide zich om en liep zonder om te kijken het hoge gras in en verdween tussen de bomen.

'We gaan echt niet op je wachten,' riep Alice. Er kwam geen reactie, alleen het getik van water op blad. Het was weer gaan regenen. 'Godallemachtig, Jill. Laten we gaan. Ze haalt ons wel in.'

Bree voelde woede opwellen, slechts getemperd door de aanblik van Jill die haar hoofd schudde.

'We laten niemand achter, Alice.' Jills stem had iets scherps wat Bree niet eerder had gehoord. 'Je kunt haar maar beter gaan zoeken. En een excuus is ook op zijn plaats.'

'Dat is zeker een grap.'

'Absoluut niet.'

'Maar...' begon Alice, toen er een kreet van achter het dikke gordijn van wildernis opklonk.

'Hé!' Beths stem klonk gedempt. Ze klonk ver weg.

'Er is hier iets.'

14

De ochtendhemel was vaalgrijs toen Falk op Carmens deur klopte. Ze had ingepakt en wachtte. Ze droegen haar tassen naar de parkeerplaats, behoedzaam lopend waar het pad glad was van de regen van die nacht.

'Wat had het kantoor te zeggen?' Falk boog zich over de voorruit van hun auto en trok een handvol dood blad onder de ruitenwissers vandaan.

'Het gebruikelijke.' Carmen hoefde het niet voor hem uit te spellen. Hij wist dat het vrijwel een herhaling van zijn eigen gesprek van de vorige avond moest zijn geweest. *Bezorg ons de contracten. Zorg ervoor.* Ze gooide haar tas in de kofferbak. 'Heb je King verteld dat we weggaan?'

Falk knikte. Nadat hij gisteren bij Carmen was weggegaan, had hij een boodschap achtergelaten voor de brigadier. Die had een uur later teruggebeld op de vaste lijn van Falks hotelkamer. Ze hadden elkaar het laatste nieuws verteld – van beide kanten een deprimerend kort gesprek. Het klonk alsof het gebrek aan vooruitgang zijn tol begon te eisen.

'Heb je de hoop opgegeven?' vroeg Falk.

'Nog niet helemaal,' zei King. 'Maar het begint steeds meer als een speld in een hooiberg te voelen.'

'Hoe lang blijf je zoeken?'

'We zoeken tot het geen zin meer heeft.' Hij zei er niet bij wanneer dat zou zijn. 'Maar we zullen moeten terugschalen als we niet snel iets vinden. En dat mag je niet doorvertellen.'

Falk zag nu, in het ochtendlicht, de spanning op de gezichten van de reddingswerkers toen een groep in het gereedstaande busje klom. Hij gooide zijn eigen tas naast die van Carmen en ze liepen terug naar de lodge.

Er stond een andere boswachter achter de balie, hij leunde eroverheen en gaf instructies aan de vrouw die over de oude computer voor de gasten gebogen zat.

'Probeer nog eens in te loggen,' zei de boswachter.

'Dat heb ik al gedaan. Twee keer! Hij laat me er niet in.'

Lauren, besefte Falk. Ze klonk alsof ze op het punt stond in huilen uit te barsten. Ze keek op toen ze hem de sleutels over de balie hoorde schuiven.

'Ga je weg? Ga je terug naar Melbourne?' Ze was al half uit haar stoel. 'Kun je me meenemen? Alsjeblieft, ik moet naar huis. Ik probeer al de hele ochtend vervoer te vinden.'

Haar ogen waren in het kille ochtendlicht roodomrand. Falk wist niet of dat door een gebrek aan slaap kwam of doordat ze had gehuild. Allebei, vermoedelijk.

'Heeft brigadier King je toestemming gegeven om weg te gaan?'

'Ja, hij zei dat ik weg mocht.' Ze stond al bij de deur. 'Niet weggaan zonder mij. Alsjeblieft. Ik pak mijn tas. Vijf minuutjes.'

Ze verdween voor hij iets kon zeggen. Op de balie zag Falk een nieuw stapeltje flyers liggen. VERMIST, stond er in vette letters boven een reproductie van Alice Russells glimlachende portretfoto van haar werk, naast belangrijke informatie en een beschrijving. Eronder stond de laatste groepsfoto die Ian Chase had gemaakt aan het begin van het Mirror Falls-pad.

Falk bekeek de foto. Jill Bailey stond in het midden, met Alice en Lauren links van haar. Bree stond rechts van Jill, en Beth een halve stap weg van de groep. Op de flyer waren de details gemakkelijker te onderscheiden dan op de telefoon van Ian Chase. Alle gezichten glimlachten, maar bij nadere beschouwing leek elke glimlach hem geforceerd. Hij vouwde de flyer met een zucht op en stak hem in zijn jaszak.

Carmen gebruikte de radio van de boswachter en tegen de tijd dat ze bevestigd had gekregen wat King tegen Lauren had gezegd, was die laatste alweer terug. Ze stond bij de ingang, met haar rugzak in haar handen. Die was vuil, en Falk besefte met een schok dat dit de rugzak moest zijn die ze op de survivaltocht bij zich had.

'Hartstikke bedankt,' zei ze toen ze achter hem aan naar de parkeerplaats liep en op de achterbank van de auto ging zitten. Popelend om weg te gaan, besefte Falk.

'Is alles goed thuis?' vroeg hij, en hij startte de motor.

'Ik weet het niet.' Laurens gezicht betrok. 'Heeft een van jullie kinderen?'

Falk en Carmen schudden hun hoofd.

'Nee. Nou, telkens wanneer je je omdraait, gaat er iets mis,' zei ze alsof dat alles verklaarde. Falk wachtte, maar ze zweeg verder.

Ze kwamen langs het bord dat de officiële grens van het natuurreservaat aangaf en toen ze het stadje in reden, zag Falk de vertrouwde gloed van het tankstation in de verte oplichten. Hij keek op het metertje en reed ernaartoe. Achter de kassa stond dezelfde man als eerst.

'Ze hebben haar dus nog niet gevonden,' zei hij toen hij Falk zag. Het was geen vraag.

'Nog niet.' Falk keek de man voor het eerst goed aan. Zijn haar ging schuil onder zijn wollen mutsje, maar zijn wenkbrauwen en stoppelbaard waren donker.

'Hebben ze geen spullen van haar gevonden? Tent? Rugzak?' vroeg de man, en Falk schudde zijn hoofd. 'Dat is misschien een goed teken,' vervolgde hij. 'Als je eenmaal de spullen of de schuilplaats hebt gevonden, dan vind je altijd kort daarop het lijk. Altijd. Je overleeft daar niet zonder uitrusting. Ik denk dat de kans nu groot is dat ze haar niet meer vinden. Niet als er tot nu toe geen enkel spoor van haar is.'

‘Laten we hopen dat je je vergist,’ zei Falk.

‘Ik vergis me niet.’ De man wierp een blik naar buiten. Carmen en Lauren waren uit de auto gekomen en stonden met de armen voor hun borst gekruist in de koude lucht. ‘Ben je van plan hier weer terug te komen?’

‘Ik weet het niet,’ zei Falk. ‘Als ze haar vinden, misschien.’

‘In dat geval hoop ik je snel weer te zien, makker.’

De woorden hadden het definitieve van een dodenmis.

Falk liep terug naar de auto en stapte in. Het natuurreservaat en het stadje waren al tien kilometer achter hen voor hij besefte dat hij veel te hard reed. Carmen noch Lauren had er iets van gezegd. Toen de horizon met het gebergte klein was geworden in zijn achteruitkijkspiegel verschoof Lauren op de achterbank.

‘Ze schijnen te denken dat de hut die we vonden door Martin Kovac kan zijn gebruikt,’ zei ze. ‘Wist je dat?’

Falk wierp een blik in de achteruitkijkspiegel. Ze keek uit het raampje en knauwde op haar duimnagel.

‘Wie heeft je dat verteld?’

‘Jill. En zij had het van een boswachter.’

‘Het is in deze fase slechts een vermoeden, denk ik. Het is niet bevestigd.’

Lauren jammerde zacht en trok het topje van haar duim uit haar mond. De nagel bloedde, rondom het bed welde een donkere halvemaan op. Ze keek ernaar en begon toen te huilen.

Carmen draaide zich om en gaf haar een zakdoekje. ‘Wil je eruit? Even een luchtje scheppen?’

Falk stopte in de verharde berm. De weg was in beide richtingen leeg. Het bos had eindelijk plaatsgemaakt voor akkerland en hij moest denken aan de rit naar de bergen. Het was slechts twee dagen geleden, maar het leek een eeuwigheid. Morgen was het een week geleden dat Alice haar eerste stappen in de wildernis zette. *We zoeken tot het geen zin meer heeft.*

Falk stapte uit en pakte uit de kofferbak een flesje water

voor Lauren. Ze stonden met z'n drieën langs de weg terwijl zij een slokje nam.

'Het spijt me.' Lauren likte haar lippen af. Ze waren bleek en droog. 'Ik voel me beroerd omdat ik wegga terwijl Alice nog daar is.'

'Ze hadden het wel gezegd als je iets had kunnen doen,' zei Falk.

'Dat weet ik. En ik weet...' Ze glimlachte verbitterd. 'Ik weet dat Alice in mijn situatie precies hetzelfde zou doen. Maar dat maakt het niet gemakkelijker.' Ze nam nog een slokje water en haar handen trilden nu wat minder. 'Mijn man belde. De school van onze dochter neemt contact op met ouders. Er zijn foto's van een leerling op internet terechtgekomen. Expliciete foto's, blijkbaar, wat dat ook mag betekenen.'

'Toch niet van je dochter?' vroeg Carmen.

'Nee. Niet van Rebecca. Ze zou zoiets nooit doen. Maar... Sorry, dank je wel.' Lauren nam het schone zakdoekje van Carmen aan en veegde haar ogen droog. 'Maar ze had vorig jaar eenzelfde soort probleem. Geen expliciete dingen, gelukkig, maar wel veel pesterijen. Andere meisjes namen foto's van haar terwijl ze zich omkleedde na het sporten, lunchte, stomme dingen. Maar ze deelden die op hun telefoons en op social media. Lieten leerlingen van de jongensschool erop reageren. Rebecca...' Lauren viel even stil. 'Ze had toen een zware tijd.'

'Wat naar om te horen,' zei Carmen.

'Tja, dat vonden wij ook. Het is eigenlijk ongelooflijk als je bedenkt hoeveel ik heb betaald om haar op die school te krijgen. Ze schreven ons dat ze een paar van de verantwoordelijke meisjes hebben gestraft en een bijeenkomst over respect hebben gehouden.' Lauren veegde nog een keer haar ogen af. 'Het spijt me. Wanneer ik zoiets hoor, komt het allemaal weer terug.'

'Meisjes kunnen op die leeftijd ontzettend gemeen zijn,' zei Carmen. 'Dat herinner ik me nog wel. En school was al zwaar genoeg zonder internet.'

'Ze hebben nu met een heel andere wereld te maken,' zei Lauren. 'Ik weet niet wat ik moet doen. Haar accounts verwijderen? Haar telefoon afpakken? Ik kan haar net zo goed vragen haar hand af te hakken; zo kijkt ze dan naar me.' Ze dronk het waterflesje leeg en veegde een laatste keer haar ogen af. Ze wist een waterig glimlachje te produceren. 'Sorry. Maar ik denk dat ze me thuis nodig hebben.'

Ze stapten weer in de auto en Lauren liet haar hoofd tegen het raampje rusten terwijl Falk de motor startte. Na een tijdje hoorde hij aan haar ademhaling dat ze in slaap was gevallen. Zo opgekruld zag ze eruit als een lege dop, dacht hij. Alsof de wildernis haar geest uit haar had gezogen.

Carmen en hij reden en doezelden om de beurt. De regendruppels op de voorruit werden lichter naarmate ze vorderden; ze lieten de wildernis en haar weer achter zich. De radio knetterde zachtjes nu de zenders een voor een weer binnen bereik kwamen.

'Halleluja,' zei Carmen toen haar telefoon zoemde. 'Er is weer bereik.'

Ze boog voorover in de passagiersstoel en scrolde door haar berichten.

'Verheugt Jamie zich op je thuiskomst?' vroeg Falk, om zich meteen daarop af te vragen waarom hij dat eigenlijk vroeg.

'Tja. Ja, dat denk ik wel. Hij is een paar dagen op cursus.' Ze friemelde onbewust aan haar verlovingsring en Falks gedachten gingen terug naar de vorige avond. Haar lange benen die zich strekten op het bed. Hij schraapte zijn keel en keek in de achteruitkijkspiegel. Lauren sliep nog steeds, met nog altijd een zorgelijk rimpeltje tussen haar ogen.

'Zij zal blij zijn als ze weer thuis is, lijkt me,' zei hij.

'Ja.' Carmen wierp een blik op de achterbank. 'Ik zou dat ook zijn, na alles wat er is gebeurd.'

'Heb jij ooit zo'n teambuildinguitje moeten doen?'

'Godzijdank niet. En jij?'

Falk schudde zijn hoofd. 'Dat is meer iets voor de privésector, geloof ik.'

'Jamie heeft het een paar keer gedaan.'

'Met het sportdrankbedrijf?'

'Pas op wat je zegt, hè, het is een compleet lifestylemerk.' Carmen glimlachte. 'Maar inderdaad, die zijn dol op dat soort dingen.'

'Heeft hij ooit zoiets als dit gedaan?'

'Ik dacht het niet. Het gaat meer om bonding via avontuurlijke sporten. Hoewel hij ooit met een groepje een toilet moest betegelen in een verlaten pakhuis.'

'Echt waar?' Falk lachte. 'Hadden ze een beetje verstand van tegelzetten?'

'Ik dacht het niet. En ze waren er vrijwel zeker van dat de groep van de volgende dag de boel zou moeten slopen. Je kunt je wel voorstellen hoe het ging. Hij praat nog steeds niet met die andere jongens.'

Falk glimlachte. Hield zijn ogen op de weg. 'Is alles geregeld voor jullie bruiloft?'

'Zo goed als. Die komt snel dichterbij. Maar we hebben een voorganger, en Jamie weet waar en wanneer hij moet opdraven, dus dat komt wel goed.' Ze keek hem aan. 'Hé, jij zou ook moeten komen.'

'Wat? Nee. Ik zat niet te vissen.' Dat was de waarheid.

Hij kon zich niet herinneren wanneer hij voor het laatst op een bruiloft was geweest.

'Dat weet ik. Maar je moet toch komen. Dat is goed. Het is in elk geval goed voor jou. Ik heb een paar alleenstaande vriendinnen.'

'Het is in Sydney.'

'Een uurtje vliegen.'

'En het is over drie weken. Is dat niet te kort dag voor de tafelschikking en zo?'

'Je hebt mijn verloofde ontmoet. Ik moest letterlijk "geen

denim" op de uitnodigingen voor zijn familie laten zetten. Klinkt dat als het soort feest waar een vaste tafelschikking is?' Ze onderdrukte een gaap. 'Maar goed, ik zal je de informatie geven. Denk er maar over na.'

Er was beweging op de achterbank en Falk keek in de achteruitkijkspiegel. Lauren was wakker geworden en keek om zich heen met de grote, verraste ogen van iemand die was vergeten waar hij is. Ze leek in de war door het langsrazende verkeer. Falk begreep het wel. Na slechts een paar dagen in de wildernis voelde ook hij zich een beetje in de war. Carmen en hij verwisselden van plaats en bleven verzonken in hun eigen gedachten terwijl de stad dichterbij kwam, met op de achtergrond het zachte geluid van de radio. Op het hele uur klonk het journaal. Falk draaide de radio harder, maar had daar meteen spijt van.

Het was het belangrijkste nieuws. De politie onderzocht een mogelijk verband tussen de beruchte Martin Kovac en een hut waar de vermiste wandelaarster Alice Russell uit Melbourne voor het laatst was gezien, vertelde de nieuwslezer hun.

Het verbaasde Falk niet dat er was gelekt. Dat was slechts een kwestie van tijd geweest, nu er zoveel mensen zochten. Hij draaide zich om en Lauren ving zijn blik. Ze keek angstig.

'Zal ik hem uitzetten?'

Ze schudde haar hoofd en ze luisterden naar de nieuwslezer, die een samenvatting gaf van gegevens die twintig jaar eerder de ether in waren gegaan. Drie vrouwelijke slachtoffers, een vierde nooit teruggevonden. Daarna vulde de stem van brigadier King de auto, die benadrukte dat de Kovac-moorden uit een ver verleden stamden. De verzekering dat alles op alles werd gezet, opnieuw een verzoek om informatie aan iedereen die in het gebied was geweest, en toen kwam er eindelijk een nieuw onderwerp.

Falk keek Carmen zijdelings aan. Kovac' zoon was niet genoemd. King had dat tot nu toe blijkbaar stil weten te houden.

Lauren gidste hen naar een huis in een lommerrijke wijk,

van het soort dat makelaars graag 'ambitieus' noemden. Carmen stopte voor een huis dat duidelijk werd onderhouden, maar toch een zweempje recente verwaarlozing vertoonde. De voortuin was overwoekerd en niemand had de moeite genomen wat graffiti van het hek te verwijderen.

'Nogmaals dank.' Lauren maakte haar veiligheidsgordel los, zichtbaar opgelucht. 'Ik hoor het toch wel meteen als er nieuws is, hè? Over Alice?'

'Natuurlijk,' zei Falk. 'Ik hoop dat alles goed is met je dochter.'

'Ik ook.' Haar gelaatsuitdrukking verstrakte. Ze klonk bepaald niet zeker. Ze keken hoe Lauren haar rugzak uit de kofferbak pakte en in het huis verdween.

Carmen draaide zich naar Falk. 'En wat nu? Moeten we Daniel Bailey waarschuwen dat we eraan komen, of verrassen we hem?'

Falk dacht even na. 'Laten we hem waarschuwen. Hij zal gezien willen worden bij de zoekactie en dat houdt hem beschikbaar.'

Carmen pakte haar mobieltje en belde naar BaileyTennants. Ze fronste tegen de tijd dat ze ophing. 'Hij is niet op kantoor.'

'Echt waar?'

'Zijn secretaresse was pertinent. Hij heeft blijkbaar een paar dagen vrij genomen. Om persoonlijke redenen.'

'Terwijl er een werkneemster wordt vermist?'

'Jill zei dat hij terug moest voor een familiekwestie.'

'Dat weet ik, maar ik geloofde haar niet,' zei Falk. 'Zullen we naar zijn huis gaan?'

Carmen startte de auto en wachtte toen even met een peinzende blik op haar gezicht. 'Het is vanaf hier niet zo ver naar Alice' huis, weet je. Misschien hebben we geluk en treffen we een behulpzame buurvrouw met een reservesleutel.'

Hij keek haar aan. 'En op Alice' aanrecht keurige kopieën van de documenten die we nodig hebben?'

'Dat zou ideaal zijn, ja.'

Bezorg ons de contracten. Zorg ervoor. Falks glimlach verdween. 'Oké. Eens kijken wat daar te zien is.'

Twintig minuten later sloeg Carmen een hoek om naar een lommerrijke laan en minderde vaart. Ze hadden Alice Russell nooit thuis bezocht en Falk keek aandachtig om zich heen. De buurt was een toonbeeld van dure sereniteit. Het trottoir en de hekken waren smetteloos en de enkele auto die op straat geparkeerd stond, glom in het zonlicht. Falk vermoedde dat de meeste veilig weggestopt onder beschermhoezen in afgesloten garages stonden. De keurige bomen langs de strook gras tussen de straat en de stoep leken op plastic modellen vergeleken bij de ongebreidelde wildernis die hen de afgelopen drie dagen had omringd.

Carmen reed langzaam verder, turend naar de glimmende brievenbussen. 'Jezus, waarom zetten die mensen geen duidelijke nummers op hun huizen?'

'Ik weet het niet. Om het tuig weg te houden?' Een beweging voor hen trok Falks aandacht. 'Hé. Kijk daar.'

Hij wees naar een groot crèmekleurig huis aan het eind van de straat. Carmen volgde zijn blik en haar ogen werden groot van verrassing toen een figuur de oprit af kwam lopen. Een knikje met de pols en de zwarte BMW die voor de stoep geparkeerd stond ging met een subtiel bliepje open. Daniel Bailey.

'Dat meen je niet,' zei Carmen. Hij droeg jeans en een niet ingestopt overhemd, en hij haalde gehaast een hand door zijn donkere haar terwijl hij het portier opende. Hij stapte in, startte de motor en reed weg. Toen ze bij het huis aankwamen, was de BMW al een hoek omgeslagen en niet meer te zien. Carmen volgde hem ver genoeg om hem opgeslokt en weggespoeld te zien worden door de snelweg.

'Ik ga hem liever niet achterna,' zei ze, en Falk schudde zijn hoofd.

'Nee, doe maar niet. Ik weet niet waar hij mee bezig was, maar het ziet er niet uit alsof hij op de vlucht is.'

Carmen keerde en stopte voor het crèmekleurige huis. 'Ik denk trouwens dat we Alice' huis hebben gevonden.'

Ze zette de motor af en ze stapten uit. Falk had het idee dat de stadslucht nu een dun filmpje bevatte dat zijn longen bij elke ademteug verder bedekte. Hij stond op de stoep, het beton raar hard onder zijn wandelschoenen, en nam het twee verdiepingen tellende huis in zich op. Het gazon was groot en keurig gemaaid en de voordeur glom van een laag donkerblauwe hoogglanslak. Op een dikke mat onder zijn voeten stond dat bezoekers welkom waren.

Falk rook de geur van verleppende winterrozen en hoorde in de verte het verkeer suizen. En op de bovenverdieping van Alice Russells huis zag hij achter een kraakschoon raam met uitzicht op de straat een vijfpuntige witte ster van tegen de ruit geduwde vingertoppen, een flits van blond haar en het rondje van een open mond in een gezicht dat naar buiten keek.

Dag 3: zaterdagmiddag

'Er is daar iets.'

Beths stem klonk gedempt. Even later klonk er geritsel en gekraak en dook ze weer op, zich met moeite een weg banend door het struikgewas dat hoog en wild aan weerskanten van het pad groeide.

'Die kant op. Daar is een schuilplaats.'

Jill keek in die richting. Beth wees, maar de wildernis was dik en totaal. Ze zag niets dan bomen.

'Wat voor schuilplaats?' Jill strekte haar hals en deed een stap naar voren, waarbij haar rauwe linkerhiel schreeuwend tegensputterde.

'Een hutje of zoiets. Kom maar kijken.'

Beth verdween weer. Overal om hen heen zwol het getik van de regen aan. Ineens liep Bree het hoge gras in en verdween in het kielzog van haar tweelingzus.

'Wacht...' begon Jill, maar het was te laat. Ze waren al uit het zicht. Ze wendde zich tot Alice en Lauren. 'Kom mee. Ik wil niet dat we van elkaar gescheiden raken.'

Voor iemand iets kon tegenwerpen, stapte Jill van het pad af, de wildernis in. Takken klauwden naar haar kleren en ze moest haar voeten hoog optillen. Ze ontwaarde zo nu en dan kleurige vlekken als de jacks van de tweelingzussen in het zicht sprongen. Ten slotte stonden ze stil. Jill bereikte hen zwaar hijgend.

De hut stond klein en gedrongen op een minuscule open plek; zijn strakke lijnen botsten met de wervelende wildernis. In twee rottende houten kozijnen gaapten zwarte ramen en de deur hing scheef aan zijn verzakte hengsels. Jill keek op. De muren waren misschien kromgetrokken, maar hij leek een dak te hebben.

Beth liep naar de hut toe en hield haar hoofd bij een raam, haar achterhoofd glad en glanzend van de regen.

'Hij is leeg,' riep ze over haar schouder. 'Ik ga naar binnen.'

Ze trok de verzakte deur open en werd opgeslokt door het duistere interieur. Voor Jill iets kon zeggen, was Bree achter haar zus aan naar binnen gegaan.

Jill was alleen, haar eigen adem bonkte in haar oren. Opeens verscheen Beths gezicht voor een raam.

'Het is droog hier binnen,' riep ze. 'Kom maar kijken.'

Jill stapte door het hoge gras naar de hut. Bij de deur voelde ze een tinteling van lichte angst. Ze had een sterke aanvechting zich om te draaien en weg te lopen, maar ze kon nergens anders heen. Wildernis en nog meer wildernis. Ze haalde diep adem en ging naar binnen.

Binnen was het schemerig en het duurde even voor Jills ogen zich hadden aangepast. Boven zich hoorde ze metalig geroffel. Het dak deed tenminste zijn werk. Ze zette nog een stap naar binnen, voelde de planken kraken en doorzakken onder haar voeten. Lauren verscheen in de deuropening, ze schudde de regen van haar jack. Ook Alice kwam aarzelend naar binnen, ze keek en zei niets.

Jill nam de kamer in zich op. Hij had een vreemde vorm en was kaal op een gammele tafel tegen een muur na. In de hoeken hingen dikke witte spinnenwebben en in een gaatje in de vloer had iets een nestje gemaakt van takjes en blad. Op de tafel stond een eenzame metalen beker. Ze pakte hem onderzoekend op en zag de perfecte kring die hij achterliet in het stof en vuil.

Op een bepaald punt waren twee goedkope triplexplaten aan elkaar vastgespijkerd om het idee van een tweede kamertje te creëren. De tweeling was daar al en stond zwijgend naar iets te staren. Jill ging achter hen aan en wilde onmiddellijk dat ze dat niet had gedaan.

Een matras was rechtop tegen de muur gezet. De stof gespikkeld groen met schimmel, behalve in het midden. Daar werd het bloemetjespatroon geheel bedekt door een grote donkere vlek. Het viel niet te zeggen welke kleur de vlek oorspronkelijk had gehad.

'Dit bevalt me niet,' zei Alice achter Jills rug, die van haar schrok. Ze keek langs haar heen naar het matras. 'We kunnen beter doorlopen.'

De tweeling draaide zich om, hun gezichten waren moeilijk te lezen. Jill zag dat ze stonden te rillen en besefte dat zij dat ook deed. Toen ze dat eenmaal had opgemerkt, kon ze er niet meer mee ophouden.

'Wacht even.' Beth sloeg haar armen om zich heen. 'We zouden er op z'n minst even over moeten nadenken. Hier is het droog en een beetje warmer. En het zal veiliger zijn dan de hele nacht daar buiten ronddolen.'

'Is dat zo?' Alice keek nadrukkelijk naar het matras.

'Natuurlijk. Mensen sterven door onderkoeling, Alice,' snauwde Beth. 'We hebben geen tenten, geen eten. We hebben beschutting nodig. Je mag deze hut niet afwijzen omdat ik hem heb gevonden.'

'Ik wijs hem af omdat hij afschuwelijk is.'

Ze wendden zich allebei naar Jill, die een golf van uitputting over zich heen voelde slaan.

'Kom op, Jill,' zei Alice. We weten niets over deze hut. Iedereen kan hem als uitvalsbasis gebruiken, we weten totaal niet wie er weet van heeft...'

Jill voelde het stof tussen haar vingertoppen.

'Hij ziet er niet uit alsof hij veel wordt gebruikt,' zei ze. Ze keek expres niet naar het matras.

'Maar niemand weet dat we hier zijn,' zei Alice. 'We moeten teruggaan...'

'Hoe?'

'We moeten de weg vinden! Noordwaarts lopen, zoals we hadden afgesproken. We kunnen hier niet eeuwig blijven.'

'Het is niet voor eeuwig. Gewoon tot...'

'Tot wanneer? Het kan weken duren voor ze ons hier vinden. We moeten op z'n minst proberen om terug te komen.'

Jills schouders staken waar haar rugzak twee boze rode striemen had gemaakt, en elk laagje kleren aan haar lijf was vochtig. Haar hiel kwelde haar. Ze luisterde naar het geroffel van de regen op het dak en wist dat ze het niet zou verdragen om daar weer in te gaan. 'Beth heeft gelijk. We moeten blijven.'

'Meen je dat echt?' Alice was verbijsterd.

Beth deed geen poging haar triomfantelijke blik te verbergen. 'Je hebt haar gehoord.'

'Niemand vroeg jou iets.' Alice keerde zich naar Lauren. 'Steun me. Je weet dat we hier weg kunnen gaan.'

Lauren raakte haar voorhoofd aan. De vieze pleister begon weer los te laten. 'Ik denk ook dat we moeten blijven. In elk geval vannacht.'

Alice draaide zich zwijgend naar Bree, die aarzelde en toen knikte, met haar ogen strak op de grond gericht.

Alice liet een zacht geluidje van ongeloof horen.

'Jezus.' Ze schudde haar hoofd. 'Oké, ik blijf.'

'Goed zo.' Jill zette haar rugzak neer.

'Maar alleen tot de regen ophoudt. Daarna loop ik naar buiten.'

'Schei toch uit!' Ondanks de kou voelde Jill een hete vlaag van woede van haar pijnlijke schouders naar haar rauwe hiel slaan. 'Waarom doe je zo moeilijk? We hebben dit al besproken. Niemand smeert 'm in z'n eentje. Je blijft tot we samen beslissen om weg te gaan, Alice. Als groep.'

Alice wierp een blik op de deur toen die openzwaaide aan zijn verzakte hengsels en een driehoek kil licht over haar gezicht wierp. Ze haalde adem om iets te gaan zeggen, maar bedacht zich toen en deed haar mond zachtjes dicht, het roze puntje van haar tong zichtbaar tussen haar witte voortanden.

'Oké?' vroeg Jill. Haar hoofd bonkte door een beginnende hoofdpijn.

Alice haalde lichtjes haar schouders op. Ze zei niets, maar dat hoefde ze ook niet te doen. De boodschap was duidelijk. *Je kunt me niet tegenhouden.*

Jill keek naar Alice en naar de open deur en de wildernis buiten, en vroeg zich af of dat waar was.

15

Falk bonkte op Alice Russells donkerblauwe voordeur en luisterde naar de echo diep in het huis. Ze wachtten. Er was een stilte, maar niet de holheid van een leegstaand huis. Hij besefte dat hij zijn adem inhield.

Het gezicht was zodra hij het had gezien achter het bovenraam verdwenen. Hij had Carmen zachtjes aangestoten, maar tegen de tijd dat ze opkeek, was het een leeg vierkant. Er was een gezicht geweest, legde hij uit. Een vrouw.

Ze klopten nog eens aan en Carmen hield haar hoofd scheef.

'Hoorde je dat?' fluisterde ze. 'Ik denk dat je gelijk hebt, er is iemand. Ik blijf hier, kijk of je achterom kunt lopen.'

'Oké.'

Falk liep naar de zijkant van het huis en probeerde een hoog hek. Het was op slot, dus trok hij er een kliko die vlakbij stond naartoe en klom erop, blij dat hij wandelkleren aanhad. Hij hoorde Carmen kloppen terwijl hij over een betegeld paadje naar een grote achtertuin liep. Die bevatte een veranda en een zwembad waarvan het water een kleur blauw had die je in de natuur niet zag, terwijl de klimop die over de muren kroop de tuin een serene sfeer gaf.

De achterkant van het huis bestond bijna geheel uit vensters, die zicht boden op een ruime keuken. De brandschone ruiten weerspiegelden zo sterk dat hij de blonde vrouw binnen bijna niet kon zien. Ze stond in de deuropening naar de gang, roerloos, met haar rug naar hem toe. Falk hoorde Carmen weer kloppen en de vrouw schrok zichtbaar van het geluid. Ze moest tegelijkertijd zijn beweging buiten hebben bespeurd, want ze draaide zich met een ruk om en gaf een gil toen ze hem in de tuin zag staan, haar vertrouwde gezicht wijd open van schrik.

Alice.

Heel even voelde Falk een duizeligmakende euforie van opluchting door zich heen golven. Er volgde een stoot adrenaline, een heftige, maar die ebde bijna even snel weg als hij was gekomen, met een bijna fysieke pijn. Hij knipperde met zijn ogen terwijl zijn geest vat probeerde te krijgen op wat hij zag.

Het gezicht van de vrouw kwam hem bekend voor, maar hij herkende het niet. En 'vrouw' was niet eens het goede woord, dacht hij terwijl er diep in zijn keel een kreun opwelde. Ze was nog maar een meisje, dat hem vanuit de keuken aankeek met angst in haar ogen. Niet Alice. Bijna, maar niet helemaal.

Falk trok zijn insigne tevoorschijn voor Alice' dochter nog eens kon gillen. Hij hield het op armlengte voor haar neus.

'Politie. Wees niet bang,' riep hij door het raam. Hij probeerde zich de naam van het meisje te herinneren. 'Margot? We helpen met de zoektocht naar je moeder.'

Margot Russell deed een halve stap naar het glas. Haar ogen leken rood van het huilen toen ze naar het insigne keek.

'Wat willen jullie?' Haar stem beefde, maar was vreemd verontrustend. Falk besefte dat hij erg op die van haar moeder leek.

'Kunnen we even met je praten?' vroeg Falk. 'Mijn collega bij de voordeur is een vrouw, je kunt haar eerst binnenlaten.'

Margot aarzelde, keek nog eens naar het insigne en verdween. Falk wachtte. Toen ze terugkwam, liep Carmen achter haar aan. Margot maakte de achterdeur open en liet hem binnen. Toen Falk naar binnen stapte, kon hij haar pas echt goed zien. Ze was net zoals Alice bijna mooi, maar met dezelfde scherpe trekken die haar iets anders maakten, dacht hij. Opvallend, misschien. Ze was zestien, wist hij, maar met haar jeans en kousenvoeten en onopgemaakte gezicht zag ze er heel jong uit.

'Ik dacht dat je bij je vader logeerde,' zei hij.

Margot haalde bijna onmerkbaar haar schouders op, de ogen neergeslagen. 'Ik wilde naar huis.' Ze hield haar mobiel vast en draaide hem in haar handen rond als een friemelkettinkje.

'Hoe lang ben je al hier?'

'Sinds vanmorgen.'

'Je kunt hier niet alleen blijven,' zei Falk. 'Weet je vader het?'

'Hij is op z'n werk.' In haar ogen welden tranen op, maar die liepen niet over de rand. 'Hebben jullie mijn moeder gevonden?'

'Nog niet. Maar ze zoeken uit alle macht.'

'Zoek beter.' Haar stem beefde, en Carmen leidde haar naar een keukenkruk.

'Ga zitten. Waar staan bij jullie de glazen? Ik pak wat water voor je.'

Margot wees op een kastje, nog steeds frunnikend aan haar telefoon.

Falk trok er een kruk bij en ging tegenover haar zitten. 'Margot, ken je de man die hier net was?' vroeg hij. 'Die op de deur klopte?'

'Daniel? Ja, natuurlijk.' Er klonk een ongemakkelijke ondertoon door in haar stem. 'Hij is Joels vader.'

'Wie is Joel?'

'Mijn ex-vriendje.' Een duidelijke nadruk op het 'ex'.

'Heb je daarnet met Daniel Bailey gepraat? Zei hij waarom hij hier was?'

'Nee. Ik wil niets met hem te maken hebben. Ik weet wat hij wilde.'

'Wat is dat dan?'

'Hij is op zoek naar Joel.'

'Weet je het zeker?' vroeg Falk. 'Was het niet iets wat met je moeder te maken had?'

'Mijn moeder?' Margot keek hem aan alsof hij achterlijk was. 'Mijn moeder is niet hier. Ze wordt vermist.'

'Dat weet ik. Maar waarom ben je zo zeker over de reden van Daniels bezoek?'

'Waarom ik het zeker weet?' Margot liet een vreemd gesmoord lachje horen. 'Door wat Joel heeft gedaan. Hij is nogal bezig geweest online.' Ze omklemde haar telefoon zo hard dat de huid op haar handen wit werd. Toen haalde ze diep adem en liet hem aan Falk zien. 'Jij mag het ook wel zien, lijkt me. Iedereen heeft ze gezien.'

De Margot op het schermpje zag er ouder uit. Ze was opgemaakt en haar haar hing glanzend los. En de jeans was verdwenen. De foto's waren ondanks de lage belichting verrassend scherp. De school had gelijk, dacht Falk. Ze waren beslist expliciet.

Margot keek omlaag naar het schermpje, haar gezicht vlekkerig en haar ogen rood.

'Hoe lang staan ze al online?' vroeg Falk.

'Ik denk sinds gisteren rond het middaguur. Er zijn ook twee video's.' Ze knipperde heftig met haar ogen. 'Ze zijn sindsdien al meer dan duizend keer bekeken.'

Carmen zette een glas water neer voor Margot. 'En je denkt dat Joel Bailey ze heeft gepost?'

'Hij is de enige die ze had. Of was dat, tenminste.'

'En is hij het die met je op die foto's staat?'

'Hij vindt ze grappig. Maar hij had me beloofd ze te wissen. Hij moest van mij zijn telefoon laten zien om het te bewijzen. Ik weet het niet, hij moet ze toch hebben bewaard.' Ze was nu aan het ratelen, de woorden buitelden over elkaar. 'We hebben ze vorig jaar genomen, voor we uit elkaar gingen. Gewoon voor' – een humorloos trekje van de mond – 'voor de lol. Het was toch al gewoon voor de lol bedoeld. Nadat het uit was, hoorde ik heel lang niets van hem, maar vorige week stuurde hij me opeens een berichtje. Hij wilde dat ik hem er nog meer stuurde.'

'Heb je het iemand verteld? Je moeder?' vroeg Carmen.

'Nee.' Margots ogen stonden vol ongeloof. 'Alsof ik dat ooit zou doen. Ik zei Joel dat hij kon doodvallen. Maar hij bleef maar berichtjes sturen. Hij zei dat ik hem nieuwe moest sturen, dat hij anders zijn vrienden de oude zou laten zien. Ik zei hem dat hij uit zijn nek kletste.' Ze schudde haar hoofd. 'Hij had me gezégd dat hij ze had gewist.'

Ze sloeg een hand voor haar gezicht en eindelijk kwamen de tranen, ze biggelden over haar wangen terwijl haar schouders schokten. Ze kon een tijdje niets zeggen.

'Maar hij loog.' Ze was nauwelijks te horen. 'En nu staan ze online en heeft íédereen ze gezien.'

Ze bedekte haar gezicht en huilde terwijl Carmen een hand uitstak en over haar rug begon te wrijven. Falk noteerde de website op Margots scherm en e-mailde de gegevens naar een collega bij de cyberafdeling.

Geüpload zonder instemming, schreef hij. *Leeftijd 16. Doe je best m.b.t. verwijdering.*

Hij had weinig hoop. Ze konden de beelden waarschijnlijk van de originele website verwijderen, maar dat haalde niets uit als ze al waren gedeeld. Hij moest aan een oud gezegde denken. Iets over gedane zaken.

Na een poosje snoot Margot haar neus en veegde ze haar ogen af.

'Ik wil heel graag met mijn moeder praten,' zei ze met een klein stemmetje.

'Ik weet het,' zei Falk. 'En ze zijn haar op dit moment aan het zoeken. Maar je kunt hier niet alleen blijven, Margot. We bellen je vader en vragen of hij je meeneemt.'

Margot schudde haar hoofd. 'Nee. Alsjeblieft. Bel alsjeblieft niet mijn vader.'

‘We moeten...’

‘Alsjeblieft. Ik wil hem niet zien. Ik kan vannacht niet bij hem logeren.’

‘Margot...’

‘Nee.’

‘Waarom niet?’

Het meisje greep Falk tot zijn verbazing bij zijn pols, haar vingers als een bankschroef. Ze keek hem recht in de ogen en sprak tussen ontblote tanden door.

‘Luister, ik kan niet naar mijn vaders huis gaan omdat ik hem niet onder ogen kan komen. Begrijp je me?’

Het enige geluid was het getik van de keukenklok. *Iedereen heeft ze gezien.* Hij knikte. ‘Ik begrijp het.’

Ze hadden Margot moeten beloven dat ze een ander logeeradres voor haar zouden zoeken voor ze bereid was een weekendtas in te pakken.

‘Waar kan ik heen?’ had ze gevraagd. Dat was een goede vraag. Ze schudde haar hoofd toen ze haar vroegen een vriendin of familielid te noemen bij wie ze zou willen slapen. ‘Ik wil niemand zien.’

‘We moeten misschien een soort noodopvang organiseren,’ zei Falk zachtjes. Ze stonden in de gang. Margot was uiteindelijk een paar spullen gaan inpakken en het geluid van haar gehuil zweefde vanuit haar slaapkamer de trap af. ‘Maar ik heb er geen goed gevoel bij om haar zomaar aan een vreemde mee te geven, niet in haar toestand.’

Carmen hield haar telefoon in haar hand. Ze had geprobeerd Margots vader te pakken te krijgen. ‘En bij Lauren?’ zei ze. ‘Het is maar een idee. Het is maar voor een nachtje. Ze is tenminste op de hoogte van de fotosituatie.’

‘Ja, misschien,’ zei Falk.

‘Oké.’ Carmen keek de trap op. ‘Jij probeert Lauren te bellen. Ik ga met Margot een babbeltje maken over waar haar moeder haar vertrouwelijke documenten kan bewaren.'

'Nu?'

'Ja, nu. Het is misschien onze enige kans.'

Bezorg ons de contracten. Zorg ervoor.

'Ja. Oké.'

Carmen liep de trap op en Falk pakte zijn telefoon en liep terug naar de keuken terwijl hij het nummer draaide. Buiten de grote ramen begon de middag al donker te worden. Het patroon van de wolken werd weerspiegeld in het gladde water van het zwembad.

Hij leunde tegen het aanrecht en bracht zijn telefoon naar zijn oor terwijl hij naar een prikbord van kurk keek. Het telefoonnummer van een klusjesman was erop geprikt, naast een recept voor iets wat quinoa-powerballetjes heette, geschreven in Alice' handschrift. Verder een uitnodiging voor de prijsuitreiking op Endeavour Ladies' College, die afgelopen zondag was geweest, de dag waarop Alice als vermist was opgegeven. Een reçu voor schoenen. Een folder van Executive Adventures met de data van het betreffende weekend erop gekrabbeld.

Falk boog zich er wat dichter naartoe. Op de voorkant van de folder herkende hij Ian Chase op de achterste rij van een personeelsfoto. Chase stond enigszins van de camera afgewend, half verscholen achter de collega rechts van hem.

De telefoon ging nog steeds over en zijn ogen dwaalden naar een stel ingelijste fotocollages aan de keukenmuur. Het waren allemaal foto's van Alice en haar dochter, samen of apart. Veel kiekjes spiegelden elkaar: Alice en Margot als baby, op hun eerste schooldag, bij dansfeesten, liggend aan het zwembad in bikini.

De pieptoon in Falks oor hield op en ging over op Laurens voicemail. Hij vloekte zachtjes en liet een boodschap achter waarin hij haar vroeg hem zo snel mogelijk terug te bellen.

Nadat hij had opgehangen, boog hij zich naar de dichtstbijzijnde collage om die wat beter te bekijken. Een half verschoten prentje had zijn aandacht getrokken. Het was buiten genomen, in een landschap dat hem enigszins aan het Giralanggebergte deed denken. Alice droeg een korte broek en een T-shirt met het logo van Endeavour Ladies' College en ze stond naast een kolkende rivier, hoofd omhoog, kajakpeddel in de hand en een glimlach op haar gezicht. Achter haar zat een groep meisjes met vochtige haren en rode wangen bij het bootje gehurkt. Falks blik bleef haken aan het meisje bij de achtersteven en hij maakte een geluidje van verrassing. Lauren, besefte hij. Het strakke uiterlijk dat ze nu had, ging verborgen onder een laag babyvet, maar net zoals Alice was ze nog steeds geheel herkenbaar, vooral rond de ogen. Die foto moest dertig jaar oud zijn, dacht hij. Het was interessant hoe weinig ze beiden waren veranderd.

Zijn mobieltje begon heftig te trillen in zijn hand en hij schrok. Hij keek op het scherm – Lauren – en dwong zichzelf terug naar het heden.

'Is er iets mis?' vroeg ze zodra hij had opgenomen. 'Hebben ze haar gevonden?'

'Nee, hè, verdorie, het spijt me. Het gaat niet over Alice,' zei Falk, die zich wel voor zijn kop kon slaan. Dat had hij duidelijk moeten maken in zijn boodschap. 'We hebben een probleem met haar dochter. Ze heeft voor vannacht een slaapplaats nodig.' Hij vertelde over de foto's op internet.

Er viel zo'n lange stilte dat Falk dacht dat de verbinding misschien was verbroken. Schoolpleinpolitiek was min of meer een mysterie voor hem, maar luisterend naar de dode lucht vroeg hij zich af hoe snel de schoolmoeders hun kroost bij Margot vandaan zouden halen.

'Ze neemt het niet al te goed op,' zei hij ten slotte. 'Vooral niet door de toestand met haar moeder.'

Weer een stilte, korter deze keer.

'Breng haar dan maar hier.' Lauren zuchtte. 'Jezus. Die meiden. Die vreten elkaar nog levend op.'

'Dank je wel.' Falk hing op en liep de gang door. Tegenover de trap gaf een deur toegang tot een werkkamer. Carmen zat achter het bureau naar de computer te turen. Ze keek op toen Falk binnenkwam.

'Margot heeft me het wachtwoord gegeven.' Ze sprak zachtjes en hij deed de deur achter zich dicht.

'Iets gevonden?'

Carmen schudde haar hoofd. 'Ik kan niets vinden. Maar ik ben blind aan het zoeken. Zelfs al zou Alice hierop iets nuttigs hebben bewaard, dan kan ze de files zomaar een naam hebben gegeven en ze in een willekeurige map hebben gestopt. We moeten een bevel regelen om dit ding mee te nemen. Om hem grondig te laten doorzoeken.' Ze zuchtte en keek op. 'Wat zei Lauren?'

'Ze zei ja. Uiteindelijk. Ze was er niet zo happig op.'

'Hoezo, vanwege de foto's?'

'Ik weet het niet. Misschien voor een deel. Misschien ook niet, ze klonk laatst alsof ze genoeg problemen met haar eigen kind heeft.'

'Ja, dat is waar. Maar ze zal niet de enige zijn die Margot hierop afrekent, let maar op.' Carmen wierp een blik op de gesloten deur en dempte haar stem. 'Zeg alsjeblieft niet tegen Margot dat ik dat heb gezegd.' Falk schudde zijn hoofd. 'Ik ga haar vertellen wat het plan is.'

De deur van Margots slaapkamer stond open en hij zag het meisje op haar roze vloerkleed zitten. Voor haar lag een geopend koffertje. Het was helemaal leeg. Ze staarde naar de telefoon op haar schoot en schrok toen Falk op de deurstijl klopte.

'We hebben geregeld dat je vannacht bij Lauren Shaw kunt slapen,' zei Falk, en Margot keek verrast op.

'Echt waar?'

'Alleen vannacht. Ze weet wat er aan de hand is.'

'Is Rebecca er ook?'

'Haar dochter? Waarschijnlijk wel. Is dat oké?'

Margot plukte aan de hoek van haar koffertje. 'Ik heb ze een tijdje niet gezien. Weet Rebecca wat er is gebeurd?'

'Ik denk dat haar moeder haar dat wel vertelt.'

Margot keek alsof ze iets wilde zeggen, maar schudde haar hoofd. 'Dat moet dan maar.'

Er was iets met de manier waarop ze het zei. Mond van de dochter, stem van de moeder. Falk knipperde met zijn ogen en voelde zich weer vreemd van zijn stuk gebracht.

'Oké. Ach, het is maar voor een nachtje.' Hij wees naar de lege koffer. 'Pak een paar spullen in, dan brengen we je erheen.'

Margot pakte afwezig twee opzichtige kanten behaatjes van een stapel op de vloer. Ze hield ze in haar hand, keek toen op en keek hoe hij naar haar keek. Er flitste iets over haar gezicht. Een test.

Hij hield zijn ogen strak op de hare gericht met een volkomen neutrale uitdrukking.

'We wachten op je in de keuken,' zei hij, en hij voelde een golf van opluchting toen hij de deur van de zoetroze kamer achter zich dichtdeed. Sinds wanneer waren tienermeisjes zo geseksualiseerd? Waren ze in zijn jeugd ook zo geweest? Waarschijnlijk wel, dacht hij, alleen had hij dat toen toegejuicht. Op die leeftijd leken veel dingen onschuldig vermaak.

Dag 3: zaterdagmiddag

Beth vond het voor deze ene keer jammer dat het ophield met regenen.

Zolang de regen op het dak van de hut roffelde, was er nauwelijks een gesprek mogelijk. De vijf vrouwen hadden zich over het grootste van de twee kamertjes verspreid en bleven zo zitten terwijl de wind van de late namiddag door de ontbrekende vensters woei. Het was binnen eigenlijk niet veel warmer dan buiten, gaf Beth bij zichzelf toe, maar het was tenminste droog. Ze was blij dat ze waren gebleven. Toen de regen uiteindelijk ophield, wikkelde de stilte zich dik en zwaar rond de hut.

Beth ging verzitten, voelde zich enigszins opgesloten. Ze kon in de andere kamer een rand van het matras zien. 'Ik ga buiten rondkijken.'

'Ik ga mee,' zei Bree. 'Ik moet naar de wc.'

Lauren kwam in beweging. 'Ik ook.'

Buiten was de lucht fris en vochtig. Toen Beth de deur van de hut achter zich dichttrok, hoorde ze Alice iets onverstaanbaars tegen Jill mompelen. Wat het ook was, Jill gaf geen antwoord.

Bree wees naar de kleine open plek. 'O mijn god, is dat werkelijk een gemakhuisje?'

Het kleine schuurtje stond een eindje van de hut, het dak was weggerot en aan één kant hadden de elementen vrij spel.

'Verwacht er niet te veel van,' zei Lauren. 'Het is vast een gat in de grond.'

Beth keek hoe haar zus zich door het struikgewas een weg naar de bouwval baande. Bree gluurde naar binnen en deinsde met een gilletje terug. De zusjes vingen elkaars blik en lachten voor het eerst in dagen, had Beth het gevoel. Jaren zelfs.

'O god. Niet doen,' riep Bree.

'Stront?'

'Spinnen. Doe het jezelf niet aan. Sommige dingen krijg je niet meer van je netvlies. Ik waag het erop in de bosjes.'

Ze draaide zich om en verdween tussen de bomen. Lauren glimlachte stug en banjerde de andere kant op, waarop Beth alleen achterbleef. Het daglicht ebde weg, de lucht werd nog donkerder grijs.

Ze hadden geluk gehad dat ze de hut hadden gevonden, besefte Beth nu de regen was weggetrokken. Er zaten twee of drie gaten in de bomenwand waar ooit paden geweest konden zijn, maar er was niets wat bezoekers naar de open plek lokte. Beth kreeg plotseling een unheimisch gevoel en keek om zich heen waar de anderen waren. Ze waren nergens te bekennen. Hoog boven haar hoofd riepen vogels naar elkaar, gealarmeerd en op hoge toon, maar toen ze opkeek, waren ze allemaal aan het zicht onttrokken.

Beth voelde met een hand in haar zak naar haar sigaretten. Nadat Alice het pakje had weggegooid, had ze het ondergedompeld in een plas teruggevonden. Het was verpest, doorweekt door het vuile water, maar ze had Alice niet de voldoening gegund dat toe te geven.

Haar vingers sloten zich rond het pakje, de scherpe hoeken waren nu kletsnat, en ze voelde de schreeuwende roep om nicotine. Ze opende het pakje en keek nog eens of de sigaretten echt niet konden worden gered. De vochtige geur van tabak maakte iets in haar los en opeens was het ondraaglijk dat ze zo dichtbij maar toch zo onbereikbaar waren. Ze had zin om te huilen. Natuurlijk wilde ze niet verslaafd zijn. Niet aan sigaretten, noch aan iets anders.

Beth had pas geweten dat ze zwanger was toen ze een miskraam kreeg. Ze zat in de steriele kamer in de universiteitskliniek, waar de dokter haar uitlegde dat het wel vaker voorkwam in de eerste twaalf weken. Ze was waarschijnlijk nog niet zover op weg. En ze had weinig kunnen doen om het te voorkomen. Die dingen gebeurden soms.

Beth had geknikt. Maar het stomme was dat ze dronk, had ze met een timide stemmetje uitgelegd. Meestal in het weekend. Soms door de week. Ze was destijds een van de weinige meiden die computerwetenschappen studeerden en het was lachen met de mannelijke studiegenoten. Ze waren jong en slim en allemaal van plan om het volgende grote dotcomding te bedenken, miljonair te worden en op hun dertigste te gaan rentenieren. Maar voor het zover was, hielden ze van drinken en dansen en slikken en feesten tot diep in de nacht en flirten met het meisje dat op haar twintigste nog veel op haar bloedmooie tweelingzus leek. En Beth had die dingen ook leuk gevonden. Achteraf gezien misschien iets te leuk.

Ze had die dag onder het felle licht van de steriele ziekenhuiskamer al haar zonden opgebiecht. De arts had zijn hoofd geschud. Het had waarschijnlijk niets uitgemaakt. Waarschijnlijk? Vrijwel zeker. Maar niet helemaal? Het had vrijwel zeker geen verschil gemaakt, zei hij, en hij gaf haar een informatiefolder.

Het was zo maar beter ook, dacht ze toen ze met de folder in haar hand geklemd de kliniek uit liep. Ze had hem in de eerste afvalbak waar ze langskwam laten vallen. Ze zou er niet meer aan denken. En had geen zin om het aan iemand te vertellen. Niet nu. Bree zou het toch al niet begrijpen. Het was goed zo. Ze kon moeilijk iets missen waarvan ze niet eens wist dat ze het had.

Ze had meteen naar huis willen gaan, maar de gedachte aan haar studentenkamer leek nogal eenzaam. Dus was ze uit de bus gestapt en naar de bar gegaan waar de jongens waren.

Voor één drankje, en toen nog een paar, want ze had toch zeker geen reden om geen alcohol of een pilletje te nemen? Daar was het nu toch een beetje laat voor? En toen ze de volgende ochtend wakker werd met een bonkend hoofd en een kurkdroge mond, had ze het niet erg gevonden. Dat was het enige goede van een serieuze kater. Die liet weinig ruimte over om iets anders te voelen.

Nu keek Beth naar de omringende wildernis en kneep ze in het pakje in haar hand. Ze wist dat de groep diep in de nesten zat. Dat wisten ze allemáál. Maar zolang Beth had kunnen roken, voelde dat als een lijntje naar de beschaving. En nu had Alice zelfs dat verkloot. Beth kneep in een vlaag van woede haar ogen dicht en gooide het pakje het kreupelhout in. Toen ze haar ogen opendeed, was het verdwenen. Zo kon niet zien waar het was terechtgekomen.

Er trok een windvlaag over de open plek en Beth rilde. De takjes en bladeren rond haar voeten waren vochtig. Geen goed brandhout. Ze dacht terug aan de eerste avond, toen Lauren droge aanmaakhoutjes was gaan zoeken. Beth krabde haar handpalm, die leeg was zonder pakje sigaretten, en keek achterom naar de hut. Hij hing scheef, het zinken dak stak aan één kant meer uit dan aan de andere. Het voldeed waarschijnlijk niet om de grond eronder droog te houden, maar iets beters zag ze niet.

Toen Beth terugliep naar de hut, hoorde ze stemmen naar buiten komen.

'Nogmaals, het antwoord is nee.' Jill sprak afgemeten door de stress.

'Ik heb jouw toestemming niet nodig.'

'Weet wel tegen wie je het hebt, dame.'

'Nee, Jill. Jij moet je oogkleppen afdoen en eens goed om je heen kijken. We zijn hier niet op het werk.'

Een stilte. 'Ik ben altijd aan het werk.'

Beth zette een stap naar voren en struikelde plotseling toen de grond onder haar voet verdween. Ze kwam hard op haar handen terecht en verzwikte haar enkel. Ze keek omlaag en een kreun in haar borst zwol aan tot een gil toen ze zag waarop ze was terechtgekomen.

Het geluid sneed door de lucht en deed de roep van de vogels verstommen. Er viel een geschrokken stilte in de hut en toen verschenen er twee gezichten voor het raam. Beth kroop weg en hoorde achter zich snelle voetstappen naderen, haar verzwikte enkel bonkte in protest terwijl hij over de grond sleepte.

'Mankeer je niets?' Lauren bereikte haar als eerste, met Bree vlak achter zich. De gezichten verdwenen achter het raam en een moment later stonden Jill en Alice buiten. Beth hees zichzelf overeind. Haar val had een hoopje dood blad en takjes uit elkaar gezwiept, waardoor een ondiepe maar duidelijk waarneembare kuil in de grond zichtbaar was geworden.

'Er ligt iets in.' Beth hoorde haar stem breken.

'Wat?' zei Alice.

'Ik weet het niet.'

Alice stapte met een ongeduldig geluidje naar voren en veegde met haar schoen vlak boven de kuil het blad opzij. De vrouwen leunden als één man naar voren en deinsden vrijwel meteen terug. Alleen Alice bleef gebukt staan en tuurde omlaag. Klein en geel en deels met modder bedekt, waren ze zelfs voor een ongeoefend oog onmiskenbaar. Botten.

'Wat is dat?' fluisterde Bree. 'Zeg me alsjeblieft dat het geen kind is.'

Beth pakte de hand van haar tweelingzus vast. Die voelde verrassend vreemd aan. Ze was blij dat Bree haar hand niet terugtrok.

Alice veegde weer met haar voet over het gat om meer blad weg te trappen. Ze deed het deze keer weifelender, merkte Beth op. De neus van Alice' schoen stuitte op iets hards en ze schopte het een stukje door de bladeren. Haar schouders waren zichtbaar gespannen, en toen bukte ze zich langzaam en raapte het op. Haar gezicht verstrakte en vervolgens liet ze een opgelucht geluidje horen.

'Jezus,' zei ze. 'Niks aan de hand. Het is maar een hond.'

Ze hield een klein half verrot kruis omhoog, dat bestond uit twee slordig op elkaar gespijkerde ongelijke stukjes hout. In het midden had iemand een naam uitgesneden in letters die bijna onleesbaar waren van ouderdom: BUTCH.

'Hoe weet je zo zeker dat het een hond is?' Beths stem klonk alsof hij niet van haar was.

'Zou jij je kind Butch noemen?' Alice wierp een blik op Beth. 'Jij wel, misschien. Het ziet er hoe dan ook niet bepaald menselijk uit.' Ze wees met haar teen naar iets wat eruitzag als een half ontbloot schedeltje. Beth keek. Het leek inderdaad een beetje op een hondenkop. Dacht ze. Ze vroeg zich af hoe hij was gestorven, maar stelde die vraag niet hardop.

'Waarom is hij niet fatsoenlijk begraven?' vroeg ze in plaats daarvan.

Alice hurkte neer naast de kuil. 'De grond eromheen zal zijn geërodeerd. Hij ziet er ondiep uit.'

Beth snakte naar een sigaret. Haar ogen schoten heen en weer langs de bomen. Het zag er precies hetzelfde uit als een paar minuten geleden. Toch tintelde haar huid door het onprettige gevoel dat ze werden gadegeslagen. Ze wendde met moeite haar blik af van de bomen en probeerde zich op iets anders te concentreren. Op de beweging van de waaiende blaadjes, op de hut, op de open plek...

'Wat is dat?'

Beth wees voorbij de ondiepe kuil met de eenzame hond erin. De anderen volgden haar blik en Alice stond langzaam op.

De aarde naast de hut vertoonde een schuldbewuste inzinking. De holte was zo gering dat het bijna leek alsof hij er niet was. Het gras dat eroverheen groeide, was vochtig en verwaaid en had een andere tint dan wat er aan de andere kant groeide. Het verschil was net genoeg om de indruk te wekken dat de aarde ooit was omgewoeld, wist Beth meteen. Er was deze keer geen kruis.

'Hij is groter.' Bree klonk alsof ze elk moment kon gaan huilen. 'Waarom is hij groter?'

'Hij is niet groter. Het is niets.' Beths gedachten probeerden uit alle macht terug te krabbelen. Het was gewoon een natuurlijke verzakking, waarschijnlijk erosie of een bodemverschuiving, of iets wat met een of andere wetenschap te maken had. Wat wist zij nu over de groei van gras? Geen ene mallemoer.

Alice hield nog steeds het houten kruis vast. Ze had een vreemde blik in haar ogen.

'Ik wil niet moeilijk doen,' zei ze met een vreemd gedempte stem. 'Maar hoe heette de hond van Martin Kovac?'

Beth zoog haar adem naar binnen. 'Geen grapjes, verdomme.'

'Ik maak geen... Nee, Beth, hou je kop, ik maak geen grapje. Denk na, allemaal. Herinneren jullie het je nog? Jaren geleden, toen het allemaal speelde. Hij had een hond die hij gebruikte om wandelaars te lokken en...'

'Hou je mond! Zo is het genoeg!' Jills stem klonk schel.

'Maar...' Alice wendde zich tot Lauren. 'Jij weet het toch nog wel? Op het nieuws? Toen we op school zaten. Hoe heette de hond? Butch?'

Lauren keek Alice aan alsof ze haar nooit eerder had gezien. 'Ik kan het me niet herinneren. Hij kan best een hond hebben gehad. Veel mensen hebben er eentje. Ik weet het niet meer.' Haar gezicht was bleek.

Beth, die nog steeds haar zusjes hand vasthield, voelde een warme traan op haar pols vallen. Ze keerde zich naar Alice en voelde een golf van emotie. Woede, geen angst, hield ze zichzelf voor.

'Wat ben je toch een manipulatieve trut. Hoe durf je! Iedereen de stuipen op het lijf jagen, alleen maar omdat je voor een keer niet je zin krijgt! Je moest je schamen!'

'Dat doe ik niet! Ik...'

'Wel waar!'

De woorden echoden door de wildernis.

'Hij had een hond.' Alice' stem was rustig. 'We moeten hier niet blijven.'

Beth haalde diep adem, hijgend van woede, en dwong zich nog eens diep in te ademen voor ze sprak.

'Onzin. Dat was allemaal twintig jaar geleden. En over een uur is het donker. Jill? Je hebt al ingestemd. Als we gaan rondstrompelen in het duister zal dat iemand het leven kosten.'

'Beth heeft gelijk...' begon Lauren, maar Alice voer tegen haar uit.

'Niemand heeft jou wat gevraagd, Lauren! Je zou ons hiervandaan kunnen leiden, maar je bent te schijterig om het zelfs maar te proberen! Dus bemoei je er niet mee.'

'Alice! Genoeg.' Jill keek van de hondenbotten naar de bomen en weer terug. Beth zag dat ze in tweestrijd was. 'Oké,' zei ze ten slotte. 'Luister, ik sta ook niet te trappelen om hier te blijven, maar spookverhalen kunnen ons niet deren. Onderkoeling wel.'

Alice schudde haar hoofd. 'Echt waar? Wil je hier echt blijven?'

'Ja.' Over Jills gezicht was een lelijke blos getrokken. Haar natte haar zat tegen haar hoofd geplakt en liet een dassenstreep grijs bij de scheiding zien. 'En ik weet dat je daar een probleem mee hebt, Alice, maar hou dat in godsnaam voor één keer voor je. Ik wil je niet meer horen.'

De twee vrouwen stonden tegenover elkaar, hun lippen blauw, hun lichaam gespannen. Er bewoog iets in het kreupelhout en ze schrokken allebei. Jill deed een stap naar achteren.

'Zo is het genoeg. M'n besluit staat vast. Schiet op en ga een vuurtje stoken.'

De gombomen rilden en keken toe hoe ze sprokkelhout zochten en bij het minste geluid opschrokken, tot het te donker was om nog iets te zien. Alice hielp niet mee.

16

Margot Russell zei niet veel in de auto. Ze zat op de achterbank naar haar telefoon te turen terwijl Falk en Carmen voor de tweede keer die dag naar Laurens huis reden. Ze bekeek de filmpjes obsessief, het scherm dicht bij haar gezicht, het schrille geluid van tienerseks voorin hoorbaar. Falk en Carmen wisselden een blik. Na twee keer het hele filmpje gehoord te hebben stelde Carmen Margot vriendelijk voor iets anders te gaan doen. Margot zette gewoon het geluid uit en bleef kijken.

'We zorgen ervoor dat de agenten die de zoektocht leiden, weten waar je vannacht bent, voor het geval dat er nieuws is,' zei Carmen.

'Dank je wel.' Haar stem klonk timide.

'En ik denk dat de school je zal willen spreken, maar ik neem aan dat ze Laurens contactgegevens hebben. Als je niet naar school wilt, kan haar dochter misschien spullen uit je kluisje voor je meenemen, als je die nodig hebt.'

'Maar...' Margot keek op. Ze klonk verrast. 'Rebecca gaat niet meer naar school.'

'O nee?' Falk keek naar haar in de achteruitkijkspiegel.

'Nee. Ze komt sinds een halfjaar niet meer naar de les.'

'Is ze er compleet mee gekapt?'

'Ja. Natuurlijk,' zei Margot. 'Heb je haar gezíén?'

'Nee.'

'O. Nou ja, ze komt al een tijdje niet meer. Ze werd een beetje geplaagd. Niks ernstigs, gewoon een paar stomme foto's. Maar ze voelde zich vast...' Ze zweeg. Keek weer naar haar schermpje, haar mond een streep. Ze maakte haar gedachte niet hardop af.

Lauren wachtte hen met open voordeur op toen ze voor haar huis parkeerden.

'Kom binnen,' zei ze terwijl ze in ganzenmars de oprit op liepen. Toen Lauren Margots door tranen gezwollen gezicht zag, stak ze haar hand uit om haar wang aan te raken. Ze hield zich op het laatste moment in.

'Sorry, ik was vergeten hoeveel je...' Ze zweeg. Falk wist wat ze had willen zeggen. *Hoeveel je op je moeder lijkt.* Lauren schraapte haar keel. 'Hoe gaat het met je, Margot? Ik vind het zo naar voor je, wat je is overkomen.'

'Dank je.' Margot keek naar de lange jaap op Laurens voorhoofd tot de hand van de vrouw erheen dwarrelde.

'Kom, geef me je tas, dan laat ik je je kamer zien.' Lauren keek naar Falk en Carmen. 'De woonkamer is aan het eind van de gang. Ik ben in een minuutje klaar.'

'Is Rebecca thuis?' hoorde Falk Margot vragen toen Lauren haar meenam.

'Ze doet een dutje, geloof ik.'

De gang leidde naar een woonkamer die verrassend onopgeruimd was. Half opgedronken koppen koffie stonden verveeld op het buffet en naast de bank, terwijl er her en der opengeslagen tijdschriften lagen, afgedankt. Op de vloer lag een dik hoogpolig kleed en op alle oppervlakken stonden fotolijstjes. Falk zag dat de foto's bijna allemaal van Lauren waren, met een meisje dat natuurlijk haar dochtertje was. Op een gegeven moment had er iets plaatsgevonden wat op een besloten bruiloft leek en verscheen er een man op de kiekjes. Nieuwe echtgenoot en stiefvader, vermoedde hij.

Hij was verrast om Laurens babyvet te zien komen en gaan door de jaren heen, haar lichaam zwol op en liep leeg, bijna met de wisseling van de seizoenen. De spanning rond haar ogen was echter constant. Ze glimlachte op elke foto, maar zag er op geen enkele echt blij uit.

Er waren geen foto's van de dochter voor haar vroege tienerjaren. De laatste leek een foto van het meisje in schooluniform te zijn, met als bijschrift *Jaar negen*. Ze was knap op een ingetogen manier, met een verlegen glimlach, gladde ronde wangen en glanzend bruin haar.

'Ik wou dat mama die weghaalde.' De stem kwam achter hen vandaan. Falk draaide zich om en moest zich inhouden om niets te laten merken. Hij begreep nu wat Margot bedoelde in de auto. *Heb je haar gezíén?*

De ogen van het meisje waren heel groot en lagen diep verzonken in hun kassen. De enige kleur op haar gezicht kwam van de paarse kringen onder haar ogen en een fijn web van blauwe adertjes dat oplichtte onder haar papierachtige huid. Falk kon zelfs van een afstand de botten in haar gezicht en hals onderscheiden. Het was een schokkende aanblik.

Kanker, dacht Falk onmiddellijk. Zijn vader had er even uitgeteerd uitgezien voor hij bezweek. Maar hij had die gedachte nog niet of hij verwierp haar al. Dit was iets anders. Dit had het scherpe randje van iets wat ze zichzelf aandeed.

'Hallo. Rebecca?' zei hij. 'Wij zijn van de politie.'

'Hebben jullie Margots moeder gevonden?'

'Nog niet.'

'O.' Het meisje was zo fragiel dat ze bijna leek te zweven. 'Dat is klote. Ik ben ook een keer verdwaald in de wildernis. Dat was niet leuk.'

'Was dat op McAllaster?' vroeg Carmen, en Rebecca keek verrast.

'Ja. Heb je daar weleens van gehoord? Maar het was anders dan wat Margots moeder is overkomen. Ik was m'n groep kwijt voor, zeg maar, twee uur.' Een stilte. 'Om precies te zijn: zij waren mij kwijt. Ze kwamen terug toen ze zich gingen vervelen.'

Ze zat aan iets te friemelen, haar vingers constant in beweging. Ze wierp een blik op de lege gang. 'Waarom wilde Margot hier logeren?'

'Dat was ons idee,' zei Carmen. 'Ze had niet zoveel zin om naar haar vader te gaan.'

'O. Ik dacht dat het misschien vanwege de foto's was. Ik heb daar ook problemen mee gehad. Geen seks,' voegde ze er snel aan toe. 'Eten en zo.'

Het klonk zo gênant uit haar mond. Haar vingers werkten sneller. Falk zag dat ze iets aan het maken was. Ze vlocht rode en zilveren draadjes ineen.

Rebecca keek naar de deur. 'Heb je Margots foto's gezien?' vroeg ze zachtjes.

'Margot heeft er ons uit zichzelf een paar laten zien,' zei Carmen. 'En jij?'

'Iedereen heeft ze gezien.' Het was een nuchtere vaststelling, geen leedvermaak. Haar vingers werkten ijverig door.

'Wat ben je aan het maken?' vroeg Falk.

'O.' Rebecca lachte gegeneerd. 'Het is niets. Het is stom.' Ze hield een kleurrijk gevlochten armbandje omhoog, de rode en zilveren draden vormden een ingewikkeld patroon.

'Vriendschapsarmband?' vroeg Carmen.

Rebecca trok een gezicht. 'Dat zal wel. Al is het niet zo dat ik ze weggeef. Het is iets met mindfulness. Het moet van mijn therapeut. Telkens wanneer ik me onrustig voel of geneigd ben tot zelfdestructief gedrag, moet ik me in plaats daarvan hierop concentreren.'

'Maar dit is echt heel mooi,' zei Carmen, en ze boog zich naar voren om het beter te bekijken.

Rebecca knoopte de losse eindjes vast en gaf het aan haar. 'Hou maar. Ik heb er meer dan genoeg.'

Ze wees naar een doos op de salontafel. Falk zag dat er een chaotisch rood-en-zilveren nest in zat. Het aantal armbandjes in de doos was onmogelijk te tellen. Tientallen. De gedachte aan hoeveel tijd het moest hebben gekost om die berg te maken was verontrustend, Rebecca's dunne vingertjes druk in de weer om haar af te leiden van de duistere gedachten die in haar hoofd broeiden.

'Dank je wel,' zei Carmen, en ze stak het in haar zak. 'Je hebt een mooi patroon gemaakt, vind ik.'

Rebecca leek ingenomen met die woorden en haar holle wangen zonken verder weg in haar gezicht toen ze een verlegen glimlach toonde. 'Dat heb ik zelf ontworpen.'

'Het is echt heel mooi.'

'Wat is mooi?' Lauren verscheen in de deuropening. Vergeleken met haar uitgemergelde dochter leek haar eigen dunne lichaam onmiddellijk gigantisch.

'We hadden het over het nieuwe ontwerp. Mama heeft er ook een in dat patroon.'

Rebecca keek naar Laurens polsen. Ze droeg een horloge om haar linker, maar de rechter was kaal. Slechts een smalle rode afdruk omcirkelde de huid. Rebecca's gezicht verstrakte.

Lauren keek vol ontzetting omlaag. 'Lieverd. Het spijt me zo. Ik ben hem op de survivaltocht kwijtgeraakt. Ik had het je nog willen vertellen.'

'Het geeft niet.'

'Jawel. Het geeft wel. Ik vond hem prachtig en...'

'Het is al goed.'

'Het spijt me.'

'Mám,' snauwde Rebecca. 'Vergeet het. Het is niet erg. Je doet alsof ik niet duizend andere heb.'

Lauren keek naar de open doos op de tafel en Falk wist zeker dat ze een diepe afkeer van de inhoud had. Lauren keek bijna opgelucht op toen Margot in de deuropening verscheen, haar ogen roodomrand maar nu wel droog.

'Hallo, Margot.' Rebecca keek enigszins beschaamd. Ze strekte haar hand uit en mepte de doos vol armbandjes dicht.

Even was er een vreemde stilte.

'En, heb je de foto's gezien?' Margot leek het andere meisje niet goed aan te durven kijken, haar blik schoot langs de randen van de kamer.

Rebecca aarzelde. 'Nee.'

Margot lachte kort en hard. 'Ja, hoor. Dan zou je de enige zijn.'

Lauren klapte in haar handen.

'Oké. Meisjes, ga naar de keuken en bedenk wat jullie willen eten, jullie allebei, Rebecca, alsjeblieft...'

'Ik heb geen honger.'

'Ik ga niet in discussie. Nee, ik meen het. Vanavond niet.'

'Maar...'

'In hemelsnaam, Rebecca!' Laurens stem leek harder te klinken dan ze had bedoeld en ze kapte haar woorden af. Ze haalde diep adem. 'Het spijt me. Ga nu maar, alsjeblieft.'

Rebecca draaide zich met een opstandige blik om en verliet de kamer, gevolgd door Margot. Lauren wachtte tot ze hun stappen in de gang hoorde verdwijnen.

'Ik zal zorgen dat Margot haar draai hier vindt. Ik hou haar offline, als het lukt.'

'Veel dank hiervoor,' zei Carmen toen ze naar de voordeur liepen. 'Een contactpersoon heeft met Margots vader gesproken. Hij haalt haar morgen op, als ze is gekalmeerd.'

'Het is oké. Het is het minste wat ik kan doen voor Alice.' Lauren liep met ze mee de oprit op. Ze keek om naar het huis. Er kwam geen geluid of geklets uit de keuken. 'Het was hier de laatste tijd niet gemakkelijk, maar ik ben tenminste thuisgekomen.'

Dag 3: zaterdagavond

Het vuur was tenminste iets.

Het gloeide op de kleine open plek voor de deur van de hut. De vlammen waren te zwak om echt warmte af te geven, maar toen Lauren ernaast stond, voelde ze zich enigszins beter dan ze de afgelopen twee dagen had gedaan. Niet goed, dat allerminst, maar beter.

Ze waren een uur intensief bezig geweest om het aan te krijgen. Lauren stond met haar rug naar de wind, haar handen gevoelloos terwijl ze Beths aansteker bij een hoopje vochtig aanmaakhout hield. Na twintig minuten maakte Alice haar armen los, die ze al die tijd over elkaar geslagen had gehouden, en kwam ze helpen. Ze was duidelijk meer verkleumd dan kwaad, dacht Lauren. Jill en de tweeling waren weer de hut binnengegaan. Uiteindelijk schraapte Alice haar keel.

'Het spijt me van daarnet.' Haar stem was nauwelijks te horen. Alice' verontschuldigingen klonken altijd schoorvoetend, als ze al kwamen.

'Het is al goed. We zijn allemaal moe.' Lauren zette zich schrap voor weer een ruzie, maar Alice bleef met het vuur prutsen. Ze leek afwezig, legde takjes op kleine stapeltjes en brak die dan af om ze weer op te bouwen.

'Lauren, hoe is het met Rebecca?'

De vraag kwam uit het niets en Lauren knipperde verbaasd met haar ogen.

'Pardon?'

'Ik vroeg me af hoe het met haar gaat na dat akkefietje met die foto vorig jaar.'

Dat akkefietje met die foto. Dat klonk alsof het niets was. 'Het gaat goed met haar,' zei Lauren ten slotte.

'Echt waar?' Alice klonk oprecht belangstellend. 'Gaat ze weer naar school?'

'Nee.' Lauren pakte de aansteker op. 'Ik weet het niet.' Ze concentreerde zich op de taak die voor haar lag. Ze wilde niet over haar kind praten met Alice, die daar zat met haar gezonde dochter en haar prijsuitreikingen en haar mogelijkheden.

Lauren herinnerde zich nog de eerste keer dat ze Margot Russell had gezien, zestien jaar geleden op het consultatiebureau, voor een prik. Het was pas de tweede keer sinds hun schooltijd dat de wegen van Lauren en Alice elkaar kruisten, maar ze herkende haar meteen. Ze keek hoe Alice met een roze bundeltje in een dure kinderwagen naar het bureau van de verpleegkundige reed. Alice' haar zag er pasgewassen uit en haar jeans knelde niet rond haar middel. Haar baby huilde niet. Alice glimlachte naar de verpleegkundige. Ze zag er uitgerust en trots en gelukkig uit. Lauren was de gang uit geglipt en had zich op de toiletten verstopt, waar ze naar een anticonceptiereclame op de deur van het wc-hokje zat te staren terwijl Rebecca tegen haar blèrde. Ze had toen niet dochters willen vergelijken met Alice Russell, en ze wilde het nu al helemaal niet.

'Waarom vraag je dat?' Lauren richtte haar blik strak op de flakkerende aansteker.

'Ik had het al veel eerder moeten vragen.'

Ja, dat had je zeker moeten doen, dacht Lauren. Maar ze zei niets en knipte de aansteker weer aan.

'Ik denk...' Alice begon, zweeg toen. Ze zat nog steeds met het aanmaakhout te rommelen, haar ogen neergeslagen. 'Margot...'

'Ha, daar gaat-ie!' Lauren ademde uit toen er een vonk ontbrandde, vol en fel. Ze beschermde hem met haar handen en voedde het vlammetje tot het aansloeg, nog net op tijd voor het donker.

Jill en de tweeling kwamen uit de hut, met opgeluchte gezichten, en ze stonden allemaal in een kring rond de vlammen. Lauren keek naar Alice, maar wat ze van plan was geweest te zeggen was met het moment verloren gegaan. Ze staarden een tijdje naar het vuur, spreidden toen een voor een hun slaapzakken uit op de grond en gingen zitten.

Lauren voelde het vocht langzaamaan wegtrekken uit haar kleren. Het dansende oranje licht op de gezichten van de anderen deed haar denken aan de eerste avond, op de kampeerplek met de mannen en de drank. En het eten. Dat leek nu ver weg en eeuwen geleden. Alsof het iemand anders was overkomen.

'Hoe lang zou het duren voor ze beseffen dat we verdwaald zijn?' Bree's stem doorbrak de stilte.

Jill staarde met glazige ogen naar het vuur. 'Niet lang, hoop ik.'

'Misschien zijn ze al aan het zoeken. Misschien viel het kwartje toen we niet op de tweede kampeerplaats kwamen opdagen.'

'Ze weten het niet.' Alice' stem sneed door de lucht. Ze wees omhoog. 'We hebben geen zoekhelikopters gehoord. Er is helemaal niemand naar ons op zoek.'

Het geluid van het knappende vuur was het enige antwoord. Lauren hoopte dat Alice zich vergiste, maar ze had geen energie om in discussie te gaan. Ze wilde naar de vlammen blijven zitten kijken tot er iemand tussen de bomen vandaan kwam om haar te halen. Tot er reddingswerkers kwamen om haar te halen, corrigeerde ze zichzelf, maar het was al te laat. De gedachte had al een rottend zaadje geplant en ze keek om zich heen.

De dichtstbijzijnde bomen en struiken waren in een rode

gloed gehuld, en het kampvuur gaf de illusie van schokkerige beweging. Daarachter was het alsof je in een afgrond staarde. Ze schudde haar hoofd. Ze stelde zich aan. Toch keek ze niet in de richting van de afschrikwekkende holte in de grond, die eigenlijk helemaal niet zo afschrikwekkend was als je bedacht dat het waarschijnlijk gewoon bodemerosie was. Maar Alice had gelijk, fluisterde een stemmetje in haar hoofd. Er was geen helikopter verschenen.

Lauren haalde een paar keer diep adem, wendde haar blik af van de wildernis en keek omhoog naar de hemel. Ze voelde een golf van verrassing toen haar ogen zich knipperend aanpasten om op te nemen wat ze zagen. De wolken waren zowaar opgetrokken en de inktzwarte nacht was bezaaid met sterren zoals ze dat in geen jaren had gezien.

'Kijk allemaal eens omhoog.'

De anderen leunden naar achteren en schermden hun ogen af van het lage vuur. Was het gedurende de andere nachten ook zo geweest, vroeg Lauren zich af. Ze herinnerde zich alleen een drukkend wolkendek, maar misschien had ze er gewoon niet op gelet.

'Kent iemand sterrenbeelden?' Alice leunde achterover op haar ellebogen en tuurde omhoog.

'Het Zuiderkruis, natuurlijk.' Bree wees het aan. 'En soms zie je in deze tijd van het jaar een van de grote sterren van Maagd. Boogschutter staat te laag aan de horizon om van hieraf te kunnen zien.' Ze zag dat de anderen haar verrast aankeken en haalde haar schouders op. 'Mannen wijzen me graag sterren aan. Ze denken dat dat romantisch is. En dat is het ook, een beetje. En origineel, en dat is het niet.'

Lauren voelde een aarzelende glimlach.

'Het is schitterend,' zei Jill. 'Je begrijpt waarom mensen vroeger geloofden dat hun toekomst in de sterren geschreven stond.'

Alice lachte kort. 'Sommigen geloven dat nog steeds.'

‘Jij niet, denk ik.’

‘Nee. Ik niet. Ik denk dat we allemaal zelf keuzes maken.’

‘Dat denk ik ook,’ zei Jill. ‘Maar soms heb ik zo mijn twijfels. Ik bedoel, ik ben geboren in de clan van BaileyTennants. Ik ben papa opgevolgd in het bedrijf, zoals me was opgedragen, en ik werk samen met mijn broer zoals van me wordt verwacht.’ Ze zuchtte. ‘Ik doe elke dag wat nodig is voor de zaak en voor onze erfenis en alles waar papa zich voor heeft ingezet. Want dat moet ik nu eenmaal doen.’

‘Toch heb je een keus, Jill.’ Er was iets in Alice’ stem wat Lauren niet kon thuisbrengen. ‘Die hebben we allemaal.’

‘Dat weet ik. Maar soms voel ik me toch een beetje...’ Jill schoot iets in het vuur. Het laaide op en siste. ‘... gedwongen.’

Lauren kon in het donker niet zien of Jill tranen in haar ogen had. Het was nooit bij haar opgekomen dat Jill misschien ongelukkig was met haar lot bij BaileyTennants. Ze besefte dat ze zat te staren en keek weg.

‘Ik weet wat je bedoelt,’ zei Lauren, omdat ze zich daartoe geroepen voelde. ‘Iedereen wil graag controle hebben over de dingen, maar misschien...’ Ze zag Rebecca voor zich. Totale controle over wat ze at, maar geen enkele grip op de ziekte die haar verwoestte. Het was iets waar oeverloze therapiesessies noch omhelzingen of dreigementen of mindfulnessarmbandjes invloed op hadden. Lauren streek met een vinger over het gevlochten armbandje rond haar pols. ‘Ik weet het niet. Misschien kunnen we er niets aan doen hoe we zijn. Misschien worden we op een bepaalde manier geboren en kun je daar niets aan veranderen.’

‘Mensen kunnen wel veranderen.’ Het was de eerste keer dat Beth iets zei. ‘Ik ben veranderd. Ten goede en ten kwade.’ Ze zat voorovergebogen en stak de punt van een lange grasspriet aan in het vuur. ‘Het is trouwens flauwekul, astrologie en dat je lot vastligt. Bree en ik zijn drie minuten na elkaar geboren onder hetzelfde sterrenbeeld. Dat zegt alles wat je moet weten over je lot dat in de sterren geschreven staat.'

Er klonk daarop een zacht gelach, van hen allemaal. Lauren zou het zich later herinneren als de laatste keer dat ze lachten.

Ze vielen stil en keken naar de sterren of naar het vuur. Een maag rommelde luid. Niemand reageerde. Het had geen zin. Het was hun gelukt hun flesjes deels met regenwater te vullen, maar het eten was allang op. Een koude windvlaag liet de vlammen dansen en overal om hen heen, in het donker, ratelden en kreunden onzichtbare bomen in een eendrachtig koor.

'Wat zal er hier met ons gebeuren, denk je?' Bree's stem klonk timide.

Lauren wachtte tot iemand haar gerust zou stellen. *Het komt wel goed*. Maar niemand zei iets.

'Komt het wel goed met ons?' probeerde Bree opnieuw.

'Natuurlijk,' antwoordde Beth deze keer. 'Morgenmiddag zijn ze geheid naar ons op zoek.'

'En als ze ons niet kunnen vinden?'

'Ze vinden ons.'

'Maar stel dat het niet zo is?' Bree's ogen werden groot. 'Ik meen het. Stel dat Alice gelijk heeft? Hou toch op over keuzes en controle hebben, want stel dat dat allemaal onzin is? Ik heb totaal niet het idee dat ik controle heb. Stel dat we nergens een keus in hebben en dat we voorbestemd zijn om hier verdwaald te blijven? Alleen en bang en nooit meer teruggevonden?'

Niemand gaf antwoord. Hoog aan de hemel keken de sterren op hen neer, hun koele en verre licht lag als een deken over de aarde.

'Bree, hier blijven is absoluut niet onze lotsbestemming.' Alice liet aan de overkant van het vuur een lachje horen. 'Tenzij een van ons in een vorig leven iets heel verschrikkelijks heeft gedaan.'

Het was bijna grappig, bedacht Lauren, hoe elk gezicht er in de relatieve beslotenheid van het flakkerende schemerlicht enigszins schuldig uitzag.

17

‘Dat was ongemakkelijk,’ zei Carmen.

‘Welk gedeelte?’

‘Alles.’

Ze zaten in de auto voor Laurens huis. Het was donker geworden terwijl ze binnen waren en de gloed van de straatlantaarns gaf de regendruppels op de voorruit een oranje weerschijn.

‘Ik wist niet eens wat ik tegen Margot moest zeggen bij haar thuis,’ zei Carmen. ‘Ze heeft namelijk gelijk. Wat kan ze in godsnaam doen nu die foto’s op straat liggen? Ze kan ze niet terughalen. En dan Rebecca. Dat was schokkend. Geen wonder dat Lauren zo gespannen is.’

Falk dacht aan het uitgemergelde tienermeisje en haar nest van mindfulnessarmbandjes. Hoeveel zorgen en stress zaten er niet in die draadjes verknoopt? Hij schudde zijn hoofd.

‘Wat nu?’ Hij keek op zijn horloge. Het voelde later dan het was.

Carmen keek op haar telefoon. ‘Het kantoor geeft groen licht voor een bezoek aan Daniel Bailey thuis, ervan uitgaande dat hij daar is, denk ik. Maar ze zeggen dat we voorzichtig moeten zijn.’

‘Goede tip.’ Falk startte de motor. ‘Zeiden ze nog iets anders?’

‘Het gebruikelijke.’ Carmen keek opzij en glimlachte nauwelijks merkbaar. *Bezorg ons de contracten.* Ze leunde achterover in haar stoel. ‘Ik vraag me af of z’n zoon al is thuisgekomen.’

'Misschien,' zei Falk, maar hij had er een hard hoofd in. Hij had de blik op Daniel Baileys gezicht gezien toen die wegstormde van Alice' huis. Falk hoefde Joel Bailey niet te kennen om te weten dat hij zich waarschijnlijk heel gedeisd zou houden.

Het huis van de Baileys lag verborgen achter een decoratief smeedijzeren hek en een heg die zo dik was dat je er vanaf de weg onmogelijk doorheen kon kijken.

'Het gaat over Alice Russell,' zei Falk in de intercom. Het rode lichtje van de beveiligingscamera knipperde en daarna sprong het hek open, om een lange, vlakke oprijlaan te onthullen. Deze werd omzoomd door treursierkersenbomen, die eruitzagen als perfect onderhouden speelgoedexemplaren.

Bailey deed zelf open. Hij leek verrast Carmen en Falk te zien en keek vervolgens peinzend, probeerde hen te plaatsen. 'Wij hebben elkaar eerder ontmoet?' Het was een vraag, geen vaststelling.

'Bij de lodge. Gisteren. Met Ian Chase.'

'Ja, dat is waar ook.' Baileys ogen waren bloeddoorlopen. Hij zag er ouder uit dan een dag geleden. 'Hebben ze Alice gevonden? Ze zeiden dat ze zouden bellen als ze terecht was.'

'Ze hebben haar nog niet gevonden, nee,' zei Falk. 'Maar we willen je toch graag spreken.'

'Alweer? Waarover?'

'Over waarom je een paar uur geleden op de deur van Alice Russells huis stond te bonzen, bijvoorbeeld.'

Bailey werd stil. 'Zijn jullie bij haar thuis geweest?'

'Ze wordt nog steeds vermist,' zei Carmen. 'Ik dacht dat je geen middel onbeproefd wilde laten.'

'Natuurlijk,' snauwde Bailey, en hij zweeg vervolgens abrupt. Hij wreef met een hand over zijn ogen, deed de deur toen wijder open en zette een stap terug. 'Het spijt me. Kom binnen.'

Ze volgden hem door een smetteloze gang naar een grote,

luxueuze serre. Een geboende houten vloer lag te glanzen onder lederen banken terwijl een kalm vuurtje in de haard de kamer aangenaam verwarmde. Het had de netheid van een showroom. Falk vocht tegen de aandrang zijn schoenen uit te trekken. Bailey gebaarde hun te gaan zitten.

Boven de haard hing een professionele foto van het gezin, met een breed glimlachende Bailey naast een knappe donkerharige vrouw. Zijn hand rustte op de schouder van een tienerjongen, een en al gladde huid en gezonde witte tanden en scherpe strijkvouwen in zijn overhemd. Joel Bailey, vermoedde Falk. Zo had hij er bepaald niet uitgezien op het schermpje van Margot Russells telefoon.

Bailey volgde zijn blik naar het portret. 'Ik ging naar het huis van de Russells om te zien of mijn zoon daar was. Dat was niet zo, tenminste dat denk ik, dus ben ik weer weggegaan.'

'Wilde je Margot spreken?' vroeg Carmen.

'Ze was thuis, hè? Dat dacht ik al. Nee, ze wilde niet opendoen.' Hij keek op. 'Hebben jullie haar gesproken? Weet ze waar Joel is?'

Falk wilde net nee gaan schudden, toen er een beweging in de deuropening was.

'Wat is er met Joel? Is hij gevonden?' vroeg een stem.

De donkerharige vrouw van de gezinsfoto stond naar hen te kijken. Ze leek net zoals haar echtgenoot ouder door haar zorgen. Ze was zorgvuldig gekleed, met glimmende gouden sieraden in haar oren en hals, maar haar ogen waren dik van de onvergoten tranen.

'Mijn vrouw Michelle,' zei Bailey. 'Ik zei net dat ik bij Margot Russell was, op zoek naar Joel.'

'Waarom? Hij zal echt niet naar haar toe gaan.' Michelles mond was strak van ongeloof. 'Hij wil niets meer met haar te maken hebben.'

'Hij was er ook niet,' zei Bailey. 'Hij zal zich schuilhouden bij een van zijn vrienden thuis.'

'Heb je Margot tenminste gezegd dat ze hem met rust moet laten? Want als ze hem nog eens met zulke foto's of filmpjes bombardeert, stap ik zelf naar de politie.'

Falk schraapte zijn keel. 'Ik denk dat er geen enkel risico bestaat dat Margot nog meer zal sturen. Ze is behoorlijk overstuur omdat ze op internet zijn beland.'

'En Joel zeker niet? Hij is meer overstuur dan wie dan ook. Hij schaamt zich zo dat hij ons niet eens onder ogen durft te komen. Hij heeft er niet om gevraagd om hierin verzeild te raken.'

'Maar hij heeft zelf om die foto's gevraagd,' zei Carmen. 'Dat is ons tenminste verteld.'

'Nee. Dat heeft hij niet gedaan.' Haar woorden klonken kil en hard. 'Mijn zoon zou dat nooit doen. Is dat duidelijk?'

Bailey wilde iets gaan zeggen, maar zijn vrouw snoerde hem met een zwaai van haar hand de mond.

'Zelfs als er sprake zou zijn van een soort misverstand...' Michelles ogen schoten naar de gezinsfoto. 'Zelfs als het een flirt was, bijvoorbeeld, en hij zei iets wat Margot verkeerd begrepen heeft, waarom zou ze hem dan zoiets sturen? Heeft ze dan geen greintje zelfrespect? Als ze niet wilde dat die foto's online kwamen, dan had ze dat moeten bedenken voor ze de hoer uithing.'

Ze had het nog niet gezegd of Bailey sprong op en nam zijn vrouw mee de kamer uit. Hij bleef een paar minuten weg. Falk hoorde het gedempte geluid van een vastberaden, lage stem en schrille, opgewonden antwoorden. Toen hij terugkwam, leek hij nog gespannener te zijn.

'Neem me niet kwalijk. Ze is erg geschrokken.' Hij zuchtte. 'Zij is degene die de foto's en filmpjes heeft ontdekt. We hadden een nieuwe tablet voor in de woonkamer en op een of andere manier was Joels telefoon daarmee gesynchroniseerd. Misschien per ongeluk, toen hij iets downloadde, maar die tablet had zijn filmpjes bewaard en zij zag alles. Michelle belde me. Ik was al op weg naar de bus voor dat stomme bedrijfsuitje; ik moest omkeren en terugkomen. Joel was hier met een paar vrienden. Ik stuurde hen naar huis en liet hem natuurlijk de beelden verwijderen. Gaf hem een uitbrander.'

'Kwam je daarom te laat bij de lodge aan?' vroeg Falk, en Bailey knikte.

'Ik wilde eigenlijk helemaal niet gaan, maar het was te laat om af te zeggen. De baas slaat geen best figuur als hij afhaakt. Bovendien...' Hij aarzelde. 'Ik dacht dat het verstandig was om Alice te waarschuwen.'

Falk zag Carmens wenkbrauwen omhooggaan.

'Ook al had je de foto's al verwijderd?' zei ze.

'Het leek me belangrijk.' Er klonk iets van een martelaar in zijn stem.

'En heb je dat gedaan? Haar gewaarschuwd?'

'Ja. Op de eerste avond van de survivaltocht, toen we naar het kamp van de vrouwen gingen. Ik probeerde haar vanaf de weg te bellen, maar kreeg geen contact. Tegen de tijd dat ik bij de lodge aankwam, waren de vrouwen al op pad gegaan.'

Falk dacht aan hun eigen mobiele signalen, die tot niets wegebden toen ze de bergen in reden.

'Maar vanwaar die haast?' vroeg hij. 'Je zei dat de foto's waren verwijderd, dus waarom kon je het haar niet na de tocht vertellen? Of helemaal niet?'

'Tja. Kijk, ik persoonlijk had het prima gevonden om de beelden te verwijderen en het daarbij te laten, maar...' Hij wierp een blik op de deuropening waarin zijn vrouw zojuist had gestaan. 'Michelle was – is – erg overstuur. Ze heeft Margot Russells telefoonnummer. Terwijl ik erheen reed, was ik bang dat Michelle misschien, nou ja, haar zegje wilde doen. Ik wilde niet dat Alice na afloop van drie dagen survivallen een reeks berichtjes van Margot zou zien waarin ze klaagt over mijn vrouw, terwijl Alice nergens van wist. Dan zou ze een gegronde reden voor een klacht hebben.'

Falk en Carmen keken hem aan.

'Wat heb je aan Alice verteld?' vroeg Falk.

'Ze wilde vast niet dat de rest het wist, dacht ik, dus nam ik haar apart.' Een zweem van een strak glimlachje. 'Eerlijk gezegd wilde ík niet dat de rest het wist. Ik vertelde haar dat Joel een paar foto's van Margot had, maar dat ze waren verwijderd.'

'Hoe reageerde Alice daarop?'

'Eerst geloofde ze me niet over die foto's. Of ze wilde me niet geloven.' Hij wierp een blik op de deuropening waar zijn vrouw met haar roodomrande ogen had gestaan. 'Dat was misschien te verwachten. Ze hield vol dat Margot nooit zoiets zou doen, maar toen ik zei dat ik de foto's met eigen ogen had gezien, veranderde haar reactie. Het begon tot haar door te dringen, ze vroeg of ik ze aan iemand anders had laten zien, of dat van plan was te doen. Ik zei nee, natuurlijk niet. Ik denk dat ze het nog steeds niet goed begreep. Dat nam ik haar niet kwalijk. Ik had er ook moeite mee.' Hij keek omlaag naar zijn handen.

Falk dacht aan Jill Bailey en keek bedachtzaam. *Het is een familiekwestie.*

'Heb je je zus verteld wat er was gebeurd?'

'Op de survivaltocht?' Bailey schudde zijn hoofd. 'Niet alles. Ik zei haar dat ik te laat was omdat we Joel met een paar ongepaste foto's hadden betrapt. Ik vertelde niet dat Margot erbij betrokken was. Ik vond dat Alice daar als moeder zelf over moest beslissen.' Hij zuchtte. 'Maar ik moest het na afloop van de tocht wel aan Jill vertellen, toen Alice niet was meegekomen.'

'Hoe reageerde ze?'

'Ze was boos. Ze zei dat ik haar het hele verhaal op die eerste avond in het kamp had moeten vertellen. Misschien is dat ook zo.'

Carmen leunde achterover in haar stoel. 'Hoe hebben die

beelden naar buiten kunnen komen? Margot zei dat ze sinds gisteren online waren.'

'Ik weet het echt niet. Ik ben er gisteren meteen heen gereden nadat ik het van Michelle had gehoord. Zij had het van een andere moeder.'

Hij schudde zijn hoofd. 'Voor wat het waard is: ik denk echt niet dat Joel ze moedwillig zou verspreiden. Ik heb langdurig met hem over respect en privacy gepraat en hij leek dat goed op te pikken.'

Daniel Bailey klonk op dat moment precies zoals zijn vrouw, dacht Falk.

'Joel was samen met een paar vrienden toen Michelle de bestanden ontdekte,' vervolgde Bailey. 'Ik denk dat een van hen in die chaos de beelden heeft gekopieerd.' Hij draaide zijn eigen mobieltje rond in zijn handen. 'Nam Joel nu maar zijn telefoon op, dan konden we dit uitpraten.'

Heel even was het enige geluid het geknisper van het haardvuur.

'Waarom heb je dit niet gezegd toen we je eerder spraken?' vroeg Falk.

'Ik wilde de privacy van die kinderen beschermen. De zaken niet nog erger voor ze maken.'

Falk keek hem aan en voor het eerst wendde Bailey zijn blik af. Er was nog iets. Falk dacht aan Margot die kinderlijk en alleen in haar moeders keuken stond.

'Hoe oud is Margot op die foto's?'

Bailey knipperde met zijn ogen en Falk wist dat hij het bij het rechte eind had.

'Als iemand nagaat wanneer die foto's zijn genomen, zal dan blijken dat ze toen nog maar vijftien was?'

Bailey schudde zijn hoofd. 'Ik weet het niet.'

Falk wist zeker dat hij het wel wist. 'Hoe oud is je zoon nu?'

Een lange stilte. 'Hij is achttien, net geworden. Maar hij was zeventien toen ze wat met elkaar hadden.'

'Maar nu is hij dat niet meer.' Carmen boog zich naar voren. 'Hij is nu wettelijk een volwassene die mogelijk seksuele afbeeldingen van een minderjarig meisje heeft verspreid. Ik hoop dat je een goede advocaat hebt.'

Bailey zat op zijn dure bank naast zijn knappende vuurtje en sloeg zijn ogen op om naar zijn glimlachende zoon op het glanzende gezinsportret te kijken. Hij knikte, maar hij zag er niet blij uit.

'Die hebben we.'

Dag 3: zaterdagavond

Alice was al een tijdje weg voor iemand het in de gaten had.

Bree wist niet goed hoe lang ze naar de vlammen had zitten staren voor ze zich realiseerde dat ze er nog maar met z'n vieren zaten. Ze speurde de open plek af. Er was weinig te zien. De voorkant van de hut gloeide oranje en zwart, zijn hoeken wierpen scherpe schaduwen in het licht van het vuur. Overal om hen heen was alles verder compleet donker.

'Waar is Alice?'

Lauren keek op. 'Ik denk dat ze naar de wc is.'

Aan de andere kant van het kampvuur keek Jill zorgelijk. 'Dat was toch al best een tijdje geleden?'

'O ja? Ik zou het niet weten.'

Bree wist het ook niet. De tijd leek daar anders te verstrijken. Ze bleef nog een paar minuten naar de vlammen kijken, of waarschijnlijk heel veel minuten, tot Jill ging verzitten.

'Waar is ze eigenlijk? Ze is toch niet zo ver weggegaan dat ze de weg terug naar het vuur niet meer kan vinden?' Jill ging wat rechter zitten en riep: 'Alice!'

Ze luisterden. Bree hoorde ergens ver achter zich geritsel en gekraak. Opossum, zei ze bij zichzelf. Afgezien daarvan was alles stil.

'Misschien heeft ze het niet gehoord,' zei Jill. Toen, heel zachtjes: 'Haar rugzak staat er toch nog wel?'

Bree stond op om te gaan kijken. In de hut kon ze met moeite de contouren van vijf rugzakken onderscheiden. Ze wist niet welke van Alice was, dus telde ze opnieuw, voor de zekerheid. Vijf. Allemaal aanwezig. Toen ze zich omdraaide om weg te gaan, werd ze door het zijraam een beweging gewaar, en ze liep naar het gat waarin glas had moeten zitten. Er bewoog zich een figuur bij de bomen. Alice.

Wat was ze aan het doen? Dat was moeilijk te zeggen. Toen zag Bree het verraderlijke speldenprikje licht. Ze zuchtte en liep terug naar het vuur.

'Alice is even verderop, bij de zijkant.' Bree wees. 'Ze kijkt of ze bereik heeft.'

'Maar haar rugzak staat nog binnen?' vroeg Jill.

'Ja.'

'Wil je haar gaan halen?' Jill keek met samengeknepen ogen in het duister. 'Alsjeblieft. Ik wil niet dat er iemand in het donker verdwaalt.'

Bree keek om zich heen en hoorde geritsel bij de bomen vandaan komen. Het was maar een opossum, zei ze tegen zichzelf. 'Oké.'

Buiten de lichtkring van het vuur was het donkerder en Bree struikelde over de hobbelige grond, nog steeds met het beeld van dansende vlammen voor ogen, of ze die nu open had of dicht. Ze haalde diep adem, stond stil en wachtte. Geleidelijk aan begonnen de contouren zichtbaar te worden. Ze zag de bewegende figuur bij de bomenrand.

'Alice!'

Alice schrok en draaide zich om bij het horen van haar naam. De telefoon lichtte op in haar hand.

'Hoi,' zei Bree. 'Hoorde je ons niet roepen?'

'Nee. Sorry. Wanneer?'

Alice had een vreemde uitdrukking op haar gezicht en toen Bree dichterbij kwam, dacht ze dat de vrouw misschien tranen in haar ogen had.

'Daarnet. Is alles goed met je?'

'Ja. Ik dacht... Ik dacht heel even dat ik bereik had.'

'O mijn god, echt waar?' Bree had bijna de telefoon weggegrist. Ze wist zich net op tijd te beheersen. 'Heb je iemand kunnen bellen?'

'Nee. Het verdween meteen weer. En ik heb het niet terug kunnen vinden.' Alice keek omlaag. 'Ik weet het niet. Misschien heb ik het me ingebeeld.'

'Mag ik eens kijken?' Bree strekte haar hand uit, maar Alice hield genoeg afstand.

'Er is niets. Misschien zag ik wat ik wilde zien.'

Bree zag op het schermpje een glimp van een naam. Margot. Laatst gekozen nummer. Ze aarzelde. Het was Alice' telefoon, maar ze zaten samen in hetzelfde ellendige schuitje. Dat veranderde de spelregels. Bree haalde adem.

'We mogen de telefoon alleen gebruiken om het alarmnummer te bellen.'

'Dat weet ik.'

'Ik besef heus wel dat dat moeilijk is. Iedereen mist thuis en denkt aan haar gezin, dat begrijp ik heel goed, maar...'

'Bree. Ik weet het. Ik kreeg geen contact.'

'Maar zelfs mislukte belpogingen zijn een aanslag op de batterij en we weten niet hoe lang...'

'Jezus, dat weet ik allemaal wel!' Beslist een glinstering van tranen. 'Ik wilde alleen maar met haar praten. Dat is alles.'

'Oké.' Bree stak een hand uit en wreef over Alice' rug. Het voelde een beetje onhandig en ze besefte dat ze nooit eerder meer dan een handdruk hadden gewisseld.

'Ik weet dat ze een grote meid aan het worden is.' Alice veegde haar tranen af met haar mouw. 'Maar ze blijft m'n kleine schatje. Dat begrijp jij niet.'

Nee, dacht Bree, denkend aan het gebroken vogelei, dat begreep ze waarschijnlijk niet. Haar hand verstarde op Alice' rug.

'Vertel het niet aan de anderen.' Alice keek haar nu aan. 'Alsjeblieft.'

'Ze zullen willen weten dat er een signaal was.'

‘Dat was er niet. Ik heb me vergist.’

‘Maar toch...’

‘Dat geeft alleen maar valse hoop. Dan willen ze allemaal mensen gaan bellen. En je hebt gelijk over de batterij.’

Bree zei niets.

Toen Bree haar hand terugtrok van Alice’ rug, pakte Alice die vast, haar vingers stevig om Bree’s knokkels. Het deed bijna pijn.

‘Bree? Kom op, je bent slim genoeg om te begrijpen dat ik gelijk heb.’

Een lange stilte. ‘Dat zal wel.’

‘Goed zo. Dank je wel. Het is beter zo.’

Toen Bree knikte, voelde ze dat Alice haar hand liet vallen.

18

Daniel Bailey zag er klein uit tegen de gevel van zijn grote villa. Falk zag hem in de achteruitkijkspiegel staan kijken terwijl hij en Carmen wegreden. Het smeedijzeren hek om het terrein gleed geruisloos open en liet hen eruit.

'Ik vraag me af wanneer Joel Bailey van plan is thuis te komen, waar hem de volle laag wacht,' zei Falk terwijl ze door de smetteloze straten reden.

'Waarschijnlijk als zijn moeder zijn was moet doen. Dat zal ze waarschijnlijk nog doen ook. Met plezier.' Carmens maag rommelde zo luid dat het boven de motor uit kwam. 'Zullen we ergens een hapje gaan eten? Jamie zal geen eten in huis hebben achtergelaten voor hij wegging.' Ze keek uit het raam terwijl ze langs een rij dure winkels reden. 'Maar ik ken in deze buurt geen eettentjes. In elk geval niets wat minder dan een hypotheekaflossing kost.'

Falk dacht even na, wikte en woog zijn opties. Goed idee, slecht idee?

'We kunnen naar mijn huis gaan.' De woorden waren eruit voor hij het goed en wel had besloten. 'Ik kook wel iets.' Hij besefte dat hij zijn adem inhield. Hij liet hem gaan.

'Zoals?'

Hij scande in gedachten zijn kastjes en vriezer. 'Spaghetti bolognese?'

Een knikje in het donker. Een glimlach, dacht hij.

'Spaghetti bolognese bij jou thuis.' Beslist een glimlach, hij hoorde het in haar stem. 'Hoe kan ik dat weigeren? Laten we gaan.'

Hij zette de richtingaanwijzer aan.

Een halfuur later parkeerde hij voor zijn appartement in St Kilda. De golven in de baai waren hoog en woest toen ze erlangs reden, hun witte koppen glommen in het maanlicht. Falk maakte de deur open. 'Kom binnen.'

Zijn woning had de kilte van een huis dat een paar dagen onbewoond is geweest, en hij knipte het licht aan. Zijn hardloopschoenen stonden nog bij de voordeur, waar hij ze had uitgeschopt om zijn wandelschoenen aan te trekken. Hoeveel dagen was dat geleden? Nog niet eens drie. Het voelde veel langer.

Carmen volgde hem naar binnen en keek ongegeneerd om zich heen. Falk voelde haar kijken toen hij een rondje woonkamer deed en lampen aanknipte. De verwarming kwam zoemend tot leven en het voelde bijna meteen warmer aan. De hele kamer was neutraal wit geschilderd, met een paar spetters kleur van de volle boekenplanken langs de wanden. Een tafeltje in een hoek en een bank tegenover de tv waren de enige andere meubelstukken. De ruimte voelde kleiner met een ander erbij, dacht Falk, maar niet op een benauwende manier. Hij probeerde zich te herinneren wanneer hij voor het laatst iemand te gast had gehad. Dat was best lang geleden.

Carmen ging zonder op een uitnodiging te wachten op een kruk zitten aan de bar die de bescheiden keuken van de woonkamer scheidde.

'Wat een leukerds,' zei ze, en ze pakte een van de twee met de hand gebreide poppen op die boven op luchtkussenenveloppen op het aanrecht lagen. 'Cadeautjes? Of ben je een rare verzameling begonnen?'

Falk lachte. 'Cadeautjes, met uw welnemen. Ik had ze deze week op de bus willen doen, maar dat kwam er niet van met alle toestanden. Ze zijn voor de kinderen van een paar vrienden.'

‘O ja?’ Ze pakte de enveloppen op. ‘Geen vrienden van hier, dus?’

‘Nee. Eentje woont in Kiewarra, waar ik ben opgegroeid.’ Hij trok een kastje open en concentreerde zich hard op de inhoud zodat hij niet naar haar hoefde te kijken. ‘De andere leeft niet meer.’

‘O. Wat naar voor je.’

‘Het is oké,’ zei hij, en hij probeerde het oprecht te laten klinken. ‘Maar het gaat heel goed met zijn dochtertje. Zij woont ook in Kiewarra. De poppen zijn vertraagde verjaardagscadeautjes. Ik moest wachten tot hun namen erop waren genaaid.’ Hij wees naar de letters op de jurkjes van de poppen. Eva Raco. Charlotte Hadler. Groeiden allebei als kool, was hem verteld. Hij was niet teruggegaan om dat met eigen ogen te zien en voelde zich daar ineens een beetje schuldig over. ‘Het zijn leuke cadeautjes, vind je niet? Voor kinderen?’

‘Ze zijn prachtig, Aaron. Ik weet zeker dat ze er heel blij mee zullen zijn.’ Carmen legde ze voorzichtig terug op hun verpakking terwijl Falk zijn kasten bleef afstropen.

‘Wil je iets drinken?’ Hij groef een eenzame fles wijn op en veegde subtiel het stoflaagje eraf. Hij was geen grote drinker in gezelschap en zeker niet alleen. ‘Is rood oké? Ik dacht dat ik nog witte had, maar...’

‘Rood is perfect, dank je. Geef hier, dan maak ik hem open,’ zei Carmen, en ze pakte de fles en twee glazen aan. ‘Je woont hier leuk. Heel netjes. Ik moet het twee weken van tevoren weten als ik mensen op visite krijg. Hoewel jouw smaak wel ietwat aan de spartaanse kant is, als ik dat mag zeggen.’

‘Je bent niet de eerste.’ Hij stak zijn hoofd in een andere kast en dook op met twee grote pannen. Gehakt uit de vriezer ging de magnetron in om te ontdooien terwijl Carmen twee glazen wijn inschonk.

‘Ik heb nooit veel opgehad met al dat gezwets over “aan de

lucht laten komen"', zei ze, en ze tikte met haar glas tegen het zijne. 'Proost.'

'Proost.'

Hij was zich bewust van haar blik toen hij olie, uien en knoflook in een pan deed en toen, terwijl die lagen te fruiten, een blik tomaten opentrok. Ze had een half glimlachje op haar gezicht.

'Wat?' zei hij.

'Niets.' Ze keek hem aan over de rand van haar glas heen en nam een slokje. 'Met die vrijgezelleninrichting van je had ik eerder saus uit een pot verwacht.'

'Verwacht er niet te veel van. Je hebt het nog niet geproefd.'

'Nee. Maar het ruikt lekker. Ik wist niet dat je kon koken.'

Hij glimlachte. 'Dat is misschien wat te veel gezegd. Ik kan dit maken, en nog een paar andere dingen. Het is eigenlijk net zoals met pianospelen. Je hoeft maar vijf serieuze stukken te kennen die je in gezelschap ten beste kunt geven, en mensen denken al dat je er goed in bent.'

'Dus dit is jouw *signature dish*, zoals ze in kookprogramma's zeggen?'

'Eén ervan. Ik heb nog precies vier andere.'

'Toch is vijf gerechten vier meer dan de meeste mannen kunnen maken, dat kan ik je wel vertellen.' Ze glimlachte terug en wipte van haar kruk. 'Mag ik het journaal even aanzetten?'

Carmen pakte de afstandsbediening zonder op een antwoord te wachten. Het geluid stond zacht, maar Falk kon vanuit een ooghoek het scherm zien. Ze hoefden niet lang op het laatste nieuws te wachten. De tickertape rolde over de onderkant van het scherm.

WEINIG HOOP VOOR VERMISTE WANDELAARSTER UIT MELBOURNE.

Er verscheen een reeks foto's in beeld: Alice Russell, alleen, toen op de groepsfoto die was genomen aan het begin van het pad. Martin Kovac, oude foto's van zijn vier slachtoffers, een luchtopname van het Giralanggebergte, een golvende wirwar van groen en bruin die zich uitstrekte tot aan de horizon.

'Wordt de zoon genoemd?' riep Falk vanuit de keuken, en Carmen schudde haar hoofd.

'Nog niet. Het klinkt allemaal behoorlijk speculatief.'

Ze zette de tv uit en begon zijn boekenplanken te inspecteren. 'Mooie verzameling.'

'Leen er gerust van,' zei hij. Hij las een breed scala, vooral fictie, variërend van rijkelijk bekroonde literatuur tot schaamteloze kassakrakers. Hij roerde in de pan, de geuren vulden de kamer terwijl Carmen de boekenplanken bestudeerde. Ze liet haar vingers over de ruggen gaan, hield een of twee keer stil om met een scheef hoofd de titels te lezen. Halverwege stond ze stil en trok iets duns tussen twee romans vandaan.

'Is dit je vader?'

Falk verstarde voor het fornuis, wist zonder te kijken wat ze bedoelde. Hij roerde nog eens krachtig in een van de pannen voor hij zich eindelijk omdraaide. Carmen hield een foto omhoog. Ze had een tweede in haar hand.

'Ja, dat is hem.' Falk veegde zijn handen af aan een theedoek en strekte over het aanrecht zijn arm uit naar de foto die ze ophield. Hij was niet ingelijst en hij hield hem bij de rand vast.

'Hoe heette hij?'

'Erik.'

Falk had de foto nog niet goed bekeken sinds die door een verpleegkundige was geprint en in een kaart aan hem was gegeven na de begrafenis. Hij stond er zelf op naast een broze man in een rolstoel. Zijn vaders gezicht was ingevallen en bleek. Beide mannen glimlachten, maar houterig, alsof ze gehoor gaven aan een instructie van degene achter de camera.

Carmen keek naar de andere foto die ze had gevonden. Ze

hield hem omhoog. 'Deze is echt heel mooi. Wanneer is die genomen?'

'Ik weet het niet precies. Duidelijk een tijd geleden.'

Falk had enigszins moeite met slikken toen hij naar de tweede foto keek. Die was minder scherp en het camerawerk was een beetje onvast, maar de glimlachen die erop waren vastgelegd, waren deze keer niet gekunsteld. Hij moest zo'n drie jaar oud zijn, vermoedde hij, en hij zat op de schouders van zijn vader, zijn handjes grepen de zijkanten van Eriks gezicht en zijn kinnetje rustte op zijn vaders haar.

Ze liepen over wat Falk herkende als het pad dat rond het grote veld achter hun huis liep, en zijn vader wees naar iets in de verte. Falk had herhaaldelijk maar vruchteloos geprobeerd zich te herinneren wat hun blik had getrokken. Wat het ook geweest mocht zijn, ze hadden er beiden om moeten lachen. Het kon het weer zijn, of een hapering in het ontwikkelproces, maar het tafereel baadde in gouden licht, waardoor het eruitzag als zo'n zomer waar geen eind aan komt.

Falk had de foto in geen jaren gezien, tot hij zijn vaders rugzak meebracht uit het ziekenhuis en hem leegmaakte. Hij had niet eens geweten dat zijn vader hem had, laat staan hoe lang hij hem bij zich had gehouden. Onder de dingen in zijn leven waarvan Falk wilde dat ze anders waren gegaan, was ook de wens dat zijn vader hem die foto had laten zien toen hij nog leefde.

Aangezien hij alles nog een plaats moest geven – de bezittingen, de begrafenis, zijn vaders dood – had Falk de rugzak met Eriks kaarten onder in een kast gepropt en de foto's tussen twee van zijn lievelingsboeken gestoken tot hij zou besluiten wat hij ermee ging doen. Daar waren ze sinds die tijd gebleven.

'Je lijkt als twee druppels water op hem,' zei Carmen, haar hoofd gebogen, haar neus vlak bij de foto. 'Maar niet op de foto in het ziekenhuis, natuurlijk.'

'Nee, hij was toen al heel ziek. Hij stierf niet lang daarna. We leken vroeger meer op elkaar.'

'Ja, dat zie je goed op die foto van jou als kind.'

'Ik weet het.' Ze had gelijk. De man op de foto kon Falk zelf zijn.

'Je zult hem missen, ook al boterde het niet altijd tussen jullie.'

'Natuurlijk. Ik mis hem heel erg. Hij was mijn vader.'

'Maar je hebt die foto's niet opgehangen.'

'Nee. Nou ja, ik ben niet echt van de woningdecoratie.' Hij probeerde er een grapje van te maken, maar ze lachte niet. Ze keek hem aan over haar glas heen.

'Je mag dat best jammer vinden.'

'Wat?'

'Dat je geen hechtere band had toen het nog kon.'

Hij zei niets.

'Je zou niet het eerste kind zijn dat zich zo voelt na de dood van een ouder.'

'Ik weet het.'

'Vooral als je het idee hebt dat je misschien beter je best had moeten doen.'

'Carmen. Dank je, ik weet het.' Falk legde zijn houten lepel neer en keek haar aan.

'Goed. Ik zei het maar even. Voor het geval dat dat niet zo was.'

Hij moest toch even glimlachen. 'Hoe zat het ook weer, ben je opgeleid als psychologe of...?'

'Een verdienstelijk amateur.' Haar glimlach ebde enigszins weg. 'Maar het is heel jammer dat jullie uit elkaar zijn gegroeid. Het ziet eruit alsof jullie het samen heel fijn hadden toen je klein was.'

'Ja. Maar hij was altijd al een nogal moeilijke man. Hij was te gesloten.'

Carmen keek hem aan. 'Ongeveer net zoals jij, bedoel je?'

'Nee. Veel erger dan ik. Hij hield mensen op veilige afstand. Zelfs mensen die hij goed kende. En hij was ook al geen prater, dus het was vaak moeilijk te achterhalen wat hij dacht.'

'Echt waar?'

'Ja. Dat had tot gevolg dat hij uiteindelijk nogal ontheemd was...'

'Precies.'

'... dus hij heeft eigenlijk nooit met iemand een hechte band gehad.'

'Mijn god, Aaron, hoor je het dan zelf echt niet?'

Hij moest glimlachen. 'Luister, ik weet hoe het klinkt, maar zo was het niet. Als we zoveel op elkaar hadden geleken, hadden we misschien beter met elkaar overweg gekund. Vooral nadat we naar de stad waren verhuisd. We hadden elkaar nodig. Het was de eerste jaren moeilijk om hier te aarden. Ik miste onze boerderij, ons oude leven, maar dat leek hij niet te begrijpen.'

Carmen hield haar hoofd schuin. 'Misschien begreep hij wel hoe zwaar het was omdat hij het zelf ook moeilijk vond, en nam hij je daarom mee op wandeltochten in het weekend.'

Falk staakte het roeren in de pan en keek haar indringend aan.

'Kijk niet zo naar me,' zei ze. 'Jij kunt het weten. Ik heb hem nooit ontmoet. Ik zeg alleen dat de meeste ouders volgens mij oprecht hun best doen om goed voor hun kinderen te zijn.' Ze haalde haar schouders op. 'Kijk nou naar de Baileys en die eikel van een zoon van ze. Hij kan in hun ogen niets fout doen, zelfs niet als het op film is vastgelegd. En het klinkt alsof zelfs een gek als Martin Kovac zijn laatste jaren leed onder het feit dat zijn zoon was verdwenen.'

Falk begon weer te roeren en probeerde iets te bedenken om te zeggen. De afgelopen dagen was het afstandelijke beeld dat hij van zijn vader had langzaamaan in iets anders gaan veranderen.

'Dat zal wel,' zei hij ten slotte. 'En hoor eens, natuurlijk had ik liever de dingen met hem uitgepraat. Natuurlijk wil ik dat. En ik weet dat ik beter mijn best had moeten doen. Ik had alleen het gevoel dat papa mij nooit tegemoet wilde komen.'

'Nogmaals, jij zult dat zelf het beste weten. Maar jij bent degene die de laatste foto van je stervende vader heeft weggestopt tussen twee paperbacks. Dat lijkt niet erg op tegemoetkomen, vind ik.' Ze stond op en schoof de foto terug tussen de boeken. 'Niet zo boos kijken, ik bemoei me vanaf nu met mijn eigen zaken, beloofd.'

'Ja. Oké. Het eten is trouwens klaar.'

'Mooi zo. Dan hou ik tenminste een tijdje mijn mond.' Ze glimlachte tot hij dat ook deed.

Falk schepte twee borden vol met pasta en voedzame saus en droeg ze naar het tafeltje in de hoek.

'Dit is precies wat ik nodig had,' zei Carmen met de eerste hap in haar mond. 'Dank je wel.' Ze at een kwart van haar bord leeg voor ze achteroverleunde en haar mond afveegde aan een servet. 'Wil je over Alice Russell praten?'

'Niet echt,' zei hij. 'Jij wel?'

Carmen schudde haar hoofd. 'Laten we het over iets anders hebben.' Ze nam nog een slokje wijn. 'Bijvoorbeeld wanneer je vriendin bij je is weggegaan.'

Falk keek verrast op, zijn vork op weg naar zijn mond. 'Hoe weet je dat?'

Carmen lachte kort. 'Hoe ik dat weet? Aaron, ik heb ogen.' Ze wees naar een gapend gat naast de bank waar ooit een leunstoel had gestaan. 'Of dit is het meest agressief-minimalistische appartement dat ik ooit heb gezien, of je hebt haar meubels niet vervangen.'

Hij haalde zijn schouders op. 'Het zal vier jaar geleden zijn dat ze is vertrokken.'

'Vier jáár!' Carmen zette haar glas neer. 'Ik dacht echt dat je vier maanden wilde gaan zeggen. Ik ben heus niet zo'n proper huisvrouwtje, maar dit slaat alles. Vier jaar. Waar wacht je op? Wil je een lift naar Ikea?'

Hij moest lachen. 'Nee. Ik ben er gewoon niet aan toegekomen haar spullen te vervangen. Ik kan maar op één bank tegelijk zitten.'

'Ja, dat snap ik. Maar het idee is dat je mensen bij je thuis uitnodigt en dat die op je andere meubelstukken zitten. Heus, dit is zo raar. Je hebt geen leunstoel, maar je hebt wel' – ze wees naar een glimmend houten geval dat in een hoek stof stond te verzamelen – 'dat ding daar. Wat is dat eigenlijk voor iets?'

'Een tijdschriftenrek.'

'Er zitten geen tijdschriften in.'

'Nee. Ik lees eigenlijk geen tijdschriften.'

'Dus ze nam de leunstoel mee, maar liet het tijdschriftenrek staan.'

'Zo ongeveer.'

'Ongelooflijk.' Carmen schudde haar hoofd in geveinsd ongeloof. 'Als je ooit bewijs nodig hebt dat je beter af bent zonder haar, dan staat het daar in die hoek, zonder tijdschriften. Hoe heette ze?'

'Rachel.'

'En wat ging er verkeerd?'

Falk keek naar zijn bord. Het was iets waar hij liever niet aan dacht. Als hij al aan haar moest denken, dan herinnerde hij zich vooral de manier waarop ze glimlachte. In het prille begin, toen alles nog nieuw was. Hij schonk hun glazen bij. 'Het gebruikelijke. We groeiden uit elkaar. Ze vertrok. Het was mijn schuld.'

'Ja, dat kan ik me voorstellen. Proost.' Ze hief haar glas.

'Pardon?' Hij moest bijna lachen. 'Ik weet wel zeker dat je dat niet hoort te zeggen.'

Carmen keek hem aan. 'Sorry. Maar je bent volwassen, je kunt tegen een stootje. Ik bedoel alleen maar dat je een aardige kerel bent, Aaron. Je luistert, je bent betrokken, en je probeert mensen te helpen. Als je het haar zo moeilijk maakte dat ze weg wilde, dan was dat opzettelijk.'

Hij wilde gaan tegensputteren, maar zweeg toen. Zou dat waar zijn?

'Zij deed niets verkeerd,' zei hij ten slotte. 'Ze wilde dingen die ik haar niet kon geven.'

'Zoals?'

'Ze wilde dat ik wat minder ging werken en wat meer ging praten. Een poosje vrij zou nemen. Trouwen, misschien, ik weet het niet. Ze wilde dat ik het zou uitpraten met mijn vader.'

'Mis je haar?'

Hij schudde zijn hoofd. 'Niet meer,' zei hij geheel naar waarheid. 'Maar soms denk ik dat ik naar haar had moeten luisteren.'

'Misschien is het nog niet te laat.'

'Met haar wel. Ze is inmiddels getrouwd.'

'Het klinkt alsof ze goed voor je had kunnen zijn als jullie samen waren gebleven,' zei Carmen. Ze stak een hand uit en raakte over de tafel de zijne lichtjes aan. Keek hem in de ogen. 'Maar je moet jezelf niet te veel kwalijk nemen. Ze paste niet bij je.'

'Nee?'

'Nee. Aaron Falk, je bent niet het type man wiens zielsverwant een tijdschriftenrek heeft.'

'Eerlijk gezegd heeft zij dat achtergelaten.'

Carmen lachte. 'En sindsdien is er niemand meer geweest?'

Falk gaf niet meteen antwoord. Zes maanden geleden, in de plaats waar hij geboren was. Een meisje, vrouw nu, van lang geleden. 'Het was laatst bijna raak.'

'Werd het niets?'

'Ze was...' Hij aarzelde. Gretchen. Wat kon hij over haar zeggen? Haar blauwe ogen en blonde haar. Haar geheimen. 'Heel ingewikkeld.'

Hij was met zijn gedachten zo ver in het verleden dat hem bijna het geluid ontging van zijn mobieltje, dat boven op de bankleuning lag te zoemen. Hij reageerde traag en toen hij het eindelijk had gepakt, was het al stil geworden.

Direct daarop begon Carmens telefoon te rinkelen in haar tas, indringend en alarmerend. Ze grabbelde hem tevoorschijn terwijl Falk op zijn eigen telefoon naar de naam van de gemiste beller keek. Ze vingen elkaars blik toen ze opkeken van hun telefoons.

'Brigadier King?' zei hij.

Ze knikte, drukte een knop in en hield de telefoon toen bij haar oor. De beltoon zweeg, maar ze hoorde hem bijna nog steeds nagalmen, als een verre maar hardnekkige alarmklok.

Carmen luisterde en sloeg haar ogen op om hem aan te kijken. Ze vormde met haar mond zonder geluid de zin: *Ze hebben de hut gevonden.*

Falk voelde adrenaline door zijn borst golven. 'En Alice?'

Ze luisterde. Een enkele scherpe beweging van haar hoofd.

Nee.

Dag 3: zaterdagnacht

Toen de regen kwam, brak die snel door, hij verduisterde de sterren en reduceerde het kampvuur tot een rokend hoopje as. Ze trokken zich terug in de hut en zochten hun rugzak en spullen op, eisten ieder hun eigen territoriumpje op. De ruimte voelde door het geroffel op het dak benauwd aan en Jill had het gevoel dat het beetje kameraadschap dat rond het kampvuur was ontstaan, met de rook was vervlogen.

Ze rilde. Ze wist niet wat erger was: het duister of de kou. Buiten klonk luid gekraak en ze schrok. Het duister was erger, besloot ze meteen. Ze was blijkbaar niet de enige die dat dacht, aangezien er iemand bewoog en er een zaklantaarn aanging. Hij lag op de vloer van de hut en verlichtte het omgewoelde stof. Hij knipperde.

'We moeten de batterijen sparen,' zei Alice.

Niemand bewoog. Alice boog zich naar voren met een gefrustreerd geluidje.

'We moeten de batterijen sparen.'

Een klik. Duisternis.

'Is er iets te zien op de telefoon?' vroeg Jill.

Het geluid van gegrabbel, een klein rechthoekje licht. Jill hield haar adem in.

'Nee.'

'Hoever is de batterij?'

'Op vijftien procent.'

'Zet hem uit.'

Het licht verdween. 'Misschien komt er iets als de regen ophoudt.'

Jill had geen idee wat voor invloed het weer op het bereik kon hebben, maar ze klampte zich vast aan het idee. Misschien als de regen ophield. Ja, dat wilde ze graag geloven.

Aan de overkant van de hut ging een ander licht aan. Het was deze keer sterker en Jill herkende Beths werkmanszaklamp.

'Ben je doof?' vroeg Alice. 'We moeten de zaklantaarns sparen.'

'Waarom?' Beths stem zweefde tevoorschijn vanuit haar donkere hoek. 'Ze komen ons morgen zoeken. Dit is onze laatste nacht hier.'

Een schampere lach van Alice. 'Je houdt jezelf voor de gek als je denkt dat ze ons morgen zullen vinden. We zijn zo ver uit koers dat ze hier nooit zullen zoeken. We kunnen morgen alleen maar gevonden worden als we de wildernis uit lopen en onszelf aan hen voorstellen.'

Een moment later verdween het licht van de lamp. Ze zaten weer in het inktzwarte duister. Beth fluisterde zachtjes iets.

'Had je wat?' snauwde Alice.

Geen antwoord.

Jill voelde hoofdpijn opkomen terwijl ze hun opties op een rijtje probeerde te zetten. De hut beviel haar niet – allerminst – maar het was tenminste een basis. Ze wilde niet meer de wildernis in, waar de bomen zich verdrongen en scherpe takken haar krasten, en waar ze ingespannen moest turen naar een pad dat steeds onder haar voeten verdween. Maar vanuit een ooghoek zag ze ook het matras met de vreemde zwarte vlek. Ze voelde zich misselijk bij de gedachte aan weggaan en bang bij de gedachte aan blijven. Ze besefte dat ze zat te rillen, van honger of kou, dat wist ze niet zeker, en ze haalde bewust diep adem.

'Laten we de rugzakken nog een keer doorzoeken.' Haar stem klonk anders in haar eigen oren.

'Waarvoor?' Ze wist niet goed wie er had gesproken.

'Eten. We hebben allemaal honger, en dat helpt ook al niet. Kijk allemaal in je rugzak, je jaszak, wat dan ook. Heel zorgvuldig. Iemand van ons moet nog een mueslireep of een pakje pinda's hebben.'

'Dat hebben we al gedaan.'

'Doe het dan nog eens.'

Jill besefte dat ze haar adem inhield. Ze hoorde het geritsel van stof en ritsen die werden opengetrokken.

'Mogen we hiervoor tenminste wel de zaklampen gebruiken, Alice?' Beth knipte de hare aan zonder op een antwoord te wachten. Alice had voor deze ene keer geen weerwoord en Jill stuurde een stil dankgebedje omhoog. Laat ze alsjeblieft iets vinden, dacht ze terwijl ze in haar eigen rugzak rommelde. Eén kleine zege om het humeur wat op te krikken tot aan de ochtend. Ze voelde iemand naar haar toe komen.

'We moeten Beths rugzak controleren.' Alice' stem klonk in haar oor.

'Hé!' De lichtbundel van de zaklantaarn kaatste terug van de muren. 'Ik hoor je wel, Alice. Ik heb niets in mijn rugzak.'

'Dat zei je gisteren ook.'

Beth zwaaide de lichtbundel door de hut en scheen in Alice' gezicht.

'Wat is je probleem?' Alice deinsde terug, maar wankelde niet. 'Zo is het toch gegaan? Je loog en zei gisteravond dat je geen eten had. Terwijl dat wel zo was.'

Het geluid van ademhaling. 'Nou, vanavond heb ik niets.'

'Dus vind je het ook niet erg als we even kijken.' Alice zette een grote stap naar voren en trok Beths rugzak uit haar hand.

'Hé!'

'Alice!' Bree kwam tussenbeide. 'Laat haar met rust. Ze heeft niets.'

Alice negeerde hen beiden, opende de rugzak en stak haar

hand erin. Beth rukte hem uit haar handen en trok zo hard dat Alice' arm naar achteren werd gedraaid.

'Jezus! Pas op!' Alice wreef over haar schouder.

Beths ogen waren heel groot en zwart in het licht van de zaklantaarn. 'Pas jij maar op. Ik ben jou en je gezeik beu.'

'Dan bof je, want ik heb hier schoon genoeg van. Van alles. Zodra het morgen licht is, ga ik weg. Wie mee wil, mag mee. De rest van jullie mag hier blijven en hopen dat er iemand komt.'

Jills hoofd bonkte nu. Ze schraapte haar keel. Het klonk onnatuurlijk en vreemd.

'Ik heb al gezegd dat we ons niet opsplitsen.'

'En ik heb al gezegd, Jill,' zei Alice terwijl ze zich naar haar toe wendde, 'dat het me op dit moment niet kan schelen wat jij vindt. Ik ga weg.'

Jill probeerde diep adem te halen, maar haar borst was verstrakt. Het voelde alsof er niets in haar longen zat. Ze schudde haar hoofd. Ze had zo gehoopt dat het niet zover zou komen.

'Dat had je gedacht, met die telefoon.'

19

Falk zat voor zonsopgang weer achter het stuur. Hij parkeerde voor Carmens appartementengebouw. Het was donker geweest toen ze zeven uur geleden bij hem wegging, en dat was het nu nog steeds. Ze stond te wachten op de stoep, klaar voor vertrek, en ze zei niet veel toen ze instapte. Ze hadden alles de vorige avond gezegd, na het telefoontje van brigadier King.

'Hoe hebben ze de hut gevonden?' had Falk gevraagd nadat Carmen had opgehangen.

'Een tip, blijkbaar. Hij ging niet op de details in. Zegt dat hij meer weet tegen de tijd dat we daar aankomen.'

Toen Falk het kantoor belde, viel er aan de andere kant van de lijn een stilte.

Denken ze nog steeds dat ze haar levend zullen vinden? Falk wist het niet. *Als ze haar levend vinden, gaat ze misschien van alles vertellen.* Ja, dat zou kunnen. *Je moet erheen gaan. En vergeet niet dat we die contracten nog steeds nodig hebben.* Nee, dat zou Falk niet snel vergeten.

Carmen en hij reden om de beurt. De wegen waren ook nu weer zo goed als verlaten toen ze de inmiddels vertrouwde weiden passeerden, maar deze keer leek de reis een stuk langer, dacht Falk.

Toen ze eindelijk de ingang van het natuurpark naderden, zag Falk de groene gloed van het pompstation, en hij reed ernaartoe. Hij dacht aan wat de man achter de kassa de vorige keer had gezegd. *Als je eenmaal de spullen of de schuilplaats hebt gevonden, dan vind je altijd kort daarop het lijk.* Hij knipperde met zijn ogen toen hij het pompstation binnenliep. Er had een vrouw dienst achter de toonbank.

'Waar is je collega?' vroeg Falk terwijl hij haar zijn pasje gaf.

'Steve? Heeft zich ziek gemeld.'

'Wanneer?'

'Vanmorgen.'

'Wat mankeert hem?'

De vrouw keek hem bevreemd aan. 'Hoe moet ik dat weten?' Ze gaf zijn pasje terug en draaide zich om. *Gewoon weer zo'n eikel uit de stad.*

Falk nam zijn pasje aan. Hij voelde de hele weg terug naar de auto haar ogen in zijn rug. Van onder het afdak staarde het cyclopenoog van de camera omlaag met zijn onbewogen blik.

Als het eerder druk was in de lodge, dan was het nu een gekkenhuis. Overal waren mediabusjes en mannen in gele hesjes. Er was geen parkeerruimte.

Falk zette Carmen af bij de ingang van de lodge en zij rende naar binnen terwijl hij op zoek ging naar een plekje. Brigadier King had gezegd dat hij instructies zou achterlaten bij de receptie. Falk reed met een slakkengang naar het einde van de rij en moest wel dubbel parkeren achter het busje van een boswachter.

Hij stapte uit en wachtte. Het was nog kouder dan hij zich herinnerde en hij ritste zijn jack dicht. Aan de overkant van de parkeerplaats, weg van de woelige drukte, lag het begin van het Mirror Falls-pad er stil en verlaten bij.

'Hé.'

Falk hoorde een stem en draaide zich om. Heel even herkende hij de vrouw niet. Ze zag er in deze omgeving anders uit.

'Bree. Je bent ontslagen uit het ziekenhuis.'

'Ja, gisteravond. Godzijdank. Ik had frisse lucht nodig.' Haar donkere haar was onder een muts gepropt en de frisse kou had haar wangen een blosje gegeven. Ze zag er heel mooi uit, dacht Falk.

'Hoe is het met je arm?'

'Goed, dank je. Hij doet nog steeds een beetje pijn.' Ze keek naar het verband dat onder de mouw van haar jack uitstak. 'Ik maak me meer zorgen om al het andere. Beth en ik zouden later op de dag vertrekken. Ik heb morgen een afspraak bij een specialist in Melbourne, maar...' Bree keek naar een reddingsteam dat in een busje stapte. Ze veegde een haarlok uit haar ogen. Haar afgebroken nagels waren keurig bijgevijld, zag Falk.

'Die hut is toch niet echt gebruikt door Martin Kovac?' Ze probeerde de angst in haar stem niet eens te verbergen.

'Ik weet het niet,' zei Falk geheel naar waarheid. 'Dat gaan ze nu uitzoeken, denk ik.'

Bree begon op een van haar keurige nagels te bijten. 'Wat gaat er gebeuren nu ze hem hebben gevonden?'

'Ik denk dat ze nu eerst dat gebied gaan uitkammen. Op zoek naar sporen van Alice.'

Bree bleef een minuut lang stil. 'Ik weet dat de zaak-Kovac lang geleden is, maar er moet toch iemand anders van die hut hebben geweten? Zodat die de politie kon inseinen? Een van de reddingswerkers vertelde me dat ze hem op die manier hebben gevonden.'

'Dat kan heel goed. Ik weet op dit moment niet veel meer dan jij.'

'Maar als iemand van de hut wist, dan kan die toch ook hebben geweten dat wij er waren?'

'Dat hoeft niet per se zo te zijn.'

'Maar jij was er niet bij. Het bos was zo dicht dat je niets kon zien. Jij weet niet hoe het was.'

'Nee,' gaf hij toe. 'Dat is waar.'

Ze keken het vertrekkende busje van het reddingsteam na.

'Maar goed,' zei Bree na een tijdje. 'Ik kwam hier eigenlijk om je te bedanken.'

'Waarvoor?'

'Omdat je een oogje dichtdeed bij Beth. Ze zei dat ze je had verteld dat ze in een proeftijd zat. Sommige mensen horen dat en hebben dan meteen hun oordeel klaar. Mensen denken vaak heel slecht over haar.'

'Het is al goed. Is alles goed met haar? Ze leek nogal timide toen ik haar laatst sprak.'

Bree keek hem aan. 'Wanneer was dat?'

'Een paar avonden geleden. Ik zag haar voor de lodge staan. Ze stond naar de regen te kijken.'

'O. Dat heeft ze niet verteld.' Bree keek streng. 'Was ze aan het drinken?'

Falk aarzelde net iets te lang en Bree's blik werd nog strenger.

'Het geeft niet. Dat dacht ik al. Ze staat onder stress. Ik had niet anders verwacht.'

'Het was er maar eentje, volgens mij,' zei Falk.

Bree schudde haar hoofd. 'Maar eentje. Maar tien. Ze mag niet drinken, punt uit. Maar zo is Beth. Ze wil altijd braaf zijn, maar het lukt haar nooit helemaal om...' Bree zweeg abrupt en keek langs hem heen naar de lodge. Falk draaide zich om. Op de trap naar de ingang, buiten gehoorsafstand, stond iemand naar hen te kijken. Te strak jack, kort donker haar. Beth. Hij vroeg zich af hoe lang ze daar al stond.

Falk hief een hand op. Een moment later deed Beth dat op haar beurt ook. Hij kon zelfs van een afstand zien dat ze niet glimlachte.

Bree bewoog. 'Ik moest maar eens teruggaan. Nogmaals bedankt.'

Falk leunde tegen de auto en keek hoe Bree de parkeerplaats overstak. Op de trap van de lodge deed Beth precies hetzelfde. Ze bleef roerloos staan tot ze haar zus weer aan haar zijde had.

Dag 3: zaterdagnacht

Bree kon haar eigen adem in haar oren horen. Alice stond met haar rug tegen de muur.

Jill stak haar hand uit. ‘Geef me de telefoon.’

‘Nee.’

‘Waar is hij? In je rugzak? Laat zien.’

‘Nee.’

‘Het is geen verzoek.’ Jill boog voorover en greep de rugzak.

‘Hé!’ Alice probeerde hem terug te grissen, maar hij werd uit haar vingers getrokken.

‘Als je zo nodig weg wilt, Alice, hoepel dan maar op.’ Jill stak een arm in de rugzak en keerde hem toen gefrustreerd kreunend om, zodat de inhoud op de grond viel. ‘Je staat er alleen voor en als je onderweg dood neervalt, is dat je verdiende loon. Maar die telefoon blijft hier.’

‘Jezus.’ Alice hurkte en verzamelde haar spullen terwijl Jill erdoorheen graaide. Vochtige fleecetrui, kompas, waterflesje. Geen telefoon.

‘Hier is hij niet.’

‘Hij zal in haar jack zitten.’ Beths stem kwam vanuit het niets en Bree schrok.

Alice zag er in haar hoek ingesloten uit, met haar spullen tegen haar borst geklemd. Jill scheen met de zaklantaarn in haar ogen. ‘Zit hij in je jack? Maak het niet moeilijk.’

Alice week terug en wendde zich af. ‘Waag het niet me aan te raken.’

‘Laatste kans.’

Alice zei niets. Toen sprong Beth op haar af en greep met beide handen een vuistvol stof beet.

'Dit is onzin, Alice. Je had er geen enkel probleem mee om mijn spullen te doorzoeken toen je dacht dat ik iets achterhield...'

Bree probeerde haar zus terug te trekken terwijl Alice kronkelde en gilde.

'Laat me los!'

Beth graaide naar haar zakken en viste daar vervolgens met een triomfantelijke kreet haar buit uit en hield die omhoog. De telefoon. Met haar andere hand duwde ze Alice weg.

Alice wankelde een paar stappen en stortte zich toen op Beth, graaiend naar de telefoon. Ze worstelden, vastgeklonken aan elkaar, en botsten toen met een klap tegen de tafel. Een zaklantaarn viel kletterend op de grond en de ruimte werd donker. Bree hoorde het gekreun van een handgemeen.

'Hij is van mij.'

'Laat los.'

Bree hoorde zichzelf schreeuwen. 'Hou op!' Ze wist niet goed tegen wie ze het had. Er rolde iets zwaars tegen haar voet. De zaklantaarn. Ze raapte hem op, schudde ermee en het licht floepte weer aan, verblindde haar. Ze richtte hem stuntelig op het lawaai.

Alice en Beth lagen in een ijzeren omstrengeling op de grond. Bree kon hen in de wirwar van ledematen nauwelijks van elkaar onderscheiden, tot een van hen een arm ophief. Bree begon te schreeuwen, maar het was al te laat. De lichtbundel wierp een zwiepende donkere schaduw toen Beths hand snel en hard neerkwam. De muren leken te schudden onder de klap toen hij op Alice' wang belandde.

20

Carmen kwam de lodge uit gelopen met een kaart in haar hand waar een grote rode X op stond.

'Hier gaan we naartoe,' zei ze terwijl ze weer in de auto ging zitten. 'Het is een behoorlijk eind rijden, ongeveer veertig minuten. De Noordelijke Weg is het dichtstbijzijnde toegangspunt.'

Falk keek naar de kaart. Het kruis lag diep in de wildernis begraven. Een handjevol kilometers naar het noorden sneed een smalle autoweg door het groen.

Carmen deed haar veiligheidsgordel om. 'Brigadier King is al ter plekke. En Margot Russell schijnt hier ook te zijn.'

'Toch niet in haar eentje?' vroeg Falk.

'Nee. Ik zag Lauren in de lodge. Een contactpersoon heeft ze vanochtend vroeg hierheen gebracht. Margot wil nog steeds niet haar vader zien. Hij rijdt hier in z'n eentje naartoe.'

Toen ze de parkeerplaats af reden, ving Falk een glimp op van een figuur die hen vanuit de ingang van de lodge gadesloeg. Een van de tweeling, dacht hij. In de schaduw kon hij niet zien wie van de twee het was.

De wind ruiste weer door de boomtoppen toen ze over de landwegen reden. Carmen sprak alleen om de weg te wijzen. De wegen werden steeds smaller en benauwder, tot ze ten slotte over een hobbelpaadje naar een zwerm agenten en reddingswerkers stuiterden.

De plek gonsde van een vreemde mengeling van bezorgdheid en opluchting. Eindelijk een soort doorbraak, zij het niet de doorbraak waar iedereen op hoopte. Toen ze uitstapten, zag Falk een rode flits. Ian Chase stond in zijn fleecetrui van Executive Adventures aan de rand van een groep boswachters. Hij drentelde eromheen, niet echt in de groep, niet echt erbuiten. Toen hij Falk en Carmen zag, gaf hij een afgemeten knikje en liep naar hen toe.

'Hallo, hebben jullie nieuws? Hebben ze haar gevonden? Zijn jullie daarom hier?' Zijn ogen schoten naar de wildernis en terug.

Falk keek Carmen vluchtig aan. 'Niet voor zover we weten.'

'Maar ze hebben wel de hut gevonden.' Chase' blik schoot nog steeds heen en weer. 'Haar lijk kan daar in de buurt liggen.'

'Tenzij ze nog leeft.'

Chase stond stil en knipperde met zijn ogen, niet in staat om snel genoeg de domme uitdrukking van zijn gezicht te halen. 'Ja, natuurlijk. Uiteraard. Hopelijk is dat zo.'

Falk kon het hem niet echt kwalijk nemen. Hij wist dat haar kansen gering waren.

Een agent in de lodge had via de radio een bericht gestuurd en brigadier King stond hen op te wachten aan de rand van de wildernis. Zijn gezicht was grauw, maar toen hij bewoog, was dat met een onderstroom van adrenaline. Hij zwaaide toen ze op hem afliepen en keek met een goedkeurend knikje naar hun wandelschoenen.

'Goed zo. Die zullen jullie nodig hebben. Kom mee.'

Hij ging voorop en stortte zich de wildernis in met Falk en Carmen in zijn kielzog. Binnen een minuut waren het geklets en de bedrijvigheid achter hen verdwenen en werden ze omhuld door een drukkende stilte. Falk zag een stuk politielint aan een boom wapperen, dat de route aangaf. Het pad onder zijn voeten was nauwelijks te zien en vooral herkenbaar aan plekken die recentelijk platgetreden waren door schoenen.

'Hoe hebben jullie die hut uiteindelijk gevonden?' vroeg Falk.

Ze waren alleen, maar King sprak op gedempte toon.

'Een gevangene in de Barwon belde met een tip. Hij is een voormalig lid van een motorbende en moet lang zitten wegens mishandeling, en hij heeft er blijkbaar genoeg van. Toen hij op het journaal hoorde dat we de hut zochten, rook hij een akkoordje. Hij zegt dat een paar maten van hem vroeger weleens drugsdealtjes sloten met Sam Kovac.'

'O ja?'

'Hij zegt dat Sam graag een beetje opschepte over zijn pa, pochte dat hij meer wist dan de politie, dat soort dingen. Sam heeft hem twee keer hiernaartoe gebracht.' King knikte naar het smalle paadje onder hun voeten. 'Die biker wist niet meer precies waar het was, maar hij herinnerde zich de Noordelijke Weg en een paar andere herkenningspunten in het landschap – er is een ravijn een eindje verderop – dus toen konden we het zoekgebied beperken. Hij denkt dat hij nog meer interessants te vertellen heeft. Op dit moment is hij een deal aan het smeden met zijn advocaten.'

'En geloof je hem over Kovac?' vroeg Carmen. 'Hij is niet gewoon zelf toevallig op die hut gestuit en maakt het nu mooier dan het is?'

'Ja. We geloven hem.' King zuchtte. Hij zweeg even. 'We hebben menselijke resten gevonden.'

Er viel een stilte. Falk keek hem aan. 'Wie?'

'Dat is een goede vraag.'

'Niet Alice?'

'Nee.' King schudde zijn hoofd. 'Zeer zeker niet. Ze zijn te oud. Er zijn daar nog een paar andere interessante dingen – dat zullen jullie zelf zien – maar nog geen spoor van haar.'

'Jezus,' zei Carmen. 'Wat is daar allemaal gebeurd?'

Ergens diep in de wildernis lachten en schreeuwden onzichtbare kookaburra's.

'Weer een goede vraag.'

Dag 3: zaterdagnacht

Beth hoorde de klap van haar hand tegen Alice' wang een fractie van een seconde voor ze de pijn erdoor voelde trekken. Het geluid leek door de hut te weerkaatsen en haar hand klopte heet en stekend.

Heel even kwam het Beth voor alsof ze op de snede van een mes balanceerden waar ze nog steeds vanaf konden stappen. Excuses maken. Een hand geven. Na terugkeer een rapport inleveren bij Personeelszaken. Opeens was er buiten een windvlaag en maakte Alice achter in haar keel een verstikt, boos geluid en daarna wankelden ze en vielen ze samen om. Toen het schreeuwen begon, kwam het uit alle hoeken van de ruimte.

Beth voelde dat Alice haar haar vastgreep en haar hoofd omlaagtrok. Ze verloor haar evenwicht en smakte met haar schouder tegen de grond. Haar longen werden leeggeperst door haar eigen gewicht. Twee handen drukten haar gezicht tegen de grond en Beth voelde zand over haar wang krassen en proefde ranzig vocht. Iemand drukte haar neer. Alice. Dat kon niet anders. Zo dicht bij elkaar rook Beth een zweempje lichaamsgeur en ergens in haar gedachten was ruimte voor verbazing. Alice had nooit het type dat zweet geleken. Beth probeerde terug te klauwen, maar haar armen zaten in een onhandige hoek vastgeklemd en ze worstelde, greep naar kleren, maar haar vingers gleden van de dure, waterafstotende stoffen af.

Ze voelde een ruk en een ander stel handen probeerde haar en Alice uit elkaar te trekken. Bree.

'Laat haar los!' Bree schreeuwde.

Beth wist niet goed tegen wie ze het had. Ze probeerde zich los te wurmen, voelde de zware plof toen Bree haar evenwicht verloor en op hen viel. Het drietal rolde zwaar naar één kant en knalde tegen de tafelpoot aan, die daarop snerpend over de vloer schoot. Er klonk een harde klap en iemand aan de andere kant van de kamer gilde het uit van pijn. Beth probeerde rechtop te gaan zitten, maar werd door een hand in haar haar naar beneden getrokken. Haar hoofd sloeg zo hard tegen de grond dat er een golf maagzuur haar keel in schoot. Ze zag witte vlekjes in het duister dansen en voelde zich onder het gewicht van de graaiende, klauwende handen slap worden.

21

Het pad werd alleen maar moeilijker te volgen naarmate ze verder kwamen. Na een uur verdween het vrijwel geheel toen het een stroompje kruiste, maar het verscheen daarna weer, om een grillige koers te volgen naar een steile afgrond aan de rand van het ravijn dat King had genoemd. Rijen identieke bomen, als schildwachten in het gelid, begonnen trucs uit te halen met Falks ogen en hij voelde zich in toenemende mate dankbaar dat hij zo nu en dan politielint zag. Hij zou dit stuk liever niet alleen lopen. De bedrieglijke verleiding verkeerd te lopen was steeds aanwezig.

Het was een opluchting toen Falk oranje vlekken in de omringende wildernis ontwaarde. Reddingswerkers. Ze moesten al in de buurt zijn. De bomen weken als in een antwoord langzaam uiteen, en een paar stappen later liep hij een kleine open plek op.

In het midden stond de hut, log en somber achter het politielint en het geflits van de fluorescerende hesjes die de agenten droegen.

Hij was goed gecamoufleerd tussen de gedempte tinten van de wildernis en zag er doelbewust eenzaam uit. Hij stonk naar wanhoop, van de gapende, lege ramen tot aan de weinig uitnodigende verzakte deur. Falk hoorde Carmen naast zich ademen en overal om hem heen fluisterden en huiverden de bomen. De wind blies over de open plek en de hut kreunde.

Falk keek langzaam om zich heen. De wildernis drong zich van alle kanten op, met hier en daar een spat oranje van reddingswerkers die tussen de bomen nauwelijks zichtbaar waren. Vanuit de verkeerde hoek zou de hut bijna niet te zien zijn, vermoedde hij. De vrouwen hadden geluk gehad dat ze er toevallig tegenaan waren gelopen. Of pech, dacht hij.

Naast de hut stond een agent op wacht, terwijl een andere even verderop hetzelfde deed. Beiden hadden plastic zeilen die iets bedekten aan hun voeten liggen. Beide zeilen zakten in het midden een beetje in, maar gaven niets prijs van wat ze bedekten.

Falk keek King aan. 'Lauren vertelde ons dat ze het skelet van een hond hadden gevonden.'

'Klopt, dat ligt daar.' King wees naar het dichtstbijzijnde plastic zeil, het kleinste van de twee. Hij zuchtte. 'Maar dat andere is geen hond. De specialisten zijn onderweg.'

Terwijl ze stonden te kijken, kwam een punt van het zeil omhoog door de wind en sloeg naar achteren om. De agent die op wacht stond, hurkte om het te herstellen, en Falk ving een glimp op van een blootgelegde ondiepe kuil. Hij probeerde zich voor te stellen hoe het hier voor de vrouwen moest zijn geweest, alleen en bang. Hij vermoedde dat niets van wat hij kon verzinnen erbij in de buurt zou komen.

Hij besefte dat het hem steeds had dwarsgezeten dat de vier resterende vrouwen Alice zo snel hadden achtergelaten nadat ze hadden ontdekt dat ze verdwenen was. Maar nu hij voor die troosteloze hut stond, kon hij bijna een indringend gefluister in zijn eigen hoofd horen: *Maak dat je wegkomt. Vlucht.* Hij schudde zijn hoofd.

Carmen stond naar het grote plastic zeil te kijken.

'Ze hebben destijds nooit het vierde slachtoffer gevonden. Sarah Sondenberg,' zei ze.

'Nee.' King schudde zijn hoofd. 'Ze is nooit gevonden.'

'Een vroege inschatting?' Ze knikte naar het zeil. 'Je moet het denken.'

King keek alsof hij iets wilde zeggen, maar deed dat niet.

'De specialisten moeten ernaar kijken. Daarna weten we meer.' Hij tilde het lint voor de ingang van de hut op. 'Kom, ik laat jullie hem vanbinnen zien.'

Ze doken onder het lint door. De deur gaapte als een wond toen ze naar binnen gingen. Een zweem van rotting en verval onderstreepte de doordringende, zware geur van de eucalyptusbomen. En het was donker; de ramen lieten maar weinig daglicht binnen. Toen Falk midden in de kamer stond, ontwaarde hij eerst contouren, daarna details. Er had duidelijk een dikke laag stof gelegen, die nu alle tekenen van verstoring vertoonde. Een tafel was in een vreemde hoek aan de kant geschoven en her en der lagen bladeren en takjes. In een tweede ruimte zag hij een matras dat was gebrandmerkt met een donkere, verontrustende vlek. En vlak bij Falks voeten, weggezakt in de vuile vloerplanken onder het gebroken raam, bevond zich een donkere spat vers bloed, zo leek het.

Dag 3: zaterdagnacht

Lauren kon de zaklantaarn niet vinden. Haar nagels krabbelden over de vuile vloerplanken, toen ze een plof hoorde en het geschraap van de tafel die door de hut schoot. Een fractie van een seconde voor de hoek ervan haar gezicht openreet, registreerde ze dat hij op haar afzeilde.

De schok drukte de lucht uit haar longen toen ze achterovertuimelde en hard op haar stuitje terechtkwam. Ze kreunde en bleef half verdoofd onder het kapotte raam liggen. De oude snee op haar voorhoofd klopte met een martelende pijn en toen ze hem aanraakte, kwamen haar vingertoppen nat terug. Ze dacht dat ze huilde, maar de vloeistof rond haar ogen was te dik. Ze kokhalsde bij het besef.

Lauren trok haar vingers over haar ogen, veegde ze schoon. Toen ze weer kon zien, wapperde ze met haar handen, het bloed aan haar vingers spatte op de vloer. Door het raam zag ze alleen wolken. Alsof de sterren er nooit waren geweest.

'Help me!' schreeuwde iemand. Ze wist niet wie. Het kon haar bijna niet schelen, maar toen klonk er een plof en een luide jammerkreet. Er schoot een zaklantaarn over de vloer, zijn lichtbundel weerkaatste in de vreemdste hoeken van de wanden, en daarna botste hij tegen de muur en ging hij uit.

Lauren kwam moeizaam overeind, wankelde naar het drietal op de vloer en duwde haar bebloede handen in de vileine kluwen. Ze had geen idee wie ze vastgreep in haar poging het groepje uit elkaar te rekken. Naast haar probeerde iemand hetzelfde te doen. Jill, besefte ze.

Laurens vingers vonden vlees en ze zette haar nagels erin en haalde ze hard terug; het kon haar niet schelen wie het was in haar worsteling om koude nachtlucht tussen die lichamen te krijgen. Een arm zwaaide omhoog uit het niets en Lauren ontweek hem. Maar hij raakte Jills kaak zo hard dat ze de tanden van die vrouw hoorde kraken. Jill uitte een natte grom en strompelde naar achteren, haar hand over haar mond gekromd.

De beweging bracht de kluwen uit balans, en toen Lauren een laatste ruk gaf, viel hij uit elkaar. Er was niets dan zwaar gehijg en vervolgens het geluid van ieder die haar eigen hoek opzocht.

Lauren zeeg ineen tegen de muur. Ze voelde steken in haar voorhoofd en nu deed ook haar rechterpols pijn waar hij naar achteren was gebogen. Ze vroeg zich af of hij zou opzwellen en stak een vinger onder Rebecca's gevlochten armbandje door. Hij was nog niet dik, dacht ze, alleen pijnlijk. Het armbandje zat trouwens best los, ze hoefde het vermoedelijk niet af te doen.

Ze ging wat rechter zitten en kwam met de rand van haar voet ergens tegenaan. Ze stak haar hand ernaar uit, haar vingers voelden het gladde plastic van een zaklantaarn en ze vond het knopje en knipte hem aan. Er gebeurde niets. Ze schudde ermee. Nog steeds niets. Hij was kapot. Lauren voelde angst opborrelen in haar borst en kon het duister ineens geen moment langer verdragen. Ze begon te kruipen op haar knieën en tastte blind rond over de vloer tot haar vingers zich rond een koude metalen cilinder sloten. Beths werkmanszaklamp.

Lauren knipte hem bevend aan en voelde een intense opluchting toen de kegel van licht door de stoffige lucht sneed. Ze keek omlaag en zag haar eigen bloed op haar schoenen, rood besmeurd, en nog een spat op de vloer onder het raam. Ze wendde zich vol walging af en liet de bundel langzaam door de ruimte schijnen.

'Is iedereen oké?'

Het licht landde op Jill, die ineengezakt naast de provisorische afscheiding zat. Haar lippen waren gezwollen en bedekt met geronnen bloed en ze hield haar kaak vast. Ze kromp ineen onder het felle licht en toen Lauren de bundel weghaalde, hoorde ze Jill spugen. Beth lag vlakbij als een half verdoofd hoopje op de vloer en wreef over haar achterhoofd terwijl haar zus kaarsrecht met haar rug tegen een muur zat, ogen wijd open.

Het kostte Lauren nog een moment langer om Alice in het donker te vinden.

Ze stond bij de deur van de hut toen de zwakke gele gloed haar ten slotte ontdekte, verfomfaaid en rood aangelopen. En als Lauren het zich goed herinnerde, was het voor het eerst in dertig jaar dat Alice Russell huilde.

22

Falk keek naar de bloedspat op de vloer. 'Weten we van wie die is?'

King schudde zijn hoofd. 'Dat zoeken ze uit. Maar hij is vers.'

'En hoe zit het met dat ding?' Falk knikte naar het matras dat tegen de wand stond. Er was een plastic zeil omheen gewikkeld, maar de vlek op de stof was nog steeds zichtbaar.

'Ze vertelden me dat het waarschijnlijk vergevorderde schimmel is,' zei King. 'Dus lang niet zo erg als het eruitziet.'

'Het ziet er ongetwijfeld erg genoeg uit als je hier vastzit,' zei Carmen.

'Ja. Ik kan me voorstellen dat het er dan afschuwelijk uitziet.' Hij zuchtte. 'Nogmaals, er zijn geen duidelijke aanwijzingen voor wat er met Alice is gebeurd. De andere vrouwen zeggen dat ze haar rugzak heeft meegenomen, en die is inderdaad nergens te bekennen, dus laten we hopen dat ze die tenminste bij zich heeft. Maar het ziet er niet naar uit dat ze hiernaartoe is teruggegaan, en als ze dat wel deed, dan heeft ze niet geprobeerd om een soort teken voor ons achter te laten.'

Falk keek om zich heen en dacht aan het bericht dat op zijn voicemail was achtergelaten. *Haar kwaad kan doen.* Hij haalde zijn mobieltje uit zijn zak. Het scherm was leeg.

'Heeft iemand hier bereik gehad?'

'Nee.' King schudde zijn hoofd.

Falk deed een paar passen door de ruimte, luisterde naar het kraken en kreunen van de hut. Het was een weinig uitnodigende plek, dat stond wel vast, maar hij had tenminste muren en een dak. Het was 's nachts buiten de ramen van de lodge flink tekeergegaan. Hij moest er niet aan denken wat Alice blootgesteld aan de elementen te verduren had gehad.

'Wat gebeurt er nu?'

'We kammen de omgeving uit, maar dat is een helse klus,' zei King. 'Je hebt het zelf gezien toen we hierheen liepen, en de wildernis is in elke richting hetzelfde. Het kan dagen duren voor we de hele directe omgeving hebben doorzocht. Langer als het weer verslechtert.'

'In welke richting zijn de vrouwen vertrokken?' vroeg Carmen. 'Net zoals wij binnenkwamen?'

'Nee. Wij namen de meest directe route vanaf de weg, maar dat hebben zij niet gedaan. Achter de hut loopt een pad naar het noorden. Je moet je tussen de bomen door worstelen om het te vinden, maar als je er eenmaal op bent, is het duidelijk genoeg. Ze liepen al op dat pad toen ze op de hut stuitten. Als Alice is weggelopen, dan heeft ze waarschijnlijk die route genomen.'

Falk probeerde zich te concentreren op wat King zei. Maar zelfs terwijl hij luisterde, wist hij dat hij ergens nog steeds had gehoopt dat als ze dan eindelijk de hut vonden, ook Alice Russell terecht zou zijn. Hij hoopte dat ze de weg terug had gevonden, bang en misschien boos, maar levend. Bij het kraken van de vochtige wanden dacht hij echter aan de verstrengelde bomen, de graven buiten, de bloedvlek op de vloer, en hij voelde het laatste sprankje hoop voor Alice Russell uit elkaar spatten.

De hut was leeg. Wat er ook met Alice mocht zijn gebeurd, ze was buiten, blootgesteld aan de elementen. Ergens in de gierende wind en het kreunen van de bomen meende Falk bijna het luiden van een doodsklok te horen.

Dag 3: zaterdagnacht

De nasleep was overwegend stil, afgezien van gehijg. Stofdeeltjes dwarrelden in luie kringen in het zaklantaarnlicht toen Jill haar mond onderzocht met haar tong. Het vlees voelde gezwollen en pijnlijk aan en een tand onderin wiebelde een beetje. Het was een vreemd gevoel, iets wat ze sinds haar kindertijd niet meer had ervaren. Ze moest opeens denken aan de kinderen toen ze klein waren. Tandenfee en dollarmunten. Haar ogen brandden en ze kreeg een brok in haar keel. Ze moest haar kinderen bellen. Ze zou het doen zodra ze hier weg was.

Jill bewoog en voelde iets bij haar voet. Een zaklantaarn. Ze boog zich kreunend om hem op te rapen en friemelde aan het knopje. Er gebeurde niets.

'Deze zaklantaarn is kapot.' Haar woorden kwamen gesmoord over haar dikke lippen.

'Deze ook,' zei iemand. Een van de zussen.

'Hoeveel zijn er over die het nog doen?' vroeg Jill.

'Alleen deze hier.' De gele lichtbundel flitste op toen Lauren haar de zaklamp gaf die ze had vastgehouden. Jill voelde het ambachtelijke gewicht in haar hand. Die van Beth, besefte ze. Misschien was dat toch de beste keus geweest voor een survivaltocht.

'Nog meer?' Geen antwoord. Ze zuchtte. 'Klote.'

Jill zag Alice aan de andere kant van de kamer over haar ogen vegen. Het haar van de vrouw zat verward en ze had vuile strepen op haar wangen. Nu huilde ze niet.

Jill wachtte tot ze iets zou zeggen. Om een excuus zou vragen, waarschijnlijk. Zou dreigen om aangifte te doen, mogelijk. Maar Alice ging gewoon zitten en trok haar knieën op tegen haar borst. Zo bleef ze zitten, bij de deur, ineengedoken en heel stil. Jill vond dat eigenlijk nog verontrustender.

'Alice?' Bree's stem klonk vanuit een donkere hoek.

Er kwam geen antwoord.

'Alice,' probeerde Bree nog eens. 'Luister, Beth zit nog steeds in haar proeftijd.'

Nog steeds geen reactie.

'Het probleem is dat ze weer moet voorkomen als jij...' Bree zweeg. Wachtte. Geen reactie. 'Alice? Luister je? Ik weet dat ze je sloeg, maar ze komt diep in de problemen als dit een staartje krijgt.'

'En dus?' Eindelijk zei Alice iets. Haar lippen bewogen nauwelijks. Ze keek nog steeds niet op.

'Dus laat het hierbij, oké? Alsjeblieft.' Bree's stem had een ondertoon die Jill niet eerder had gehoord. 'Onze moeder is niet in orde. De vorige keer was ze er kapot van.'

Geen antwoord.

'Alsjeblieft, Alice.'

'Bree.' Alice' stem had een eigenaardige bijklank. 'Het heeft geen zin mij om gunsten te vragen. Je mag blij zijn als je volgende maand nog werk hebt.'

'Hé!' Beths stem schalde door de ruimte, hard en boos. 'Waag het niet haar te bedreigen. Ze heeft niets gedaan, behalve zich uit de naad werken voor jou.'

Alice keek daardoor op. Haar woorden gleden langzaam en weloverwogen over haar lippen en sneden door het donker als glas. 'Hou je waffel, vette trut.'

'Genoeg, Alice!' blafte Jill. 'Beth is hier niet de enige op glad ijs, dus pas op of je krijgt problemen als...'

'Als wat?' Alice klonk oprecht nieuwsgierig. 'Als jouw magische reddingsteam komt opdagen?'

Jill had haar mond al open om te reageren, toen ze zich met een golf van paniek de telefoon herinnerde. Ze had hem voor de vechtpartij in haar jaszak gedaan en nu grabbelde ze ernaar. Waar was hij? Ze voelde zich duizelig van opluchting toen haar hand zich om de gladde rechthoek sloot. Ze haalde hem tevoorschijn en bestudeerde het schermpje, gerustgesteld dat het nog heel was.

Alice sloeg haar gade. 'Je weet dat die van mij is.'

Jill gaf geen antwoord en liet de telefoon weer in haar jaszak glijden.

'En hoe gaat het nu verder?' vroeg Bree.

Jill zuchtte onhoorbaar. Ze voelde zich compleet uitgeput. Ze was nat en hongerig, ze had pijn en voelde een afkeer van haar vochtige en vieze lichaam. Ze voelde zich overlopen door de andere vrouwen.

'Oké. Ten eerste,' zei ze zo afgemeten mogelijk. 'We moeten allemaal tot rust komen. Daarna wil ik dat iedereen zijn slaapzak pakt en dat we hier eensgezind een streep onder zetten. Voorlopig, tenminste. We gaan nu slapen en maken morgenochtend een plan, wanneer we allemaal wat helderder kunnen denken.'

Niemand bewoog.

'Kom op, allemaal. Alsjeblieft.'

Jill boog zich voorover en opende haar rugzak. Ze trok haar slaapzak eruit en ademde opgelucht uit toen ze hoorde dat de anderen haar voorbeeld volgden.

'Leg je slaapzak naast de mijne, Alice,' zei Jill.

Alice keek boos, maar sprak haar voor de verandering niet tegen. Ze rolde haar slaapzak uit op de plek die Jill aanwees en kroop erin. Bree was de enige die de moeite nam om buiten haar tanden te gaan poetsen met regenwater. Jill was blij dat Alice niet hetzelfde deed. Ze had nog niet bedacht of ze dan met haar mee zou gaan.

Jill gleed in haar slaapzak en haar gezicht vertrok toen hij als een natte plastic zak aan haar vastkleefde. Ze voelde de telefoon in haar jaszak en aarzelde. Ze wilde haar jack niet uitdoen, maar wist ook dat ze er niet goed in kon slapen. De capuchon en de ritsen hadden haar gehinderd en geprikt toen ze het de vorige nacht had geprobeerd, en het was toch al moeilijk genoeg om wat rust te pakken. Een paar tellen later trok ze haar jack zo zachtjes mogelijk uit en stopte het naast zich in de hals van haar slaapzak. Ze meende te voelen dat Alice naar haar keek, maar toen ze een blik op haar wierp, bleek die op haar rug naar het zinken dak te liggen staren.

Ze waren allemaal oververmoeid, wist Jill. Ze hadden rust nodig, maar de sfeer in de hut voelde giftig aan. Haar hoofd klopte en ze hoorde het geritsel van lichamen die ongemakkelijk gingen verliggen op de harde vloer. Er was beweging in de slaapzak naast haar.

'Ga slapen, allemaal,' snauwde ze. 'Alice, als je er vannacht uit moet, maak me dan wakker.'

Er kwam geen antwoord.

Jill draaide haar hoofd om. Ze zag vrijwel niets in het donker. 'Oké?'

'Het is alsof je me niet vertrouwt, Jill.'

Jill nam niet de moeite te antwoorden. In plaats daarvan legde ze een hand op haar jack zodat ze de harde randen van de telefoon onder de opgevouwen stof kon voelen voor ze haar ogen dichtdeed.

23

Falk was blij dat hij de hut uit kon. Carmen en hij volgden King naar de open plek, waar ze alle drie met hun ogen stonden te knipperen tegen het daglicht.

'Het pad dat de vrouwen volgden, loopt daar.' King wees achter de hut en Falk strekte zijn hals om te kijken. Hij ontwaarde geen pad, alleen een muur van bomen en zo nu en dan een oranje vlek waar de reddingswerkers speurden. Ze leken met elke stap te verschijnen en te verdwijnen.

'We werken er zo snel we kunnen doorheen, maar...' King maakte zijn zin niet af, maar dat was ook niet nodig. De wildernis was dichtbegroeid, en dichtbegroeid betekende traag. Dichtbegroeid betekende dat sommige dingen gemakkelijk over het hoofd konden worden gezien. Het betekende dat sommige dingen nooit meer boven water kwamen.

Falk hoorde verborgen stemmen tussen de bomen naar Alice roepen en op een reactie wachten. Sommige pauzes leken kort en plichtmatig. Falk nam het hun niet kwalijk. Het was nu vier dagen geleden. Tussen de bomen dook een reddingswerker op, en hij wenkte King.

'Momentje,' zei King, en hij liep weg.

Falk en Carmen, weer alleen, keken elkaar aan. De plastic zeilen aan de voeten van de agenten golfden in de wind.

'Ik hoop echt dat het Sarah Sondenberg is die eronder ligt,' zei Carmen met een knikje naar het grootste zeil. 'Omwille van haar ouders. Kovac om informatie moeten smeken is iets wat je je leven lang achtervolgt. De andere families hadden tenminste nog een begrafenis.'

Ook Falk hoopte dat het Sarah Sondenberg was. Hij wist niet wat hij moest hopen als zij het niet was.

Hij draaide zich om en bekeek de hut. Die was in zijn begintijd waarschijnlijk heel solide geweest, maar nu leek het een wonder dat hij nog overeind stond. Hij was gezien de toestand van het hout van vóór Martin Kovac' tijd, dat wist hij zeker. Wie had hem gebouwd? Een reeds lang vergeten project van boswachters? Een natuurliefhebber met behoefte aan een schuilplaats, gebouwd toen de wetgeving rond natuurparken nog niet zo streng was? Hij vroeg zich af of hij altijd zo eenzaam had geleken.

Hij liep ernaartoe en probeerde de deur, zwaaide die een paar keer open en dicht. De hengsels waren zo verroest dat ze nauwelijks piepten. De houten deurpost leek alleen maar mee te geven.

'Weinig geluid. Het is waarschijnlijk mogelijk om weg te glippen zonder dat iemand het hoort. Of voor een ander om naar binnen te glippen, lijkt me.'

Carmen probeerde het zelf. 'Er zijn ook geen ramen die direct uitkijken op de achterkant. Ze konden haar vanbinnen dus niet naar het noordelijke pad zien lopen.'

Falk dacht aan wat de vrouwen hadden verteld en probeerde zich voor te stellen hoe het was gegaan. Ze zeiden dat ze wakker werden en zagen dat Alice er niet meer was. Als ze alleen op pad was gegaan, moest ze aan de achterkant van de hut het duister in zijn geslopen. Hij dacht aan het tijdstip van het voicemailbericht. 4.26 uur. *Haar kwaad kan doen.* Wat er ook met Alice Russell gebeurd mocht zijn, het had zich vrijwel zeker in het holst van de nacht voltrokken.

Hij keek naar de overkant van de open plek. King was nog steeds in gesprek. Ergens achter de hut lag het pad naar het noorden. 'Zin in een wandelingetje?' vroeg hij aan Carmen.

Ze waadden door het hoge gras, het bos in. Falk keek om

de paar passen achterom. De hut was al snel uit het zicht verdwenen. Hij maakte zich enigszins zorgen dat ze het pad compleet over het hoofd zouden zien, maar dat had niet gehoeven. Toen ze het vonden, wisten ze het. Het was smal, maar grondig platgetreden. Een rotsachtige ondergrond had voorkomen dat de regen er modder van had gemaakt.

Carmen stond midden op het pad en keek eerst de ene en toen de andere kant op.

'Daar is het noorden, lijkt me,' zei ze met een licht peinzende blik. 'Dat moet wel. Maar het is niet gemakkelijk te zeggen.'

Falk draaide zich om en voelde zich nu al lichtelijk gedesoriënteerd. De wildernis was aan beide kanten vrijwel hetzelfde. Hij keek in de richting waaruit ze waren gekomen en zag de reddingswerkers achter hen. 'Ja, ik denk dat je gelijk hebt. Dat moet het noorden zijn.'

Ze gingen weer verder, het pad net breed genoeg om naast elkaar te lopen.

'Wat zou jij hebben gedaan?' vroeg Falk. 'In hun omstandigheden. Blijven of doorlopen?'

'De slangenbeetfactor meegeteld had ik geprobeerd door te lopen. Je hebt eigenlijk geen keus. Zonder?' Carmen dacht even na. 'Blijven. Denk ik. Ik weet het niet. Ik zou liever niet blijven, zeker niet nu ik de toestand van die hut heb gezien, maar ik denk dat ik het toch zou hebben gedaan. Veilig onder een dak en erop vertrouwend dat de reddingsteams hun werk doen. En jij?'

Falk vroeg zich hetzelfde af. Blijven en niet weten wanneer, en of, je wordt gevonden? Doorlopen, zonder te weten waar je heen gaat? Hij deed zijn mond open, nog zonder antwoord, toen hij het hoorde.

Een zacht piepje.

Hij stond stil. 'Wat was dat?' Carmen, een halve pas voor hem, draaide zich om. 'Wat?'

Falk gaf geen antwoord. Hij luisterde. Hij hoorde slechts

het geruis van de wind door de bomen. Had hij het zich ingebeeld?

Het geluid móést nog eens klinken, dacht hij. Dat gebeurde niet, maar het stond hem helder voor de geest. Kort, subtiel en onmiskenbaar elektronisch. Het duurde een fractie van een seconde voor hij het kon plaatsen, maar ook geen moment langer. Hij stak zijn hand in zijn zak en wist al dat hij het bij het rechte eind had. Normaal gesproken hoorde hij dat geluid tientallen keren per dag. Zo vaak dat het hem in die andere omgeving nauwelijks opviel. Maar hier bezorgde de vreemde en onnatuurlijke toon hem rillingen.

Het schermpje van zijn mobiel gloeide. Een sms. Falk nam niet de moeite die te lezen; de meldingstoon vertelde hem alles wat hij moest weten. Hij had bereik.

Falk hield de telefoon omhoog zodat Carmen het kon zien. Het signaal was zwak, maar het was er wel degelijk. Hij zette een stap in haar richting. Het verdween. Hij stapte terug en de balkjes kwamen weer tot leven.

Falk deed een paar passen de andere kant op. Weer weg. Er was op één precieze plek bereik. Vergankelijk en zwak, maar misschien genoeg voor een flard van een bericht om over te komen.

Carmen draaide zich om en rende weg. Terug over het pad naar de hut, dwars door de muur van bomen terwijl Falk exact bleef staan waar hij stond. Hij tuurde naar het schermpje terwijl het signaal aan en uit en weer aan floepte; hij durfde zijn ogen er niet van af te wenden. Even later kwam Carmen terug, met in haar kielzog een hijgende brigadier King. Hij keek naar Falks schermpje, pakte zijn radio en riep de reddingswerkers op. Ze doken aan beide zijden van het pad de wildernis in, oranje vlekken die diep in het schemerlicht verdwenen.

Haar kwaad kan doen.

Het kostte hun nog geen kwartier om Alice Russells rugzak te vinden.

Dag 4: zondagochtend

De wolken waren opgetrokken en de maan was helder en vol.

Alice Russells blonde haar was als een zilverkleurige halo toen ze zachtjes de deur van de hut achter zich dichtdeed. Er klonk een klik en slechts een nauwelijks hoorbaar gekraak van de roestende hengsels. Ze verstarde, luisterde. Haar rugzak hing over een schouder en er hing iets over haar arm. Er volgde geen beweging in de hut en Alice' borst rees en daalde in een zucht van verlichting.

Ze zette haar rugzak geruisloos neer en schudde het ding uit dat ze over haar arm droeg. Een waterdicht jack. Duur, maat large. Niet van haar. Alice liet haar handen over de stof glijden en ritste een zak open. Ze haalde er iets duns en rechthoekigs uit, en ze drukte op een knop. Een gloed, en een glimlachje. Alice stopte haar telefoon in haar broekzak. Ze rolde het jack op en propte het achter een omgevallen boom naast de deur van de hut.

Alice gooide haar rugzak over haar schouder en met een klik verlichtte een bundel zaklantaarnlicht de bosgrond voor haar. Ze ging op weg, met zachte stappen, in de richting van de muur van bomen en het pad. Toen ze langs de zijkant van de hut verdween, keek ze niet om.

Ver achter haar, aan de andere kant van de open plek, van achter papierachtige repen eucalyptusschors, zag iemand haar vertrekken.

24

Alice Russells rugzak lag verlaten achter een boom. Het was tien meter van het pad vandaan, verborgen tussen dik kreupelhout, en hij was ongeopend. Het was bijna alsof de eigenaar hem had neergelegd, was weggelopen en nooit was teruggekeerd, dacht Falk.

Brigadier King had langdurig bij de rugzak neergehurkt en was er systematisch omheen gegaan, alsof hij een gechoreografeerde dans uitvoerde. Toen was hij met een zucht opgestaan en had het gebied afgegrendeld, zijn reddingsteam gekozen en de plaats ontruimd.

Falk en Carmen hadden niet tegengesputterd. Ze liepen terug naar de Noordelijke Weg over dezelfde route als op de heenweg; ze volgden de politielinten en een paar reddingswerkers wier dienst erop zat. Ze liepen zwijgend in ganzenmars, even aarzelend, en daarna nog eens, bij verschillende splitsingen in het pad. Falk was opnieuw blij met de markeringen in de bomen.

Terwijl hij achter Carmen aan liep, dacht hij na over de rugzak. Die lag daar alleen, onaangeroerd, een door mensen gemaakte afwijking in het landschap. Hij zag er niet uit alsof hij was doorzocht en Falk wist niet wat hij daarvan moest denken. De inhoud had waarschijnlijk geringe geldelijke waarde, maar hier, waar waterdichte kleding het verschil kon uitmaken tussen leven en dood, werd waarde anders gemeten. Falks intuïtie zei hem dat Alice Russell haar rugzak niet vrijwillig zou hebben achtergelaten en dat besef bezorgde hem koude rillingen die niets met het weer te maken hadden.

Als je eenmaal de spullen of de schuilplaats hebt gevonden, dan vind je altijd kort daarop het lijk. De woorden van de pompbediende bleven maar door zijn hoofd malen. Hij zag de man voor zich, hij had steeds achter de toonbank gestaan als ze bij het tankstation stopten. Maar niet die ochtend. *Dan vind je altijd kort daarop het lijk.* Falk zuchtte.

'Waar denk je aan?' vroeg Carmen zachtjes.

'Aan dat het er niet goed uitziet. Niet als ze in deze omstandigheden geen uitrusting heeft.'

'Ik weet het. Ik denk dat ze haar nu snel zullen vinden.' Carmen keek naar de wildernis, die dik en zwaar aan beide kanten van het pad hing. 'Als ze daar nu ergens is.'

Ze liepen tot de bomen wat verder uit elkaar stonden en het daglicht wat helderder leek. Nog een bocht en een draai en ze stonden weer op de Noordelijke Weg. Reddingswerkers en agenten stonden samengedromd langs de kant van de weg en spraken op gedempte toon nu het nieuws over de rugzak zich als een lopend vuurtje verspreidde. Falk keek om zich heen. Ian Chase was nergens te bekennen en het busje van Executive Adventures was verdwenen. De wind had vrij spel op de open weg en Falk trok zijn jack strakker om zich heen. Hij wendde zich tot een agent die de teruggekeerde reddingswerkers aan het organiseren was.

'Heb je Ian Chase zien vertrekken?'

De agent keek verstoord op. 'Nee. Sorry. Ik besefte niet dat hij weg was. Je kunt proberen om hem te bellen als het dringend is. Er is een boswachtershut met een landlijn voor noodgevallen op tien minuten rijden die kant op.' Hij wees naar de weg.

Falk schudde zijn hoofd. 'Laat maar. Bedankt.'

Hij liep achter Carmen aan naar hun auto en zij ging achter het stuur zitten.

'Terug naar de lodge?'

'Dat lijkt me wel.'

Ze trok op en de bedrijvigheid op de weg werd in de achteruitkijkspiegel steeds kleiner, tot die na een bocht helemaal verdween. Kathedraalmuren van begroeiing rezen aan beide kanten hoog boven hen op. Er was geen spoor van de drukte die zich nu diep daarbinnen afspeelde. De wildernis wist haar geheimen goed te bewaren.

'Die hut lag goed verborgen, maar hij was niet onbekend,' zei Falk ten slotte.

'Pardon?' Carmen lette op de weg.

'Ik dacht aan iets wat Bree McKenzie eerder zei. Die gevangene die de tip gaf, wist van het bestaan van de hut. Dat is dus op z'n minst één persoon. Waarom zou hij niet door nog iemand zijn ontdekt?'

'Aan wie denk je? Aan onze afwezige Executive Adventures-vriend?'

'Misschien. Om maar iemand te noemen. Hij loopt hier regelmatig in zijn eentje rond.' Falk dacht aan de drommen reddingswerkers en agenten en parkwachten die ter plekke waren. 'Maar dat zullen er ongetwijfeld meer doen.'

Ze stopten op de parkeerplaats van de lodge en haalden hun tassen uit de kofferbak. Achter de receptie zat een boswachter die ze eerder hadden gezien.

'Er gebeurt daar van alles, begrijp ik?' Hij keek Falk en Carmen beurtelings aan in de hoop op nieuwe informatie, maar ze knikten alleen maar. Het was niet aan hen dit nieuws te brengen.

De deur naar de keuken stond op een kier en Falk kon Margot Russell zien. Ze zat aan een tafel stilletjes te huilen, met een hand voor haar ogen en schokkende schouders. Ze zat naast Jill Bailey en een vrouw met het typische uiterlijk van een maatschappelijk werkster. Lauren drentelde achter hen heen en weer.

Falk draaide zich om. Ze konden later met Margot praten,

nu was duidelijk niet het geschikte moment. Door het grote raam aan de voorkant van de lodge zag hij beweging op de parkeerplaats. Een donker hoofd – nee, twee. Bree en Beth kwamen uit de richting van de hotelkamers gelopen. Ze hadden ruzie. Falk kon hen niet horen, maar hij zag dat ze even ophielden om een busje te laten passeren. De tekst op de zijkant was herkenbaar. EXECUTIVE ADVENTURES. Ian Chase was terug van weggeweest, waar dat ook mocht zijn. Hij gaf Carmen een porretje, die zich omdraaide om te kijken.

De boswachter achter de balie had hen ingecheckt en gaf hun twee sleutels. 'Zelfde kamers als vorige keer,' zei hij.

'Bedankt.' Falk pakte ze aan en draaide zich om om weg te gaan, afgeleid door Chase, die Carmen en hij uit zijn busje zagen stappen. Ze waren bijna bij de deur toen de boswachter achter de balie naar hen riep.

'Hé, wacht.' Hij hield een hoorn omhoog, met een diepe frons op zijn voorhoofd. 'Jullie zijn toch van de politie? Er is telefoon voor jullie.'

Falk keek Carmen aan, die verbaasd haar schouders ophaalde. Ze liepen terug naar de balie, waar Falk de hoorn aannam en zijn naam zei. De stem aan de andere kant klonk blikkerig en zwak, maar herkenbaar. Brigadier King.

'Kun je me verstaan?' Kings woorden klonken gehaast.

'Heel slecht.'

'Klote. Ik ben nog steeds vlak bij de vindplaats. Ik bel met de landlijn in de boswachtershut, de ontvangst is altijd belabberd...' Hij viel weg. 'Is het zo beter?'

'Niet echt.'

'Geeft niet. Luister, ik ben op de terugweg. Zijn er agenten van de staatspolitie bij jullie?'

'Nee.' Ze waren de enigen in de receptie en de parkeerplaats was vrijwel leeg. De meeste agenten moesten nog bij de vindplaats zijn. 'Wij zijn de enigen.'

'Oké. Kerel, ik heb...' Ruis. Niets.

‘Wacht. Je viel even weg.’

‘Jezus. Hoor je me nu?’

‘Ja.’

‘We hebben haar gevonden.’

Er klonk een hard knetterende ruis. Falk ademde in en ademde uit.

‘Verstond je me?’ Kings stem klonk rustig.

‘Ja. Begrepen. Levend?’ Falk wist het antwoord al voor hij de vraag had gesteld. Naast hem stond Carmen stokstijf stil.

‘Nee.’

Het woord trof hem toch als een stomp op zijn borst.

‘Hoor eens.’ Kings stem viel steeds weg en kwam dan weer terug. ‘We rijden nu terug, zo snel we kunnen, maar je moet iets voor me doen. Wie is er nog meer?’

Falk keek om zich heen. Carmen. De boswachter achter de balie. Margot Russell en haar maatschappelijk werkster in de keuken met Jill en Lauren. De tweeling op de parkeerplaats. Ian Chase die zijn busje afsloot en wegliep. Hij gaf de lijst aan King door. ‘Hoezo?’

Nog meer ruis. Toen Kings stem van ver. ‘Toen we haar lichaam vonden, vonden we ook nog iets anders.’

Dag 4: zondagochtend

De maan dook achter een wolk en leverde Alice Russell over aan de schaduw toen ze langs de zijkant van de hut verdween.

Aan de overkant van de lege plek stapte de toeschouwer tevoorschijn van achter de muur van eucalyptusbomen, friemelend aan een broekrits. De zwakke geur van urine, warm tegen de koude aarde. Hoe laat was het? Bijna 4.30 uur, meldden de oplichtende cijfers van het polshorloge. Een korte blik op de hut liet daar geen beweging zien.

'Shit.'

De toeschouwer aarzelde en dook toen langs de zijkant van de hut. De wolken dreven uiteen en het hoge gras gloeide zilverachtig en leeg. De muur van bomen was stil. Alice was al uit het zicht.

25

Twee rugzakken lagen op de grond bij de achterwielen van een huurauto. De kofferbak stond wagenwijd open en de tweeling ruziede met gedempte stem, hun hoofden dicht bij elkaar. De wind pakte hun haar en tilde het op, verstrengelde de donkere lokken. Ze draaiden hun hoofden tegelijk om, en de ruzie verschrompelde tot niets toen Falk en Carmen op hen afkwamen.

'Sorry, dames.' Carmen hield haar stem neutraal. 'We willen graag dat jullie meekomen naar de lodge.'

'Waarom?' Beth keek van de een naar de ander, een vreemde uitdrukking op haar gezicht. Verbazing, misschien. Misschien iets anders.

'Brigadier King wil jullie spreken.'

'Maar waarom?' vroeg Beth weer.

Bree stond zwijgend naast haar zus, met grote ogen keek ze van de een naar de ander. Ze hield haar verbonden arm tegen haar borst. Haar andere hand rustte op het geopende portier.

'Bree heeft een afspraak,' zei Beth. 'Er was ons gezegd dat we weg mochten.'

'Dat begrijp ik, maar nu wordt jullie gevraagd om te blijven. Voorlopig, tenminste. Kom mee.' Carmen wendde zich naar de lodge. 'Jullie kunnen je rugzak meenemen.'

Falk zag de tweeling een blik wisselen die hij niet kon duiden en toen schoorvoetend hun rugzakken oppakken. Het leek veel tijd te kosten om het portier af te sluiten en weg te lopen. Ze sjokten naar de lodge. Toen ze langs het keukenraam kwamen, zag Falk Jill en Lauren naar buiten kijken. Hij vermeed oogcontact.

Carmen stuurde een handjevol reddingswerkers weg uit de lounge en leidde de tweeling naar binnen.

Jill en Lauren waren nu de lobby in gelopen, hun gezichten lang van nieuwsgierigheid. Falk deed de deur voor hun neus dicht en wendde zich toen tot de tweeling.

'Ga zitten.'

Carmen en hij gingen naast elkaar op de oude bank zitten. Bree aarzelde en nam toen plaats op een stoel tegenover hen. Ze plukte weer aan haar verband.

Beth bleef staan. 'Gaan jullie ons nog vertellen wat er aan de hand is?'

'Brigadier King legt het jullie uit zodra hij hier is.'

'Wanneer is dat?'

'Hij is onderweg.'

Beth keek uit het raam. Op de parkeerplaats hield een reddingswerker die geen dienst had zijn radio voor zenden en ontvangen tegen zijn oor. Het nieuws deed de ronde, vermoedde Falk.

Beth keek hem aan. 'Ze hebben haar gevonden. Of niet soms?'

De vloerdelen kraakten en zuchtten in de stilte.

'Is ze dood?'

Falk zei nog steeds niets en Beth wierp een zijdelingse blik op haar zus. Bree's gezicht stond strak.

'Waar? Bij de hut?' vroeg Beth. 'Dat moet wel. Er was tot ze gevonden werd niet genoeg tijd om veel verder te zoeken. Dus heeft ze daar de hele tijd gelegen?'

'Brigadier King zal...'

'Ja, ik weet het. Dat heb je al gezegd. Maar ik vraag het aan jou. Alsjeblieft?' Beth slikte. 'We verdienen het om het te weten.'

Falk schudde zijn hoofd. 'Je zult moeten wachten. Het spijt me.'

Beth liep naar de gesloten deur. Ze bleef ervoor stilstaan en draaide zich toen met een ruk om. 'Waarom zijn Lauren en Jill niet ook hier?'

'Beth. Hou op.' Bree keek eindelijk op, haar vingers plukkend aan haar arm.

'Waarom? Het is een redelijke vraag. Waarom zitten alleen wij tweeën hier?'

'Ik meen het, Beth, hou je mond,' zei Bree. 'Wacht tot de brigadier hier is.'

Falk hoorde nog steeds Kings stem door de telefoon. Slechts bij vlagen hoorbaar, maar duidelijk genoeg wanneer het belangrijk was.

Toen we haar lichaam vonden, vonden we ook nog iets anders.

Wat?

Beth stond roerloos. Ze keek haar zus strak aan.

'Waarom alleen wij tweeën?' vroeg ze weer.

'Wees stil.' Bree zat stijf op haar stoel, haar vingers nog steeds pulkend aan het verband.

Beth knipperde met haar ogen. 'Tenzij het niet zo is?' Haar ogen schoten naar Falk. 'Niet wíj, bedoel ik. Niet wij allebei.'

Falk wierp onwillekeurig een blik op Bree, met het grauwe en gerafelde verband met daaronder de ontstoken slangenbeet.

Toen we haar lichaam vonden, vonden we ook nog iets anders. Kings stem was moeilijk te horen geweest.

Wat?

Verscholen in een dode boom pal naast haar. Een joekel van een ruitpython.

Eindelijk keek Bree haar tweelingzus recht aan. 'Hou je mond, Beth. Zwijg.'

'Maar...' stamelde Beth. 'Wat is er aan de hand? Heb je iets gedaan?'

Bree keek haar strak aan. Haar hand was tot rust gekomen,

het verband voor één keer vergeten. 'Heb ík iets gedaan?' Ze lachte, kort en schamper. 'Niet doen.'

'Wat bedoel je?'

'Je weet wat ik bedoel.'

'Nee.'

'Echt niet? Goed dan. Wat ik bedoel, Beth, is dat je mij niet met de politie erbij moet vragen wat ik heb gedaan alsof je daar geen flauw idee van hebt. Maar als je het echt wilt, laten we dan eens praten over wat jíj hebt gedaan.'

'Ik? Ik heb niets gedaan.'

'Echt niet? Ga je doen alsof...'

'Bree,' begon Falk, 'ik wil je met klem aanraden om te wachten tot...'

'Doen alsof je de onschuld zelve bent? Alsof je er niets mee te maken hebt?'

'Waar heb ik niets mee te maken?'

'Jezus, Beth! Doe je dit echt? Ga je mij nu beschuldigen? Met hen erbij?' Bree zwaaide naar Falk en Carmen. 'Zonder jou zou dit allemaal niet eens zijn gebeurd.'

'Wat zou niet zijn gebeurd?'

'Hé...' De pogingen van Falk en Carmen om tussenbeide te komen werden overstemd. Bree stond nu overeind, oog in oog met haar tweelingzus.

Beth deed een stap naar achteren. 'Luister naar wat ik zeg, ik heb geen idee waar je het over hebt.'

'Onzin.'

'Nee. Ik meen het.'

'Dat is onzin, Beth! Ik geloof gewoon niet dat je dit doet.'

'Wat?'

'Je eigen handen in onschuld wassen en mij de zwartepiet toespelen! Waarom zou ik je dan nog helpen? Waarom zou ik niet voor mezelf opkomen en de waarheid vertellen?'

'De waarheid waarover?'

'Dat ze al dood was!' Bree's ogen werden groot, haar donkere haar zwaaide. 'Dat weet je best! Alice was al dood toen ik haar vond.'

Beth deed nog een stap achteruit en keek haar tweelingzus aan. 'Bree, ik wist niet...'

Bree uitte een kreet van frustratie en draaide zich razendsnel om, haar ogen smeekten toen ze Falk en Carmen aankeek.

'Het was niet zoals zij het laat klinken. Luister niet naar haar.' Bree's hand trilde toen ze naar haar zus wees. 'Alsjeblieft. Jullie moeten brigadier King duidelijk maken...'

'Bree...'

'Luister, Alice was al dood.' Bree's knappe gelaatstrekken waren verwrongen en er stonden tranen in haar ogen. 'Ik heb haar gevonden. Op het pad. Zondagochtend vroeg. En ik verplaatste haar. Toen werd ik gebeten. Maar meer heb ik niet gedaan. Ik heb haar geen kwaad gedaan, dat zweer ik. Het is de waarheid.'

'Bree...' probeerde Carmen nu, maar Bree onderbrak haar.

'Ze zat in elkaar gezakt. Ze ademde niet. Ik wist niet wat ik moest doen. Ik was bang dat er iemand zou komen en haar zou zien, dus pakte ik haar vast. Ik wilde haar alleen maar in het struikgewas verbergen tot...'

Bree zweeg. Ze wierp een blik op haar zus. Beth hield de rugleuning van een stoel zo stevig vast dat haar knokkels wit oplichtten.

'... tot ik Beth gesproken had. Maar toen struikelde ik en beet de slang in mijn arm.'

'Maar waarom heb je haar verborgen, Bree?' Beth had tranen in haar ogen.

'Jezus. Dat weet je best.'

'Nee.'

'Vanwege...' Ze leek haar gedachten niet af te kunnen maken. Ze stak een hand uit naar haar zus.

'Vanwege wat?'

'Vanwege jou. Ik deed het voor jou.' Ze strekte zich en greep deze keer haar zus bij de arm. 'Ze mogen je niet nog eens opsluiten. Het zou mama's dood worden. Ze heeft het je nooit verteld, maar het was de vorige keer echt heel erg. Ze verslechterde zienderogen. Het was vreselijk om haar zo verdrietig te zien, in de wetenschap dat het mijn schuld was en...'

'Nee, Bree, het was mijn eigen schuld dat ik de vorige keer moest zitten.'

'Nee, het was mijn schuld.' Bree verstevigde haar greep. 'Het was niet mijn buurvrouw die de politie vertelde dat je me had beroofd, dat was ik zelf. Ik besefte niet dat het zo ver zou gaan.'

'Dat was niet jouw schuld.'

'Wel waar.'

'Nee, dat was mijn schuld. Maar dit...' Beth deed een stap naar achteren, trok haar arm uit haar zusjes greep. 'Dit is zo erg, Bree. Waarom doe je zoiets?'

'Dat weet je best.' Bree strekte haar hand weer uit, maar haar vingertoppen grepen niets dan lucht. 'Natuurlijk weet je dat. Omdat je mijn zusje bent! We zijn familie.'

'Maar je vertrouwt me totaal niet.' Beth deed nog een stap terug. 'Denk je echt dat ik tot zoiets in staat ben?'

Falk zag buiten beweging toen een politieauto op het grind stopte. King stapte uit.

'Maar wat moet ik anders denken? Hoe kan ik je vertrouwen, na alles wat je hebt gedaan?' Bree huilde nu, haar gezicht vlekkerig en rood. 'Ik kan nauwelijks geloven dat je daar staat te líégen. Vertel het hun! Alsjeblieft, Beth. Doe het voor mij. Vertel hun de waarheid!'

'Bree...' Beth hield op. Ze deed haar mond open alsof ze nog iets wilde zeggen, sloot hem weer en draaide zich zwijgend om.

Bree reikte naar haar, haar goede hand klauwde en haar

kreten echoden door de kamer toen brigadier King de deur van de lounge opendeed.

'Je bent een vuile leugenaar! Ik haat je, Beth! Ik haat je omdat je me dit flikt! Vertel hun de waarheid!' Bree sprak met moeite door haar tranen heen. 'Ik deed het voor jou.'

Nu hun gezichten verwrongen en kwaad waren door bedrog, vond Falk de tweeling meer dan ooit op elkaar lijken.

Dag 4: zondagochtend

Alice Russell bleef stokstijf staan.

Ze was een eindje het pad naar het noorden op gelopen en was net zichtbaar in een plas maanlicht. De hut was nu helemaal uit het zicht, weggestopt achter de bomen.

Alice hield haar hoofd gebogen en haar rugzak stond op de grond tegen een grote steen geleund. Ze hield een hand tegen haar oor gedrukt. Zelfs van een afstand verried de blauwwitte gloed van haar telefoon dat haar hand trilde.

26

De tweeling werd in aparte politieauto's afgevoerd.

Falk en Carmen keken vanuit de entree toe. Lauren en Jill stonden in de receptie, hun monden slap van ongeloof, tot brigadier King hun zei dat ze in de lounge moesten wachten. Een agent zou ze om de beurt naar het kantoor van de lodge roepen om hun verklaringen opnieuw op te nemen, zei hij. Ze moesten naar het politiebureau in de stad komen als dat nodig mocht worden geacht. Ze knikten zonder iets te zeggen en hij reed weg.

Lauren werd als eerste naar het kantoor geroepen, haar gezicht ingevallen en bleek toen ze door de lounge liep. Falk en Carmen bleven achter met Jill. Ze leek een gekrompen versie van de vrouw die ze een paar dagen eerder hadden ontmoet.

'Ik zei tegen Alice dat het haar verdiende loon was als ze dood zou neervallen,' zei Jill zomaar. Ze staarde in het vuur. 'Ik meende het. Op dat moment.'

Ze hoorden door de deur Margot Russell jammeren. De stem van de contactpersoon kwam er nauwelijks doorheen. Jill wendde haar hoofd af met een bedroefde uitdrukking op haar gezicht.

'Wanneer wist je dat je neef foto's van Margot had?' vroeg Carmen.

'Pas toen het al te laat was.' Jill keek omlaag naar haar handen. 'Daniel vertelde uiteindelijk het hele verhaal op dinsdag, maar alleen omdat de foto's toen openbaar waren. Hij had het me veel eerder moeten vertellen. Als hij die eerste avond, toen ze naar ons kamp kwamen, eerlijk was geweest, was dit alles misschien niet gebeurd. Dan zou ik Alice hebben laten vertrekken op het moment dat ze erom vroeg.'

'Hoeveel heeft Daniel je die avond verteld?' vroeg Falk.

'Alleen dat zijn vrouw Joel met een paar foto's had betrapt en dat Daniel daarom zo laat bij de survivaltocht aankwam. Misschien had ik het verband moeten zien, maar het kwam niet eens in me op dat die foto's van Margot konden zijn.' Ze schudde haar hoofd. 'In mijn tijd ging het er heel anders aan toe op school.'

Door de deur was nog steeds het gehuil hoorbaar. Jill zuchtte.

'Had Alice het me maar zelf verteld. Als ik het had geweten, had ik haar meteen die eerste avond terug laten gaan. Natuurlijk zou ik dat hebben gedaan.' Het klonk enigszins alsof Jill zichzelf probeerde te overtuigen. 'En Joel is een domme jongen. Hij zal hier niet met een excuusje van afkomen. Hij lijkt veel op Daniel toen die jong was: doet waar hij zin in heeft, denkt nooit verder dan een uur vooruit. Kinderen begrijpen het niet, hè? Ze leven in het moment. Ze beseffen niet dat wat ze op die leeftijd doen hen nog jaren kan blijven achtervolgen.'

Ze viel stil, maar haar handen trilden toen ze die op haar schoot samenvouwde. Er klonk geklop en de deur van de lounge ging open. Lauren keek naar binnen, bleek en met ingevallen wangen.

'Jij bent aan de beurt,' zei ze tegen Jill.

'Wat vroegen ze?'

'Hetzelfde als de vorige keer. Ze wilden weten wat er was gebeurd.'

'En wat heb je hun verteld?'

'Ik zei dat ik niet kon geloven dat Alice was weggelopen.' Lauren keek naar Jill en vervolgens naar de grond. 'Ik ga naar bed. Ik kan dit niet aan.' Ze trok zich zonder een antwoord af te wachten terug en deed de deur achter zich dicht.

Jill bleef nog een lang moment naar de gesloten deur staren en stond toen met een diepe zucht op. Ze deed de deur open en liep naar buiten terwijl het geluid van Margots jammerklachten om haar heen echode.

Dag 4: zondagochtend

Alice schreeuwde bijna tegen de telefoon. Haar wang had een blauwe gloed in het licht van het schermpje en haar woorden zweefden over het pad.

'Centrale? Kun je me horen? Verdomme.' Haar stem was hoog van wanhoop. Ze hing op. Ze keek met gebogen hoofd naar de telefoon. Probeerde het nog eens, toetste drie cijfers in, zelfde verhaal. Alarmnummer. 'Centrale? Help ons. Is daar iemand? Alsjeblieft. We zijn verdwaald. Kun je...?' Ze hield op, nam de telefoon weg bij haar oor. 'Verdomme.'

Haar rug rees en daalde toen ze diep ademhaalde. Ze tikte weer op het schermpje. Een ander nummer deze keer, niet driecijferig. Toen ze sprak, klonk haar stem veel rustiger dan zojuist.

'Agent Falk, met Alice. Alice Russell. Ik weet niet of je me kunt horen.' Er klonk een trilling in haar stem. 'Als je deze boodschap hoort, dan smeek ik je om de dossiers, heel alsjeblieft, morgen niet door te geven. Ik weet me geen raad. Daniel Bailey heeft een paar foto's. Zijn zoon, bedoel ik. Foto's van mijn dochter. Ik kan nu niet het risico nemen hem boos te maken, het spijt me. Zodra ik terug ben, leg ik het uit. Wacht nog even met actie ondernemen, dan probeer ik een andere manier te bedenken om de contracten te bemachtigen. Het spijt me, maar ze is mijn dochter. Alsjeblieft. Ik wil voorkomen dat dit haar kwaad kan doen...'

Geritsel en de plof van een voetstap achter haar. Een stem in het donker.

'Alice?'

27

Falk en Carmen zaten alleen in de lounge en zeiden niet veel. Het geluid van Margot Russells gesnotter was nog lang door de deur blijven klinken en toen abrupt opgehouden, wat een onheilspellende stilte had achtergelaten. Falk vroeg zich af waar ze naartoe was gegaan.

Ze hoorden een auto stoppen op het grind en Carmen liep naar het raam. 'King is terug.'

'Is de tweeling er ook?'

'Nee.'

Ze troffen King in de lobby. Zijn gezicht was grauwer dan gebruikelijk.

'Hoe ging het op het bureau?' vroeg Falk.

De brigadier schudde zijn hoofd. 'Ze krijgen juridische bijstand, maar voorlopig houden ze allebei vast aan hun verhaal. Bree houdt vol dat Alice al dood was toen ze haar vond en Beth weet er niets van.'

'Geloof je ze?'

'Joost mag het weten. Het wordt hoe dan ook een helse klus om iets te bewijzen. Er is nu een forensisch team uit Melbourne ter plekke, maar ze heeft dagenlang in weer en wind gelegen. Ze zit onder de modder en stukjes blad.'

'Zat er iets interessants in haar rugzak?' vroeg Carmen.

'Zoals een stapel financiële verslagen van BaileyTennants?' King toonde met moeite een nors glimlachje. 'Ik dacht het niet, sorry. Maar hier...' Hij rommelde in zijn rugzak en haalde een geheugenstick tevoorschijn. 'Foto's van de plaats delict. Als je iets ziet wat je nodig hebt, kun je de jongens van het forensisch team erom vragen als ze het allemaal terugbrengen.'

'Bedankt.' Falk pakte het stickje aan. 'Kijken ze ook naar dat graf naast de hut?'

'Ja. Dat doen ze ook.' King aarzelde.

'Wat?' Carmen keek hem nauwlettend aan. 'Wat is er? Hebben ze bevestigd dat het Sarah is?'

King schudde zijn hoofd. 'Het is Sarah niet.'

'Hoe weten ze dat?'

'Het is het lijk van een man.'

Ze keken hem verbaasd aan. 'Wie?' vroeg Falk.

'We kregen een uur geleden een telefoontje op het bureau,' zei King. 'Die ex-biker in de gevangenis heeft een dealtje gesloten waar hij tevreden mee is, en hij heeft zijn advocaat verteld dat het lijk in die kuil volgens hem Sam Kovac zelf is.'

Falk knipperde met zijn ogen. 'Sam Kovac?'

'Ja. Die man zegt dat de bikers vijf jaar geleden betaald kregen om hem uit de weg te ruimen. Sam had lopen opscheppen over zijn banden met zijn vader, vermoedelijk om in de groep te komen. Maar die man denkt dat Sam niet helemaal goed bij zijn hoofd was, te onstabiel om hem te kunnen vertrouwen. Dus toen de bikers een beter aanbod kregen, namen ze dat aan. Het kon de kopers niet schelen hoe het gebeurde, zolang het lijk maar nooit kon worden ontdekt. Ze wilden gewoon dat Sam verdween.'

'Wie waren de kopers?' vroeg Carmen.

King wierp een blik uit het raam. De wind was gaan liggen en de wildernis was voor de verandering vreemd stil. 'Ze gebruikten een stroman, maar het was blijkbaar een wat ouder echtpaar. Welgesteld. Bereid om goed te betalen. Maar raar. Niet helemaal zichzelf.'

Falk liep in gedachten de mogelijkheden af en vond er maar één.

'Niet Sarah Sondenbergs ouders?' vroeg hij, en King haalde half zijn schouders op.

'Dat kunnen we nog niet met zekerheid zeggen, maar ik denk dat ze inderdaad eerst naar hen zullen gaan. De arme zielen. Ik denk dat twintig jaar rouw en onzekerheid vreemde dingen kunnen doen met een mens.' King schudde zijn hoofd. 'Die ellendige Martin Kovac. Hij heeft dit oord verwoest. Hij had die arme mensen wat gemoedsrust kunnen geven. Zichzelf misschien hartzeer kunnen besparen. Wie zal het zeggen? Heeft een van jullie kinderen?'

Falk schudde zijn hoofd, zag Sarah Sondenberg voor zich, met haar glimlach van krantenpapier. Haar ouders, en hoe die de afgelopen twintig jaar moesten hebben beleefd.

'Ik heb twee zoons,' zei King. 'Ik heb altijd te doen gehad met de Sondenbergs. Onder ons gezegd en gezwegen: als zij het zijn, kan ik het hun niet echt kwalijk nemen.' Hij zuchtte. 'Onderschat nooit hoever je bereid bent te gaan voor je kind.'

Ergens diep in de lodge klonk opnieuw Margot Russells geweeklaag op.

Dag 4: zondagochtend

'Alice?'

Alice Russell schrok. Haar vingers friemelden om het gesprek te beëindigen terwijl ze zich naar de stem wendde, haar ogen groot door het besef dat ze niet meer alleen was op het pad. Ze deed een halve pas achteruit.

'Met wie praat je, Alice?'

28

Falk voelde zich compleet ontgoocheld. En te oordelen naar de blik op Carmens gezicht toen ze het pad naar het overnachtingsgebouw afliepen, voelde zij zich net zo. De wind was weer opgestoken en stak in zijn ogen, rukte aan zijn kleren. Toen ze bij hun kamers aankwamen, stonden ze stil en friemelde Falk aan de geheugenstick die hij van King had gekregen.

'Zullen we de foto's gaan bekijken?' vroeg hij.

'Dat moesten we maar doen.' Carmen klonk even enthousiast als hij zich voelde. Alice Russells graf in de wildernis. De bergen hadden haar eindelijk prijsgegeven, alleen niet op de manier die ze hadden gehoopt.

Falk maakte de deur open, zette zijn rugzak op de vloer en trok er wat spullen uit om zijn laptop te bevrijden. Carmen zat op het bed en keek toe.

'Je hebt nog steeds je vaders kaarten,' zei ze toen hij het stapeltje op de sprei naast haar legde.

'Ja. Ik had thuis niet genoeg tijd om alles uit te pakken.'

'Nee, ik ook niet. We zullen gauw genoeg terug zijn, denk ik. Dan staat ons wat te wachten op het werk. Ze willen natuurlijk nog steeds die contracten.' Carmen klonk verslagen bij het vooruitzicht. 'Maar goed...' Ze schoof opzij om ruimte te maken op het bed toen Falk zijn laptop openklapte. 'Dit moet dan maar even.'

Falk stak de geheugenstick in de poort en ze zaten naast elkaar toen hij de fotoserie opende.

Alice' rugzak vulde het scherm. Foto's die van een afstandje waren genomen, toonden de rugzak leunend tegen de voet van een boom; zijn stof botste met de gedempte tinten groen en bruin. Close-upfoto's bevestigden Falks eerste indruk in de wildernis. De rugzak was doorweekt van de regen, maar verder onbeschadigd en ongeopend. Er was iets verontrustends aan de manier waarop hij daar rechtop stond, klaar om opgepikt te worden door een eigenaar die nooit zou terugkomen. Falk en Carmen keken langdurig naar foto's van de rugzak vanuit alle mogelijke hoeken, maar uiteindelijk ging de reeks verder.

De bomen hadden Alice Russells lichaam beschermd tegen het ergste weer, maar de elementen hadden toch hun tol geeist. Ze lag plat op haar rug in een bed van woekerend kreupelhout, haar benen gestrekt en haar armen slap langs haar lichaam. Ze lag nog geen twintig meter van het pad, maar uit de foto's bleek duidelijk dat ze vrijwel onzichtbaar was, behalve van heel dichtbij.

Haar haar lag verward rond haar hoofd en haar huid lag los en slap tegen haar hoge jukbeenderen. Afgezien daarvan leek het bijna alsof ze sliep. Bijna. Dieren en vogels hadden haar lichaam lang voor de politie ontdekt.

De wildernis was als een golf over Alice heen gespoeld. Blaadjes en takjes en aarde plakten aan haar haar en in de plooien van haar kleding. Een smoezelig stukje plastic dat eruitzag alsof het van heel ver kwam, zat klem onder een been.

Falk wilde net naar de volgende foto gaan, toen hij verstarde. Wat had zijn blik gevangen? Hij liet zijn oog nog eens over de foto gaan. Iets aan de manier waarop Alice lag, uitgespreid, bezaaid met takjes en blad. Er knaagde ergens een gedachte, die wegschoot zodra hij haar probeerde te pakken.

Falk richtte zijn gedachten op de vrouw die Carmen en hij hadden gekend. Van Alice' keurige lipstick en strijdbare houding was niets over en haar lichaam leek op de bosgrond een lege huls. Ze zag er broos en heel erg eenzaam uit. Falk hoopte dat Margot Russell die foto's nooit te zien zou krijgen. Zelfs in de dood vertoonde Alice een opvallende gelijkenis met haar dochter.

Ze scrolden verder door de reeks foto's tot het scherm leeg bleef. Ze waren aan het einde gekomen. 'Nou, dat was ongeveer zo erg als ik had verwacht,' zei Carmen op rustige toon.

Het raam rammelde toen ze achteroverleunde en haar hand op de stapel kaarten op de sprei liet vallen. Ze pakte de bovenste, vouwde hem open en liet haar ogen over de gedrukte lijntjes gaan.

'Je zou deze moeten gebruiken.' Ze klonk triest. 'Dan komt er tenminste nog íéts goeds voort uit dit alles.'

'Ja. Ik weet het.' Falk zocht in de stapel tot hij de kaart van het Giralanggebergte had gevonden.

Hij vouwde hem helemaal open en zocht de Noordelijke Weg. Hij bleek dwars door een ongemarkeerde wirwar van wildernis te snijden. Falk bepaalde grofweg de plaats waar de hut volgens hem moest staan en toen waar Alice Russells lichaam was gevonden.

Er waren geen potloodaantekeningen in de hele streek, geen woorden of opmerkingen in zijn vaders handschrift. Falk wist niet goed wat hij had gehoopt, of verwacht, te vinden, maar wat dat ook mocht zijn, het was er niet. Zijn vader was nooit in dat gebied geweest. De gedrukte lijnen op het papier staarden met wezenloze onverschilligheid terug.

Hij verschoof zuchtend de kaart tot hij het Mirror Falls-pad had gevonden. De opmerkingen waren duidelijk, neergepend in de moeilijk te lezen letters van zijn vader die in lussen en kringels over het vergeelde papier liepen. *Zomerpad. Pas op voor vallend gesteente. Waterbron.* Hij had fanatiek gecorrigeerd. Een uitkijkpunt was gemarkeerd als gesloten, daarna weer als open en toen dik doorgestreept met de woorden: *Terugkerend gevaar.*

Falk bleef lange tijd naar de woorden kijken, niet goed wetend waarom. Er flakkerde iets diep in zijn bewustzijn. Hij wilde net de laptop pakken, toen Carmen opkeek.

'Dit gebied beviel hem,' zei ze terwijl ze een kaart omhooghield. 'Hier staan heel veel opmerkingen op.'

Falk herkende onmiddellijk de naam van de streek. 'Daar ben ik opgegroeid.'

'Echt waar? Wow. Het was geen grap van je, het is echt een godvergeten uithoek.' Carmen keek nog eens goed. 'Jullie hebben daar dus samen veel gewandeld? Voor jullie verhuisden?'

Falk schudde zijn hoofd. 'Dat kan ik me niet herinneren. Ik vraag me zelfs af of hij destijds vaak in zijn eentje eropuit trok. Hij had het heel druk op de boerderij. Kreeg vermoedelijk genoeg frisse lucht.'

'Volgens deze kaart deden jullie dat wel. Minstens één keer.' Carmen gaf hem aan Falk en wees met haar vinger iets aan wat geschreven was in Erik Falks handschrift.

Met Aaron.

De woorden stonden naast een gemakkelijk zomerpad geschreven. Falk had dat nooit helemaal gelopen, maar hij wist waar het heen voerde. Het volgde de rand van de weiden waar hij vroeger altijd rondrende om stoom af te blazen terwijl zijn vader op het veld werkte, vlak bij het plekje aan de rivier waar zijn vader hem had leren vissen, langs het hek waar de driejarige Aaron ooit op een zomerse dag lachend was gefotografeerd op de schouders van zijn vader.

Met Aaron.

'We hebben nooit...' Falks ogen voelden zwaar en heet. 'We hebben dat pad nooit echt samen gelopen. Niet in één ruk.'

'Misschien was hij het van plan. Er zijn er nog meer.' Carmen had de stapel doorgenomen. Ze gaf hem nog een paar kaarten en wees naar de opmerkingen. Toen nog een paar.

In een handschrift dat verbleekt was door ouderdom en

met de jaren onvaster was geworden, stonden op bijna elke kaart de woorden: *Met Aaron. Met Aaron.* Een speciaal voor hen gekozen route om samen te volbrengen. Zijn vader, koppig tegenover een botte weigering; de woorden een verlangen naar iets anders.

Falk leunde tegen het hoofdeinde. Hij besefte dat Carmen naar hem keek en schudde zijn hoofd. Hij dacht dat praten hem misschien moeite zou kosten.

Ze legde haar hand op de zijne. 'Het is goed, Aaron. Ik weet zeker dat hij het wist.'

Falk slikte. 'Dat denk ik niet.'

'Hij wist het.' Carmen glimlachte. 'Natuurlijk wist hij het. Ouders en kinderen zijn geprogrammeerd om van elkaar te houden. Hij wist het.'

Falk keek naar de kaarten. 'Het lukte hem beter om het te laten merken dan mij.'

'Tja. Misschien. Maar wat dat betreft ben je niet de enige. Ik denk dat ouders vaak meer van hun kinderen houden dan omgekeerd.'

'Misschien.' Falk dacht aan de ouders van Sarah Sondenberg, door welke hel die waren gegaan voor hun dochter. Wat had King gezegd? *Onderschat nooit hoever je bereid bent te gaan voor je kind.*

Opnieuw knaagde er iets aan de rand van Falks bewustzijn. Hij knipperde met zijn ogen. Wat was het? Zelfs toen hij het idee bijna kon grijpen, verdraaide het en dreigde het te verdampen. De computer stond naast Carmen nog steeds open, de fotoreeks was nog steeds geladen.

'Laat nog eens zien.' Falk trok de laptop naar zich toe en scrolde door de foto's van Alice Russell, en nu keek hij aandachtiger. Er was iets in de details wat hem dwarszat, maar hij wist niet wat. Hij keek naar haar vale huid, de manier waarop haar kaak een beetje slap hing. Haar gezicht, dat blootlag, leek ontspannen, en ze zag er op een vreemde manier jonger uit. Het gieren van de wind buiten leek opeens sterk op het gejammer van Margot Russell.

Hij bleef kijken. Naar Alice' gebroken nagels, haar vieze handen, haar verwarde haar. Het blad en het zwerfvuil overal om haar heen. Weer die opflakkering. Falk bleef hangen bij die laatste foto en boog zich er wat dichter naartoe. Onder haar been zat een oud stukje plastic gevangen. De vuile resten van een gescheurde voedselverpakking lagen naast haar haar. Hij zoomde in.

In de rits van haar jack zat een enkel gerafeld rood-zilveren draadje vast.

De flakkering barstte uit in een vlam toen hij naar dat gerafelde draadje keek. En opeens dacht hij niet meer aan Alice of Margot Russell, maar aan een ander meisje, zo fragiel dat ze er bijna niet was, dat voortdurend met iets roods en zilvers en geknoopts in haar vingers zat te wriemelen.

Een in een rits gevangen draadje. Een blote pols. De wanhopige blik in de diepliggende ogen van het meisje. En de schuldige blik in de ogen van haar moeder.

Dag 4: zondagochtend

'Alice.' Lauren keek de andere vrouw strak aan. 'Tegen wie praat je?'

'O mijn god.' Alice legde een hand op haar borst. Haar gezicht was bleek in het donker. 'Je liet me schrikken.'

'Is er bereik? Heb je iemand te pakken kunnen krijgen?' Lauren stak haar hand uit naar de telefoon, maar Alice rukte de hare weg.

'Het is te zwak. Ik geloof niet dat ze me kunnen horen.'

'Bel het alarmnummer.' Lauren wilde opnieuw de telefoon pakken.

Alice deed een stap naar achteren. 'Heb ik gedaan. Hij viel steeds weg.'

'Verdomme. Met wie praatte je dan?'

'Het was een voicemail. Ik geloof niet dat hij is overgekomen.'

'Maar wie was het?'

'Niemand. Iets over Margot.'

Lauren bleef haar strak aankijken tot Alice haar in de ogen keek.

'Wat?' snauwde Alice. 'Ik zei toch dat ik het alarmnummer al heb geprobeerd.'

'Het bereik is zwak en de batterij is bijna leeg. We moeten er zuinig mee zijn.'

'Dat weet ik. Maar dit was belangrijk.'

'Geloof het of niet, maar er zijn dingen die belangrijker zijn dan die dochter van je.'

Alice zei niets, maar hield de telefoon dichter tegen zich aan.

'Oké.' Lauren haalde bewust diep adem. 'Hoe kon je trouwens de telefoon pakken zonder Jill wakker te maken?'

Alice moest bijna lachen. 'Die vrouw sliep gisteren door het onweer heen. Dan merkt ze het echt niet als haar jack beweegt.'

Lauren geloofde dat graag. Jill leek altijd beter te slapen dan de anderen. Ze keek omlaag naar Alice' andere hand. 'En je hebt Beths zaklantaarn meegenomen.'

'Die heb ik nodig.'

'Het is de enige die we hebben die het nog doet.'

'Daarom heb ik hem nodig.' Alice weigerde haar aan te kijken. Het licht van de zaklantaarn deinde in het schemerlicht. De rest van het pad was in het duister gehuld.

Lauren zag Alice' rugzak tegen een steen geleund staan. Klaar om te vertrekken. Ze haalde nog eens diep adem. 'Luister, we moeten de anderen halen. Ze zullen willen weten van het signaal. Ik zal hun niet vertellen dat je weg wilde gaan.'

Alice zei niets. Ze stopte de telefoon in een zak van haar spijkerbroek.

'Jezus, Alice. Je bent toch niet echt van plan weg te gaan?'

Alice bukte zich en pakte haar rugzak op. Ze gooide hem over een schouder. Lauren greep haar arm vast.

'Laat me los.' Alice schudde haar arm los.

'Het is niet veilig in je eentje. En we hebben nu bereik. Dat helpt hen ons te vinden.'

'Vergeet het. Het is te zwak.'

'Het is tenminste iets! Alice, het is de beste kans die we in dagen hebben gehad.'

'Praat niet zo hard, wil je? Hoor eens, ik kan niet gaan zitten wachten tot ze ons vinden.'

'Waarom niet?'

Geen antwoord.

'Godallemachtig.' Lauren probeerde haar kalmte te hervinden. Ze voelde haar hart bonken. 'Hoe wil je het aanpakken?'

'Noordwaarts lopen, zoals we vandaag hadden moeten doen. Je weet dat dat werkt, Lauren, maar je wilt het niet toegeven omdat je het dan moet proberen.'

'Nee, ik wil het niet omdat het niet veilig is. Vooral niet in je eentje. Je loopt als een blinde, je hebt niet eens een kompas.' Lauren voelde de plastic schijf in haar eigen zak.

'Als je zo bezorgd bent, kun je het beter aan mij geven.'

'Nee.' Laurens hand sloot zich eromheen. 'Vergeet het maar.'

'Dacht ik al. Maar goed, we weten dat dit pad noordwaarts loopt. Ik kan de weg vinden als het moet. Ik heb het op McAllaster gedaan.'

Dat verdomde McAllaster. Lauren voelde bij het horen van de naam haar borst verstrakken en haar bloed wat sneller gaan stromen. Dertig jaar geleden, dicht bij elkaar in the middle of nowhere, net zoals nu. De vertrouwensproef. Lauren, vervuld van heimwee, verdrietig en geblinddoekt, en het enorme gevoel van opluchting toen ze Alice' stevige hand op haar arm voelde en haar zelfverzekerde stem in haar oor hoorde.

'Ik heb je vast. Deze kant op.'

'Dank je.'

Alice die leidt en Lauren die volgt. Het geluid van voetstappen om haar heen. Gegiechel. Toen weer Alice' stem in haar oor. Een gefluisterde waarschuwing: 'Pas op.'

De leidende hand op haar arm ging omhoog, plotseling licht als lucht, en verdween in het niets. Lauren had haar handen uitgestrekt, gedesoriënteerd, haar voet bleef haken achter iets pal voor haar en ze kreeg het misselijkmakende gevoel dat ze door de ruimte viel. Het enige geluid was een onderdrukte lach in de verte.

Ze had bij haar val haar pols gebroken. Ze was blij. Dat betekende dat ze een excuus voor haar tranen had toen ze de blinddoek afdeed en zag dat ze helemaal alleen was, omgeven door dichte wildernis in het invallende duister. Al maakte het niets uit. Het duurde vier uur voor de andere meisjes haar kwamen halen. Toen ze eindelijk kwamen, had Alice gelachen.

'Ik zei toch dat je moest oppassen.'

29

Falk keek naar het rood-en-zilverkleurige draadje dat vastzat in de rits van Alice Russells jack en draaide het scherm toen naar Carmen. Ze knipperde met haar ogen.

‘Verdomme.’ Ze grabbelde met haar hand in de zak van haar eigen jack en nog voor hij iets kon zeggen, trok ze Rebecca’s gevlochten vriendschapsarmbandje tevoorschijn. De zilveren draadjes glinsterden in het licht.

‘Ik weet dat Lauren zei dat ze het hare was verloren, maar weten we zeker dat ze het op die tocht droeg?’

Falk greep zijn eigen jack en grabbelde wat rond tot hij de verkreukelde VERMIST-flyer vond die hij van de receptie had meegenomen. Hij streek hem glad, negeerde Alice’ glimlachende gezicht en concentreerde zich op de laatste foto van de vijf vrouwen samen.

Ze stonden aan het begin van het Mirror Falls-pad, Alice met haar arm rond Laurens middel. Alice glimlachte. Laurens arm lag rond Alice’ schouders, hij zweefde eerder dan dat hij erop rustte, dacht Falk nu hij de foto aandachtiger bekeek. Aan het uiteinde van de mouw van Laurens jack zat duidelijk een rood-zilveren gevlochten bandje rond haar pols.

Carmen had de vaste telefoon al opgepakt om brigadier King te bellen. Ze luisterde even en schudde toen haar hoofd. Geen verbinding. Ze belde de receptie. Tegen de tijd dat ze het kamernummer had opgevraagd, had Falk zijn jack al aan, en ze liepen zonder iets te zeggen langs de lange kant van het overnachtingsgebouw. De namiddagzon was achter de bomen gezakt en vanuit het oosten kwam het donker opzetten.

Ze kwamen bij Laurens kamer aan en Falk klopte op de deur. Ze wachtten. Geen reactie. Hij klopte nog eens en probeerde toen de deurknop. De deur zwaaide open. De kamer was leeg. Hij keek Carmen aan.

'In de lodge, misschien?' zei ze.

Falk aarzelde, keek toen langs haar heen. Het begin van het Mirror Falls-pad was leeg, het houten bordje was nauwelijks zichtbaar in het aanzwellende duister. Carmen zag waarnaar hij keek en las zijn gedachten. Onrust flitste over haar gezicht.

'Ga jij daar kijken,' zei ze. 'Ik ga King zoeken en kom achter je aan.'

'Oké.'

Falk liep met stevige pas weg, knerpend over het grind van de oprit, en vertraagde enigszins toen hij bij het modderige pad aankwam. Hij was er de enige, maar hij zag schoenafdrukken op de grond. Hij liep het pad op.

Had hij het bij het rechte eind? Hij wist het niet. Toen dacht hij aan het magere meisje en het rode draadje en haar moeders kale pols.

Onderschat nooit hoever je bereid bent te gaan voor je kind.

Falks stappen werden steeds sneller, tot hij holde en het geraas van de Mirror Falls steeds luider in zijn oren klonk.

Dag 4: zondagochtend

'Ik vind de weg wel. Op McAllaster heb ik dat ook gedaan.'

Lauren keek Alice aan. 'Op McAllaster heb je wel meer gedaan.'

'O god, Lauren. Niet weer. Ik heb mijn excuses aangeboden voor wat er toen is gebeurd. Meer dan eens.' Alice keerde zich naar haar toe. 'Hoor eens, het spijt me, maar ik moet gaan.'

Lauren strekte haar arm en greep deze keer Alice' jack vast. 'Maar dan zonder de telefoon.'

'Jawel, met míjn telefoon.' Alice duwde haar weg en Lauren wankelde naar achteren. De lange schaduwen om haar heen leken te deinen en ze voelde een steek van woede toen Alice zich omdraaide.

'Ga niet weg.'

'Schei toch uit.' Alice keek haar nu niet aan. Lauren haalde weer uit, deze keer enigszins onvast op haar voeten. Haar hand klemde zich vast aan Alice' rugzak en trok haar terug. 'Laat ons niet in de steek.'

'Jezus. Doe niet zo dramatisch.'

'Hé!' Lauren voelde iets groeien en openbarsten in haar borst. 'Zo praat je niet tegen mij.'

'Prima.' Alice wapperde met een hand. 'Luister, kom mee als je wilt. Of blijf hier. Of ga weg als je eindelijk beseft dat ze je niet komen halen. Mij maakt het niets uit. Maar ik moet weg.'

Ze probeerde zich los te trekken, maar deze keer behield Lauren haar greep.

‘Niet doen.’ Haar hand deed pijn van het harde knijpen. Ze voelde zich enigszins licht in haar hoofd. ‘Alice, denk voor deze ene keer eens aan een ander dan jezelf.’

‘Dat doe ik ook! Ik moet terug voor Margot. Er is namelijk iets gebeurd en...’

‘En god verhoede dat die lieve Margot Russell problemen heeft,’ onderbrak Lauren haar. Ze hoorde zichzelf lachen. Het klonk vreemd in het donker. ‘Ik weet niet wie er egoïstischer is, jij of zij.’

‘Pardon?’

‘Doe maar niet alsof je me niet begrijpt. Ze is even erg als jij. Je doet alsof je spijt hebt van je gedrag op school – je gedrag van nu – maar je brengt een dochter voort die geen haar beter is. Wil je dat ze in jouw voetsporen treedt? Dat heb je dan zeker bereikt.’

Alice liet een kil lachje horen. ‘O, is dat zo? Nee maar, Lauren. Daar weet jij natuurlijk alles van.’

Er viel een stilte. ‘Wat...?’ Lauren deed haar mond open, maar de woorden vervlogen.

‘Laat maar. Alleen...’ Alice dempte haar stem. ‘Laat Margot erbuiten. Ze heeft niets verkeerds gedaan.’

‘O nee?’

Alice reageerde niet.

Lauren keek haar aan. ‘Je weet dat ze erbij betrokken was, Alice.’

‘Wat, bij dat probleem met Rebecca? Dat is allemaal opgelost, dat weet je. De school deed onderzoek. De meisjes die achter de foto’s zaten, werden geschorst.’

‘De meisjes van wie kon worden bewezen dat ze erachter zaten. Dacht je dat ik niet wist dat die allemaal in Margots groepje zaten? Ze was erbij betrokken, dat staat als een paal boven water. Ze was waarschijnlijk ook nog de gangmaker.’

‘Als dat waar was, had de school het wel gezegd.’

‘O ja? Denk je dat echt? Hoeveel heb je dit jaar extra aan

de school gedoneerd, Alice? Hoeveel heeft dat oogje dicht bij Margot je gekost?'

Geen antwoord. Er ritselde iets tussen de bomen.

'Ja, dat dacht ik al.' Lauren trilde zo hevig dat ze nauwelijks kon ademen.

'Ik heb mijn best gedaan om je te helpen, Lauren. Ik heb je om te beginnen aanbevolen voor deze baan. En heb ik je niet gedekt – hoe vaak al niet, de laatste tijd – wanneer je verstrooid was en er een potje van maakte?'

'Omdat je je schuldig voelt.'

'Omdat we vriendinnen zijn!'

Lauren keek haar aan. 'Nee. Dat is niet zo.'

Alice zei een minuut lang niets. 'Oké. Luister. We zijn allebei van slag. Het zijn heel zware dagen geweest. En ik weet hoe moeilijk alles is met Rebecca. Voor jullie allebei.'

'Je weet niets. Je kunt je niet voorstellen hoe het is.'

'Toch wel, Lauren.' Alice' ogen glansden in het maanlicht. Ze slikte. 'Luister, er schijnen een paar foto's te zijn van Margot en...'

'En wat?'

'Dus ik moet terug...'

'En nu verwacht je mijn medeleven omdat niet mijn maar jouw dochter aan het verkeerde eind van een camera belandt?'

'Jezus, Lauren, alsjeblíéft. Je dochter was er al ellendig aan toe lang voordat die foto's de ronde deden.'

'Niet waar.'

'Wel waar! Natuurlijk was dat zo!' Alice' stem was een dringend gefluister. 'Als je een zondebok zoekt voor Rebecca's problemen, waarom zou je dan niet eens goed naar jezelf kijken? Allemachtig. Zie je dan echt niet van wie ze het heeft?'

Lauren hoorde het bloed ruisen in haar oren. Alice stond dichtbij, maar haar woorden klonken ver weg en zwak.

'Nee?' Alice keek haar indringend aan. 'Zal ik een handje

helpen? Wat dacht je ervan dat ze al zestien jaar moet aanzien hoe jij met je laat sollen? Mensen over je heen laat lopen. Je bent nooit tevreden met jezelf. Al jaren aan het jojoën met diëten. Ik durf te wedden dat je haar nooit hebt geleerd om voor zichzelf op te komen. Heb je je weleens afgevraagd waarom jij altijd aan het kortste eind trekt? Je vroeg erom op school en je laat het nog steeds gebeuren. We zouden hier met jouw hulp weg kunnen gaan, maar je bent te bang om jezelf te vertrouwen.'

'Niet waar!'

'Wel waar. Je bent zo'n zwakkeling.'

'Niet waar!'

'En als je niet ziet hoe erg je dat meisje hebt beschadigd, dan ben je een nog slechtere moeder dan ik dacht, en eerlijk gezegd vond ik je al een hopeloos geval.'

Laurens hoofd bonkte zo hard dat ze haar eigen woorden nauwelijks kon horen.

'Nee, Alice. Ik ben veranderd. Jij bent degene die nog hetzelfde is. Je was een kreng op school en nu ben je nog erger.'

Een lach. 'Je houdt jezelf voor de gek. Je bent niet veranderd. Je bent wie je bent. Het is gewoon je aard.'

'En Rebecca is niet helemaal in orde...' Het schuldgevoel schoot Lauren zo snel in de keel dat ze zich bijna verslikte. Ze slikte het weg. 'Haar problemen zijn gecompliceerd.'

'Hoeveel betaal je je therapeut om je dat te laten geloven?' sneerde Alice. 'Het is helemaal niet zo gecompliceerd, zo gaan die dingen nou eenmaal. Dacht je dat ik niet wist dat mijn dochter een achterbaks kreng kan zijn? En agressief en manipulatief en alles wat er verder bij komt kijken? Ik ben niet blind, dat zie ik ook wel.'

Alice boog zich naar voren. Op haar wangen lag een blos. Ze zweette ondanks de kou en haar haar lag in een dot op haar voorhoofd geplakt. Ze had tranen in haar ogen.

'En ze doet stomme, ontzettend stómme dingen. Maar ik

geef dat tenminste toe. Ik durf mijn hand op te steken en mijn aandeel daarin te erkennen. Wil jij duizenden dollars verspillen om uit te vinden waarom je dochter ziek en uitgehongerd en ongelukkig is, Lauren?' Hun gezichten waren zo dicht bij elkaar dat hun ademwolkjes zich vermengden. 'Bespaar je dat geld en koop een spiegel. Jij hebt haar gecreëerd. Je denkt dat mijn dochter precies op mij lijkt? Jouw dochter lijkt precies op jou!'

30

Het pad was glibberig en nat onder zijn voeten. Falk ploeterde voort zo snel hij kon, hijgend terwijl overhangende takken tegen hem aan sloegen en naar hem klauwden. Het donderende geraas van stromend water kwam steeds dichterbij en hij kwam buiten adem tussen de bomen vandaan, het zweet al koud en klam op zijn huid.

De muur van water stortte omlaag. Hij stond stil om goed te kunnen kijken, nauwelijks op adem terwijl hij zijn ogen toekneep tegen het wijkende licht. Niets. Het uitkijkpunt bij de waterval was verlaten. Hij vloekte zachtjes. Hij had zich vergist. *Of was te laat*, fluisterde een stemmetje in zijn hoofd.

Hij zette een stap op de brug, daarna nog een, en verstijfde toen.

Ze zat op de uitstekende rotspunt boven aan de Mirror Falls, bijna onzichtbaar tegen de woeste achtergrond. Haar benen bungelden over de rand en haar hoofd hing omlaag, starend naar het kolkende witte water dat in de grote poel eronder stortte.

Lauren zat daar, treurig en trillend, en heel alleen.

Dag 4: zondagochtend

Jouw dochter lijkt precies op jou.

De woorden echoden nog na in het donker toen Lauren zich op Alice stortte. De beweging verraste zelfs Lauren toen haar lichaam tegen de ander aan ramde en beiden met wapperende en graaiende handen wankelden. Lauren voelde een krassende pijn toen er vingernagels over haar rechterpols schraapten.

'Kreng dat je bent.' Laurens keel voelde heet en strak aan en haar stem klonk gesmoord toen ze verstrengeld raakten en als één man achterovervielen, hard tegen een kei langs het pad.

Een klap weergalmde in de lucht en Lauren voelde de lucht uit haar longen geperst worden op het moment dat ze tegen de grond smakte. Ze hapte naar adem en rolde opzij, voelde het rotsachtige pad in haar rug bijten en haar hart in haar oren bonken. Naast haar kreunde Alice zachtjes. Een van haar armen hing over die van Lauren en ze lag zo dichtbij dat Lauren haar lichaamswarmte door haar kleren heen voelde. Haar rugzak was naast haar op de grond gevallen.

'Ga van me af.' Lauren duwde haar weg. 'Je kletst maar wat.'

Alice gaf geen antwoord; ze lag daar maar, haar armen en benen slap.

Lauren ging rechtop zitten en probeerde diep te ademen. De adrenalinepiek was gekelderd en nu zat ze er rillerig en koud bij. Ze keek omlaag. Alice lag stil op haar rug naar de lucht te kijken; haar oogleden trilden en haar lippen waren licht uiteen. Ze jammerde nog eens zachtjes en bracht een hand naar haar achterhoofd. Lauren keek naar de kei naast het pad.

'Wat? Heb je je hoofd gestoten?'

Geen antwoord. Alice knipperde met haar ogen, deed ze langzaam open en dicht. Hand tegen haar hoofd.

'Verdomme.' Lauren voelde nog steeds de woede, maar nu was die gedempter, overspoeld door een laagje spijt. Alice was misschien te ver gegaan, maar zij ook. Ze waren allebei moe en hongerig en zij had uitgehaald. 'Gaat het wel? Laat me...'

Lauren stond op, stak haar handen onder Alice' oksels en trok haar overeind tot ze rechtop zat. Ze zette haar met haar rug tegen de kei en legde haar rugzak naast haar. Alice knipperde traag, haar ogen half geloken en haar handen slap in haar schoot, haar blik op niets gericht. Lauren bekeek haar achterhoofd. Er was geen bloed te zien.

'Het is niets. Er is geen bloed, je bent waarschijnlijk alleen een beetje groggy. Blijf maar even rustig zo zitten.'

Geen reactie.

Lauren legde haar hand op Alice' borst en voelde of die bewoog. Net zoals ze had gedaan toen Rebecca een baby was, gebogen over haar wieg in het donker van de vroege ochtend, verstikt door de hechtheid van hun band en bevend onder het gewicht van de verantwoordelijkheid. *Adem je nog? Ben je nog bij me?* Nu voelde Lauren, terwijl ze haar eigen adem inhield, het oppervlakkige rijzen en dalen van Alice' borst onder haar hand. Haar zucht van opluchting was hoorbaar.

'Jezus. Alice.' Lauren stond op. Ze deed een stap naar achteren. Wat nu? Ze voelde zich opeens heel alleen en heel bang. Ze was uitgeput. Door alles. Ze voelde zich te moe om te vechten.

'Hoor eens. Doe wat je wilt, Alice. Ik zal de anderen niet wakker maken en hun niet vertellen dat ik je heb gezien, als jij hun niet vertelt...' Ze zweeg. 'Ik verloor gewoon even mijn zelfbeheersing.'

Geen antwoord. Alice staarde door halfgesloten oogleden naar de grond voor haar. Ze knipperde een keer met haar ogen en haar borst kwam omhoog, daalde toen langzaam.

'Ik ga nu terug naar de hut. Dat zou jij ook moeten doen. Ga niet weg.'

Alice' lippen bewogen heel licht. Er kwam een zacht geluidje achter uit haar keel. Lauren kwam nieuwsgierig dichterbij. Nog een zacht geluidje. Het klonk bijna als een kreun, maar ondanks het ruisen van de wind in de bomen en het bloed in haar hoofd en de pijn in haar lichaam wist Lauren zeker wat Alice haar probeerde te zeggen.

'Het is al goed.' Lauren draaide zich om. 'Het spijt mij ook.'

Ze kon zich nauwelijks herinneren dat ze terugging naar de hut. Daarbinnen lagen drie stille lichamen zachtjes te ademen. Lauren vond haar eigen slaapzak en schoof erin. Ze rilde en toen ze op de planken van de vloer ging liggen, leek alles om haar heen te tollen. Een harde bal drukte vanbinnen pijnlijk tegen haar borst. Niet alleen woede, dacht Lauren. Geen verdriet. Iets anders.

Schuld.

Het woord rees op en bedekte haar strot als gal. Lauren duwde het meteen weer terug.

Haar ogen waren zo zwaar en ze was zo moe. Ze lag zo lang mogelijk te luisteren, maar er kwam geen geluid van Alice die in haar slaapzak kroop. Ten slotte moest ze het uitgeput opgeven. Pas op het moment van inslapen realiseerde ze zich twee dingen: ze had vergeten de telefoon mee te nemen en haar pols was kaal. Het vriendschapsarmbandje dat ze van haar dochter had gekregen, was verdwenen.

31

Falk klom over de reling, de rotsachtige ondergrond op. Die was spekglad onder zijn voeten. Hij beging de fout omlaag te kijken en voelde zichzelf wankelen toen de rots onder hem begon te zwaaien. Hij greep de reling vast en probeerde zich op de horizon te concentreren tot het gevoel weer voorbij was. Het was moeilijk te zien waar het land de lucht raakte nu de boomtoppen versmolten met de donker wordende hemel.

'Lauren!' riep Falk zo zacht mogelijk boven het geraas van het water uit.

Ze kromp ineen bij het horen van haar naam, maar keek niet op. Ze droeg alleen de dunne trui met lange mouwen en de broek die ze eerder aan had gehad. Geen jack. Haar haar was nat van de nevel en plakte tegen haar hoofd. Haar gezicht had zelfs in het opkomende duister een blauwe tint. Falk vroeg zich af hoe lang ze daar al zat, steenkoud en nat. Het kon al ruim een uur zijn. Hij was bang dat ze misschien van pure uitputting voorover zou duikelen.

Hij keek achterom naar het pad, niet goed wetend wat hij moest doen. Het pad was nog steeds verlaten. Lauren zat zo dicht bij de rand dat hij al duizelig werd als hij naar haar keek. Hij haalde diep adem en begon langzaam en voorzichtig over de rots te schuifelen. Gelukkig waren de wolken opgetrokken. In de schemering gaf het bleke nageltje van de nieuwe maan een beetje licht.

'Lauren,' riep hij weer.

'Kom niet dichterbij.'

Hij stond stil en waagde een blik omlaag. Hij kon alleen peilen waar de bodem was door het donderende geluid van het water. Hij probeerde zich te herinneren wat Chase die eerste dag had gezegd. Een val van zo'n vijftien meter naar de zwarte poel in de diepte. Wat had Chase verder nog gezegd? Het was niet de val die mensen doodde, het waren de schok en de kou. Lauren zat nu al hevig te rillen.

'Luister,' zei hij. 'Het is hier boven steenkoud. Ik gooi je mijn jack toe, oké?'

Ze reageerde niet, maar knikte toen stijfjes. Hij vatte dat op als een goed teken.

'Hier.' Hij ritste zijn jack open en trok het uit, zodat hij nog slechts een dunne trui aanhad. De nevel van de waterval hechtte zich onmiddellijk aan de onthulde laag, die binnen een paar tellen vochtig was. Hij gooide zijn jack naar Lauren. Het was een goede worp en het landde vlak bij haar. Ze wendde haar blik van het water af, maar maakte geen aanstalten om het op te pakken.

'Als je het niet aantrekt, gooi het dan terug,' zei Falk, nu al klappertandend. Lauren aarzelde en trok het toen aan. Ook dat vatte hij op als een goed teken. Het jasje slobberde om haar magere lichaam.

'Is Alice echt dood?' Haar woorden waren nauwelijks boven het geraas van het water uit te horen.

'Ja. Ik vind het heel erg voor je.'

'Vanochtend, toen ik terugging naar het pad en zij weg was, dacht ik...' Lauren zat nog steeds hevig te rillen en praten kostte haar moeite. 'Ik dacht dat zij degene was die eruit zou komen.'

Dag 4: zondagochtend

Bree wist niet goed wat haar had gewekt. Ze opende met moeite haar ogen en werd begroet door de koude, grijze roerselen van de dageraad. Het licht dat door de ramen van de hut viel was zwak en de ruimte was grotendeels nog steeds in troebel duister gehuld. Overal om zich heen hoorde ze zacht ademen. De anderen waren nog niet op. Mooi zo. Ze kreunde zachtjes en vroeg zich af of ze weer in slaap zou kunnen vallen, maar de vloer voelde hard tegen haar botten en haar blaas deed pijn.

Ze rolde zich op haar zij en zag de bloedspat op de plank vlakbij. Van Lauren, wist ze nog. Ze krulde vol walging haar voeten op in haar slaapzak. Het gevecht van de vorige avond sprong terug in haar gedachten en deze keer kreunde ze hardop. Ze sloeg een hand voor haar mond en lag stil. Ze wilde de anderen niet eerder dan nodig was onder ogen komen.

Bree glipte uit de cocon van haar slaapzak en trok haar schoenen en jack aan. Ze sloop naar de deur, zacht jammerend toen de vloerplanken kraakten, en liep de ijskoude ochtendlucht in. Terwijl ze de deur dichttrok, hoorde ze een voetstap op de open plek achter haar. Ze schrok, onderdrukte een schreeuw.

'Sst, maak de anderen niet wakker.' Beth fluisterde. 'Ik ben het maar.'

'Jezus, je liet me schrikken. Ik dacht dat je nog binnen was.' Bree controleerde of de deur van de hut echt dicht was en liep er toen vandaan, verder de open plek op. 'Waarom ben je zo vroeg op?'

'Om dezelfde reden als jij, denk ik.' Beth knikte in de richting van het gemakhuisje.

'O. Oké.'

Er viel een ongemakkelijke pauze, de geest van de vorige avond kleefde nog steeds aan hen als rook.

'Hoor eens, over gisteravond...' fluisterde Beth.

'Ik wil er niet over praten.'

'Dat weet ik, maar het zal toch moeten.' Beths stem klonk vastberaden. 'Luister, ik weet dat ik je een hoop problemen heb bezorgd, maar ik zal het goedmaken...'

'Nee. Alsjeblieft, Beth. Laat het rusten.'

'Dat kan ik niet. Het is nu te ver gegaan. Als Alice jou bedreigt, mag ze daar niet mee wegkomen. Zeker niet nu je zo hard hebt gewerkt. Ze loopt mensen te commanderen en hoeft dan niet verbaasd te zijn als die iets terugdoen.'

'Beth...'

'Geloof me. Je hebt mij altijd geholpen. Mijn leven lang. Jou helpen is nu het minste wat ik kan doen.'

Bree had eerder woorden van die strekking gehoord. Te weinig en te laat, dacht ze, maar ze vond dat meteen gemeen van zichzelf. Haar zus deed haar best. Dat moest gezegd, ze deed altijd haar best. Bree slikte.

'Oké. Nou ja, dank je wel. Maar maak het niet erger dan het al is.'

Beth zwaaide met haar hand naar de wildernis met een eigenaardig glimlachje. 'Kan het nog erger dan dit?'

Bree wist niet goed wie als eerste bewoog, maar ze voelde haar armen voor het eerst sinds jaren om haar zus glijden. Het was een beetje onhandig, het lichaam dat haar ooit even vertrouwd was geweest als dat van haarzelf voelde nu heel anders aan. Toen ze zich terugtrokken, glimlachte Beth.

'Alles komt goed,' zei ze. 'Dat beloof ik.'

Bree keek hoe haar zus zich omdraaide en weer in de hut verdween. Ze voelde nog steeds de warmte van Beths lichaam op het hare.

Ze liet het gemakhuisje links liggen – daar zou ze voor geen goud naar binnen gaan – en liep langs de zijkant van de hut. Ze stond abrupt stil toen ze dat vreselijke hondengrafje zag. Ze was bijna vergeten dat het er was. Bree wendde haar hoofd af en liep er zonder omwegen voorbij naar de achterkant van de hut en daarna door het hoge gras naar de bomen en het pad tot het grafje geheel uit het zicht was. Ze wilde net haar broek omlaagtrekken, toen ze iets hoorde.

Wat was dat? Een vogel? Het geluid kwam van het pad achter haar. Het was een blikkerig geluid, kunstmatig en schril in de stilte van de ochtend. Bree hield haar adem in, haar oren suisden bijna van het ingespannen luisteren. Dat was geen vogel. Bree herkende dat geluid. Ze draaide zich er met een ruk naartoe en begon te rennen. Het pad op, bijna struikelend over het hobbelige oppervlak.

Alice zat op de grond tegen een kei geleund, haar benen voor zich uitgestrekt. Lokken blond haar waaiden zachtjes in de wind en haar ogen waren dicht. Haar hoofd was licht naar achteren geknikt, alsof ze van de stralen van een niet-aanwezige zon genoot. En de zak van haar spijkerbroek rinkelde.

Bree liet zich op haar knieën vallen.

'Alice, de telefoon. Vlug! De telefoon gaat!'

Ze zag hem tegen Alice' dij geklemd zitten. Het schermpje was gebroken, maar lichtte wel op. Bree greep hem, haar handen beefden zo wild dat hij bijna uit haar vingers viel. Hij rinkelde in haar hand, schril en volhardend.

Op het gebroken scherm flitste de naam van de beller op. Twee letters: *A.F.*

Bree kende hem niet en het kon haar niet schelen. Ze tikte met een dikke vinger op de antwoordknop, miste hem bijna in haar haast. Ze drukte de telefoon tegen haar oor.

'Hallo? O mijn god, alsjeblieft. Kun je me horen?'

Niets. Niet eens ruis.

'Alsjeblieft.'

Ze bracht hem weer omlaag. Het scherm was leeg. De naam was verdwenen. De batterij was dood.

Bree schudde ermee, haar handen glad van het zweet. Niets. Ze drukte op de aan-uitknop, toen nog eens en nog eens. Het scherm staarde terug, volkomen leeg.

'Nee!'

Haar maag kwam in opstand toen de hoop werd weggegrist als een kleed dat onder haar voeten vandaan werd getrokken. Ze draaide zich om en braakte in het kreupelhout. Tranen prikten in haar ogen, de teleurstelling drukte op haar borst. Waarom had die stomme Alice hem niet eerder opgenomen? Er was misschien genoeg stroom geweest voor één hulpkreet. Wat dacht die achterlijke trut eigenlijk, dat ze hem aan liet? Verspilling van de batterij.

Toen Bree zich omdraaide om dat te vragen, braaksel en woede brandend in haar keel, besefte ze pas dat Alice nog steeds in dezelfde houding zat, tegen de kei geleund. Ze had niet bewogen.

'Alice?'

Er kwam geen reactie. De ontspannen houding van Alice' ledematen zag er nu slap uit, als van een pop. Ook haar rug stond in een onnatuurlijke hoek, haar hoofd naar achteren geknikt. Ze zag er niet vredig uit. Ze zag er leeg uit.

'Verdomme. Alice?'

Bree dacht eerst dat Alice' ogen dicht waren, maar nu zag ze dat ze een heel klein stukje openstonden. Kleine, witte, halve spleetjes staarden naar de grijze hemel.

'Hoor je me?' Bree hoorde nauwelijks haar eigen stem boven het bonken in haar hoofd uit komen.

Er was geen beweging en geen reactie. Bree voelde zich licht in haar hoofd. Alsof ze naast Alice wilde gaan zitten, volkomen stil, en dan verdwijnen.

Alice' oogspleetjes bleven staren tot Bree er niet meer tegen kon. Ze deed een stap opzij zodat ze haar gezicht niet meer kon zien. Alice' achterhoofd zag er enigszins vreemd uit en Bree boog zich ernaartoe zo ver ze durfde. Er was geen bloed, maar haar hoofdhuid zag er vlekkerig en paars uit onder haar blonde haar. Ze deed een stap achteruit, haar ogen op de grond gericht.

Ze zag bijna het voorwerp over het hoofd dat tussen Alice en de basis van de kei zat geklemd. Het ging bijna geheel verscholen achter Alice' onderrug. Alleen het uiteinde was zichtbaar, rond met een glinstering van metaal. Bree bleef er voor haar gevoel lang naar staan staren. Ze wilde het niet aanraken, ze wilde niet toegeven dat ze het herkende, maar ze wist al dat ze het daar niet kon laten liggen.

Ten slotte dwong Bree zichzelf op haar hurken en trok ze met haar vingertoppen de metalen werkmanszaklamp tevoorschijn. Ze wist dat de naam in de zijkant gekrast stond, maar toch stokte haar adem toen ze die in het licht zag glinsteren. *Beth.*

Het is nu te ver gegaan. Als Alice jou bedreigt, mag ze daar niet mee wegkomen.

In een vloeiende reflex bracht Bree haar arm naar achteren en wierp ze de zaklantaarn tollend de wildernis in. Hij kwam met een plof ergens op terecht en verdween. Bree's hand tintelde. Ze veegde hem af aan haar spijkerbroek. Spuugde in haar handpalm en veegde hem opnieuw af. Toen keek ze achterom naar Alice. Ze zat nog steeds, nog even stil.

In Bree's gedachten zwaaiden twee deuren open en met een kort schudden van haar hoofd gooide ze er meteen een dicht. Het wollige gevoel was nu verdwenen en haar gedachten leken ineens heel helder. Ze moest in actie komen.

Bree keek het pad af. Het was leeg. Nog wel. Ze wist niet goed hoe lang ze hier al was. Had iemand anders de telefoon horen rinkelen? Ze luisterde. Ze hoorde geen beweging, maar de anderen zouden weldra wakker worden, als ze al niet waren opgestaan.

Eerst deed ze de rugzak. Die was gemakkelijker. Ze keek nog een keer of de telefoon echt dood was, stopte hem toen in een zijvakje en greep de schouderbanden van de rugzak. Ze droeg hem de wildernis in, zo ver dat ze het pad niet meer kon zien, en zette hem achter een boom. Ze bleef even staan en wist een vreselijk moment lang niet meer in welke richting het pad lag.

Bree stond stokstijf stil en haalde diep adem om te kalmeren. 'Niet in paniek raken,' fluisterde ze. Ze wist welke kant ze op moest. Ze ademde nog eens diep in en liep daarna in een rechte lijn, in de richting waaruit ze was gekomen, door het hoge gras en de bomen, steeds sneller, tot ze Alice tegen de steen zag zitten.

Bijna stond ze abrupt stil bij de aanblik van haar achterhoofd, het blonde haar opgetild door de wind, de afschuwelijke beweginglooheid. Bree's hart klopte zo snel dat ze even bang was dat ze zou flauwvallen. Ze dwong zichzelf de laatste paar passen te zetten en haakte voor ze van gedachten kon veranderen haar handen onder Alice' oksels en begon te trekken.

Ze liep achteruit, sleepte Alice dieper de wildernis in. De wind warrelde om haar heen, blies in haar kielzog blaadjes en takjes over de bosbodem, alsof ze er nooit had gelopen. Bree sjorde tot haar armen pijn deden en haar adem in haar borst brandde en tot ze opeens struikelde en viel.

Alice – het lijk – viel de ene kant op, plat op haar rug, haar gezicht naar de hemel. Bree smakte hard tegen de stronk van een dode boom, haar ogen brandend van tranen en woede. Ze vroeg zich even af of ze om Alice huilde, maar wist dat dit niet zo was. Niet op dat moment, in elk geval. Ze had toen alleen maar tranen voor zichzelf en voor haar zus en voor wat er van hen was geworden.

Alsof haar hart al niet genoeg pijn deed, registreerde Bree pas daarna een stekend gevoel in haar arm.

32

Iets ving Falks blik.

In de diepte, onder aan de waterval, zag hij de flits van een fluorescerend geel hesje toen iemand met een vertrouwde manier van lopen tussen de bomen vandaan kwam. Carmen. Ze ging onder aan de waterval staan en Falk zag dat ze haar hoofd ophief, naar hen zocht. Het was te donker om haar gezicht te kunnen ontwaren, maar na een tijdje tilde ze een arm op. *Ik zie je.* Om haar heen stelden politieagenten zich langzaam op; ze probeerden geen aandacht te trekken.

Lauren leek het niet op te merken, en daar was hij blij om. Hij wilde dat haar aandacht zo ver mogelijk bij de afgrond vandaan zou blijven. Falk hoorde door het geraas van het water heen voetstappen echoën op de houten brug. Ook Lauren moest die hebben gehoord, want ze draaide haar hoofd in de richting van het geluid. Brigadier King verscheen in beeld, geflankeerd door twee agenten. Hij bleef staan, maar bracht zijn radio naar zijn mond en mompelde iets wat Falk vanaf die afstand niet kon verstaan.

'Ik wil niet dat ze dichterbij komen.' Laurens gezicht was nat, maar haar ogen waren droog en ze keek op een manier die Falk nerveus maakte. Hij had die blik eerder gezien, dacht hij. Het was de blik van iemand die het had opgegeven.

'Dat is goed,' zei Falk. 'Maar ze blijven niet de hele avond op afstand. Ze willen straks met je praten, en dat moet je toestaan. Als je weggaat bij de rand kunnen we dit misschien oplossen.'

'Alice wilde me over de foto's van Margot vertellen. Als ik had geluisterd, was alles misschien anders gegaan.'

'Lauren...'

'Wat?' Ze onderbrak hem. Keek hem aan. 'Denk je dat je dit kunt goedmaken?'

'We kunnen het proberen. Dat beloof ik je. Alsjeblieft. Kom mee naar de lodge en praat met ons. Als je het niet voor jezelf wilt doen, doe het dan...' Hij weifelde, onzeker of hij wel de juiste kaart getrokken had. 'Je dochter is er ook nog. Ze heeft je nodig.'

Hij besefte meteen dat hij dat niet had moeten zeggen. Laurens gezicht verstrakte en ze leunde naar voren, haar knokkels spierwit waar ze de rand omklemde.

'Rebecca heeft mij niet nodig. Ik kan haar niet helpen. Ik heb zo mijn best gedaan, haar hele leven. En ik weet dat ik fouten heb gemaakt, eerlijk waar, maar ik heb mijn uiterste best gedaan.' Haar hoofd hing omlaag en ze staarde de afgrond in. 'Ik heb het alleen maar erger gemaakt. Hoe kon ik haar dat aandoen? Ze is nog maar een meisje. Alice had gelijk.' Ze leunde naar voren. 'Het is mijn schuld.'

Dag 4: zondagochtend

Het eerste wat Lauren hoorde toen ze haar ogen opensloeg, was het geschreeuw buiten de hut.

Ze voelde beweging om zich heen, hoorde iemand opstaan, daarna het gestommel van voeten op de vloerplanken. Een klap toen de deur van de hut openvloog. Ze kwam langzaam half overeind in haar slaapzak. Haar hoofd bonkte en haar oogleden waren zwaar. Alice. De herinnering aan het pad besprong haar meteen. Ze keek om zich heen. Ze was de enige in de ruimte.

Lauren stond met een angstig gevoel op en liep naar de deuropening. Ze keek naar buiten en knipperde met haar ogen. Er was een soort beroering op de open plek. Ze probeerde te doorgronden wat ze zag. Niet Alice. Bree.

Bree lag ineengezakt naast de resten van het vuur van de vorige avond en hield haar rechterarm vast. Haar gezicht was bleek.

'Hou hem omhoog!' riep Beth, die haar zusjes arm boven haar hoofd probeerde te trekken.

Jill bladerde als een bezetene door een dun boekje. Niemand keek naar Lauren.

'Er staat dat we een spalk nodig hebben. Iets om hem stil te houden.'

'Wat? Wat voor ding?'

'Weet ik veel! Hoe moet ik dat weten? Een stok of zoiets! Wat dan ook.'

'We moeten gaan,' riep Beth terwijl ze een handvol gebroken takjes oppakte. 'Jill? We moeten meteen met haar naar een dokter. Heeft er dan niemand een EHBO-cursus gedaan?'

'Jawel, Alice!' Jill wendde zich eindelijk naar de hut en zag Lauren in de deuropening staan. 'Waar is ze? Maak haar wakker. Zeg haar dat we een slangenbeet hebben.'

Lauren had de onwerkelijke gedachte dat Jill bedoelde dat ze Alice moest gaan wekken op het pad, maar de vrouw wees naar de hut. Lauren sprong als in een droom weer naar binnen en keek om zich heen. Ze was nog steeds de enige daar. Vier slaapzakken op de grond. Ze ging ze allemaal af. Alle vier leeg. Geen Alice. Ze was niet teruggekomen.

Er was beweging in de deuropening en Jill verscheen.

Lauren schudde haar hoofd. 'Ze is weg.'

Jill verstarde, pakte toen plotseling haar eigen rugzak en slaapzak van de vloer op en schudde die uit.

'Waar is mijn jack? De telefoon zat erin. Verdomme. Die bitch heeft hem meegenomen.'

Ze gooide haar spullen op de grond, draaide zich om en gooide de deur met een klap achter zich dicht.

'Ze is 'm gesmeerd en heeft de telefoon meegenomen,' klonk Jills gedempte stem van buiten. Lauren hoorde een verbolgen schreeuw die van een van de tweeling kon komen.

Ze trok haar schoenen aan en struikelde naar buiten. Ze wist waar het jack was. Ze had gezien dat Alice het de vorige avond achter een boomstam had gepropt. Lauren wilde nu dat ze vannacht niet was opgestaan om te gaan plassen. Had ze maar een minuutje genomen om de anderen te wekken in plaats van in het donker achter Alice aan te gaan. Had ze haar vertrek maar kunnen voorkomen. Ze wilde van veel dingen dat ze anders waren gegaan.

Lauren zag de dot kleur achter de boomstam. Ze pakte hem op.

'Het jack ligt hier.'

Jill griste het uit haar handen en grabbelde in de zakken.

'Nee. Ze heeft hem echt meegenomen.'

Beth stond bij Bree, die nog steeds ineengezakt op de grond zat, haar arm geïmmobiliseerd met een provisorische spalk.

'Oké. Wat zijn onze opties?' Jill ademde zwaar. 'We blijven waar we zijn. Of we splitsen ons op, laten Bree hier...'

'Nee!' zeiden de zussen in koor.

'Oké. Oké, dan moeten we gaan lopen. We moeten allemaal Bree helpen, maar welke kant...' Jill draaide zich om.

'Almaar naar het noorden,' zei Lauren.

'Weet je het zeker?'

'Ja. We houden vast aan het plan, lopen zo recht en zo snel als we kunnen, en hopelijk komen we dan op de weg. Het is onze beste gok.'

Jill dacht hier een fractie van een seconde over na. 'Goed dan. Maar eerst moeten we Alice gaan zoeken. Voor het geval dat.'

'Dat meen je toch niet? Voor welk geval?' Beth stond haar met open mond aan te staren.

'Voor het geval dat ze is gaan plassen en haar enkel heeft verstuikt, weet ik veel!'

'Nee! We moeten gaan!'

'We doen het snel. Wij drieën. We laten Bree hier.' Een aarzeling. 'En ga niet te ver.'

Lauren rende al door het hoge gras naar het pad.

'Alice kan maar beter hopen dat een ander haar vindt,' hoorde ze Beth zeggen. 'Als ik haar eerder vind, vermoord ik haar.'

Lauren was buiten adem terwijl ze holde. Ze voelde nog steeds Alice' gewicht toen ze vielen en de schok toen de lucht uit haar longen werd geperst. Ze voelde nog steeds de steek van de woorden.

Lauren vertraagde enigszins bij de herinnering daaraan. Het pad zag er bij daglicht anders uit en ze zag de plaats bijna over het hoofd. Bijna. Ze was bijna voor ze het in de gaten had voorbij de grote, gladde steen. Ze hield stil, draaide zich om en bevatte vrijwel meteen wat ze zag. Niets. De steen stond daar alleen. Het pad was leeg.

Alice was weg.

Lauren voelde zich duizelig toen het bloed naar haar hoofd stuwde. Het pad lag er in beide richtingen verlaten bij. Ze keek om zich heen, vroeg zich af hoe ver Alice was gekomen. De wildernis verraadde niets.

Ze speurde de grond af, maar haar armbandje was nergens te bekennen. Zou ze het ongemerkt in de hut hebben verloren? Er was niets te zien, maar de lucht had een vreemde, scherpe geur en ze had het gevoel dat de plek was verstoord. Ze bedacht dat dat in zekere zin ook zo was, maar nu ze om zich heen keek, zag ze geen sporen van hun gevecht. Haar benen trilden slechts lichtjes terwijl ze zich omdraaide en terug begon te lopen.

In de buurt van de hut hoorde Lauren de zwakke kreten van de anderen, die Alice riepen. Ze vroeg zich af of zij dat ook moest doen, maar toen ze haar mond opendeed, bleef de naam steken op haar lippen.

33

Lauren staarde omlaag naar het water. Ze haalde adem tussen op elkaar geklemde tanden door en Falk greep zijn kans om snel een stap in haar richting te zetten. Ze was zo geconcentreerd dat ze het niet merkte.

Falk zag dat ze allebei rilden van de kou en hij was bang dat Laurens ijskoude vingers hun greep zouden verliezen, of zij – of hij – er nu klaar voor was of niet.

'Het was echt niet mijn bedoeling om haar te doden.' Laurens stem ging bijna verloren in het geraas van het water.

'Ik geloof je,' zei Falk. Hij moest denken aan hun eerste gesprek. Het leek lang geleden, daar op het pad, omringd door het duister. Hij kon zich haar gezicht nog voor de geest halen, overdonderd en onzeker. *Het was niet één ding dat misging, het waren honderd kleine dingen.*

Nu zag ze er vastbesloten uit. 'Maar ik wilde haar wel pijn doen.'

'Lauren...'

'Niet om wat zij mij heeft aangedaan. Dat is mijn eigen schuld. Maar ik weet wat Margot Rebecca heeft aangedaan; ze heeft haar getreiterd en opgehitst. En misschien was Margot zo slim om dat verborgen te houden, en riep Alice zo hard dat de school een oogje dichtdeed. Maar ik weet wat dat meisje heeft gedaan. Ze is goddomme het evenbeeld van haar moeder.'

De woorden hingen in de ijskoude mist. Lauren keek nog steeds omlaag.

'Maar het is ook grotendeels mijn schuld.' Haar stem was rustig. 'Omdat ik zo zwak was. Dat kan ik Alice noch Margot in de schoenen schuiven. En Rebecca zal dat ook gaan beseffen, als ze dat niet al doet. En ze zal me erom haten.'

'Ze heeft je nog steeds nodig. En ze houdt van je.' Falk dacht aan het gezicht van zijn eigen vader. Zijn handschrift kriskras over zijn kaarten gekrabbeld. *Met Aaron.* 'Ook al beseft ze dat niet altijd.'

'Maar stel dat ik het niet met haar kan goedmaken?'

'Dat kun je wel. Familie kan vergeven.'

'Ik weet het niet. Niet alles verdient het om vergeven te worden.' Lauren keek weer omlaag. 'Alice zei dat ik zwak was.'

'Dat zag ze verkeerd.'

'Dat denk ik ook.' Haar antwoord verraste hem. 'Ik ben nu anders. Nu doe ik wat ik moet doen.'

Er veranderde iets in de sfeer en Falk voelde de haartjes op zijn armen overeind komen. Ze waren een onzichtbare drempel over gegaan. Hij had haar niet zien bewegen, maar ze leek ineens veel dichter bij de rand te zitten. Beneden zag hij Carmen omhoogkijken, klaar om in actie te komen. Hij nam een besluit. Dit was ver genoeg gegaan.

Hij was al in beweging voor de gedachte was voltooid. Twee snelle stappen over de rots, het oppervlak spiegelglad onder zijn voeten, zijn vingers gestrekt. Zijn hand klemde zich om haar jack – zijn jack – en greep een handvol stof, zijn greep onhandig door de kou.

Lauren keek hem met kalme ogen aan en trok in één soepele beweging haar schouders op, boog haar tengere torso naar voren en schudde zijn jas als een slangenhuid af. Ze gleed uit zijn greep en in een beweging die zowel vastberadenheid als precisie verraadde, was ze verdwenen.

De rand was leeg, alsof ze er nooit had gezeten.

Dag 4: zondagochtend

Jill zag haar eigen angst weerspiegeld in de drie gezichten die haar aankeken. Haar hart bonkte en ze kon de gejaagde ademhaling van de anderen horen. Het stukje hemel dat boven hun hoofden door de bomen werd uitgesneden, was loodgrijs. De wind rukte aan de takken en liet een plens water op het groepje beneden neerdalen. Niemand gaf een krimp. Achter hen kreunde en kraakte het rottende hout van de hut toen er nog een windvlaag doorheen joeg.

'We moeten hier weg,' zei Jill. 'Nu.'

Links van haar knikte de tweeling onmiddellijk, voor één keer eensgezind door hun paniek. Bree hield haar arm vast, Beth ondersteunde haar. Hun ogen waren groot en donker. Rechts van haar bewoog Lauren, een lichte aarzeling, toen een knik. Ze ademde in.

'Wat doen we met...'

'Met wat?' Jills geduld was op.

'Wat doen we met Alice?'

Een akelige stilte. Het enige geluid was het ruisen en kraken van de bomen die neerkeken op hun gespannen kringetje van vier.

'Alice heeft dit over zichzelf afgeroepen.'

Een stilte. Toen wees Lauren.

'Het noorden is die kant op.'

Ze begonnen te lopen en keken niet meer om, en lieten de bomen alles verzwelgen wat ze achterlieten.

34

Falk riep Laurens naam, maar het was te laat. Hij praatte tegen lege lucht. Ze was er niet meer.

Hij rende naar voren over de rots en kon haar nog net als een dood gewicht in het water zien storten. De klap waarmee ze het oppervlak raakte, werd opgeslokt door het geraas van de waterval. Falk telde tot drie – te snel – maar ze kwam niet boven. Hij trok zijn trui uit over zijn hoofd en trapte zijn schoenen uit. Hij probeerde diep in te ademen, maar zijn borst was strak toen hij een stap voorwaarts zette en sprong. Het enige wat hij de hele weg omlaag hoorde, was het roepen van Carmen, boven het geraas van het water onder hem en het suizen van de lucht boven hem uit.

Hij schoot het water in, zijn voeten eerst.

Hij werd ingesloten door een griezelig niets en had het gevoel in een leegte te zweven. Plotseling sloeg de kou toe, met brute kracht. Hij trapte zich omhoog en onderdrukte de neiging om naar lucht te happen tot hij het wateroppervlak doorbrak. Zijn borst brandde toen hij de vochtige lucht naar binnen zoog en de kou van het water drukte de zuurstof bijna even snel uit zijn longen als hij die kon opnemen.

De nevel van de waterval verblindde hem, stak in zijn gezicht en ogen. Hij kon Lauren niet zien. Hij zag niets. Hij hoorde een zwak geluid door het oorverdovende geraas heen en draaide zich om terwijl hij zijn ogen afveegde. Carmen stond op de oever. Naast haar stonden twee politieagenten met een touw. Ze riep naar hem en wees ergens naar.

Lauren.

Het donderende watergordijn zou haar omlaagtrekken, wist hij instinctief. Nu al voelde hij de vingers van de onderstroom naar zijn voeten grijpen, dreigend hem de diepte in te trekken. Hij haalde diep adem, probeerde lucht in zijn aangeslagen longen te krijgen en zwom toen in een ratjetoe van zwemslagen naar haar toe.

Hij was een redelijk goede zwemmer, hij was opgegroeid aan een rivier, maar het trekken en duwen van het water belemmerde hem om vooruit te komen. Zijn kleren vormden een enorm gewicht en trokken hem naar achteren, en hij was blij dat hij de tegenwoordigheid van geest had gehad om zijn schoenen uit te trekken.

De figuur voor hem dobberde al naar de gevarenzone. Ze sloeg niet met haar armen, ze bewoog zelfs nauwelijks, en haar gezicht stak telkens secondelang in het water.

'Lauren!' riep hij, maar het geluid ging verloren. 'Hier ben ik!'

Hij kreeg haar slechts een paar meter voor de neerdaverende waterval te pakken en greep haar vast, zijn vingers onhandig en verkleumd.

'Laat me!' schreeuwde ze. Haar lippen waren paarsblauw als van een lijk en ze vocht nu, trapte hem weg. Hij sloeg een arm om haar middel en drukte haar rug tegen zijn borst, hield haar stevig vast. Hij voelde geen enkele warmte van haar lichaam komen. Hij begon uit alle macht te trappen, dwong zijn zware benen tot bewegen. Hij hoorde Carmen naar hem roepen vanaf de oever. Hij probeerde haar stem te volgen, maar Lauren verzette zich nu heviger, klauwde naar zijn arm.

'Laat me los!' Ze sloeg naar hem, sleurde hen beiden onder water. Falk was verblind, zijn gezicht verdween onder het oppervlak voor hij tijd had om adem te halen. Lauren zwaaide een arm naar achteren en gaf hem een klap, waardoor zijn hoofd weer onderging.

Alles klonk gedempt, maar toen kwam hij boven, water in zijn mond, een halve ademteug, niet genoeg, en hij ging weer onder en zijn greep verslapte terwijl de vrouw zich bleef verzetten. Hij hield vol, vechtend tegen een dierlijk instinct om haar los te laten. Hij voelde iets veranderen in het water en een andere arm die zich naar hem uitstrekte, niet die van Lauren, niet in gevecht. De arm haakte onder zijn oksel en begon te trekken. Zijn gezicht brak door het wateroppervlak en hij voelde een andere lus onder zijn arm, een touw, en opeens hoefde hij niet meer te worstelen om te blijven drijven. Zijn hoofd was boven water en hij hapte naar adem, zoog de lucht naar binnen. Hij besefte dat hij Lauren niet meer vasthad en voelde paniek opkomen.

'Rustig maar, wij hebben haar,' zei een stem in zijn oor. Carmen.

Hij probeerde zich om te draaien, maar kon dat niet. 'Jij hebt het zware werk gedaan, we zijn bijna bij de oever.'

Dank je, wilde hij zeggen, maar hij kon slechts naar adem snakken.

'Concentreer je op je ademhaling,' zei ze terwijl het touw pijnlijk onder zijn arm trok. Zijn rug schraapte over de stenen toen hij door twee agenten uit het water werd getrokken. Toen hij op de modderige oever lag, draaide hij zijn hoofd om en zag hij Lauren op het droge getrokken worden. Ze trilde, maar was voorlopig opgehouden met vechten.

Falks longen deden pijn en zijn hoofd bonkte, maar dat kon hem niet schelen. Hij voelde alleen maar opluchting. Hij rilde zo hard dat zijn schouderbladen tegen de grond roffelden. Er werd een deken over hem heen gegooid, en nog een. Hij voelde een gewicht op zijn borst en sloeg zijn ogen op.

'Je hebt haar gered.' Carmen zat over hem heen gebogen, haar gezicht in silhouet.

'Jij ook,' probeerde hij te zeggen, maar zijn gezicht was verstard en het kostte hem moeite om de woorden te vormen.

Hij ging weer liggen en probeerde op adem te komen. De wildernis week rond de waterval uiteen en hij kon voor de verandering geen bomen zien. Alleen Carmen die over hem heen gebogen zat en de nachthemel boven haar. Ze rilde hevig en hij trok een stuk van de deken over haar heen. Ze kwam dichter naast hem zitten, en ineens voelde hij haar lippen op de zijne, koud tegen koud, en hij sloot zijn ogen. Alles was verkleumd, op die ene warme golf in zijn borst na.

Te snel was het voorbij, en hij knipperde met zijn ogen. Carmen zat naar hem te kijken, zonder gêne, zonder spijt, haar gezicht nog steeds dichtbij, maar niet zó dichtbij.

'Haal je niets in je hoofd, ik ga nog steeds trouwen. En jij bent een volslagen idioot, je had nooit mogen springen.' Ze glimlachte. 'Maar ik ben blij dat je niks mankeert.'

Ze lagen stil naast elkaar, gelijk ademend tot er een boswachter kwam met nog een deken en zij bij hem wegrolde.

Falk staarde naar de hemel. Hij hoorde buiten zijn zicht de boomtoppen ruisen, maar draaide zich niet om om ze te kunnen zien. In plaats daarvan keek hij naar de zwakke sterren, op zoek naar het Zuiderkruis, zoals hij al die jaren geleden met zijn vader had gedaan. Hij zag het niet, maar dat gaf niet. Het was daar ergens, dat wist hij.

Zijn lichaam was koud waar Carmen had gelegen, maar een warme gloed in het diepst van zijn binnenste verspreidde zich nu door hem heen. Terwijl hij daar lag, turend naar de sterren en luisterend naar het geruis van de bomen, besefte hij dat zijn hand helemaal geen pijn meer deed.

35

Falk leunde naar achteren om zijn werk aan de muur te bewonderen. Het was niet perfect, maar het was beter. De zon van de vroege middag stroomde naar binnen door de ramen en zette zijn appartement in een warme gloed. In de verte lag de skyline van Melbourne te blinken.

Er waren twee weken verstreken sinds Carmen en hij het gebergte voor het laatst hadden verlaten. Falk hoopte tenminste dat het de laatste keer was. Hij dacht dat het best eens lang kon duren voor hij de behoefte kreeg om weer tussen die bomen te gaan lopen.

Hij was drie dagen thuis geweest toen er een anonieme bruine envelop arriveerde. Geadresseerd aan het kantoor, ter attentie van hem, met een geheugenstick erin en verder niets. Falk had de bestanden geopend en naar het scherm gekeken. Zijn bloed was sneller gaan stromen.

Bezorg ons de contracten. Zorg ervoor.

Hij had meer dan een uur zitten lezen en scrollen. Toen had hij de telefoon gepakt en een nummer gedraaid.

'Dank je wel,' zei hij.

Hij hoorde Beth McKenzie ademen aan de andere kant van de lijn.

'Heb je gehoord dat BaileyTennants Bree gemeen heeft behandeld?' vroeg ze. 'Ze nemen allemaal afstand van haar, proberen hun handen in onschuld te wassen.'

'Dat heb ik gehoord.'

'Ik werk daar ook niet meer.'

'Nee. Ook dat heb ik gehoord. Wat ga je nu doen?'

'Ik weet het niet.'

'Misschien iets met die studie computerwetenschappen,' zei Falk. 'Je verspilde je talent in dat archief.'

Hij hoorde Beth aarzelen. 'Denk je dat echt?'

'Ja.'

Het was nog zachtjes uitgedrukt. Hij scrolde door de bestanden terwijl ze praatten. Alles was aanwezig. Kopieën van de documenten die Alice had opgevraagd en doorgenomen in het archief van BaileyTennants. Sommige dingen had ze reeds aan hen doorgespeeld. Andere nog niet. De contracten staarden hem zwart-op-wit aan en hij voelde een golf van opluchting en adrenaline. Hij kon zich Carmens gezicht voorstellen als zij het zou horen. Falk scrolde naar het begin van de bestanden.

'Hoe heb je...'

'Ik heb Alice nooit vertrouwd. Ze deed altijd bot tegen me. En zij en Bree werkten veel te nauw samen, ze had gemakkelijk Bree de schuld kunnen geven als zij iets fout zou doen. Dus maakte ik kopieën van haar aanvragen.'

'Dank je wel. Uit de grond van mijn hart.'

Hij hoorde haar zuchten. 'Wat gaat er nu gebeuren?'

'Met Bree?'

'En Lauren.'

'Ik weet het niet,' zei Falk naar waarheid.

Een autopsie had bevestigd dat Alice gestorven was aan een bloeding in de hersenen, hoogstwaarschijnlijk doordat ze met haar hoofd tegen de steen was geslagen in de buurt van waar haar lichaam was gevonden. Lauren en Bree zouden beiden worden aangeklaagd, maar Falk hoopte stilletjes dat het eindoordeel niet te streng zou zijn. Hoe hij het ook bekeek, hij had toch medelijden met hen.

De Baileys waren al verwikkeld in een zeer openbaar onderzoek naar aanstootgevende plaatjes die naar verluidt door

Daniels zoon Joel in omloop waren gebracht. De media hadden lucht gekregen van het schandaal en publiceerden uitgebreide achtergrondstukken, compleet met foto's van Joels lommerrijke privéschool. Hij was weggestuurd, volgens de verslagen. Margot Russells naam was erbuiten gehouden, nog wel, tenminste.

Dankzij Beth konden de Baileys nu hun borst natmaken voor nog meer problemen. Falk kon geen greintje sympathie voor hen opbrengen. De familie had twee generaties lang van andermans ellende geprofiteerd. Jill ook. Of ze nu wel of niet vond dat ze geen keus had gehad, als het op familiezaken aankwam was ze een Bailey in hart en nieren.

Sinds hij terug was uit de bergen, had Falk veel nagedacht. Over relaties en over hoe weinig die nodig hadden om te verzuren. Over het koesteren van wrok. Over vergeving.

Carmen en hij hadden geprobeerd om zowel Margot als Rebecca te bezoeken. Margot weigerde iemand te zien, vertelde haar vader hun. Weigerde te spreken, weigerde uit haar kamer te komen. Hij had er ongerust uitgezien.

Rebecca had er tenminste mee ingestemd uit huis te komen, om vervolgens zwijgend tegenover hen aan een cafétafeltje te zitten. Carmen bestelde zonder te vragen voor alle drie broodjes en het meisje keek toe terwijl zij aten.

'Wat gebeurde er bij de waterval?' vroeg ze ten slotte. Falk gaf haar een bewerkte versie. Zo waarheidsgetrouw als hij kon. Royaal met liefde, spaarzaam met spijt.

Het meisje keek naar haar onaangeroerde bord. 'Mijn moeder heeft niet veel gezegd.'

'Wat heeft ze gezegd?'

'Dat ze van me houdt en dat het haar spijt.'

'Dat is precies het belangrijkste,' zei Falk.

Rebecca friemelde aan haar servet. 'Was het mijn schuld? Omdat ik niet wilde eten?'

'Nee. Ik denk echt dat het veel dieper zat.'

Het meisje leek niet overtuigd, maar toen ze opstond om weg te gaan, nam ze haar broodje in een servet gewikkeld mee. Falk en Carmen keken haar na door het raam. Aan het eind van de straat bleef ze stilstaan bij een vuilnisbak. Ze hield het broodje heel lang boven het deksel, stopte het toen met iets wat op fysieke inspanning leek in haar tas en verdween om de hoek.

'Het is een begin, lijkt me,' zei Falk. Hij dacht aan de honderden kleine dingen die bij elkaar opgeteld zo fout waren gegaan. Misschien konden honderden kleine dingen bij elkaar opgeteld ook tot iets goeds leiden.

Nadat Falk een paar dagen thuis had zitten nadenken, had hij er een paar daadkrachtige dagen op laten volgen. Hij was naar een meubelzaak gegaan om een paar dingen te kopen, en omdat hij er toch was, kocht hij er nog een paar.

Nu zat hij in zijn nieuwe leunstoel in de hoek van zijn appartement terwijl een bundel zonlicht over het tapijt schoof. Hij zat prettig en het was een goede beslissing geweest. Zijn woning zag er nu anders uit. Drukker en voller, maar hij dacht dat dat hem wel beviel. En vanuit dit nieuwe uitkijkpunt had hij goed zicht op zijn laatste verandering.

De twee foto's van hem en zijn vader hingen aan de muur, ingelijst en opgepoetst. Het veranderde de sfeer van de kamer, maar hij dacht dat ook dat hem wel beviel. Hij meende wat hij bij de waterval tegen Lauren had gezegd. Familie kan vergeven. Maar je moest het niet alleen menen, je moest het ook doen.

Falk keek nu op en wierp een blik op de klok. Het was een stralende vrijdagmiddag. Carmen zou morgen trouwen in Sydney. Hij wenste haar het allerbeste. Ze hadden nooit meer gesproken over wat er tussen hen was voorgevallen op de oever bij de waterval. Hij voelde dat het voor haar iets was wat maar beter in het verleden kon blijven. Dat begreep hij. Naast zijn tas lagen het jasje van zijn pak en een huwelijksgeschenk te wachten. Klaar voor zijn vlucht naar Sydney.

Het was bijna tijd om van huis te gaan, maar hij vond dat hij nog net genoeg tijd had voor een snel telefoontje.

Hij hoorde de telefoon overgaan en kon zich het gerinkel aan de andere kant in Kiewarra voorstellen. Zijn bakermat. Een vertrouwde stem nam op.

'Met Greg Raco.'

'Met Aaron. Ben je druk bezig?'

Een lach aan de andere kant van de lijn. 'Nee.'

'Druk je nog steeds je snor op het werk?' vroeg Falk. Hij stelde zich de brigadier in zijn huis voor. Nog niet terug in het uniform.

'Dat heet revalidatie, dank u vriendelijk. En dat duurt een tijdje.'

'Dat weet ik,' zei Falk terwijl hij zijn eigen verbrande hand omdraaide en de huid bestudeerde. Hij wist het inderdaad. Hij had geluk gehad.

Ze praatten een tijdje. Het ging iets beter sinds de droogte was doorbroken. Falk vroeg naar Raco's dochtertje. Naar de familie Hadler. Ze maakten het allemaal goed. En de rest?

Raco lachte. 'Als je zo nieuwsgierig bent, moet je misschien zelf komen kijken.'

Misschien moest hij dat maar doen. Ten slotte keek Falk op de klok. Hij moest ervandoor. Zijn vliegtuig halen.

'Hoor eens, begint die revalidatie van je al te vervelen?'

'Heel erg.'

'Ik ben van plan een wandeltocht te gaan maken. Een keer in het weekend. Als je zin hebt. Iets lichts.'

'Ja, goed idee. Dat lijkt me fantastisch,' zei Raco. 'Waar?'

Falk keek naar de kaarten van zijn vader, die in het warme middaglicht uitgespreid lagen op de salontafel. De zon weerkaatste van de fotolijsten aan de muur.

'Waar je maar wilt. Ik weet een paar mooie gebieden.'

De zorgvuldige potloodaantekeningen wezen hem de weg. Er viel genoeg te ontdekken.

Dankwoord

Ook nu weer had ik het geluk omringd te zijn door een geweldige groep mensen die me op allerlei manieren hebben geholpen.

Mijn innige dank gaat uit naar mijn redacteuren Cate Paterson bij Pan Macmillan, Christine Kopprasch en Amy Einhorn bij Flatiron Books, en Clare Smith bij Little, Brown, voor jullie vertrouwen en niet-aflatende steun. Jullie inzicht en adviezen waren voor mij van onschatbare waarde en ik ben oprecht dankbaar voor de vele bijzondere kansen die jullie voor mij als schrijver hebben gecreëerd.

Dank aan Ross Gibb, Mathilda Imlah, Charlotte Ree en Brianne Collins bij Pan Macmillan, en aan alle begenadigde ontwerpers en verkoopteams die zo hard hebben gewerkt om dit boek tot leven te brengen.

Ik zou me geen raad weten zonder de hulp van mijn bijzondere agenten Clare Foster bij Curtis Brown Australia, Alice Lutyens en Kate Cooper bij Curtis Brown UK, Daniel Lazar bij Writers House en Jerry Kalajian bij de Intellectual Property Group.

Dank aan Mike Taylor, reptielenverzorger in het Healesville Sanctuary, hoofdbrigadier Clint Wilson van de politie van Victoria, en teamleider Tammy Schoo van Grampians Gariwerd National Park en voor het delen van zijn kennis en expertise over wilde dieren, zoek- en reddingsprocedures en kampeer- en wandeltechnieken. Vergissingen of kunstzinnige vrijheden zijn van mijzelf.

Ik sta in het krijt bij de vele toegewijde boekverkopers die mijn boeken met zoveel passie hebben aangeprezen en natuurlijk bij alle lezers die de verhalen zo enthousiast ontvingen.

Dank aan de moeders van Elwood en hun prachtige baby's voor jullie hartelijkheid en vriendschap. Jullie zijn al die tijd een baken van licht geweest.

Zoals altijd gaan mijn liefde en dank ook uit naar mijn fantastische familie, die me bij elke stap heeft gesteund: Mike en Helen Harper, Ellie Harper, Michael Harper, Susan Davenport en Ivy Harper, Peter en Annette Strachan.

Mijn grote dankbaarheid gaat vooral uit naar mijn bijzondere echtgenoot Peter Strachan – de hulp die ik van je kreeg omspant jaren en zou vele bladzijden vullen – en naar onze dochter Charlotte Strachan, onze schat, die van ons tweeën zoveel meer heeft gemaakt.